Tentação ao pôr do sol

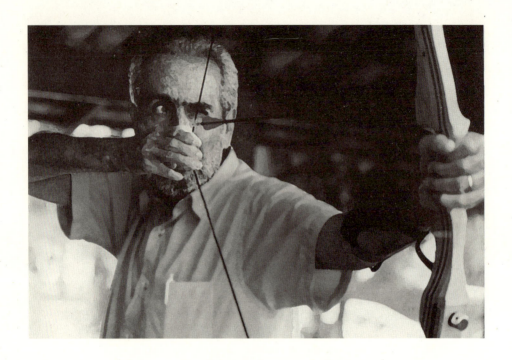

O ARQUEIRO

GERALDO JORDÃO PEREIRA (1938-2008) começou sua carreira aos 17 anos, quando foi trabalhar com seu pai, o célebre editor José Olympio, publicando obras marcantes como *O menino do dedo verde*, de Maurice Druon, e *Minha vida*, de Charles Chaplin.

Em 1976, fundou a Editora Salamandra com o propósito de formar uma nova geração de leitores e acabou criando um dos catálogos infantis mais premiados do Brasil. Em 1992, fugindo de sua linha editorial, lançou *Muitas vidas, muitos mestres*, de Brian Weiss, livro que deu origem à Editora Sextante.

Fã de histórias de suspense, Geraldo descobriu *O Código Da Vinci* antes mesmo de ele ser lançado nos Estados Unidos. A aposta em ficção, que não era o foco da Sextante, foi certeira: o título se transformou em um dos maiores fenômenos editoriais de todos os tempos.

Mas não foi só aos livros que se dedicou. Com seu desejo de ajudar o próximo, Geraldo desenvolveu diversos projetos sociais que se tornaram sua grande paixão.

Com a missão de publicar histórias empolgantes, tornar os livros cada vez mais acessíveis e despertar o amor pela leitura, a Editora Arqueiro é uma homenagem a esta figura extraordinária, capaz de enxergar mais além, mirar nas coisas verdadeiramente importantes e não perder o idealismo e a esperança diante dos desafios e contratempos da vida.

Lisa Kleypas
Tentação ao pôr do sol

∽ Os Hathaways 3 ∽

Título original: *Tempt me at Twilight*
Copyright © 2009 por Lisa Kleypas
Copyright da tradução © 2014 por Editora Arqueiro

Todos os direitos reservados. Nenhuma parte deste livro pode ser utilizada ou reproduzida sob quaisquer meios existentes sem autorização por escrito dos editores.

tradução: Débora Isidoro
preparo de originais: Sheila Til
revisão: Ana Grillo e Rafaella Lemos
projeto gráfico e diagramação: Valéria Teixeira
capa: Miriam Lerner
imagem de capa: Alan Ayers Studio (Jeanne Elaine Ayers)
imagem de quarta capa: iStockphoto
impressão e acabamento: Cromosete Gráfica e Editora Ltda.

CIP-BRASIL. CATALOGAÇÃO NA PUBLICAÇÃO
SINDICATO NACIONAL DOS EDITORES DE LIVROS, RJ

K72t   Kleypas, Lisa.
          Tentação ao pôr do sol/ Lisa Kleypas [tradução de Débora Isidoro]; São Paulo: Arqueiro, 2013.
          272 p.; 16 x 23 cm

          Tradução de: Tempt me at twilight
          ISBN 978-85-8041-234-5

          1. Ficção americana. I. Isidoro, Débora. II. Título.

          CDD 813
13-06877   CDU 821.111(73)-3

Todos os direitos reservados, no Brasil, por
Editora Arqueiro Ltda.
Rua Funchal, 538 – conjuntos 52 e 54
Vila Olímpia – 04551-060 – São Paulo – SP
Tel.: (11) 3868-4492 – Fax: (11) 3862-5818
E-mail: atendimento@editoraarqueiro.com.br
www.editoraarqueiro.com.br

Para Teresa Medeiros.

Na estrada da vida, é você a amiga que me guia para evitar buracos, desvios e sinais vermelhos.
O mundo é um lugar melhor porque você existe.
Sempre com amor,

L.K.

CAPÍTULO 1

Londres
Hotel Rutledge
Maio de 1852

As chances de Poppy Hathaway conseguir um casamento satisfatório estavam prestes a ser arruinadas – e tudo por causa de um furão.

Infelizmente ela havia perseguido Dodger por metade do hotel antes de se dar conta de que o bicho, como era de sua natureza, seguia em zigue-zague.

– Dodger – chamou Poppy em desespero. – Volte. Eu lhe darei um biscoito. Ou uma das minhas fitas de cabelo, *qualquer coisa*! Ah, eu vou transformá-lo em uma echarpe...

Poppy jurou que, assim que capturasse o animal de estimação da irmã, avisaria à gerência do hotel que Beatrix abrigava criaturas selvagens na suíte da família, o que com toda a certeza contrariava as normas do estabelecimento. É claro que isso poderia resultar na expulsão de todo o clã Hathaway das instalações.

Mas, no momento, ela não estava se importando com isso.

Dodger roubara uma carta de amor que lhe fora enviada por Michael Bayning, e nada no mundo era mais importante do que recuperá-la. Só faltava Dodger deixar aquela maldita carta em algum lugar público onde fosse descoberta.

E Poppy perderia para sempre a chance de se casar com um jovem respeitável e maravilhoso.

Dodger disparou pelos corredores luxuosos do hotel Rutledge em movimentos sinuosos, longe do alcance de Poppy. A carta estava nas longas presas dianteiras do animal.

Enquanto corria atrás dele, Poppy rezava para não ser vista. Não importava que o hotel fosse bastante conceituado: uma jovem respeitável jamais deveria sair sozinha de sua suíte. Porém, a Srta. Marks, sua acompanhante, ainda estava na cama. E Beatrix fora dar um passeio bem cedo com Amelia, a irmã mais velha.

– Você vai me pagar por isso, Dodger!

O animal travesso achava que tudo no mundo fora criado para diverti-lo. Não havia cesto ou recipiente que ele deixasse de remexer ou virar de cabeça para baixo, nem meias, pentes ou lenços que lhe passassem despercebidos.

Dodger roubava pertences pessoais e os deixava em pilhas sob cadeiras e sofás, tirava soneca nas gavetas de roupas limpas e, pior de tudo, era tão divertido em suas estrepolias que toda a família Hathaway estava sempre relevando seu comportamento.

Quando Poppy reclamava das traquinagens do furão, Beatrix sempre se desculpava prometendo que ele não voltaria a agir daquele jeito, e parecia sinceramente surpresa quando Dodger não dava ouvidos a seus sermões rigorosos. Mas como amava muito a irmã caçula, tentara conviver com aquele mascote tão inoportuno.

Dessa vez, porém, Dodger fora longe demais.

O furão parou em um canto, olhou em volta para ter certeza de que ainda estava sendo perseguido e, em sua empolgação, fez uma pequena dança da guerra, uma série de saltos laterais que exprimiam pura alegria. Mesmo naquele momento, quando queria assassiná-lo, Poppy não conseguia deixar de reconhecer que ele era adorável.

– Ainda assim você vai morrer – disse-lhe, aproximando-se da forma menos ameaçadora possível. – Entregue-me a carta, Dodger.

O furão atravessou correndo as colunas de um fosso de ventilação que espalhava sua luz por três andares até o mezanino. Com raiva, Poppy se perguntou até onde precisaria persegui-lo. Ele podia ir bem longe, e o Rutledge era uma construção imensa, que ocupava cinco quarteirões inteiros no bairro dos teatros.

– *Isso* – balbuciou ela baixinho – é o que acontece quando se faz parte da família Hathaway. Transtornos... animais selvagens... incêndios... maldições... escândalos...

Poppy amava muito sua família, mas também sonhava com uma vida tranquila, normal, o que não parecia possível para um Hathaway. Queria paz. Previsibilidade.

Dodger atravessou a entrada dos escritórios do Sr. Brimbley, o supervisor do terceiro andar. Era um homem idoso com um bigode branco e farto, de pontas cuidadosamente enceradas. Como os Hathaways já haviam se hospedado no Rutledge muitas vezes, Poppy sabia que Brimbley relatava aos superiores todos os detalhes do que ocorria em seu andar. Se ele descobrisse o que ela estava procurando, confiscaria a carta – e o relacionamento de Poppy com Michael seria revelado. E o pai de Michael, lorde Andover, nunca aprovaria aquela união se houvesse a mínima suspeita de comportamento inapropriado.

Poppy retomou o fôlego e se encostou na parede, enquanto Brimbley deixava seu escritório com dois funcionários do hotel.

– Vá direto à recepção. Imediatamente, Harkins – dizia. – Quero que investigue a questão relativa às cobranças feitas para o quarto do Sr. W. Ele costuma alegar que estão incorretas, ainda que, de fato, estejam certas. De agora em diante, acho que o melhor é fazer com que ele assine um recibo sempre que consumir algo.

– Sim, Sr. Brimbley.

Os três homens seguiram pelo corredor, afastando-se de Poppy.

Com cuidado, ela se esgueirou até a entrada dos escritórios e espiou pelo umbral. Os dois gabinetes interligados pareciam desocupados.

– *Dodger!* – sussurrou ela com urgência e o viu esconder-se debaixo de uma cadeira. – Dodger, estou mandando você vir aqui!

O que, é claro, fez com que o animal desse mais pulinhos empolgados.

Mordendo o lábio inferior, Poppy atravessou a soleira. O escritório principal era espaçoso e mobiliado com uma escrivaninha imensa apinhada de livros contábeis e papéis. Uma poltrona estofada de couro bordô fora empurrada em direção à mesa, enquanto outra estava junto a uma lareira vazia com um console de mármore.

Dodger estava ao lado da escrivaninha, observando Poppy com olhos brilhantes. Os bigodes dele se contorciam sobre a cobiçada carta. Ele ficou bem quieto, sustentando o olhar de Poppy enquanto ela se aproximava aos poucos.

– Isso mesmo – ela o tranquilizou, estendendo a mão lentamente. – Você é um bom garoto, um belo garoto... espere bem aí e eu vou pegar a carta, levá-lo de volta ao quarto e lhe dar... *Argh!*

No instante em que ela ia segurar a carta, Dodger deslizou sob a escrivaninha, levando-a consigo.

Tomada de fúria, Poppy olhou em volta em busca de *qualquer coisa* com que pudesse cutucar Dodger e obrigá-lo a deixar o esconderijo. Ao ver um candelabro de prata sobre a lareira, tentou retirar a vela, mas ela não saía do lugar e o candelabro estava preso à prateleira.

Diante do olhar atônito de Poppy, toda a parede nos fundos da lareira rodou silenciosamente. Ela se espantou com o apuro mecânico da porta, que girava em um movimento harmonioso e automático. O que parecera ser uma sólida parede de tijolos não passava de uma fachada com textura.

Alegremente, Dodger disparou da escrivaninha e penetrou na abertura.

– Que encrenca – disse Poppy, sem fôlego. – Dodger, não ouse fazer isso!

Mas o furão nem prestou atenção. E, para piorar, ela ouviu o rumor da voz do Sr. Brimbley, que retornava ao escritório.

–... é claro que o Sr. Rutledge deve ser informado. Inclua tudo no relatório. E, por favor, não se esqueça...

Poppy não tinha tempo para refletir sobre suas opções ou as consequências do que iria fazer, então entrou pela lareira e a porta se fechou atrás de si.

Ela estava num lugar quase tomado pela escuridão enquanto aguardava, esforçando-se para ouvir o que acontecia no escritório. Aparentemente, a presença dela não fora notada. O Sr. Brimbley continuava a falar alguma coisa relacionada a relatórios e questões de limpeza e manutenção.

Passou pela cabeça de Poppy que ela talvez precisasse esperar muito tempo até que o supervisor decidisse deixar o cômodo de novo. Ou então teria que encontrar outra saída. Naturalmente ela poderia voltar pela lareira e anunciar sua presença ao Sr. Brimbley. Mas não podia sequer imaginar quantas explicações precisaria dar e como isso seria constrangedor.

Olhando para trás, percebeu que aquilo era um longo corredor, com uma fonte de luz difusa localizada em algum ponto acima. A passagem era iluminada por uma abertura parecida com aquelas que os antigos egípcios utilizavam para ver estrelas e planetas.

Ela podia ouvir o furão arrastando-se em algum lugar próximo.

– Pois bem, Dodger – murmurou ela. – Você nos colocou nessa encrenca. Por que não me ajuda a encontrar uma porta?

Obediente, Dodger avançou pelo corredor e desapareceu nas sombras. Poppy soltou um suspiro e o seguiu. Ela não se permitia entrar em pânico. Havia aprendido, nas muitas vezes em que os Hathaways enfrentaram grandes problemas, que perder a cabeça nunca ajudava a resolver a situação.

Enquanto Poppy avançava pela escuridão, mantinha a ponta dos dedos contra a parede para não perder o equilíbrio. Tinha avançado apenas alguns metros quando ouviu um som de algo raspando. Paralisada, esperou e prestou atenção.

Tudo estava em silêncio.

Mas seus nervos estavam tensos e seu coração começou a bater mais depressa quando ela viu a luz de uma lamparina adiante. Depois a luz se apagou.

Ela não estava sozinha no corredor.

Os passos se aproximaram mais e mais, com a objetividade de um predador. Alguém ia exatamente na direção dela.

Agora, decidiu Poppy, era a hora de entrar em pânico. Absolutamente alarmada, deu meia-volta e correu em desespero na direção de onde viera. Ser perseguida por desconhecidos em corredores escuros era uma experiência inusitada até para um dos Hathaways. Amaldiçoou as saias pesadas, erguendo-as freneticamente enquanto tentava correr. Mas a pessoa que a perseguia era muito ágil.

Poppy soltou um grito ao ser capturada de forma brutal e habilidosa. Era um homem – um homem grande – e ele a prendera de forma que as costas dela formavam um arco contra seu peito. Uma das mãos puxava a cabeça dela com força para o lado.

– Preciso avisar – disse uma voz baixa e arrepiante, próxima à orelha de Poppy – que com um pouquinho mais de pressão eu poderia quebrar seu pescoço. Diga-me seu nome e o que está fazendo aqui.

CAPÍTULO 2

Poppy quase não conseguia pensar em meio ao zumbido de seu sangue correndo acelerado e à dor provocada pelas mãos que a seguravam. O peito do desconhecido era rígido contra suas costas.

– Isso é um engano – ela conseguiu dizer. – Por favor...

Ele puxou sua cabeça ainda mais para o lado, até Poppy sentir um cruel esticar dos nervos na articulação do pescoço com os ombros.

– Seu nome – o homem insistiu gentilmente.

– Poppy Hathaway – arfou ela. – Peço desculpas. Eu não queria...

– Poppy?

A pressão diminuiu.

– Sim. – Por que ele pronunciara seu nome como se a conhecesse? – O senhor é... Deve ser um dos funcionários do hotel...?

Ele ignorou a pergunta. Uma das mãos deslizou levemente sobre os braços e o rosto dela como se procurasse alguma coisa. O coração de Poppy batia como as asas de uma ave pequenina.

– *Não* – Poppy murmurou com a respiração entrecortada, afastando-se do contato.

– Por que está aqui?

Ele a virou de frente para encará-la.

Nenhum conhecido de Poppy jamais a tocara com tanta familiaridade. Estavam suficientemente próximos da luz que vinha do alto para que Poppy conseguisse ver seus traços duros e o brilho dos olhos profundos.

Tentando recuperar o fôlego, ela estremeceu ainda sentindo uma dor intensa no pescoço. Com uma das mãos, massageou a nuca tentando aliviar o desconforto enquanto falava.

– Eu estava... perseguindo um furão. A lareira no escritório do Sr. Brimbley se abriu e ele passou pela abertura. Estava tentando encontrar outra saída.

Por mais absurda que soasse a explicação, o desconhecido pareceu entendê-la sem dificuldades.

– Um furão? Um dos bichinhos de sua irmã?

– Sim – confirmou ela, surpresa. Depois massageou de novo o pescoço e se encolheu de dor. – Mas como sabia... Já nos conhecemos? Não, por favor, não me toque, eu... *ai*!

Ele a virara e apoiara uma das mãos na lateral de seu pescoço.

– Fique quieta.

Era com um toque preciso e seguro que ele a massageava.

– Se tentar fugir de mim, simplesmente vou alcançá-la de novo.

Tremendo, Poppy suportou o contato dos dedos fortes enquanto se perguntava se estaria à mercê de um louco. Ele aumentou a força dos dedos, provocando uma sensação que não era de prazer nem dor, mas uma mistura inusitada dos dois. A garota fez um ruído de sofrimento e se contorceu, indefesa. Para sua surpresa, a dor havia diminuído e os músculos tensos relaxaram aliviados. Ela parou um momento, deu um longo suspiro e deixou a cabeça pender.

– Melhor? – perguntou o homem, usando as duas mãos para continuar a massagem, os polegares pressionando a nuca, escorregando por baixo da renda macia que enfeitava a gola alta do vestido.

Nervosa, Poppy tentou se afastar, mas as mãos seguraram seus ombros imediatamente. Ela pigarreou e tentou dar à voz um tom digno.

– Senhor, por favor, leve-me para fora daqui. Minha família irá recompensá-lo. Não haverá perguntas...

– É claro.

Ele a soltou devagar.

– Ninguém jamais usa esta passagem sem a minha permissão – falou ele. – Presumi que quem estivesse aqui sozinho não devia ter boas intenções.

O comentário lembrava um pedido de desculpas, embora o tom de voz não sugerisse o menor arrependimento.

– Posso garantir que não tinha intenção de fazer nada além de recuperar esse animal atroz.

Ela sentiu Dodger passar perto da barra de suas saias. O desconhecido se abaixou e pegou o furão. Segurando-o pela nuca, entregou-o a Poppy.

– Obrigada.

O corpo do furão se acomodou manso e dócil nas mãos de Poppy. Como já esperava, a carta havia desaparecido.

– Dodger, seu ladrão depravado, onde ela está? O que fez com ela?

– O que está procurando?

– Uma carta – respondeu Poppy, tensa. – Dodge a roubou e trouxe para cá... Deve estar em algum lugar próximo.

– Aparecerá depois.

– Mas é importante.

– Presumo que sim, já que teve todo esse trabalho para tentar recuperá-la. Venha comigo.

Relutante, Poppy concordou e se deixou guiar pela mão em seu cotovelo.

– Aonde vamos?

Não houve resposta.

– Prefiro que ninguém saiba sobre isso – Poppy continuou.

– Certamente que sim.

– Posso contar com sua discrição, senhor? Preciso evitar um escândalo a qualquer preço.

– Mulheres jovens que querem evitar escândalos devem ficar em suas suítes de hotel – ressaltou ele, o que não a ajudou em nada.

– Eu estava perfeitamente contente em meu quarto – protestou Poppy. – Só saí porque tive que perseguir Dodger. Preciso recuperar minha carta. E tenho certeza de que minha família o recompensará pelo trabalho se...

– Quieta.

Ele encontrava o caminho pelo corredor cheio de sombras sem nenhuma dificuldade, segurando o cotovelo de Poppy com delicadeza, mas de um jeito firme. Eles não estavam voltando para o escritório do Sr. Brimbley. Em vez disso, iam em direção contrária, percorrendo uma distância que pareceu interminável.

Finalmente, o desconhecido parou, virou-se de frente para a parede e empurrou uma porta, abrindo-a.

– Entre.

Hesitante, Poppy tomou a frente e entrou em uma sala iluminada, uma espécie de salão com uma fileira de janelas centrais em arco ladeadas por outras, retangulares. Dali era possível ver a rua. Uma pesada mesa de carvalho ocupava um lado da sala e estantes de livros cobriam quase todos os espaços disponíveis nas paredes. Pairava no ar uma mistura estranha e familiar de cheiros... cera de vela, velino, tinta e poeira de livro... Era um cheiro parecido com o do antigo escritório de seu pai.

Poppy olhou para o desconhecido, que havia entrado na sala e fechara a porta oculta.

Era difícil calcular sua idade. Ele parecia ter pouco mais de 30 anos, mas havia nele um ar de sofisticação endurecida, a sensação de que já vira tantas coisas que a vida não o surpreendia mais. Os cabelos eram pesados, bem cortados, negros como a meia-noite, e a pele clara contrastava com as sobrancelhas escuras. E ele era belo como Lúcifer, com sobrancelhas fortes, nariz reto e definido, boca larga. O ângulo do queixo era pronunciado, tenaz, ancorando os traços sóbrios de um homem que talvez levasse tudo – inclusive ele mesmo – um pouco a sério demais.

Poppy se sentiu corar ao olhar para o par de olhos impressionantes... verdes e intensos, com bordas escuras, emoldurados por cílios negros e abundantes. O olhar pareceu invadi-la, absorver cada detalhe. Ela percebeu sombras escuras sob os olhos, mas elas não prejudicavam a beleza de seus traços endurecidos.

Um cavalheiro teria dito alguma amenidade, teria feito algum comentário para tranquilizá-la, mas o desconhecido permaneceu em silêncio.

Por que a olhava desse jeito? Quem era ele e que autoridade tinha nesse lugar?

Poppy precisava dizer algo, qualquer coisa, quebrar a tensão.

– O cheiro dos livros e da cera das velas... – comentou encabulada – lembra o do escritório de meu pai.

O homem deu um passo em sua direção e ela recuou, impelida pelo instinto. Os dois ficaram parados. Foi como se o ar entre eles estivesse coberto de perguntas escritas com tinta invisível.

– Sei pai faleceu há algum tempo, creio.

A voz combinava com o restante. Era refinada, sombria, inflexível. Ele tinha um sotaque interessante, não inteiramente britânico, com vogais abertas e sem erres pesados.

Poppy assentiu, confusa.

– E sua mãe morreu logo depois – acrescentou ele.

– Como... como sabe disso?

– Meu trabalho exige que eu saiba o máximo possível sobre os hóspedes do hotel.

Dodger se contorceu em seus braços. Poppy se abaixou para colocá-lo no chão. O furão se aproximou de uma enorme poltrona ao lado de uma pequena lareira e se acomodou no veludo do estofamento.

Poppy voltou a encarar o desconhecido. Ele se vestia com belas roupas escuras, peças cujo caimento solto sugeria sofisticação. Belos trajes, mas a gravata preta era simples, sem alfinetes, e não havia botões de ouro na camisa nem outra ornamentação que o proclamasse um cavalheiro de posses. Apenas uma corrente comum de relógio na frente do colete cinza.

– O senhor fala como um americano – disse ela.

– Sou de Buffalo, Nova York – respondeu o homem. – Mas moro aqui há algum tempo.

– É funcionário do Sr. Rutledge? – indagou ela, cautelosa.

A resposta foi um breve movimento afirmativo de cabeça.

– É um dos gerentes, suponho?

Seu rosto era inescrutável.

– Mais ou menos isso.

Ela começou a caminhar para a porta.

– Nesse caso, vou deixá-lo com seu trabalho, senhor...

– Vai precisar de companhia apropriada para voltar à suíte.

Poppy pensou no comentário. Devia pedir a ele que mandasse buscar sua dama de companhia? Não... A Srta. Marks ainda devia estar dormindo. Havia sido uma noite difícil para ela, que era propensa a pesadelos que a deixavam trêmula e exausta no dia seguinte. Não acontecia com muita frequência, mas, quando acontecia, Poppy e Beatrix a deixavam descansar o máximo possível nas horas seguintes.

O desconhecido a contemplou por um momento.

– Devo mandar buscar uma camareira para acompanhá-la?

O primeiro impulso de Poppy foi aceitar. Mas não queria ficar ali esperando com ele, mesmo que só por alguns minutos. Não confiava nem um pouco nesse homem.

Ao ver sua indecisão, ele sorriu com sarcasmo.

– Se tivesse a intenção de molestá-la, já teria feito – disse.

A grosseria a fez corar intensamente.

– Isso é o que diz. Porém, pelo que sei, o ataque poderia ser algo *lento*.

Ele desviou os olhos por um momento e, quando voltou a encará-la, havia um brilho de humor em seus olhos.

– Não corre nenhum perigo, Srta. Hathaway – falou, deixando transparecer o riso contido. – De verdade. Deixe-me mandar buscar uma camareira para acompanhá-la.

O brilho de humor mudou seu rosto, conferindo tanto charme e simpatia que Poppy quase se assustou. Ela sentiu o coração bater acelerado outra vez, espalhando uma sensação agradável por seu corpo.

Quando o viu aproximar-se da sineta, se lembrou do problema envolvendo a carta desaparecida.

– Senhor, enquanto esperamos, poderia fazer a gentileza de procurar a carta que perdi no corredor? Preciso recuperá-la.

– Por quê? – quis saber ele, aproximando-se novamente.

– Motivos pessoais – resumiu Poppy.

– Ela é de um homem?

Ela fez o possível para dar a ele o olhar de repreenda que vira a Srta. Marks dirigir a cavalheiros inoportunos.

– Isso não é da sua conta.

– Tudo o que ocorre neste hotel é da minha conta.

Ele fez uma pausa enquanto a observava.

– É de um homem, ou teria dito que não.

Franzindo o cenho, Poppy virou as costas para ele. Em silêncio, chegou perto de uma estante coberta por objetos peculiares.

Havia um samovar de esmalte com douração, uma grande faca em uma bainha adornada de contas, coleções de esculturas em pedra e utensílios de cerâmica primitivos, um apoio para cabeça de origem egípcia, moedas exóticas, caixas feitas com todo tipo de material, o que parecia ser uma espada de ferro com uma lâmina enferrujada e uma lente de aumento veneziana para leitura.

– Que sala é esta? – Poppy não conseguiu evitar a pergunta.

– É a sala de curiosidades do Sr. Rutledge. Ele mesmo recolheu muitos desses objetos; outros foram presentes de visitantes estrangeiros. Pode olhar, se quiser.

Poppy estava intrigada, refletindo sobre o grande contingente de estrangeiros entre os hóspedes do hotel, incluindo a realeza, a nobreza e membros dos corpos diplomáticos de toda a Europa. Sem dúvida, o Sr. Rutledge ganhava presentes bem incomuns.

Andando entre as estantes, parou para examinar uma estatueta de prata cravejada de pedras: um cavalo com os cascos estendidos no meio de um galope.

– Que lindo.

– Presente do então príncipe Yizhu da China – disse o homem atrás dela. – É um Cavalo Celestial.

Fascinada, Poppy deslizou um dedo pelo dorso da estátua.

– Agora o príncipe se tornou o imperador Xianfeng – comentou ela. – Um nome bastante irônico para um governante, não acha?

O homem parou ao lado dela e a olhou intrigado e alerta.

– Por que diz isso?

– Porque o nome significa "prosperidade universal". E esse certamente não é o caso, considerando as rebeliões internas que ele tem enfrentado.

– Eu diria que os desafios da Europa representam um perigo ainda maior para ele no momento.

– Sim – concordou Poppy com tristeza, devolvendo a estatueta ao lugar. – Fico imaginando quanto tempo a soberania chinesa pode durar diante de um ataque dessa magnitude.

O desconhecido estava suficientemente próximo para ela notar o cheiro de roupa passada e de espuma de barbear. Ele a olhava com grande intensidade.

– Conheço poucas mulheres capazes de discutir a política do Extremo Oriente.

Ela sentiu o rosto corar.

– Minha família mantém conversas bem incomuns à mesa do jantar. Quero dizer, são incomuns porque minhas irmãs e eu sempre participamos. Minha dama de companhia diz que não há problema em tomar parte dessas conversas em casa, mas me aconselha a não parecer muito bem informada quando estiver em sociedade. Isso costuma afastar pretendentes.

– Terá que ser cuidadosa, então – respondeu ele num tom suave, sorrindo. – Seria uma pena deixar escapar um comentário inteligente no momento errado.

Poppy se sentiu aliviada quando ouviu uma discreta batida na porta. A criada chegara mais depressa do que ela esperava. O desconhecido entreabriu a porta para recebê-la e lhe falou alguma coisa. A camareira se curvou numa reverência e desapareceu.

– Aonde ela vai? – perguntou Poppy confusa. – Deveria me acompanhar de volta à suíte.

– Eu a mandei buscar uma bandeja de chá.

Por um momento, Poppy ficou sem fala.

– Senhor, não posso ficar para um chá.

– Não vai demorar. Eles mandarão a bandeja por um dos elevadores de comida.

– Isso não importa. Porque, mesmo que eu tivesse tempo, *não poderia*! Tenho certeza de que sabe quanto isso seria inapropriado.

– Quase tão inapropriado quanto se esgueirar pelo hotel sem companhia – concordou ele, tranquilo.

Poppy franziu o cenho.

– Eu não estava me esgueirando, estava perseguindo um furão.

Ao ouvir a própria declaração e se dar conta de quanto era ridícula, ela corou. Tentou adotar um tom mais digno:

– A situação não foi inteiramente causada por mim. E terei *muitos... e sérios... problemas...* se não voltar logo ao meu quarto. Se esperarmos muito mais, pode acabar envolvido em um escândalo e tenho certeza de que o Sr. Rutledge não aprovaria.

– É verdade.

– Então, por favor, chame a camareira de volta.

– Tarde demais. Teremos que esperar até que ela retorne com o chá.

Poppy suspirou.

– Tive uma manhã particularmente *difícil*.

Olhando para o furão, ela viu pedaços de enchimento macio e tufos de crina de cavalo sendo jogados para o alto. Empalideceu.

– Dodger, *não*!

– O que foi? – perguntou o homem, seguindo Poppy em sua corrida aflita em direção ao animal.

– Ele está comendo sua poltrona – respondeu ela com tom tristonho ao pegar o animal. – Ou melhor, a poltrona do Sr. Rutledge. Está tentando fazer um ninho. Eu sinto muito – disse, olhando para o buraco no espesso e luxuoso estofamento de veludo. – Garanto que minha família vai pagar o prejuízo.

– Está tudo bem – respondeu o homem. – Temos um orçamento mensal para reparos no hotel.

Abaixando-se, o que não é fácil para quem está vestindo espartilho apertado e saiotes cheios de goma, Poppy pegou punhados do material macio que estofava a poltrona e tentou colocá-los de volta no buraco.

– Se for necessário, posso assinar uma declaração explicando como isso aconteceu.

– E quanto à sua reputação? – perguntou o desconhecido em tom gentil, estendendo a mão para levantá-la.

– Minha reputação não é nada comparada ao meio de vida de um homem. O senhor pode ser demitido por isso. Deve ter uma família para sustentar, esposa e filhos, e embora eu possa sobreviver à desgraça, o senhor talvez não consiga outro emprego.

– É muita bondade sua – respondeu ele, tirando o furão dos braços da moça e devolvendo-o à poltrona. – Mas não tenho família. E não posso ser demitido.

– Dodger – falou Poppy ansiosa, ao ver que mais tufos de estofamento eram jogados para cima.

Era evidente que o furão se divertia muito.

– A poltrona já está arruinada. Deixe-o continuar.

Poppy se surpreendeu com o conformismo tranquilo do desconhecido diante da ruína de um móvel tão caro, e tudo por causa das travessuras de um furão.

– O senhor não é como os outros gerentes – comentou ela.

– E a senhorita não é como as outras jovens.

A resposta a fez dar um sorriso divertido.

– É o que dizem.

O céu ganhara um tom acinzentado. Uma garoa pesada começara a cair sobre as pedras da rua, eliminando a poeira penetrante que as carruagens levantavam ao passar.

Tomando cuidado para não ser vista da rua, Poppy parou ao lado de uma janela e observou os pedestres se espalharem. Alguns abriam seus guarda-chuvas e continuavam caminhando normalmente.

Vendedores ambulantes lotavam a via pública, anunciando seus produtos com gritos impacientes. Eles vendiam de tudo, de réstias de cebola e carne de caça a bules de chá, flores, fósforos, cotovias e rouxinóis em gaiolas. Esses últimos representavam um problema constante para os Hathaways, porque Beatrix se dispunha a resgatar todo ser vivo que encontrava. Muitas aves haviam sido compradas por seu relutante cunhado, o Sr. Rohan, e libertadas na propriedade que a família mantinha no campo. Rohan costumava dizer que já havia comprado metade da população aviária de Hampshire.

Afastando-se da janela, Poppy viu que o desconhecido havia apoiado um ombro em uma das estantes de livros e cruzado os braços sobre o peito. Ele a observava como se tentasse decidir o que fazer. Apesar de sua postura relaxada, Poppy tinha a enervante sensação de que, se tentasse correr, ele a pegaria em um instante.

– Por que não está comprometida? – perguntou ele com objetividade surpreendente. – Frequenta a sociedade há dois... três anos?

– Três – respondeu Poppy na defensiva.

– Sua família tem recursos. Presumo que tenha um dote generoso para oferecer. Seu irmão é visconde, o que representa outra vantagem. Por que não se casou?

– Sempre faz perguntas pessoais a quem acabou de conhecer? – retorquiu Poppy intrigada.

– Nem sempre. Mas você é... interessante.

Ela pensou na pergunta feita pelo cavalheiro e deu de ombros.

– Não me interessei por nenhum homem que conheci nos últimos três anos. Nenhum deles chamou a minha atenção.

– Que tipo de homem desperta seu interesse?
– Alguém com quem eu possa ter uma vida sossegada, simples.
– Muitas mulheres sonham com agitação e romance.
Ela sorriu com ironia.
– Suponho que eu tenha grande apreço pelas coisas mundanas.
– Já pensou que Londres é o lugar errado para procurar uma vida sossegada e simples?
– É claro. Mas não tenho condições de procurar nos lugares certos.

Devia ter parado depois dessa declaração. Não precisava explicar mais nada. Mas um dos defeitos de Poppy era a paixão pela conversa e, assim como Dodger posto diante de uma gaveta cheia de cintas-ligas, ela não conseguia resistir.

– O problema começou quando meu irmão, lorde Ramsay, herdou o título.

O desconhecido levantou as sobrancelhas.

– Isso foi um problema?

– Ah, sim – respondeu Poppy com franqueza. – Nenhum Hathaway estava preparado para isso. Somos primos distantes do antigo lorde Ramsay. O título só foi herdado por Leo por causa de uma série de mortes prematuras. Os Hathaways não tinham nenhum conhecimento de etiqueta, não sabíamos nada sobre o comportamento e as maneiras das classes superiores. Vivíamos felizes em Primrose Place.

Ela parou, relembrando as imagens reconfortantes de sua infância, o alegre chalé com seu teto de sapé, o jardim onde o pai cuidava das roseiras premiadas, os dois coelhos belgas de orelhas caídas que ficavam na coelheira perto da porta dos fundos, as pilhas de livros em todos os cantos. Agora o chalé estava abandonado e em ruínas e o jardim fora tomado pelo mato.

– Mas não se pode voltar no tempo, não é? – continuou ela e se inclinou para espiar um objeto em uma prateleira mais baixa. – O que é isso? Um astrolábio?

Ela pegou o complexo disco de metal com a borda graduada e várias lâminas gravadas.

– Sabe o que é um astrolábio? – perguntou o desconhecido, aproximando-se.

– Sim, é claro. Um instrumento usado por astrônomos e navegadores. E astrólogos também.

Poppy inspecionou o pequeno mapa estelar gravado em um dos discos.

– Este é persa. Deve ter uns quinhentos anos, mais ou menos – concluiu.

– Quinhentos e doze – falou ele devagar.

Poppy não conteve um sorriso satisfeito.

– Meu pai era um estudioso do período medieval. Ele tinha uma coleção desses instrumentos. Até me ensinou a construir um com madeira, barbante e prego.

Ela girou os discos com cuidado.

– Qual é sua data de nascimento? – perguntou.

O desconhecido hesitou antes de responder, como se não gostasse de fornecer informações pessoais.

– Primeiro de novembro.

– Então nasceu sob o signo de escorpião – falou ela, girando o astrolábio em suas mãos.

– Acredita em astrologia? – perguntou o desconhecido com zombaria.

– Por que não?

– Não tem base científica.

– Meu pai sempre me incentivou a tratar esses assuntos com a mente aberta.

Poppy correu a ponta do dedo pelo mapa das estrelas e olhou para o homem com um sorriso tímido.

– Pessoas de escorpião são implacáveis, sabe? Por isso Artemis enviou um deles para matar seu inimigo, Orion. E, como recompensa, ela pôs escorpião no céu.

– Não sou implacável. Apenas faço o que é necessário para alcançar meus objetivos.

– E isso não é ser implacável? – perguntou Poppy rindo.

– Essa palavra implica crueldade.

– E você não é cruel?

– Só quando necessário.

O sorriso da jovem desapareceu.

– Crueldade nunca é necessária.

– Não conhece o mundo, ou não diria isso.

Poppy decidiu não insistir no assunto e se ergueu na ponta dos pés para examinar o conteúdo de outra prateleira. Havia ali uma intrigante coleção de objetos que pareciam brinquedos construídos com folhas de metal.

– O que são essas coisas?

– Autômatos.

– Para que servem?

O desconhecido levantou um braço e pegou um dos objetos de metal pintado, entregando-o a ela.

Segurando a máquina pela base circular, Poppy a examinou com cuidado. Era um grupo de pequenos cavalos de corrida, cada um em sua pista. Vendo a ponta de um cordão em um lado da base, ela o puxou com delicadeza. O cordão pôs em funcionamento uma série de mecanismos internos, incluindo uma engrenagem, que fez os cavalinhos girarem pela pista como se estivessem numa corrida.

Poppy riu, encantada.

– Que inteligente! Queria que minha irmã Beatrix pudesse ver isso. De onde veio?

– O Sr. Rutledge os cria em seu tempo livre. É uma forma de relaxar.

– Posso ver outro?

Poppy estava fascinada com os objetos, que não eram exatamente brinquedos, mas pequenos feitos de engenharia. Havia um almirante Nelson em um navio que balançava, um macaco escalando uma bananeira, um gato brincando com um rato e um domador que estalava o chicote para um leão que balançava a cabeça repetidamente.

Apreciando o interesse de Poppy, o desconhecido mostrou a ela um quadro na parede, uma cena de casais valsando em um baile. Diante de seus olhos arregalados, a imagem ganhou vida e os cavalheiros começaram a conduzir suas damas pela pista.

– Pelos céus! – exclamou Poppy maravilhada. – Como isso é feito?

– É um mecanismo de relógio – explicou ele, removendo o quadro da parede para mostrar a parte de trás, que era aberta. – Aqui está, ligado à engrenagem por aquele eixo. E os pinos movimentam essas alavancas... aqui... que, por sua vez, ativam as outras alavancas.

– Impressionante!

Poppy estava tão entusiasmada que se esquecia de ser reservada ou cautelosa.

– Obviamente, o Sr. Rutledge tem uma fantástica habilidade mecânica. Isso me faz pensar em uma biografia que li recentemente. É sobre Roger Bacon, um frade franciscano da Idade Média. Meu pai era grande admirador do trabalho dele. Bacon fez muitos experimentos mecânicos, o que, é claro, levou algumas pessoas a acusá-lo de feitiçaria. Certa vez ele construiu uma cabeça mecânica de bronze que...

Poppy parou de repente, percebendo que estava falando demais.

– É isso... Está vendo? Isso é o que eu faço nos bailes e reuniões sociais. Essa é uma das razões pelas quais não sou cortejada.

Ele esboçou um sorriso.

– Pensei que esses eventos fossem ideais para se conversar.

– Não para o tipo de conversa que eu gosto de ter.

Toc, toc, toc.

Os dois se viraram ao ouvir o barulho. A camareira havia retornado.

– Tenho que ir – falou Poppy com desconforto. – Minha dama de companhia vai ficar muito preocupada se acordar e descobrir que não estou na suíte.

O desconhecido de cabelos escuros a contemplou por algum tempo. Um tempo que pareceu longo demais.

– Ainda não terminamos – avisou ele com surpreendente casualidade.

Como se ninguém jamais recusasse nada a ele. Como se planejasse mantê-la ali pelo tempo que quisesse.

Poppy respirou fundo.

– Mesmo assim, tenho que ir – insistiu ela com calma, dirigindo-se à saída.

O homem chegou ao mesmo tempo que ela e apoiou uma das mãos na porta.

Alarmada, Poppy se virou para encará-lo. Sentiu o sangue correr mais rápido em sua garganta, nos pulsos e na parte de trás dos joelhos. Ele estava muito próximo, o corpo alto e musculoso quase tocando o de Poppy, que se encolheu contra a parede.

– Antes de sair – falou ele num tom manso –, quero lhe dar um conselho. Não é seguro para uma jovem andar sozinha pelo hotel. Não se exponha novamente a esse risco desnecessário.

Poppy ficou tensa.

– Mas é um hotel de respeito – argumentou ela. – Não há nenhum perigo.

– É claro que há. Está olhando para ele.

E antes que ela conseguisse pensar, mover-se ou respirar, ele inclinou a cabeça e tomou sua boca na dele.

Aturdida, Poppy ficou imóvel durante o beijo macio, ardente, tão sutil em sua exigência que ela nem percebeu o momento em que entreabriu os lábios. As mãos dele seguraram seu rosto, erguendo-o.

Um braço a envolveu, puxando seu corpo ao encontro do dele, e sentir aqueles músculos firmes era muito estimulante. Cada vez que inspirava, ela absorvia um aroma provocante, um toque de âmbar e almíscar, roupa engomada e pele masculina. Devia estar se debatendo em seus braços... mas a boca era terna, persuasiva e erótica... fazia promessas e alertava do perigo. Os lábios deslizaram até seu pescoço e encontraram a veia pulsante, deslizaram lentamente, sobrepondo sensações como camadas de renda sedosa, até que ela estremeceu e arqueou as costas, afastando-se.

– Não – disse com voz fraca.

O desconhecido segurou seu queixo com delicadeza, mas forçando-a a encará-lo. Os dois ficaram parados. Quando Poppy encontrou o olhar ardente, viu neles um lampejo de ressentimento contido, como se ele acabasse de fazer uma descoberta indesejada.

Depois de soltá-la com grande cuidado, ele abriu a porta.

– Pode trazer – disse à camareira, que esperava do outro lado com uma grande bandeja de prata.

A criada obedeceu rapidamente, bem treinada demais para demonstrar curiosidade com relação à presença de Poppy na sala.

O desconhecido foi buscar Dodger, que havia adormecido em sua poltrona, e o entregou à moça. Ela pegou o furão com um murmúrio sem sentido e o aninhou nos braços. Os olhos do furão permaneciam fechados, as pálpebras completamente escondidas pela mancha negra que desenhava uma máscara acima do focinho. Ela sentia as batidas do pequenino coração nos dedos, o pelo branco e acetinado embaixo da camada externa de pelagem mais grossa e protetora.

– Deseja mais alguma coisa, senhor? – perguntou a criada.

– Sim. Quero que acompanhe a jovem até sua suíte. E volte para me informar quando ela for entregue em segurança.

– Sim, Sr. Rutledge.

Sr. Rutledge?

Poppy sentiu o coração parar. Ela olhou para o desconhecido. O brilho nos olhos verdes foi diabólico. Ele pareceu se divertir com seu choque evidente.

Harry Rutledge... o misterioso e recluso proprietário do hotel. Totalmente diferente do que ela havia imaginado.

Perplexa e mortificada, Poppy lhe deu as costas, atravessou a soleira e ouviu a porta se fechar atrás de si. A tranca deslizou com um estalo. Ele devia ser muito perverso para se divertir à sua custa! Seu consolo era pensar que nunca mais o veria.

E ela seguiu pelo corredor com a camareira... sem suspeitar que o curso de sua vida havia acabado de mudar.

CAPÍTULO 3

Harry olhava para o fogo na lareira.

– Poppy Hathaway – sussurrou ele, como se fosse um encantamento.

Vira a jovem de longe duas vezes, uma quando ela entrava em uma carruagem na frente do hotel e a outra em um baile que ele havia oferecido no Rutledge. Ele não comparecera ao evento, mas ficara observando por alguns minutos de um ponto privilegiado em um balcão do andar superior. Apesar de sua beleza e dos cabelos cor de mogno, não havia pensado nela depois disso.

Encontrá-la pessoalmente, porém, causara uma transformação.

Harry foi se sentar em uma poltrona e notou o veludo rasgado e os pedaços de estofamento deixados pelo furão.

Um sorriso relutante distendeu seus lábios quando ele se dirigiu a outra cadeira.

Poppy. Como agira de forma natural, falando de astrolábios e monges franciscanos enquanto examinava seus tesouros. Suas palavras eram jorros brilhantes, como confete no ar. Ela irradiava um tipo de astúcia animada que devia ser irritante, mas, em vez disso, causara nele um prazer inesperado. Havia algo nela, alguma coisa... Era o que os franceses chamavam *esprit*, uma vivacidade de mente e espírito. E aquele rosto... inocente, cheio de conhecimento e franqueza.

Ele a desejava.

Normalmente, Jay Harry Rutledge conseguia as coisas antes mesmo de perceber que as queria. Em sua rotina corrida e bem regulada, as refeições eram servidas antes que sentisse fome, as gravatas eram substituídas antes que exibissem sinais de desgaste, relatórios eram postos sobre sua mesa antes que os pedisse. E as mulheres estavam em todos os lugares, sempre disponíveis, e cada uma delas dizia apenas o que achava que ele queria ouvir.

Harry sabia que já passava da hora de se casar. Ou pelo menos era o que a maioria de seus conhecidos lhe dizia, ainda que ele suspeitasse de a motivação deles ser o fato de haverem todos se enforcado e agora lhe desejarem o mesmo. Não se entusiasmava com a ideia. Mas Poppy Hathaway era interessante demais para que ele pudesse resistir.

Enfiando a mão na manga esquerda do casaco, Harry pegou a carta de Poppy. Havia sido enviada a ela por Michael Bayning. Ele pensou no que sabia sobre o jovem. Bayning se formara em Winchester, onde havia se saído bem devido à sua natureza estudiosa. Diferente de outros jovens na universidade, Bayning jamais contraíra dívidas, nem se envolvera em escândalos. Várias mulheres eram atraídas por sua boa aparência e, mais ainda, pelo título e pela fortuna que ele herdaria algum dia.

Intrigado, começou a ler a carta.

Querido amor:
Enquanto refletia sobre nossa última conversa, beijei o lugar em meu pulso onde suas lágrimas caíram. Como pode duvidar de que choro as mesmas lágrimas todos os dias e todas as noites que passamos separados? Você tornou impossível, para mim, pensar em alguém ou alguma coisa que não seja você. Enlouqueço ardendo por você, não duvide disso.

Se tiver só mais um pouco de paciência, em breve encontrarei a oportunidade para falar com meu pai. Quando ele entender quanto eu a adoro, sei que dará seu consentimento para a nossa união. Somos muito próximos, meu pai e eu, e ele já demonstrou que deseja me ver tão feliz no casamento quanto ele foi com minha mãe, que Deus a tenha. Ela teria gostado muito de você, Poppy... de sua natureza sensível, feliz, de seu amor pela família e pelo lar. Queria que ela estivesse aqui para me ajudar a persuadir meu pai de que não pode haver melhor esposa para mim do que você.

Espere por mim, Poppy, como eu a espero.

Continuo, como sempre, eternamente encantado por você,
M

Um suspiro baixo, de desdém, escapou de Harry. Ele olhou para a lareira, o rosto inexpressivo, a mente ocupada por planos. Uma tora de madeira se partiu e um pedaço dela se chocou contra a grade com um barulho abafado, espalhando mais calor e fagulhas brancas. Bayning queria que Poppy o esperasse? Impensável, agora que cada célula do corpo de Harry carregava um desejo impaciente.

Dobrando a carta com o cuidado de um homem que lida com notas de valor elevado, Harry a guardou no bolso do casaco.

~

De volta à segurança da suíte da família, Poppy deixou Dodger no lugar onde ele mais gostava de dormir, uma cesta que sua irmã Beatrix havia forrado com tecido macio. O furão continuava adormecido, o corpo mole como um pedaço de pano.

Em pé, ela se apoiou na parede e fechou os olhos. Um suspiro brotou de seu peito.

Por que ele havia feito aquilo?

Mais importante, por que ela permitira?

Não era assim que um homem devia beijar uma moça inocente. Poppy estava mortificada por ter se envolvido em tal situação e ainda mais por haver exibido um comportamento que teria criticado em outra pessoa. Tinha toda a segurança em relação a seus sentimentos por Michael.

Por que, então, correspondera a Harry Rutledge daquele jeito?

Poppy gostaria de poder perguntar a alguém, mas o instinto lhe dizia que esse era um assunto que seria melhor esquecer.

Apagando a preocupação do rosto, ela bateu na porta do quarto da dama de companhia.

– Srta. Marks?

– Estou acordada – respondeu uma voz cansada.

Poppy entrou no pequeno dormitório e a encontrou vestida com sua camisola, em pé diante do lavatório.

A Srta. Marks estava com uma aparência horrível: pálida, com os olhos azuis cercados por olheiras. Os cabelos castanho-claros, normalmente trançados e presos num coque impecável, estavam soltos e embaraçados. Depois de esvaziar um envelope de polvilho medicinal sobre a língua, ela bebeu um gole de água.

– Oh, céus – gemeu Poppy. – Em que posso ajudar?

A Srta. Marks balançou a cabeça e se encolheu.

– Em nada, Poppy. Obrigada, é muita bondade sua perguntar.

– Mais pesadelos?

Foi com preocupação que Poppy observou a serviçal se dirigir à cômoda e vasculhar uma gaveta em busca de meias, ligas e roupas íntimas.

– Sim. Eu não devia ter ido dormir tão tarde. Peço desculpas.

– Não há de que se desculpar. Só lamento que não tenha sonhos mais agradáveis.

– Eles são agradáveis, na maior parte do tempo – garantiu-lhe a Srta. Marks, com um sorriso sem entusiasmo. – Meus melhores sonhos são os que me levam de volta a Ramsay House, com as flores desabrochando e os pássaros fazendo ninhos nas cercas vivas. Tudo tranquilo e seguro. Como sinto saudades disso.

Poppy também sentia falta de Ramsay House. Londres, com todas as diversões e prazeres sofisticados, não se comparava a Hampshire. E ela estava ansiosa para ver a irmã mais velha, Win, cujo marido, Merripen, administrava a propriedade.

– A temporada de eventos sociais está quase acabando – disse Poppy. – Logo voltaremos para lá.

– Se eu sobreviver até esse dia – resmungou a Srta. Marks.

Poppy sorriu, solidária.

– Por que não volta para a cama? Vou buscar uma compressa fria para sua cabeça.

– Não, não posso me entregar desse jeito. Vou me vestir e beber uma xícara de chá forte.

– Foi o que eu imaginei que diria – comentou Poppy, bem-humorada.

A Srta. Marks havia sido criada no mais clássico temperamento britânico e desconfiava profundamente de todas as coisas sentimentais ou carnais. Era uma mulher jovem, pouco mais velha que Poppy, com uma compostura sobrenatural que lhe permitia encarar qualquer desastre, fosse ele divino ou provocado pelo homem, sem hesitar. A única vez que Poppy a vira perturbada fora na companhia de Leo, o irmão das Hathaways, cuja atitude sarcástica parecia irritá-la além do suportável.

Dois anos antes, a Srta. Marks fora contratada como governanta, não para complementar a educação formal das meninas, mas para lhes ensinar a infinita variedade de regras destinadas às jovens que desejavam escapar dos perigos da alta sociedade. Agora sua posição era de dama de companhia.

No início, Poppy e Beatrix se intimidaram diante do desafio de aprender tantas regras sociais.

"Vamos transformar tudo isso em um jogo", havia sugerido a Srta. Marks, e escrevera uma série de poemas para as meninas decorarem.

Por exemplo:

Se uma dama você quer ser,
Comportamento formal é preciso ter,
Quando se sentar para jantar,
O bife de "carne" não deve chamar
Gesticular com a colher, não,
Nem usar o garfo como se fosse um arpão
Por favor, não brinque com a comida,
E tente falar baixo, com a voz contida.

Com relação a passeios em vias públicas:

Na rua você não deve correr,
E se um estranho conhecer,
Não se dirija diretamente à pessoa,
Peça à sua acompanhante, é a melhor escolha.
Quando passar por barro, quero pedir,
Não levante as saias para as pernas exibir
Em vez disso, puxe-as só um pouco para cima e à direita,
Mantendo o tornozelo coberto, é a coisa certa a ser feita.

Para Beatrix havia versos especiais:

Quando fizer visitas, usar luvas e chapéu como aparato,
E nunca levar um esquilo ou rato,
Nem outras criaturas de quatro patas
que jamais seriam convidadas.

A abordagem nada convencional havia funcionado, dando a Poppy e Beatrix confiança suficiente para participarem da temporada de eventos sociais sem caírem em desgraça. A família havia enaltecido a astúcia da Srta. Marks. Todos, exceto Leo, que lhe dissera em tom sarcástico que nenhuma grande poetisa precisaria temer perder seu lugar para ela. E a Srta. Marks respondera que duvidava que Leo tivesse aptidão mental suficiente para julgar os méritos de qualquer tipo de poesia.

Poppy não conseguia entender por que a acompanhante e seu irmão demonstravam tanto antagonismo um com o outro.

"Acho que eles se gostam em segredo", sugerira Beatrix em tom neutro.

A ideia havia causado tamanha perplexidade em Poppy que ela rira.

"Eles travam uma *guerra* sempre que estão no mesmo espaço, o que, graças a Deus, não acontece com frequência. De onde tirou essa ideia?"

"Bem, se considerar os hábitos de acasalamento de certos animais, como os furões, por exemplo, vai ver que eles envolvem confronto, rispidez e..."

"Bea, por favor, não fale em hábitos de acasalamento", Poppy a interrompera, tentando conter o riso. Sua irmã de 19 anos tinha uma eterna e alegre falta de consideração pelo recato. "Tenho certeza de que é vulgar e... Como aprendeu sobre hábitos de acasalamento?"

"Livros de veterinária, basicamente. Mas também testemunhei alguns momentos. Os animais não são muito discretos, sabe?"

"Suponho que não. Mas guarde esses pensamentos para você, Bea. Se a Srta. Marks a ouvir, vai escrever outro poema e nos fará decorá-lo."

Bea a encarara por um momento com seus inocentes olhos azuis.

"Jovens damas nunca devem contemplar... a forma de um animal procriar..."

"... ou sua dama de companhia pode se irar", Poppy havia concluído por ela. Beatrix rira.

"Bem, não vejo por que eles não podem se sentir atraídos um pelo outro. Leo é um visconde, é bonito, e a Srta. Marks é inteligente e bonita."

"Nunca ouvi Leo dizer que queria se casar com uma mulher inteligente", respondera Poppy. "Mas concordo: a Srta. Marks é muito bonita. E agora ficou ainda mais atraente. Antes era muito magra e pálida, tanto que nunca parei para pensar em sua aparência. Mas ela encorpou um pouco."

"Ganhou pelo menos uns 5 quilos", confirmara Beatrix. "E parece mais feliz. Quando a conhecemos, ela devia estar saindo de uma terrível experiência."

"Foi o que pensei também. Será que algum dia saberemos o que aconteceu?"

Poppy não poderia imaginar a resposta para essa questão. Mas ao olhar para o rosto cansado da Srta. Marks essa manhã, começou a acreditar que os pesadelos recorrentes podiam ter alguma relação com seu passado misterioso.

Aproximando-se do guarda-roupa, viu a fileira de vestidos em cores sóbrias, com golas e punhos brancos e delicados, limpos, passados e bem organizados.

– Que vestido quer que eu pegue? – perguntou em tom suave.

– Qualquer um. Não faz diferença.

Poppy escolheu um azul-escuro de sarja de lã e o estendeu sobre a cama desarrumada. Discreta, desviou o olhar quando a dama de companhia despiu a camisola e vestiu camisa, calcinha e meias.

A última coisa que Poppy queria era incomodar a Srta. Marks quando ela estava com dor de cabeça. Porém, os acontecimentos daquela manhã tinham que ser relatados. Se algum detalhe ou insinuação de sua desventura envolvendo Harry Rutledge viesse à tona, melhor seria que sua dama de companhia estivesse preparada.

– Srta. Marks – falou ela com cuidado –, não quero piorar sua dor de cabeça, mas tenho algo para lhe dizer...

Sua voz sumiu quando a mulher a olhou por um instante com ar de dor.

– O que é, Poppy?

Esse não era um bom momento, decidiu a jovem. Na verdade... seria mesmo obrigada a revelar o ocorrido, fosse nesse ou em outro momento? Provavelmente, nunca mais veria Harry Rutledge. Estava certa de que ele não frequentava os mesmos eventos sociais que os Hathaways. E, francamente, por que ele se daria o trabalho de causar problemas a uma garota que nem era digna de sua atenção? Ele não tinha nada a ver com seu mundo, nem ela com o dele.

– Derrubei alguma coisa no corpete de meu vestido de musselina há algumas noites, durante o jantar – improvisou Poppy. – Tem uma mancha de gordura nele.

– Oh, céus! – exclamou a Srta. Marks, interrompendo por um instante a amarração do espartilho. – Vamos preparar uma solução de raspas de chifre de veado e passar no tecido. Espero que a mancha saia.

– Ótima ideia.

E, sentindo-se só um pouquinho culpada, Poppy pegou a camisola da Srta. Marks e a dobrou.

CAPÍTULO 4

Jake Valentine havia nascido *filius nullious*, expressão em latim que significava "filho de ninguém". Sua mãe, Edith, era criada doméstica de um bem-sucedido advogado em Oxford e seu pai era esse mesmo advogado. Disposto a se livrar de mãe e filho de um só golpe, o advogado pagara um agricultor rústico para que se casasse com Edith. Aos 10 anos, farto das ameaças e surras do agricultor, Jake saíra de casa e fora para Londres.

Havia trabalhado com um ferreiro durante dez anos, tempo em que ganhara tamanho e força e também construíra sua reputação de homem trabalhador e confiável. Jake não desejara mais nada para sua vida. Tinha um trabalho, a barriga estava cheia e o mundo fora de Londres não lhe interessava.

Um dia, porém, um homem de cabelos escuros havia aparecido na oficina do ferreiro procurando por Jake. Intimidado pelas roupas elegantes do cavalheiro e por sua atitude sofisticada, Jake havia resmungado respostas breves para uma infinidade de perguntas sobre sua história pessoal e sua experiência profissional. Depois, o homem o surpreendera oferecendo-lhe um emprego de criado pessoal e um salário muitas vezes superior ao que ele ganhava ali.

Desconfiado, Jake perguntara por que o homem queria contratar alguém sem experiência, sem educação e rústico de natureza e aparência.

"O senhor pode escolher entre os melhores criados de Londres", havia apontado. "Por que alguém como eu?"

"Porque os criados a que se refere são renomados fofoqueiros e conhecem todos os criados das famílias mais proeminentes da Inglaterra e do restante da Europa. A sua reputação é a de alguém quieto, que fala pouco, e isso, para mim, é mais importante que experiência. Além do mais, parece capaz de se sair muito bem em um enfrentamento."

Jake o fitara desconfiado.

"E por que um criado pessoal precisaria brigar?"

O homem havia sorrido.

"Você vai fazer alguns serviços para mim. Alguns serão fáceis; outros, nem tanto. Então, aceita a oferta ou não?"

E assim Jake fora trabalhar para Jay Harry Rutledge, primeiro como criado pessoal, depois como secretário.

Jake jamais conhecera alguém como Rutledge, um homem excêntrico, determinado, manipulador, exigente. Rutledge compreendia a natureza humana melhor que qualquer um que Jake conhecesse. Poucos minutos depois de ser apresentado a uma pessoa, ele já havia apreendido suas características com precisão espantosa. Sabia como induzir alguém a fazer o que ele queria e quase sempre conseguia tudo à sua maneira.

Jake tinha a impressão de que o cérebro de Rutledge não parava nunca, nem mesmo para algo tão necessário quanto dormir. Ele estava o tempo todo em atividade. Jake o vira dedicar-se mentalmente a um problema qualquer e, ao mesmo tempo, redigir uma carta e manter uma conversa coerente. Tinha um apetite voraz por informação e uma memória singular. Quando Rutledge via, lia ou ouvia alguma coisa, aquilo ficava gravado para sempre em sua lembrança. As pessoas não conseguiam mentir para ele – e, quando eram tolas o bastante para tentar, ele as destruía.

Rutledge não era incapaz de gestos de bondade ou consideração e raramente perdia a calma. Mas Jake nunca soube ao certo quanto, ou se, Rutledge se importava com seus semelhantes. No fundo, ele era frio como uma geleira. E, por mais que Jake soubesse tantas coisas sobre Harry Rutledge, os dois continuavam sendo essencialmente desconhecidos.

Mesmo assim, teria morrido pelo patrão. O hoteleiro conquistava a lealdade de todos os empregados, que tinham que trabalhar duro, mas recebiam tratamento justo e salário generoso. Em troca, protegiam a privacidade do empregador com dedicação. Rutledge conhecia muita gente, mas raramente falava nessas amizades. E era muito seletivo com relação a quem deixava entrar em seu círculo mais íntimo.

Rutledge era assediado pelas mulheres, é claro. Sua impressionante energia sempre encontrava vazão nos braços de alguma beldade. Porém, ao primeiro sinal de que a mulher nutria algum tipo de afeto por ele, Jake era enviado à residência dela para entregar uma carta que rompia toda e qualquer comunicação futura. Em outras palavras, Jake tinha que aguentar as lágrimas, a fúria e outras emoções inoportunas que Rutledge não suportava. E Jake sentiria pena dessas mulheres, se em geral as cartas não fossem acompanhadas por uma joia absurdamente cara que servia para abrandar possíveis ressentimentos.

Havia áreas da vida de Rutledge em que ele não permitia a entrada de mulheres. Ele não as deixava ficar em seus aposentos privados nem que vissem sua sala de curiosidades. Era lá que Rutledge se refugiava para lidar com os problemas mais difíceis. E nas inúmeras noites em que não conseguia dormir, ele se sentava à mesa de desenho para se ocupar com autômatos, trabalhando com peças de relógios, pedaços de papel e arame, até acalmar o cérebro tão ativo.

Então, quando Jake foi discretamente informado por uma criada de que uma jovem havia estado com Rutledge na sala de curiosidades, soube que alguma coisa importante havia acontecido.

Terminou de tomar o café da manhã na cozinha do hotel, comendo apressado um prato de ovos cozidos com molho de manteiga e fatias crocantes de bacon. Normalmente teria saboreado a refeição com tranquilidade. Porém, não podia se atrasar para a reunião matinal com Rutledge.

– Não saia correndo – disse André Broussard, o chef de cozinha que Rutledge havia tirado da criadagem do embaixador francês dois anos antes.

Broussard era o único empregado no hotel que, possivelmente, dormia menos que Rutledge. O jovem era conhecido por levantar da cama às três da manhã para começar o dia de trabalho, indo pessoalmente aos mercados para selecionar os melhores produtos. Ele era um homem louro e magro, com a disciplina e a determinação de um comandante militar.

Interrompendo os movimentos vigorosos com que batia um molho, Broussard olhou para Jake com expressão divertida.

– Devia tentar mastigar, Valentine.

– Não tenho tempo para mastigar – respondeu Jake, já pondo seu guardanapo de lado. – Preciso buscar a lista de afazeres matinais com o Sr. Rutledge em... – pausa para consultar o relógio de bolso –... dois minutos e meio.

– Ah, sim, a lista matinal – repetiu o chef e começou a imitar seu empregador. – Valentine, quero que organize uma recepção em homenagem ao embaixador português para a próxima terça-feira, aqui mesmo, e com um espetáculo pirotécnico para fechar a noite. Depois vá ao escritório de patentes e leve os desenhos de minha última invenção. E, na volta, pare na Regent Street e compre seis lenços de cambraia francesa lisos, não estampados e, pelo amor de Deus, sem renda...

– Já chega, Broussard – Jake o interrompeu tentando não rir.

O chef retomou o trabalho com o molho.

– A propósito, Valentine... quando descobrir quem era a garota, venha me contar. Em troca, deixo você escolher o que quiser da bandeja de confeitaria antes de mandá-la para a sala de jantar.

Jake o encarou com os olhos castanhos semicerrados.

– Que garota?

– Sabe muito bem que garota. A que foi vista com o Sr. Rutledge esta manhã.

Jake franziu o cenho.

– Quem disse isso?

– Pelo menos três pessoas tocaram no assunto comigo na última meia hora. Todo mundo está comentando.

– Os empregados do Rutledge são proibidos de fazer fofoca – lembrou Jake, severo.

Broussard revirou os olhos.

– Com pessoas de fora, sim. Mas o Sr. Rutledge nunca disse que não podíamos fofocar entre nós.

– Não sei por que a presença de uma garota na sala de curiosidades despertaria tanto interesse.

– Hummm... Talvez porque Rutledge *nunca* permita a entrada de ninguém lá? Talvez porque todos que trabalham aqui torçam para que Rutledge encontre logo uma esposa para que ele se distraia e deixe de ser tão intrometido?

Jake balançou a cabeça com desânimo.

– Duvido que ele se case algum dia. A mulher dele é o hotel.

O chef o olhou com ar condescendente.

– Isso é o que você acha. O Sr. Rutledge vai se casar quando encontrar a mulher certa. Como dizem as pessoas do lugar onde nasci: "Esposa e melão são coisas difíceis de escolher."

Jake apenas abotoou o casaco e ajeitou a gravata.

– Traga informações, *mon ami*.

– Você sabe que eu jamais revelaria um detalhe que fosse dos assuntos privados de Rutledge.

Broussard suspirou.

– Lealdade impecável. Se Rutledge ordenasse a morte de alguém, você mataria?

A pergunta foi feita num tom leve, mas os olhos cinzentos do chef estavam atentos. Porque ninguém, nem mesmo Jake, tinha certeza absoluta do que Harry Rutledge era capaz de fazer ou até onde iria sua lealdade.

– Ele não me pede nada disso – respondeu Jake, e parou para acrescentar, com um toque de humor: – Ainda.

Quando correu para a suíte privada sem numeração no terceiro andar, passou por diversos empregados na escada de serviço. Era por ali e pela entrada nos fundos do hotel que os funcionários e entregadores passavam para cumprir suas tarefas diárias. Alguns poucos tentaram pará-lo com perguntas ou problemas, mas ele apenas balançou a cabeça e apressou o passo. Jake tomava o cuidado de nunca se atrasar para as reuniões matinais com Rutledge. Essas conversas costumavam ser breves, não mais que quinze minutos, mas o patrão exigia pontualidade.

Jake parou diante da entrada da suíte, que ficava no fundo de um pequeno saguão privado revestido de mármore e adornado com valiosas obras de arte.

Um corredor interno levava a uma escada privada e uma porta restrita, de forma que o dono do hotel nunca usava os corredores comuns para circular. Rutledge, que gostava de vigiar os passos de todo mundo, não permitia que ninguém fizesse o mesmo com ele. Fazia a maioria das refeições em particular e entrava e saía a seu bel-prazer, às vezes sem nenhuma indicação de quando voltaria.

Jake bateu à porta e esperou até ouvir a voz abafada autorizando sua entrada. Entrou na suíte. Eram quatro cômodos que poderiam se transformar num apartamento amplo, de até quinze aposentos.

– Bom dia, Sr. Rutledge.

O dono do hotel estava sentado atrás de uma grande mesa de mogno combinando com um armário cheio de gavetas e nichos. Como sempre, a mesa estava coberta de pastas, papéis e livros, correspondência, cartões de visita, uma caixa de selos e uma grande variedade de material de papelaria. Rutledge fechava uma carta, aplicando seu selo com precisão sobre uma pequena poça de cera quente.

– Bom dia, Valentine. Como foi a reunião de equipe?

Jake entregou a ele a pilha diária de relatórios administrativos.

– De maneira geral, tudo vai bem. Tivemos algumas dificuldades com o contingente diplomático naga.

– Ah, foi?

O pequeno reino dos nagas, espremido entre a Birmânia e a Índia, tornara-se recentemente um aliado da Inglaterra. Depois de se oferecer para ajudar a expulsar invasores, a Inglaterra transformara o país em um de seus protetorados. O que equivalia a ser esmagado sob a pata de um leão e ser informado pelo mesmo animal de que a situação era perfeitamente segura. Como os britânicos lutavam atualmente contra os birmaneses e anexavam províncias a torto e a direito, os nagas tentavam desesperadamente preservar sua autonomia. Com esse propósito, o reino enviara à Inglaterra um trio de emissários de alto nível em uma missão diplomática, e o grupo havia levado presentes caros para a rainha Vitória.

– O gerente da recepção – contou Jake – teve que mudá-los de quarto três vezes ontem à tarde, logo depois que chegaram.

Rutledge levantou as sobrancelhas.

– Algum problema com os quartos?

– Não com os quartos propriamente ditos... com o *número* dos quartos, que, de acordo com as crenças nagas, não eram auspiciosos. Por fim os instalamos na suíte 218. Porém, não muito depois disso, o zelador do segundo andar sentiu cheiro de fumaça vindo de lá. Parece que eles realizavam uma cerimônia de chegada a um novo país e ela incluía acender uma pequena fogueira em um prato de bronze. Infelizmente, o fogo fugiu de controle e o tapete ficou chamuscado.

Um sorriso distendeu os lábios de Rutledge.

– Se bem me lembro, os nagas têm cerimônias para quase tudo. Providencie para que eles tenham um local apropriado para acender todos os fogos rituais que quiserem, sem risco de incendiar o hotel.

– Sim, senhor.

Rutledge folheou os relatórios administrativos.

– Qual é nossa taxa de ocupação atual? – perguntou ele sem levantar a cabeça.

– Noventa e cinco por cento.

– Excelente.

Rutledge continuou analisando os relatórios. No silêncio que se seguiu, Jake deixou o olhar vagar pela mesa. Viu uma carta endereçada à Srta. Poppy Hathaway, remetida por Michael Bayning.

Por que seu patrão estava de posse daquela carta? Poppy Hathaway... uma das irmãs de uma família que se hospedava no Rutledge para a temporada londrina de eventos sociais. Como outras famílias da aristocracia que não tinham uma residência na cidade, eles eram obrigados a alugar uma casa mobiliada ou se hospedarem em um hotel. Os Hathaways eram clientes fiéis do Rutledge havia três anos. Seria possível que Poppy fosse a garota com quem o patrão fora visto naquela manhã?

– Valentine – o proprietário o chamou em tom calmo. – Uma das cadeiras na minha sala de curiosidades precisa ser estofada novamente. Houve um pequeno problema esta manhã.

Jake normalmente sabia que não devia fazer perguntas, mas não resistiu.

– Que tipo de problema, senhor?

– Foi um furão. Creio que ele tentava fazer um ninho no assento.

Um *furão*? Os Hathaways estavam envolvidos na história, com certeza.

– A criatura ainda está à solta? – quis saber Jake.

– Não, já foi recuperada.

– Por uma das irmãs Hathaways? – deduziu Jake.

Um aviso silencioso cintilou nos olhos verdes e frios.

– De fato, sim.

Deixando os relatórios de lado, Rutledge se recostou na cadeira. A posição relaxada contrastava com o tamborilar dos dedos sobre a mesa.

– Tenho algumas tarefas para você, Valentine. Primeiro, vá à residência de lorde Andover em Upper Brook Street. Marque um encontro pessoal nos próximos dias, de preferência aqui. Deixe claro que ninguém deve saber sobre esse encontro e faça-o entender que o assunto é de grande importância.

– Sim, senhor.

Jake não esperava nenhuma dificuldade para cumprir a tarefa. Sempre que Harry Rutledge queria ver alguém, a pessoa logo aceitava.

– Lorde Andover é pai do Sr. Michael Bayning, não é?

– Sim, ele é – confirmou o dono do hotel.

Que diabo estava acontecendo?

Antes que Jake pudesse fazer mais alguma pergunta, Rutledge continuou com a lista.

– Em seguida, leve isto aqui – e lhe entregou uma encadernação estreita, amarrada com uma tira de couro – para Sir Gerald no Gabinete de Guerra. Entregue diretamente nas mãos dele. Depois siga para a Watherston & Son e compre um colar ou bracelete na minha conta. Alguma coisa bonita, Valentine. Entregue a joia na residência da Sra. Rawlings.

– Com seus cumprimentos? – perguntou Jake, esperançoso.

– Não, com esta carta – disse Rutledge, entregando-lhe um envelope selado. – Estou me livrando dela.

O rosto de Jake traiu seu desânimo. Deus, outra cena!

– Senhor, prefiro ir à região mais perigosa de Londres e ser espancado por ladrões.

Rutledge sorriu.

– Isso provavelmente vai acontecer ao longo da semana.

Jake lançou um olhar expressivo para o empregador, depois saiu.

～

Poppy estava bastante ciente de que, em termos de casamento, tinha pontos positivos e negativos.

A seu favor: sua família era rica, o que significava que teria um belo dote.

Contra ela: os Hathaways não eram uma família tradicional nem de sangue azul, apesar do título de Leo.

A seu favor: era bonita.

Contra ela: falava demais e era desajeitada, o que frequentemente acontecia ao mesmo tempo – e, quando estava nervosa, os dois problemas pioravam.

A seu favor: a aristocracia já não podia se dar ao luxo de ser tão seletiva. En-

37

quanto o poder da nobreza diminuía aos poucos, uma classe de industriais e mercadores se fortalecia rapidamente. Portanto, casamentos entre plebeus endinheirados e nobres empobrecidos tornavam-se cada vez mais comuns. Gradativamente a nobreza tinha que aceitar conviver com os de origem inferior.

Contra ela: o pai de Michael Bayning, o visconde, era um homem de padrões elevados, sobretudo com relação ao filho.

"O visconde certamente terá que considerar o enlace", dissera-lhe a Srta. Marks. "Ele pode ser de linhagem impecável, mas, pelo que se sabe, sua fortuna está minguando. O filho terá que se casar com uma garota de família de posses. Bem pode ser uma Hathaway."

"Espero que esteja certa", respondera Poppy com sinceridade.

Não duvidava de que seria feliz como esposa de Michael Bayning. Ele era inteligente, carinhoso, bem-humorado... um cavalheiro de berço e criação. Amava-o, não com uma paixão ardente, mas de um jeito cálido, estável. Adorava seu temperamento, a forma como demonstrava confiança em vez de qualquer sinal de arrogância. E adorava sua aparência, por mais impróprio que fosse uma dama admitir tal coisa. Ele tinha cabelos castanhos e olhos da mesma cor, era alto e atlético.

Quando conhecera Michael, tudo havia parecido quase fácil demais... E em pouco tempo se apaixonara por ele.

"Espero que não esteja brincando comigo", Michael lhe dissera uma noite, quando visitavam a galeria de arte de uma mansão em Londres durante uma festa. "Isto é, espero não ter confundido o que pode ser apenas gentileza de sua parte com algo mais significativo."

Ele parara ao lado dela, diante de uma grande paisagem pintada a óleo.

"A verdade, Srta. Hathaway... Poppy... é que sinto tanto prazer em cada minuto que passo em sua companhia que já não suporto ficar longe."

E ela o havia encarado fascinada.

"Será possível?", sussurrara.

"Que eu sinta amor por você?", murmurara Michael, enquanto um sorriso bem-humorado distendia seus lábios. "Poppy Hathaway, é impossível *não* amar você."

Ela havia suspirado trêmula, totalmente invadida pela alegria.

"A Srta. Marks nunca me ensinou o que uma dama deve fazer nessa situação."

Michael se aproximara um pouco mais como se revelasse um segredo altamente confidencial.

"Deve me incentivar discretamente."

"Também amo você."

"Isso não foi discreto." Seus olhos castanhos brilharam. "Mas foi muito bom ouvir."

O relacionamento havia sido mais que cauteloso. O pai de Michael, o visconde Andover, era protetor com relação ao filho. Um bom homem, Michael dissera, mas severo. E Michael havia pedido um tempo para falar com o pai e convencê-lo de que a união era favorável. Poppy estava disposta a esperar o tempo que Michael considerasse necessário.

O restante dos Hathaways, porém, não era tão paciente. Para eles, Poppy era um tesouro e merecia ser cortejada abertamente, com orgulho.

– Devo ir discutir a situação com Andover? – Cam Rohan sugerira certa noite, quando a família relaxava na sala de estar da suíte do hotel depois do jantar. Ele descansava no canapé ao lado de Amelia, que segurava o bebê de seis meses. Quando crescesse, o bebê teria um nome *gadjo* – palavra usada pelos ciganos para se referir aos que não eram ciganos – e se chamaria Ronan Cole, mas, entre os familiares, ele era chamado por seu nome romani, Rye.

Poppy e a Srta. Marks ocupavam o outro sofá, enquanto Beatrix brincava no chão perto da lareira com uma fêmea de ouriço chamada Medusa. Dodger cochilava em seu cesto perto dela, pois já havia aprendido a dura lição de que não era prudente se meter com Medusa e seus espinhos.

Franzindo o cenho enquanto pensava, Poppy levantou os olhos do bordado.

– Não creio que isso ajudaria – disse ao cunhado em tom pesaroso. – Sei quanto você é persuasivo... mas Michael tem muita certeza de como lidar com o pai.

Cam refletiu sobre o assunto. Com os cabelos negros um pouco compridos demais, a pele morena e um brinco de diamante em uma orelha, Rohan parecia mais um príncipe pagão do que um empresário que fizera fortuna investindo em manufaturas. Desde que se casara com Amelia, Rohan era o chefe *de facto* da família Hathaway. Nenhum homem teria sido capaz de comandar pessoas tão insubmissas com a mesma aptidão. Ele os chamava de sua tribo.

– Irmãzinha – disse a Poppy, soando relaxado apesar da intensidade do olhar –, como dizem os romani, "árvore que não recebe sol não dá frutos". Não vejo motivo para Bayning não pedir permissão para cortejá-la e depois assumir o namoro publicamente, como é costume dos *gadje*.

– Cam – Poppy respondeu com cautela –, sei que os romani são mais... bem, mais diretos... na maneira de cortejar...

Amelia sufocou o riso. Cam a ignorou. A Srta. Marks pareceu perplexa, demonstrando claramente desconhecer que, na tradição cigana, um namoro às vezes incluía roubar a mulher de sua cama.

39

– ... mas você sabe tão bem quanto qualquer um de nós – continuou Poppy – que esse é um processo muito mais complicado para a aristocracia britânica.

– Na verdade – Amelia falou num tom seco –, pelo que tenho visto, a aristocracia britânica trata o casamento com a sensibilidade e o romantismo de uma transação bancária.

Poppy franziu o cenho para a irmã mais velha.

– Amelia, de que lado você está?

– Para mim, não existe outro lado além do seu – declarou Amelia com os olhos azuis cheios de preocupação. – E é por isso que não aprovo esse tipo de relacionamento às escondidas... Chegar separados em eventos, nunca vir buscá-la para um passeio de carruagem com a presença da Srta. Marks... Isso tem cheiro de vergonha. Constrangimento. Como se você fosse um segredo que lhe causasse culpa.

– Está dizendo que duvida das intenções do Sr. Bayning?

– De jeito nenhum. Mas não gosto dos métodos que ele adota.

Poppy suspirou.

– Não sou uma escolha convencional para um filho da aristocracia. Portanto, o Sr. Bayning precisa ser cuidadoso.

– Você é a pessoa mais convencional da família inteira – protestou Amelia.

Poppy a encarou com um olhar sombrio.

– Ser a Hathaway mais convencional não é motivo para me gabar.

Aparentemente aborrecida, Amelia olhou para a dama de companhia.

– Srta. Marks, minha irmã parece pensar que nossa família é tão incomum, tão estranha, que o Sr. Bayning precisa recorrer a todos esses artifícios e manobras para cortejá-la em segredo, em vez de ir diretamente ao visconde e dizer com franqueza que quer se casar com Poppy Hathaway e que espera ter a bênção do pai. Pode me explicar *por que* o Sr. Bayning necessita de toda essa cautela?

Pela primeira vez, a Srta. Marks pareceu não saber o que dizer.

– Não envolva a Srta. Marks nisso – reclamou Poppy. – Os fatos são os seguintes, Amelia: você e Win são casadas com ciganos, Leo é um renomado libertino, Beatrix tem mais animais de estimação que a Sociedade Zoológica Real e eu sou socialmente desajeitada e incapaz de sustentar uma conversa apropriada, nem que minha vida dependa disso. É tão difícil entender por que o Sr. Bayning precisa ser cauteloso ao dar a notícia ao pai?

Amelia parecia querer discutir, mas, em vez disso, resmungou:

– Conversas apropriadas são chatas, na minha opinião.

– Na minha também – concordou Poppy, séria. – Esse é o problema.

Beatrix ergueu os olhos de Medusa, que se encolhera formando uma bolinha nas mãos dela.

– O Sr. Bayning sabe conversar sobre assuntos interessantes?

– Você não precisaria perguntar – declarou Amelia –, se ele ousasse nos fazer uma visita.

– Sugiro – falou a Srta. Marks às pressas, antes que Poppy pudesse responder – que, como uma família, convidemos o Sr. Bayning a nos acompanhar à exposição de flores de Chelsea depois de amanhã. Isso vai nos permitir passar a tarde com ele e, talvez, obter alguma tranquilidade quanto às suas intenções.

– Acho que é uma ótima ideia – exclamou Poppy.

Ir a uma exposição de flores era mais inofensivo e discreto que Michael ter que visitá-los no Rutledge.

– Tenho certeza de que conversar com o Sr. Bayning vai diminuir suas preocupações, Amelia.

– Espero que sim – respondeu a irmã, mas não pareceu convencida disso.

Uma pequena ruga se formou no espaço entre as finas sobrancelhas de Amelia. Ela olhou para a Srta. Marks:

– Sendo a dama de companhia de Poppy, já viu esse furtivo pretendente mais vezes do que eu. Qual é sua opinião sobre ele?

– Pelo que tenho observado – respondeu a dama de companhia, cautelosa –, o Sr. Bayning tem prestígio e honra. Ele goza de excelente reputação, sem nenhum caso de sedução, briga em vias públicas ou gasto além de seus recursos. Resumindo, ele é o oposto de lorde Ramsay.

– Excelente recomendação – opinou Cam com seriedade.

Seus olhos castanho-claros brilharam quando ele fitou a esposa. Houve entre o casal um momento de comunicação silenciosa.

– Por que não manda um convite ao rapaz, *monisha*? – murmurou ele.

Um sorriso zombeteiro distendeu os lábios de Amelia.

– *Você* iria espontaneamente a uma exposição de flores?

– Gosto de flores – respondeu Cam com um jeito inocente.

– Sim, espalhadas em pradarias e pântanos. Mas odeia vê-las organizadas em canteiros e floreiras.

– Posso suportar a tortura durante uma tarde – garantiu Cam, brincando com uma mecha de cabelo que caía sobre o pescoço da esposa. – Suponho que ter um cunhado como Bayning valha o esforço. – E sorriu ao acrescentar: – Precisamos de pelo menos um homem respeitável na família, não é?

CAPÍTULO 5

Enviaram um convite a Michael Bayning no dia seguinte e, para alegria de Poppy, ele aceitou imediatamente.

– Agora é só questão de tempo – disse ela a Beatrix, quase incapaz de conter a vontade de pular de alegria, como Dodger fazia. – Serei a Sra. Michael Bayning, e eu o amo, e amo todos e tudo... e amo até seu velho furão fedido, Bea!

Mais tarde, naquela manhã, Poppy e Beatrix se vestiram para uma caminhada. Era um dia claro e quente, e os jardins do hotel, entrecortados por alamedas calçadas com pedregulhos, eram uma sinfonia de flores em botão.

– Mal posso esperar para ir lá fora – disse Poppy em pé na frente da janela, olhando para os vastos jardins. – Isso quase me faz lembrar Hampshire, tal é a beleza das flores.

– Não acho nada parecido com Hampshire – disse Beatrix. – É muito organizado. Mas gosto de andar pelo jardim de roseiras do Rutledge. O ar tem um perfume doce. Sabe, conversei com o mestre jardineiro há alguns dias, quando saí com Cam e Amelia, e ele me contou o segredo para produzir rosas tão grandes e saudáveis.

– Qual é?

– Caldo de peixe, vinagre e uma pitada de açúcar. Ele as rega com essa mistura pouco antes de os botões abrirem. As rosas adoram.

Poppy torceu o nariz.

– Que mistura horrorosa.

– O mestre jardineiro disse que o velho Sr. Rutledge gosta muito de rosas e que ele ganhou de presente algumas variedades exóticas que vemos nos jardins. As rosas lilases são da China, por exemplo, as rosadas bem clarinhas vieram da França e...

– *Velho* Sr. Rutledge?

– Bem, na verdade ele não disse que o Sr. Rutledge é velho. Só não consigo pensar nele de outro jeito.

– Por quê?

– Bem, ele é muito misterioso e ninguém jamais o vê. Lembro as histórias do velho e louco rei George, trancado em seus aposentos no castelo de Windsor. – Beatrix sorriu. – Talvez o Sr. Rutledge fique sempre no sótão.

– Bea – sussurrou Poppy com urgência, tomada por uma incontrolável necessidade de lhe fazer aquela confidência. – Tem algo que estou louca para contar, mas você tem que guardar segredo.

Os olhos da irmã brilharam com um repentino interesse.

– O que é?

– Antes prometa que não vai contar a ninguém.

– Prometo, *prometo*.

– Jure por alguma coisa.

– Juro por São Francisco, o santo protetor de todos os animais – falou e, percebendo a hesitação de Poppy, acrescentou com entusiasmo: – Se um bando de piratas me raptar e me levar para o navio e ameaçar fazer com que eu ande na prancha sobre o mar infestado de tubarões famintos a menos que eu conte seu segredo, *nem assim* eu contarei. Se for amarrada por um vilão e posta na frente de uma manada de cavalos selvagens com ferraduras de ferro e *o único jeito* de não ser pisoteada por eles for revelar seu segredo ao vilão, eu...

– Tudo bem, você me convenceu – Poppy a interrompeu rindo.

Puxou a irmã para o canto e disse em voz baixa:

– Conheci o Sr. Rutledge.

Os olhos azuis de Beatrix se arregalaram.

– Conheceu? Quando?

– Ontem de manhã.

E Poppy contou a ela toda a história, descrevendo o corredor, a sala de curiosidades e o próprio Sr. Rutledge. A única coisa que não revelou foi o beijo, que, de sua parte, jamais havia acontecido.

– Sinto muito sobre Dodger – falou Beatrix com sinceridade. – Peço desculpas por ele.

– Tudo bem, Bea. Mas... lamento que ele tenha perdido a carta. Desde que ninguém a encontre, porém, suponho que não vá haver nenhum problema.

– Então, o Sr. Rutledge não é um velho decrépito? – perguntou Beatrix com tom desapontado.

– Céus, não.

– Como ele é?

– Bonito, na verdade. É muito alto e...

– Tão alto quanto Merripen?

Kev Merripen fora viver com os Hathaways depois que sua tribo fora atacada por ingleses que queriam expulsar os ciganos de seu país. O menino havia sido abandonado à morte, mas os Hathaways o acolheram e ele ficara com a família. Recentemente, Merripen se casara com a segunda irmã mais velha, Winnifred, e assumira a monumental responsabilidade de administrar a propriedade Ramsay na ausência de Leo. Os recém-casados estavam muito felizes por poderem permanecer em Hampshire durante a temporada de eventos sociais londrina, desfrutando a beleza e a relativa privacidade de Ramsay House.

– Ninguém é tão alto quanto Merripen – declarou Poppy. – Mas o Sr. Rutledge é bem alto e tem cabelos escuros e olhos verdes penetrantes...

Seu estômago deu um salto inesperado com essa lembrança.

– Gostou dele?

Poppy hesitou.

– O Sr. Rutledge é... inquietante. Encantador, sim, mas tive a sensação de que ele é capaz de praticamente qualquer coisa. É como um anjo mau de um poema de William Blake.

– Gostaria de poder vê-lo – confessou Beatrix num tom sonhador. – E queria ainda mais poder visitar a sala de curiosidades. Invejo você, Poppy. Faz muito tempo que não acontece nada interessante comigo.

Poppy riu baixinho.

– O quê? Mas estivemos em praticamente todas as festas da cidade ultimamente!

Beatrix revirou os olhos.

– A temporada de eventos sociais em Londres é tão interessante quanto uma corrida de lesmas. Em plena neve. Com lesmas mortas.

– Meninas, estou pronta – anunciou a voz animada da Srta. Marks, que já entrava no aposento. – Não se esqueçam de levar as sombrinhas. Não querem escurecer com o sol, não é?

O trio saiu da suíte e seguiu pelo corredor caminhando com passos contidos. Antes de se aproximarem da escadaria principal, elas perceberam uma comoção incomum no sempre discreto hotel.

Vozes masculinas, algumas agitadas, pelo menos uma delas furiosa, e havia sotaques estrangeiros, batidas pesadas e um estranho estampido metálico.

– Que diabo... – murmurou a Srta. Marks.

As três pararam de repente ao virarem no fim do corredor, quando se depararam com um grupo de seis homens reunidos perto do elevador de comida. Um grito agudo subiu do vão de repente.

– Isso foi uma mulher? – perguntou Poppy com o rosto pálido. – Uma criança?

– Fiquem aqui – ordenou a Srta. Marks, tensa. – Vou tentar descobrir...

As três se encolheram com uma série de gritos do mais puro pânico.

– Foi uma criança – determinou Poppy, seguindo em frente sem levar em consideração a ordem da Srta. Marks. – Temos que fazer alguma coisa.

Beatrix corria na frente dela.

– Não é uma criança – disse por cima do ombro. – É um macaco!

CAPÍTULO 6

Havia poucas atividades que Harry apreciava tanto quanto esgrima, ainda mais por ter se tornado uma arte obsoleta. Espadas não eram mais necessárias como armas ou acessórios de moda, e os praticantes da esgrima agora eram, em sua maioria, oficiais militares e um punhado de entusiastas amadores. Mas Harry gostava da elegância da prática, da precisão que exigia disciplina física e mental. Um esgrimista tinha que planejar vários movimentos antecipadamente, algo que era natural em Harry.

Um ano antes, ele se associara a um clube de esgrima que contava com uma centena de membros, aproximadamente, entre eles aristocratas, banqueiros, atores, políticos e soldados de várias patentes do exército. Três vezes por semana, Harry e alguns amigos de confiança se reuniam no clube, onde treinavam com floretes e bastões sob o olhar atento de um mestre. O clube tinha vestiário e chuveiros, mas sempre havia fila, por isso Harry costumava ir embora assim que o treino acabava.

O treino dessa manhã fora especialmente vigoroso, com o mestre esgrimista ensinando técnicas para combater dois oponentes ao mesmo tempo. Apesar de revigorante, o esforço também havia sido desafiador, e todos encerraram o treino cansados e com alguns hematomas. Harry sofrera golpes fortes no peito e no braço e estava encharcado de suor.

Quando voltou ao hotel, ainda vestindo a malha branca de esgrimista, porém sem as proteções de couro, tudo o que queria era um banho, mas logo ficou claro que isso teria que esperar.

Um de seus administradores, um jovem de óculos chamado William Cullip, o abordou assim que ele entrou pela porta dos fundos. O rosto de Cullip estava tenso, expressando ansiedade.

– Sr. Rutledge – chamou ele, como se quisesse se desculpar. – Fui orientado pelo Sr. Valentine a vir procurá-lo imediatamente, assim que retornasse. Temos um... bem, um contratempo...

Harry o encarou e permaneceu em silêncio, esforçando-se para demonstrar paciência. Era melhor não pressionar Cullip, ou teria que esperar uma eternidade pela informação.

— São os diplomatas nagas — continuou o funcionário.

— Outro incêndio?

— Não, senhor. Tem a ver com um dos presentes que eles pretendiam dar à rainha amanhã. Desapareceu.

Harry franziu o cenho, pensando na valiosa coleção de pedras preciosas, obras de arte e tecidos que os nagas haviam levado ao hotel.

— Os presentes estão guardados em uma sala trancada no porão. Como alguma coisa pode ter desaparecido?

Cullip suspirou nervoso.

— Bem, senhor, parece que o presente em questão desapareceu por conta própria.

Harry levantou as sobrancelhas.

— Que diabo está acontecendo, Cullip?

— Entre os itens que os nagas trouxeram para a rainha, há dois espécimes raros... macacos encontrados apenas nas florestas de tecas nagas. Eles seriam levados para o jardim zoológico do Regent's Park. Evidentemente, cada macaco era mantido na própria jaula, mas, de alguma forma, um deles aprendeu a abrir a tranca e...

— Que diabo está dizendo?!

O ultraje tomou rapidamente o lugar da incredulidade. Porém, de alguma maneira, Harry conseguiu manter a voz baixa.

— Posso saber por que não fui informado sobre a presença de dois *macacos* no meu hotel?

— Parece haver certa confusão sobre essa questão, senhor. O Sr. Lufton, da recepção, tem certeza de que incluiu os animais em seu relatório, mas o Sr. Valentine afirma não ter lido nada sobre eles. Ele perdeu a cabeça e deixou uma arrumadeira e duas camareiras com medo. Agora todo mundo está procurando os animais e, ao mesmo tempo, tomando cuidado para não chamar a atenção dos hóspedes...

— Cullip. — Harry rangia os dentes com o esforço de permanecer calmo. — Há quanto tempo o macaco desapareceu?

— Estimamos que há 45 minutos, pelo menos.

— Onde está Valentine?

— Na última vez que tive notícias, ele tinha ido ao terceiro andar. Uma das arrumadeiras encontrou o que parecia ser excremento perto do elevador de comida.

– Excrementos de macaco perto do elevador de comida – repetiu Harry, incapaz de acreditar no que ouvia.

Cristo. A situação era tão crítica que só faltava um hóspede idoso se apavorar e sofrer uma apoplexia ao se deparar com um animal selvagem ou uma mulher ou uma criança serem mordidas. Ou qualquer outro cenário escandaloso.

Seria impossível encontrar a maldita criatura. O hotel era praticamente um labirinto, cheio de corredores, portas e passagens escondidas. Podia levar dias – e durante esse tempo o Rutledge viveria o caos. Perderia dinheiro. E, pior de tudo, seria motivo de piadas durante anos. Até os humoristas se cansarem dele...

– Juro por Deus que cabeças vão rolar – anunciou Harry com uma suavidade letal que fez Cullip se encolher. – Vá aos meus aposentos, Cullip, e pegue a Dreyse no armário de mogno do meu escritório particular.

O jovem funcionário o encarou perplexo.

– A Dreyse, senhor?

– É uma arma de fogo. A única espingarda de percussão no armário.

– Uma arma de percussão...

– Marrom – completou Harry com gentileza. – Com uma grande trava lateral.

– Sim, senhor!

– E, pelo amor de Deus, não aponte a espingarda para ninguém. Está carregada.

Ainda segurando o florete, Harry subiu correndo a escada dos fundos. Pulava os degraus de dois em dois e passou apressado por duas camareiras assustadas que carregavam cestos de roupas de cama.

Quando chegou ao terceiro andar, ele se dirigiu ao elevador de comida, onde encontrou Valentine, os três diplomatas nagas e Brimbley, o supervisor do andar. Uma gaiola de madeira e metal havia sido deixada perto deles. Os homens estavam reunidos em torno da abertura do elevador, olhando para dentro do poço.

– Valentine – chamou Harry com firmeza, aproximando-se de seu secretário. – Encontrou?

Jake Valentine olhou para ele com ar atormentado.

– Ele escalou o sistema de polias do elevador de comida. Agora está sentado em cima do teto. Cada vez que tentamos baixá-lo, ele se pendura na corda e fica balançando acima de nós.

– Está próximo o bastante para eu tentar alcançá-lo?

Valentine notou o florete na mão do dono do hotel. Seus olhos escuros se arregalaram quando ele compreendeu que Rutledge preferia ferir o animal com a espada a deixá-lo perambular livremente pelo hotel.

– Não seria fácil – respondeu Valentine. – Provavelmente, só conseguiria deixá-lo ainda mais agitado.

– Tentou atraí-lo com comida?

– Ele não morde a isca. Mostrei uma maçã no poço do elevador e ele tentou morder minha mão.

Valentine olhou de relance para o elevador de comida, onde os outros homens assobiavam e chamavam o macaco teimoso.

Um dos nagas, um homem magro e de meia-idade vestido com um terno leve, com um tecido ricamente estampado drapeado sobre os ombros, deu um passo à frente. Sua expressão era marcada por grande sofrimento.

– É o Sr. Rutledge? Que bom! Sim, agradeço por ter vindo ajudar a recuperar esse presente tão importante para Sua Majestade. Macaco muito raro. Muito especial. Não deve ser ferido.

– Seu nome? – perguntou Harry, impaciente.

– Niran – respondeu o diplomata.

– Sr. Niran, entendo sua preocupação com o animal, mas tenho a responsabilidade de proteger meus hóspedes.

O naga ficou sério.

– Se machucar nosso presente para a Rainha, isso não vai acabar bem para você.

Harry encarou o diplomata e disse com tom neutro:

– Se não der um jeito de tirar aquele animal do meu elevador de comida e prendê-lo naquela gaiola nos próximos cinco minutos, Niran, vou fazer kebab dele.

A declaração provocou um olhar da mais pura indignação e o naga correu para a abertura do elevador de comida. O macaco deu um grito agitado, seguido por vários grunhidos.

– Não sei o que é kebab – comentou Valentine, falando com ninguém em particular –, mas não acredito que o macaco vá gostar disso.

Antes que Harry pudesse responder, Valentine percebeu um movimento atrás dele e suspirou.

– Hóspedes – resmungou o secretário.

– Maldição – murmurou Harry e se virou para encarar os hóspedes que se aproximavam, pensando no que lhes diria.

Três mulheres caminhavam apressadas em sua direção, duas delas atrás de uma menina de cabelos escuros. Harry foi surpreendido ao reconhecer Catherine Marks e Poppy Hathaway. Deduziu que a terceira era Beatrix, que parecia determinada a passar por cima dele na pressa de chegar ao elevador de comida.

Harry impediu sua passagem.

– Bom dia, senhorita. Lamento, mas não pode seguir adiante. E nem gostaria de ir lá.

Ela parou imediatamente, fitando-o com olhos tão azuis quanto os da irmã. Catherine Marks o observou com compostura, enquanto Poppy inspirou fundo, o rosto repentinamente corado.

– Não conhece minha irmã, senhor – disse ela. – Se há um animal selvagem em algum lugar por aqui, ela vai querer vê-lo, certamente.

– O que a faz pensar que há um animal selvagem no meu hotel? – perguntou Harry, como se a ideia fosse inconcebível.

O macaco escolheu esse momento para gritar com entusiasmo.

Sustentando seu olhar, Poppy sorriu. Apesar de estar irritado com a situação e com sua falta de controle sobre os acontecimentos, Harry não conseguiu deixar de retribuir. Ela era ainda mais linda do que ele se lembrava e seus olhos eram azul-escuros e lúcidos. Havia muitas mulheres bonitas em Londres, mas nenhuma delas tinha essa combinação de inteligência e charme sutilmente excêntricos. Quis levá-la para algum lugar naquele exato minuto, tomá-la só para si.

Controlando a própria expressão, Harry lembrou que ninguém sabia que já se conheciam. Ele se curvou com impecável polidez.

– Harry Rutledge, ao seu dispor.

– Sou Beatrix Hathaway – disse a menina mais nova –, e essas são minha irmã Poppy e minha dama de companhia, a Srta. Marks. Tem um macaco no poço do elevador, não é?

Ela falou de forma natural, como se encontrar animais selvagens em residência alheia fosse algo corriqueiro.

– Sim, mas...

– Não vai pegá-lo desse jeito – Beatrix o interrompeu.

Harry, que nunca era interrompido por ninguém, descobriu-se contendo outro sorriso.

– Garanto que temos a situação sob controle, senhorita.

– Vocês precisam de ajuda – declarou Beatrix. – Volto já. Não façam nada que possa incomodar o macaco. E não tente cutucá-lo com essa espada para fazê-lo sair de lá, pode acabar ferindo-o sem querer.

Então, sem dizer mais nada, ela correu de volta ao lugar de onde havia saído.

– Não seria sem querer – murmurou Harry.

A Srta. Marks olhou de Harry para as costas de Beatrix, cada vez mais longe, e seu queixo caiu.

– Beatrix, não corra pelo hotel desse jeito! Pare imediatamente!

– Creio que ela tem um plano – comentou Poppy. – É melhor ir atrás dela, Srta. Marks.

A dama de companhia a encarou com um olhar suplicante.

– Venha comigo.

Mas Poppy não se moveu, apenas respondeu num tom inocente:

– Eu espero aqui, Srta. Marks.

– Mas não é apropriado...

A dama de companhia olhou para Beatrix, cada vez mais distante, e para Poppy, parada no mesmo lugar. Decidindo que Beatrix era o problema maior, ela se virou resmungando algo nada apropriado a uma dama e correu atrás da menina.

Harry se viu na companhia de Poppy, que, como a irmã, parecia indiferente às travessuras do macaco. Eles se encararam, ele com o florete, ela com a sombrinha.

Os olhos de Poppy passearam pela malha branca que ele vestia. E em vez de permanecer em silêncio ou demonstrar o nervosismo esperado de uma jovem sem sua dama de companhia para protegê-la... ela deu início à conversa.

– Meu pai chamava a esgrima de "xadrez para o corpo" – comentou. – Era um grande admirador do esporte.

– Ainda sou um novato – disse Harry.

– De acordo com meu pai, o truque é segurar o florete como se fosse uma ave em sua mão, perto o bastante para impedir que fuja, mas não com tanta força que possa esmagá-la.

– Teve aulas com seu pai?

– Ah, sim, meu pai incentivou todas as filhas a experimentar a esgrima. Disse que não conhecia nenhum outro esporte que fosse tão conveniente a uma mulher.

– É claro. As mulheres são ágeis e rápidas.

Poppy sorriu com malícia.

– Não o bastante para escapar de você, aparentemente.

O comentário bem-humorado debochava dele e dela mesma.

De repente estavam mais próximos, embora Harry não soubesse dizer quem havia caminhado na direção do outro. Havia nela um cheiro delicioso, uma mistura de pele delicada, perfume e sabonete. Lembrando quanto sua boca era macia, ele desejou beijá-la, um desejo tão ardente que foi difícil não tocá-la. Foi com surpresa que ele se descobriu um pouco ofegante.

– Senhor! – A voz de Valentine interrompeu seus pensamentos. – O macaco está subindo pela corda.

– Ele não tem para onde ir – respondeu Harry, seco. – Tente subir o elevador e prendê-lo contra o teto.

– Vai machucar o macaco! – exclamou o naga.

– Espero que sim – retrucou Harry, irritado com a distração.

Não queria ter que se incomodar com a logística da captura de um macaco insubordinado. Queria era ficar sozinho com Poppy Hathaway.

William Cullip chegou trazendo a Dreyse com extremo cuidado.

– Sr. Valentine, aqui está!

– Obrigado.

Harry ia pegar a espingarda, mas, naquele instante, Poppy recuou por reflexo, num susto, e seus ombros colidiram com o peito dele. Quando ele a segurou pelos braços, percebeu o pânico em seu corpo tenso. Então, com cuidado, virou-a para poder encará-la. Seu rosto estava pálido, o olhar sem foco.

– O que houve? – perguntou ele com voz suave ao ampará-la. – O problema é a espingarda? Tem medo de armas de fogo?

Ela assentiu, tentando recuperar o fôlego.

Harry estava chocado com a intensidade da própria reação àquela mulher, a incontrolável necessidade de protegê-la. Ela tremia e arfava, mantendo uma das mãos contra o peito.

– Está tudo bem – murmurou Harry.

Não conseguia lembrar a última vez que alguém encontrara conforto nele. Talvez nunca houvesse acontecido. Queria puxá-la para si e acalmá-la. Era como se sempre houvesse tido essa vontade, como se esperasse por esse momento, ainda que não tivesse consciência disso.

No mesmo tom baixo e contido, ele murmurou:

– Cullip, a arma não será necessária. Leve-a de volta ao armário.

– Sim, Sr. Rutledge.

Poppy permaneceu no abrigo de seus braços, com a cabeça abaixada. A orelha exposta parecia suave. A fragrância de seu perfume o provocava. Queria explorar cada parte dela, abraçá-la até senti-la relaxar com seu toque.

– Está tudo bem – murmurou novamente, afagando suas costas e desenhando um círculo com a palmada mão. – Já passou. Peço desculpas por tê-la assustado.

– Não, *eu* é que peço desculpas, eu... – Poppy recuou, o rosto pálido repentinamente vermelho. – Normalmente não sou tão sensível, foi só a surpresa. Há muito tempo...

Ela conteve as próprias palavras, se mexeu de forma inquieta e murmurou:

– Não vou ficar tagarelando.

Harry não queria que ela parasse. Tudo nela era infinitamente interessante, embora não conseguisse explicar por quê. Ela simplesmente *era*.

– Conte – pediu em voz baixa.

Poppy fez um gesto de impotência e olhou para ele com um sorriso acanhado, como se quisesse dizer que o alertara.

– Quando eu era criança, uma das pessoas que eu mais gostava no mundo era meu tio Howard, irmão de meu pai. Ele não era casado, não tinha filhos, por isso nos cobria de atenção.

Ela sorriu com a lembrança.

– Tio Howard era muito paciente comigo. Eu falava demais e as pessoas nunca podiam me dar tanta atenção, mas ele sempre me ouvia como se tivesse todo o tempo do mundo. Um dia ele foi nos visitar enquanto meu pai caçava com alguns homens do vilarejo. Quando eles voltaram carregando várias aves, tio Howard e eu fomos encontrá-lo no fim da alameda. Mas o rifle de alguém disparou acidentalmente... Não sei ao certo se ele caiu ou se o homem o carregava de maneira incorreta... Lembro-me do barulho do disparo, um estouro igual a um trovão, e de sentir algumas picadas no braço e outra no ombro. Virei-me para contar a tio Howard, mas ele estava caindo lentamente. A ardência no meu braço era por causa de alguns grãos de chumbo, mas meu tio havia sido ferido mortalmente.

Poppy hesitou, os olhos úmidos e brilhantes. Depois continuou:

– Havia muito sangue nele. Corri para perto de meu tio e pus os braços sob sua cabeça, perguntando a ele o que devia fazer. Ele sussurrou que eu devia ser sempre uma boa menina, de forma que um dia pudéssemos nos reencontrar no céu. – Poppy pigarreou para limpar a garganta e suspirou. – Desculpe-me. Eu falo demais. Não deveria...

– Não – Harry a interrompeu, tomado por uma forte e desconhecida emoção, apavorado com o que sentia. – Eu poderia ouvir você falar o dia todo.

Ela piscou surpresa, arrancada de sua melancolia. Um sorriso tímido distendeu seus lábios.

– Com exceção de meu tio Howard, você é o primeiro homem que me diz isso.

Eles foram interrompidos por exclamações dos homens reunidos em torno do poço do elevador. O macaco continuava subindo pela corda.

– Maldição – resmungou Harry.

– Por favor, espere só mais um momento – pediu Poppy. – Minha irmã lida muito bem com animais. Ela vai tirá-lo de lá sem nenhum ferimento.

– Sua irmã tem experiência com primatas? – perguntou Harry, em tom mordaz.

Poppy refletiu por um instante.

– Acabamos de passar pela temporada londrina de eventos sociais. Isso conta?

Harry riu com um humor genuíno que não era frequente, o que fez Valentine e Brimbley olharem para ele sem esconder a perplexidade.

Beatrix se aproximou deles correndo, segurando alguma coisa nos braços. Não dava atenção à Srta. Marks, que vinha logo atrás, passando-lhe reprimendas.

– Aqui estamos – anunciou Beatrix, animada.

– Isso é nosso pote de confeitos? – perguntou Poppy.

– Já tentamos atraí-lo com comida, senhorita – falou Valentine. – Foi inútil.

– Desta vez ele vai aceitar.

Beatrix se dirigiu confiante à abertura do elevador.

– Vamos mandar o pote para ele – explicou.

– Colocou algo nos doces? – perguntou Valentine, esperançoso.

Os três enviados nagas exclamaram ansiosos, reclamando contra possíveis efeitos colaterais e dizendo que não queriam o macaco drogado nem envenenado.

– Não, não, não – garantiu Beatrix. – Se eu fizesse isso, ele poderia cair no poço, e esse precioso animal não deve ser ferido.

Os estrangeiros se acalmaram com a resposta.

– Como posso ajudar, Bea? – perguntou Poppy, aproximando-se dela.

A irmã mais nova entregou a ela um pesado cordão de seda.

– Amarre no gargalo do pote, por favor. Seus nós são sempre melhores que os meus.

– Um nó volta do fiel? – sugeriu Poppy, já começando a trabalhar.

– Sim, perfeito.

Jake Valentine olhou com insegurança para as duas jovens, depois se virou para Harry.

– Sr. Rutledge...

Harry o silenciou com um gesto, permitindo que as irmãs Hathaways prosseguissem com o plano. Mesmo que a tentativa não desse o resultado esperado, estava apreciando demais o espetáculo para interrompê-las agora.

– Na outra ponta você conseguiria fazer um nó em que fosse possível apoiar a mão? – perguntou Beatrix.

Poppy franziu o cenho.

– Como um nó de forca, talvez? Não sei se lembro como se faz.

– Permita-me ajudar – falou Harry, aproximando-se.

Poppy entregou a ponta do cordão ao dono do hotel, seus olhos brilhavam.

Harry passou a ponta do cordão em volta do dedo e deu várias voltas, formando uma bola elaborada, depois passou a outra ponta para um lado e para o outro dessa volta. Aproveitando a ocasião para exibir suas habilidades, ele concluiu com um floreio preciso.

– Muito bom – aprovou Poppy. – Que nó é esse?

– Ironicamente – respondeu Harry –, ele é conhecido como "punho de macaco".

Poppy sorriu.

– Está falando sério? Não... É brincadeira.

– Eu nunca brinco com nós. Um bom nó é algo belo.

Harry entregou a ponta da corda a Beatrix e a viu colocar o pote sobre o teto do elevador de comida. Foi então que percebeu o que ela planejara.

– Muito inteligente – comentou ele.

– Talvez não dê certo – avisou ela. – Depende da esperteza do macaco. Se for maior que a nossa...

– Tenho medo da resposta – respondeu Harry secamente.

Depois ele enfiou a mão no poço e puxou a corda do elevador devagar, mandando o pote para cima, para o macaco, enquanto Beatrix segurava o cordão de seda.

Todos estavam em silêncio. O grupo parecia prender a respiração enquanto esperava.

Tum.

O macaco havia pulado para o teto da cabine. Alguns grunhidos e ruídos curiosos ecoaram no poço. Um chacoalhar, silêncio, depois um puxão firme no cordão. Gritos ofendidos ganharam o ar e o elevador foi sacudido por movimentos bruscos.

– Pegamos – avisou Beatrix.

Harry tirou o cordão da mão dela, enquanto Valentine baixava a cabine.

– Por favor, afaste-se, Srta. Hathaway.

– Deixe-me cuidar disso – insistiu Beatrix. – É muito mais provável que o macaco avance em você que em mim. Os animais confiam em mim.

– Mesmo assim, não posso expor um hóspede ao risco de ser atacado.

Poppy e a Srta. Marks puxaram Beatrix para trás, para longe da abertura do elevador de comida. Todos deixaram escapar exclamações admiradas quando um grande macaco preto apareceu na abertura, os olhos enormes e brilhantes acima do focinho sem pelos e um tufo engraçado no topo da cabeça. O macaco era forte e encorpado e quase não tinha cauda. O rosto expressivo se contorcia furioso, os dentes brancos expostos enquanto ele gritava, ameaçador.

Uma das patas dianteiras parecia estar presa no pote de confeitos. O macaco irado puxava a pata em desespero, tentando libertá-la sem sucesso. O punho fechado era a única coisa que o mantinha cativo, mas ele não abria a mão por medo de soltar as guloseimas que encontrara lá dentro.

– Ah, ele é lindo! – exclamou Beatrix.

– Talvez para uma macaca – opinou Poppy.

Harry segurava o cordão preso ao pote com uma das mãos, enquanto, com a outra, empunhava o florete de esgrima. O macaco era maior do que ele esperava, capaz de provocar um dano considerável. E estava claramente tentando decidir quem atacaria primeiro.

– Vamos lá, meu velho – murmurou Harry, tentando conduzir o macaco para a gaiola aberta.

Beatrix pôs a mão no bolso, pegou alguns doces e foi jogá-los dentro da gaiola.

– Está lá, menino guloso – disse ao macaco. – Coisas gostosas para você. Vá pegá-las e não crie mais problemas.

Milagrosamente, o macaco obedeceu, levando o pote com ele. Depois de lançar um olhar rancoroso para Harry, ele entrou na gaiola e, com a pata livre, pegou os confeitos espalhados.

– Agora me dê o pote – pediu Beatrix com paciência.

Ela puxou o cordão, removendo o pote da gaiola. Depois jogou mais um punhado de confeitos para o macaco e fechou a porta. Os nagas correram para trancar a gaiola.

– Quero essa coisa presa por correntes – falou Harry para Valentine. – E a gaiola com o outro macaco também. E enviem os dois imediatamente para o Regent's Park.

– Sim, senhor.

Poppy se aproximou da irmã e a abraçou numa demonstração efusiva de afeto.

– Bom trabalho, Bea – parabenizou-a. – Como sabia que o macaco não ia soltar os doces dentro do pote?

– Todos sabem que os macacos são quase tão gananciosos quanto os seres humanos – respondeu Beatrix.

Poppy deu risada.

– Meninas – a Srta. Marks as chamou em voz baixa, tentando tirá-las rapidamente dali. – Tudo isso é bastante impróprio. Temos que ir.

– Sim, é claro – concordou Poppy. – Sinto muito, Srta. Marks. Vamos sair para o nosso passeio.

Porém, o esforço da dama de companhia foi frustrado pelos nagas, que cercaram Beatrix.

— Você nos prestou um *grande* serviço — disse o chefe do grupo de diplomatas, Niran. — Muito grande, realmente. Tem a gratidão do nosso país e do nosso rei, e será recomendada à Sua Majestade, a rainha Vitória por sua corajosa ajuda...

— Não, obrigada — intercedeu a Srta. Marks com firmeza. — A Srta. Hathaway não deseja ser recomendada. Isso prejudicaria a reputação dessa jovem, expondo-a publicamente. Se está realmente grato pela ajuda que ela prestou, retribua com seu silêncio.

A declaração provocou mais debate e vigorosos movimentos afirmativos de cabeça.

Beatrix suspirou e viu o macaco ser levado em sua gaiola.

— Queria ter um macaco — comentou ela em voz baixa.

A Srta. Marks a olhou com ar de sofrimento.

— E seria de esperar que ela tivesse o mesmo entusiasmo quanto a arrumar um marido.

Contendo o riso, Poppy tentou se mostrar solidária.

— Mandem limpar o elevador de comida — ordenou Harry a Valentine e Brimbley. — Cada milímetro dele.

Os homens se apressaram em cumprir a ordem, o mais velho usando as polias para mandar a cabine para baixo, enquanto Valentine se afastava com passos rápidos e controlados.

Harry olhou para as três mulheres, demorando-se um pouco mais no rosto sério da Srta. Marks.

— Agradeço pela ajuda, senhoras.

— Não foi nada — respondeu Poppy com os olhos brilhantes. — E se tiver mais problemas com macacos obstinados, não hesite em mandar nos chamar.

O sangue de Harry esquentou quando imagens tentadoras invadiram seus pensamentos... Ela, seu corpo contra o dele, sob o dele. Aquela boca sorridente só dele, sussurros invadindo sua orelha. A pele suave e pálida como o marfim na escuridão. Pele contra pele quente, despertando sensações enquanto a tocava.

Faria qualquer coisa por ela, pensou, até mesmo desistir dos últimos resquícios de sua alma.

— Bom dia — Harry se ouviu dizer, a voz rouca mas educada.

E se afastou. Por ora.

CAPÍTULO 7

— Agora entendo o que quis dizer mais cedo – comentou Beatrix com Poppy quando a Srta. Marks se afastou para cuidar de uma tarefa qualquer.

Poppy se acomodara na cama enquanto Beatrix enxugava Dodger com uma toalha diante da lareira após lhe dar um banho.

– Sobre o Sr. Rutledge – continuou. – Entendo que o tenha considerado inquietante.

Uma pausa, e ela sorriu para o furão satisfeito, que se retorcia na toalha aquecida.

– Dodger, você gosta de ficar bem limpo, não é? Fica tão cheirosinho depois do banho!

– Você sempre diz isso e ele sempre tem o mesmo cheiro.

Poppy se apoiou em um dos cotovelos e ficou observando os dois, seus cabelos soltos sobre os ombros. Estava agitada demais para cochilar.

– Então, também achou o Sr. Rutledge inquietante?

– Não, mas entendi por que *você* acha. Ele olha para você como um predador preparando uma emboscada. Como um animal que espera em silêncio a hora de dar o bote.

– Que dramático – respondeu Poppy, desviando o assunto com uma risada. – Ele não é um predador, Bea. É só um homem.

Beatrix não respondeu, apenas afagou em silêncio o pelo de Dodger. Ela se debruçou e o animal esticou o pescoço para lamber seu nariz, numa demonstração de carinho.

– Poppy – murmurou a menina –, por mais que a Srta. Marks se esforce para fazer de mim uma moça civilizada, e eu tento ouvir tudo o que ela diz, ainda tenho meu próprio jeito de ver o mundo. Para mim, as pessoas não são muito diferentes dos animais. Somos todos criaturas de Deus, não somos? Quando conheço alguém, sei imediatamente que animal a pessoa seria. Quando conhecemos Cam, por exemplo, eu soube que ele era uma raposa.

– Suponho que Cam tenha alguma semelhança com uma raposa – concordou Poppy, num tom divertido. – E Merripen, o que é? Um urso?

– Não, ele é um cavalo, sem dúvida nenhuma. E Amelia é uma galinha.

– Eu diria que ela é uma coruja.

– Sim, mas você se lembra de uma das nossas galinhas em Hampshire, de como ela correu atrás de uma vaca que se aproximou demais do ninho? Essa é Amelia.

Poppy sorriu.

– Sim, tem razão.

– E Win é um cisne.

– Eu também sou uma ave? Uma cotovia? Um rouxinol?

– Não, você é um coelho.

– Um *coelho*? – Poppy fez uma careta. – Não gostei. Por que sou um coelho?

– Ah, coelhos são animais lindos e fofinhos que adoram carinho. São muito sociáveis, mas ficam mais felizes em pares.

– Mas são medrosos – protestou Poppy.

– Nem sempre. São corajosos o bastante para viverem na companhia de muitas outras criaturas. Até gatos e cachorros.

– Bem, é melhor que ser um ouriço, acho – aceitou Poppy resignada.

– A Srta. Marks é um ouriço – anunciou Beatrix com objetividade, o que fez Poppy sorrir.

– E você é um furão, não é, Bea?

– Sim. Mas era outra coisa que eu queria dizer.

– Desculpe, continue.

– Ia dizer que o Sr. Rutledge é um felino. Um caçador solitário. Com um aparente interesse por coelhos.

Poppy piscou, perplexa.

– Acha que ele está interessado em... Ah, Bea, mas eu nem... E não acredito que o verei novamente...

– Espero que esteja certa.

Deitada de lado, Poppy observou a irmã iluminada pelo brilho trêmulo do fogo na lareira, enquanto um arrepio de desconforto penetrava seus ossos até a medula.

Não por ter medo de Harry Rutledge.

Mas por gostar dele.

~

Catherine Marks sabia que Harry tramava alguma coisa. Ele *sempre* tramava alguma coisa. Certamente não tinha intenção de se informar sobre seu bem--estar, porque não dava a mínima importância para ela. Na opinião do dono do hotel, muitas pessoas, inclusive Catherine, eram só perda de tempo.

Qualquer que fosse o mecanismo que fazia circular o sangue pelas veias de Harry Rutledge, com certeza não era um coração.

Desde que haviam se conhecido, anos antes, Catherine nunca lhe pedira nada. Uma vez que Harry fazia um favor a alguém, ele arquivava essa informação numa prateleira oculta em seu cérebro diabolicamente ardiloso, e era só uma questão de tempo até ele pedir o pagamento com juros. As pessoas tinham bons motivos para temê-lo. Ele tinha grandes amigos e grandes inimigos, e talvez nem eles mesmos soubessem em qual categoria se enquadravam.

O criado, secretário ou o que quer que fosse, levou-a aos gigantescos aposentos de Harry. Catherine agradeceu com um murmúrio indiferente. Depois se sentou na sala de recepção com as mãos cruzadas sobre as pernas. Aquela sala havia sido projetada para intimidar visitantes, totalmente decorada em tecidos claros e lisos, mármore frio e valiosa arte renascentista.

Harry entrou na sala. Era alto e seguro de si a ponto e impressionar. Como sempre, vestia-se com elegância e tinha os cabelos impecavelmente penteados.

Ele parou diante de Catherine e a estudou com os olhos verdes cheios de insolência.

– Cat. Você parece estar bem.

– Vá para o inferno – falou ela em voz baixa.

Os olhos de Harry notaram os dedos brancos e tensos da dama de companhia, o que fez um sorriso lento se formar em seu rosto.

– Suponho que, para você, eu *sou* o inferno – contrapôs ele e, indicando a outra ponta do sofá onde ela se sentara, falou: – Posso?

Catherine assentiu e esperou até ele se acomodar.

– Por que mandou me chamar? – perguntou então com voz áspera.

– A cena de hoje de manhã foi divertida, não foi? Suas meninas Hathaways são um encanto. Certamente, não são como as mocinhas que costumamos ver na sociedade.

Lentamente, Catherine ergueu os olhos para encará-lo, tentando não se encolher ao se deparar com os poços verdes e cheios de vida. Harry escondia seus pensamentos como ninguém... mas naquela manhã havia olhado para Poppy com um desejo que, normalmente, era disciplinado demais para revelar. E a jovem não saberia se defender de um homem como Harry.

Catherine tentou manter a voz controlada.

– Não vou falar sobre as Hathaways com você. E o proíbo de ficar perto delas.

– Você me *proíbe*? – replicou Harry num tom suave, os olhos brilhando com um humor debochado.

– Não vou permitir que prejudique as pessoas da minha família.

– *Sua* família? – retrucou ele, erguendo uma sobrancelha escura. – Você não tem família.

– Refiro-me à família para a qual trabalho – respondeu Catherine com frieza e dignidade. – Sou responsável por aquelas meninas. E estou falando de Poppy em especial. Vi como olhou para ela hoje de manhã. Se tentar fazer mal a ela de algum jeito...

– Não tenho intenção de fazer mal a ninguém.

– Mas é o que acontece, independentemente de quais sejam as suas intenções, não é?

Catherine sentiu uma pequena satisfação ao vê-lo estreitar os olhos.

– Poppy é boa demais para você – continuou. – E está fora do seu alcance.

– Dificilmente algo estaria fora do meu alcance, Cat.

Não houve arrogância na declaração. Era apenas a verdade. E isso alimentou o temor de Catherine.

– Poppy está praticamente comprometida – anunciou ela de forma contundente. – Está apaixonada por um rapaz.

– Michael Bayning.

O coração da dama de companhia disparou, alarmado.

– Como sabe disso?

Harry ignorou a pergunta.

– Acha mesmo que o visconde Andover, um homem reconhecidamente exigente em seus padrões, vai permitir que o filho se case com uma Hathaway?

– Sim, eu acho. Ele ama o filho, por isso vai relevar o fato de Poppy pertencer a uma família não convencional. Ele não poderia encontrar mãe melhor para seus futuros herdeiros.

– Ele é um nobre. Para ele, a linhagem sanguínea é tudo. E embora as linhagens de Poppy tenham produzido um resultado obviamente encantador, elas estão longe de ser puras.

– O irmão dela é um nobre – ressaltou Catherine.

– Só por acidente. Os Hathaways são a ponta do galho mais afastado da árvore genealógica. Ramsay pode ter herdado um título, mas, em termos de nobreza, não é mais aristocrata que você ou eu. E Andover sabe disso.

– Você é um esnobe – acusou-o Catherine, no tom mais calmo que conseguiu adotar.

– De jeito nenhum. Não me incomodo nem um pouco com o sangue plebeu dos Hathaways. Na verdade, gosto ainda mais deles por isso. Todas aquelas filhas anêmicas da nobreza, nenhuma delas chega aos pés das meninas que vi hoje de manhã.

Por um momento surpreendente, seu sorriso tornou-se genuíno.

– Que dupla. Pegar um macaco selvagem com um cordão e um pote de confeitos!

– Deixe-as em paz – insistiu Catherine. – Você brinca com as pessoas como gatos brincam com ratos. Vá se divertir com outras mulheres, Harry. Deus sabe que há muitas dispostas a qualquer coisa por você.

– É isso que as torna sem graça – falou ele, sério. – Não, não se retire, ainda tenho mais uma pergunta. Poppy falou alguma coisa sobre mim?

Confusa, Catherine negou com um movimento de cabeça.

– Apenas que era interessante poder finalmente atribuir um rosto ao misterioso dono do hotel – respondeu. Depois o encarou atenta e quis saber: – O que mais ela deveria ter dito?

Harry exibiu uma expressão inocente.

– Nada. Só queria saber se causei alguma impressão.

– Tenho certeza de que Poppy não deu nenhuma importância à sua presença. Seus afetos pertencem ao Sr. Bayning, que, diferente de você, é um homem bom e honrado.

– Você me magoa. Felizmente, nessas questões de amor, a maioria das mulheres é facilmente convencida a escolher o homem errado em vez do certo.

– Se entendesse alguma coisa sobre o amor – contrapôs Catherine, causticamente –, saberia que Poppy jamais escolheria *qualquer outro* em vez do homem a quem já entregou seu coração.

– Ele pode ficar com o coração – foi a resposta casual de Harry. – Desde que eu fique com o resto.

Quando Catherine se levantou furiosa e ofendida, Harry também ficou em pé e se dirigiu à porta.

– Por aqui, por favor – disse ele. – Deve estar com pressa para voltar e soar todos os alarmes. Não vai mesmo fazer diferença.

Fazia muito tempo que a Srta. Marks não ficava tão aflita. Harry... Poppy... Ele realmente desejava a menina Hathaway ou só queria torturar Catherine com uma brincadeira cruel?

Não, ele não estava fingindo. Decerto Harry queria Poppy, uma pessoa afetiva, espontânea e bondosa como ninguém no mundo sofisticado em que ele vivia. Queria alívio para suas inesgotáveis necessidades e, quando se cansasse dela, teria sugado toda a alegria e o charme inocente que o atraíram.

Catherine não sabia o que fazer. Não podia revelar sua ligação com Harry Rutledge, e ele sabia disso.

A solução era se certificar de que Poppy e Michael Bayning assumissem um compromisso *publicamente*, o mais depressa possível. No dia seguinte Bayning encontraria a família e os acompanharia a uma exposição de flores. Depois Catherine encontraria um jeito de apressar a corte dos dois. Diria a Cam e Amelia que eles deveriam exigir uma solução rápida para a situação.

E se por alguma razão não houvesse compromisso – que Deus não permitisse tal coisa –, Catherine sugeriria que Poppy fizesse uma viagem ao exterior e se ofereceria para acompanhá-la. Talvez França ou Itália. Até toleraria a companhia do irritante lorde Ramsay, se ele decidisse ir também. Faria qualquer coisa para proteger Poppy de Harry Rutledge.

~

– Acorde, dorminhoco.

Amelia entrou no quarto vestindo uma camisola enfeitada com camadas de renda delicada, os cabelos escuros presos numa trança grossa e bem-feita que caía sobre um ombro. Ela havia acabado de amamentar o bebê. Depois de deixá-lo com a ama, agora estava determinada a acordar o marido.

A preferência natural de Cam era ficar acordado à noite e dormir até tarde, um hábito que se opunha diretamente à filosofia de Amelia: ir para a cama e levantar-se cedo.

Aproximando-se de uma das janelas, ela abriu as cortinas para deixar a luz matinal entrar, o que provocou um gemido de protesto do homem deitado.

– Bom dia – cumprimentou-o com alegria. – A criada virá em breve para me ajudar a me vestir. É melhor que você esteja usando alguma roupa.

Ela se ocupava das gavetas da cômoda, examinando uma coleção de meias bordadas. Pelo canto do olho, viu Cam se espreguiçar, o corpo ágil e forte, a pele brilhante como mel.

– Venha aqui – chamou Cam com voz sonolenta, puxando os lençóis que o cobriam.

Amelia riu.

– De jeito nenhum. Há muita coisa para fazer. Todos estão ocupados, menos você.

– Eu pretendo me ocupar. Assim que você voltar para a cama. *Monisha*, não me faça correr atrás de você tão cedo.

Amelia o encarou com olhar severo enquanto se aproximava da cama.

– Não está cedo. Na verdade, se não se lavar e vestir rapidamente, vamos nos atrasar para a exposição de flores.

– Como alguém pode se atrasar para ver flores?

Cam balançou a cabeça e sorriu, como sempre fazia quando ela dizia alguma coisa que ele considerava uma bobagem *gadji*. Seu olhar era quente e sonolento.

– Chegue mais perto.

– Mais tarde.

Ela riu quando, com impressionante destreza, Cam estendeu o braço e a segurou pelo pulso.

– Cam, não.

– Uma boa esposa romani nunca rejeita o marido – provocou ele.

– A criada – lembrou Amelia, ofegante ao ser puxada para cima do colchão, de encontro à pele dourada e quente.

– Ela pode esperar.

Cam desabotoou seu penhoar, a mão escorregando por baixo da renda e encontrando as curvas sensíveis dos seios.

O riso de Amelia se foi. Ele a conhecia bem – bem demais – e nunca hesitava em cruelmente tirar proveito disso. De olhos fechados, ela levou uma das mãos à nuca do marido. Os cabelos sedosos e limpos deslizaram entre seus dedos.

Cam beijou seu pescoço macio, enquanto um dos joelhos se esgueirava por entre os dela.

– Ou vai ser agora – murmurou ele – ou vai ser atrás das azaleias na exposição de flores. A escolha é sua.

Ela se contorceu um pouco, não em protesto, mas com prazer, quando ele prendeu seus braços nas mangas da camisola.

– Cam – murmurou Amelia ao ver os cabelos escuros dele já caindo sobre seus seios. – Vamos nos atrasar muito...

Ele murmurou quanto a desejava, falando em romani, como sempre fazia quando abandonava a atitude civilizada, e as sílabas exóticas eram como uma carícia quente sobre sua pele sensível. E durante os minutos seguintes ele a possuiu, a consumiu com uma desinibição tão grande que teria sido bárbara, se não fosse delicada.

– Cam – falou ela mais tarde, ainda com os braços envolvendo o ombro do marido –, vai dizer alguma coisa ao Sr. Bayning hoje?

– Sobre amores-perfeitos e prímulas?

– Sobre as intenções dele com relação à minha irmã.

Cam sorriu para ela e tocou uma mecha de cabelos que se soltara da trança.

– Você se oporia se eu falasse?

– Não, eu quero que fale – afirmou ela, com uma ruga marcando o espaço entre suas sobrancelhas. – Poppy insiste em dizer que ninguém deve criticar o Sr. Bayning por demorar tanto a falar com o pai.

Cam usou o polegar para apagar a ruga em sua testa, afagando-a com delicadeza.

– Ele já esperou demais. Sabe o que os romani dizem sobre um homem como Bayning? Ele quer comer o peixe, mas não quer entrar na água.

Amelia respondeu com um sorriso desanimado.

– É muito frustrante saber que ele está pisando em ovos desse jeito, em vez de resolver o assunto de uma vez. Queria que Bayning simplesmente falasse com o pai e decidisse tudo logo.

Cam, que havia aprendido alguma coisa sobre a aristocracia nos dias que havia passado trabalhando como gerente de um clube de jogos para cavalheiros, falou num tom seco:

– Um jovem que vai herdar uma fortuna como a de Bayning precisa ser cauteloso.

– Não me interessa. Ele alimentou as esperanças de minha irmã. Se tudo isso acabar em nada, ela vai ficar arrasada. E ele impediu que outros homens a cortejassem, a temporada toda foi desperdiçada...

– Shhh. – Cam rolou para o lado, levando-a com ele. – Concordo com você, *monisha*... esse relacionamento oculto deve acabar. Vou me certificar de que Bayning entenda que é hora de agir. E vou conversar com o visconde, se ajudar.

– Obrigada – disse Amelia, apoiando o rosto no peito do marido à procura de conforto. – Vou ficar muito contente quando tudo isso for resolvido. Não consigo me livrar do pressentimento de que as coisas não vão acabar bem para Poppy e o Sr. Bayning. Espero estar errada. Quero muito que Poppy seja feliz, e... O que vamos fazer, se ele partir o coração de minha irmã?

– Vamos cuidar dela – murmurou Cam, aninhando-a entre os braços. – E amá-la. É para isso que serve uma família.

CAPÍTULO 8

Poppy estava tonta com a mistura de nervosismo e empolgação. Michael logo chegaria para acompanhar a família à exposição de flores. Depois de todos os subterfúgios, esse era o primeiro passo para um relacionamento reconhecido abertamente.

Ela escolhera com cuidado extra um vestido amarelo com acabamento de cordões de veludo preto. As saias em camadas eram enfeitadas a intervalos regulares com laços negros aveludados. Beatrix usava um traje semelhante, mas o dela era azul com adornos cor de chocolate.

– Adoráveis – elogiou a Srta. Marks, sorrindo ao vê-las entrar na sala de visitas da suíte da família. – Vocês serão as duas jovens damas mais elegantes na exposição de flores.

Ela se aproximou para ajeitar os cachos rebeldes de Poppy, prendendo um grampo com mais segurança.

– E prevejo que o Sr. Bayning não será capaz de desviar os olhos de você – acrescentou.

– Ele está um pouco atrasado – comentou Poppy, tensa. – E não costuma se atrasar. Espero que não tenha havido nenhum problema.

– Ele vai chegar logo, tenho certeza.

Cam e Amelia entraram na sala, ela radiante em um vestido rosa, a cintura estreita bem marcada por um cinto de couro cor de bronze combinando com as botas.

– Que lindo dia para um passeio – disse Amelia, os olhos azuis brilhando intensamente. – Porém, duvido que você se interesse pelas flores, Poppy.

Tocando o próprio estômago, Poppy deixou escapar um suspiro inseguro.

– Isso tudo me deixa muito nervosa.

– Eu sei, querida. – Amelia foi abraçá-la. – Isso só me faz sentir uma imensa gratidão por nunca ter tido que enfrentar a temporada londrina de eventos sociais. Eu nunca teria a sua paciência. Francamente, deviam cobrar um imposto dos homens solteiros de Londres até eles se casarem. Isso apressaria todo o processo de corte.

– Não entendo por que as pessoas precisam se casar – manifestou-se Beatrix. – Não havia ninguém para casar Adão e Eva, havia? Eles viveram juntos naturalmente. Por que nós temos que nos incomodar com um casamento, se eles não pensaram nisso?

Poppy deu uma risada nervosa.

– Quando o Sr. Bayning estiver aqui – disse ela –, não vamos abordar assuntos polêmicos, Bea. Receio que ele não esteja acostumado com o nosso jeito de... bem, nosso...

– Com nossas discussões acaloradas – sugeriu a Srta. Marks.

Amelia sorriu.

– Não se preocupe, Poppy. Seremos tão sérios e recatados que vai ser até tedioso.

– Obrigada – agradeceu Poppy com fervor.

– Tenho que ser tediosa também? – perguntou Beatrix à Srta. Marks, que assentiu, enfática.

Com um suspiro, Beatrix se dirigiu à mesa no canto da sala e começou a esvaziar os bolsos.

O estômago de Poppy deu um salto quando ela ouviu uma batida na porta.

– É ele – disse meio sem ar.

– Vou recebê-lo – falou a Srta. Marks, e sorriu rapidamente para Poppy. – Respire, querida.

Poppy assentiu e tentou se acalmar. Cam e Amelia trocaram um olhar que a jovem não conseguiu decifrar. Eles se entendiam de tal maneira que era como se pudessem ler os pensamentos um do outro.

Ela conteve o riso ao lembrar o comentário de Beatrix sobre coelhos serem mais felizes em pares. Beatrix estava certa. Poppy queria muito ser amada, ser a metade de um par. E havia esperado por isso muito tempo: ainda era solteira, enquanto amigas de sua idade já haviam casado e tinham dois ou três filhos. Parecia ser o destino das Hathaways encontrar o amor mais tarde na vida.

Os pensamentos de Poppy foram interrompidos pela entrada de Michael, que se curvou num cumprimento elegante. A onda de alegria foi abrandada pela expressão do recém-chegado, mais sombria do que ela jamais imaginara ser possível. Sua pele estava pálida, os olhos, vermelhos como se não houvesse dormido. Ele parecia doente, na verdade.

– Sr. Bayning – falou ela em voz baixa, o coração batendo como um animalzinho tentando se libertar de uma rede. – Sente-se bem? Qual é o problema?

Os olhos castanhos de Michael, normalmente tão afetuosos, estavam vazios quando estudaram sua família.

– Perdoem-me – falou ele com voz rouca. – Não sei o que dizer.

A respiração dele parecia presa na garganta.

– Enfrento uma... uma dificuldade... é impossível – falou, então seus olhos encontraram os de Poppy. – Srta. Hathaway, precisamos conversar. Não sei se seria possível termos um momento a sós...

Um silêncio tenso seguiu a solicitação. Cam olhou para o jovem com uma expressão indecifrável, enquanto Amelia balançava a cabeça sutilmente como se quisesse negar o que estava por vir.

– Receio que não seja apropriado, Sr. Bayning – murmurou a Srta. Marks. – Temos que considerar a reputação da Srta. Hathaway.

– É claro.

Ele passou a mão na testa e Poppy percebeu que seus dedos tremiam.

Alguma coisa estava errada, sem dúvida. Muito errada.

Uma calma fria a invadiu. Ela falou com uma voz atordoada que nem pareceu ser a dela.

– Amelia, se importaria em ficar na sala conosco?

– Eu fico, é claro.

O restante da família deixou a sala de visitas, inclusive a Srta. Marks.

Poppy sentiu o suor frio escorrendo sob sua camisa e teve certeza de que manchas de umidade surgiam sob suas axilas. Mesmo assim, sentou-se no sofá e olhou para Michael com os olhos muito abertos.

– Pode se sentar – disse a ele.

Michael hesitou e olhou para Amelia, que havia se colocado perto da janela.

– Por favor, sente-se, Sr. Bayning – Amelia reforçou o convite, mas continuou olhando para a rua lá fora. – Vou tentar fingir que não estou aqui. Lamento que não possam ter mais privacidade que isso, mas a Srta. Marks está certa: é preciso proteger a reputação de Poppy.

Não havia nenhum traço de censura em seu tom de voz, mas o desconforto de Michael foi evidente. Sentado ao lado de Poppy, ele segurou suas mãos e debruçou a cabeça sobre elas. Seus dedos estavam ainda mais gelados que os da jovem.

– Tive uma terrível discussão com meu pai ontem à noite – começou ele com a voz abafada. – Parece que um rumor chegou aos ouvidos dele, um relato sobre meu interesse por você. Sobre minhas intenções. Ele ficou... ultrajado.

– Deve ter sido terrível – respondeu Poppy.

Sabia que Michael raramente discutia com o pai, se é que discutiam. Ele admirava o visconde e se esforçava sempre para agradá-lo.

– Pior que terrível – falou Michael e inspirou profundamente. – Vou poupá-la dos detalhes. O resultado da longa e dura discussão foi que o visconde me deu um ultimato. Se me casar com você, serei deserdado. Ele não me reconhecerá mais como filho e não terei mais direito a nada.

O silêncio que invadiu a sala foi perturbado apenas pela rápida inspiração chocada de Amelia.

Poppy sentiu a dor se expandir em seu peito, expulsar o ar dos pulmões.

– Que motivos ele deu? – a jovem conseguiu perguntar.

– Disse apenas que você não se enquadra no padrão de uma noiva Bayning.

– Se esperar que ele se acalme... tentar convencê-lo a mudar de ideia... Eu posso esperar, Michael. Esperarei para sempre.

Michael balançou a cabeça.

– Não posso encorajá-la a esperar. A decisão de meu pai é definitiva. Ele pode levar anos para mudar de ideia, se é que um dia vai mudar. E você merece a chance de ser feliz.

Poppy o encarou com firmeza.

– Eu só poderia ser feliz com você.

Michael levantou a cabeça, e seus olhos eram escuros e brilhantes.

– Lamento, Poppy. Desculpe por ter alimentado esperanças, quando isso nunca foi possível. Minha única justificativa é que pensei conhecer meu pai, mas, aparentemente, me enganei. Sempre acreditei que seria capaz de convencê-lo a aceitar a mulher que eu amasse, sempre pensei que meu julgamento seria suficiente para ele. E eu... – Sua voz falhou. Ele engoliu em seco com uma dificuldade perceptível. – Eu amo você. Eu... maldição, nunca o perdoarei por isso.

O jovem soltou as mãos de Poppy e pegou no bolso um maço de cartas presas com uma fita. Todas as cartas que ela lhe escrevera.

– Minha honra exige que as devolva.

– Não vou devolver as suas – avisou Poppy, aceitando as cartas com mão trêmula. – Quero guardá-las.

– É seu direito, é claro.

– Michael – falou Poppy com a voz embargada. – Eu amo você.

– Eu... não posso lhe dar esperanças.

Os dois ficaram quietos e trêmulos, trocando um olhar aflito.

A voz de Amelia penetrou o silêncio sufocante. Ela soou abençoadamente racional.

– As objeções do visconde não precisam detê-lo, Sr. Bayning. Ele não pode impedi-lo de herdar o título e as propriedades associadas a ele, pode?

– Não, mas...

– Leve minha irmã para Gretna Green. Forneceremos uma carruagem. O dote de minha irmã é grande o bastante para garantir o sustento dos dois. Se precisarem de mais, meu marido pode aumentar o valor.

Amelia o encarou com firmeza desafiadora, esperando pela resposta.

– Se quer minha irmã, Sr. Bayning, case-se com ela. Os Hathaways o ajudarão a enfrentar todas as tempestades que vierem.

Poppy nunca amara a irmã mais do que naquele momento. Encarou Amelia com um sorriso hesitante e os olhos marejados.

Porém, o sorriso se apagou quando Michael respondeu sério.

– O título e as propriedades associadas a ele serão herdados por mim, sim, mas enquanto meu pai for vivo, terei de sobreviver com recursos próprios, e não tenho nenhum. Não posso viver da caridade da família de minha esposa.

– Não é caridade se também pertencer à família – argumentou Amelia.

– Não entende como as coisas são com os Baynings – insistiu Michael. – Isso é uma questão de honra. Sou filho único. Fui criado com um objetivo desde que nasci: assumir as responsabilidades de minha posição e do título. Isso é tudo o que sempre soube de mim. Não posso viver como um rejeitado, longe de meu pai. Não posso viver no escândalo e no ostracismo.

Ele deixou a cabeça pender.

– Deus, como estou cansado de discutir. Meu cérebro passou a noite toda dando voltas.

Poppy viu a impaciência no rosto da irmã e percebeu que, por ela, Amelia estava preparada para refutar cada argumento de Michael. Mas sustentou o olhar da irmã mais velha e balançou a cabeça, tentando transmitir a mensagem: "É inútil." Michael já havia tomado sua decisão. Nunca desafiaria o pai. Discutir só o deixaria mais infeliz do que já estava.

Amelia fechou a boca e olhou pela janela novamente.

– Sinto muito – disse Michael depois de um longo silêncio, ainda segurando as mãos de Poppy. – Nunca tive a intenção de enganá-la. Tudo o que falei sobre meus sentimentos, cada palavra foi verdadeira. Apenas me arrependo de ter feito com que perdesse seu tempo. Um tempo valioso para uma jovem na sua posição.

Poppy sabia que ele não falara com a intenção de ofendê-la, mas se encolheu mesmo assim.

Uma jovem em sua posição.

Vinte e três anos. Solteira. Ainda sozinha depois de sua terceira temporada.

Cuidadosa, ela removeu as mãos das de Michael.

– Não foi perda de tempo – conseguiu dizer. – Sou uma pessoa melhor por tê-lo conhecido, Sr. Bayning. Por favor, não se arrependa. Eu não lamento.

– Poppy – murmurou ele num tom sofrido que quase a fez desmoronar.

Temia que irrompesse em lágrimas.

– Por favor, vá.

– Se pudesse fazê-la entender...

– Eu entendo. De verdade. E ficarei perfeitamente... – dizia, mas foi obrigada a parar, engolindo em seco. – Por favor, vá embora. *Por favor.*

Poppy notou Amelia se aproximar, murmurar algo para Michael e, com toda a eficiência, conduzi-lo para fora da suíte antes que Poppy perdesse a compostura. Querida Amelia, que não hesitara em dar conta de um homem muito maior que ela.

Uma galinha correndo atrás de uma vaca, pensou Poppy, rindo apesar das lágrimas quentes que começavam a escorrer por seu rosto.

Depois de fechar a porta com firmeza, Amelia se sentou ao lado de Poppy e a segurou pelos ombros, fitando seus olhos molhados. Com a voz embargada pela emoção, ela disse:

– Você é uma dama, Poppy. E é muito mais do que ele merecia. Estou muito orgulhosa de você. Fico me perguntando se ele sabe quanto perdeu.

– Ele não tem culpa da situação.

Amelia tirou um lenço da manga e o ofereceu à irmã.

– É discutível, mas não vou criticá-lo, porque isso não vai nos ajudar em nada. Porém, devo dizer... Bem, a expressão "não posso" sai da boca do Sr. Bayning com muita facilidade.

– Ele é um filho obediente – argumentou Poppy, secando as lágrimas do rosto, mas logo desistindo e apenas segurando o lenço contra os olhos transbordantes.

– Sim, bem... De agora em diante, eu a aconselho a procurar um cavalheiro com meios de sustento.

Poppy balançou a cabeça, o rosto ainda escondido pelo lenço.

– Não há ninguém para mim.

Ela sentiu quando os braços da irmã a envolveram.

– Há, sim. Há, sim. *Prometo* que há. Ele está esperando. Vai encontrá-la. Um dia Michael Bayning não será mais que uma lembrança distante.

Poppy chorava copiosamente, soluçando com tanta intensidade que sentia as costelas doerem.

– Deus – conseguiu arquejar. – Isso dói, Amelia. E tenho a sensação de que nunca vai passar.

Amelia apoiou a cabeça de Poppy em seu ombro e beijou o rosto molhado.

– Eu sei – disse. – Passei por isso uma vez. Lembro como é. Você vai chorar, depois vai ficar zangada, depois vai se desesperar, e depois vai se revoltar outra vez. Mas conheço o remédio para coração partido.

– Qual é? – perguntou Poppy com um suspiro trêmulo.

– Tempo... oração... e, acima de tudo, uma família que a ama. Você sempre será amada, Poppy.

Poppy conseguiu forçar um sorriso hesitante.

– Dou graças a Deus por existirem irmãs – disse, e chorou outra vez no ombro de Amelia.

Muito mais tarde naquela noite, alguém bateu com determinação na porta dos aposentos de Harry Rutledge. Jake Valentine arrumava as roupas limpas e os sapatos pretos engraxados para a manhã seguinte. Interrompeu a tarefa para ir atender a porta e se deparou com uma mulher de aparência vagamente familiar. Ela era pequena, usava óculos redondos, tinha cabelos castanho-claros e olhos azul-acinzentados. Ele a encarou por um momento, tentando identificá-la.

– Posso ajudá-la?

– Quero falar com o Sr. Rutledge.

– Receio que ele não esteja.

Os lábios da visitante se retraíram quando ela ouviu a frase tão desgastada, usada pela maioria dos criados quando seus senhores não queriam ser incomodados. Quando falou novamente, sua voz denotou grande desprezo.

– Quer dizer que ele não está no sentido de que ele não quer me ver ou que não está porque realmente saiu?

– Tanto faz – respondeu Jake, implacável. – Não o verá está noite. Mas a verdade é que ele realmente saiu. Gostaria de deixar algum recado?

– Sim. Diga a ele que espero que apodreça no inferno pelo que fez a Poppy Hathaway. E diga também que, se ele se aproximar dela, eu o mato.

Jake reagiu com uma absoluta tranquilidade. Ameaças de morte contra Harry eram comuns.

– E a senhora é...?

– Entregue o recado – respondeu ela secamente. – Ele vai saber quem o deixou.

Dois dias depois de Michael Bayning ter visitado o hotel, o irmão das Hathaways, Leo, ou lorde Ramsay, apareceu para uma visita. Como outros homens sofisticados, Leo alugava uma pequena casa em Mayfair durante a temporada de eventos sociais e, no fim de junho, se retirava para sua propriedade rural. Embora pudesse facilmente se instalar com a família no Rutledge, ele preferia ter privacidade.

Ninguém podia negar que Leo era um homem bonito, alto e de ombros largos, com cabelos castanho-escuros e olhos impressionantes. Diferente das irmãs, tinha olhos de um tom claro de azul com bordas escuras contornando as pupilas. Marcantes. Cansados. Ele se comportava como um libertino e era convincente, dando a impressão de que nunca se importava com nada e ninguém. Havia momentos, porém, em que a máscara caía só pelo tempo necessário para exibir um homem de extraordinária sensibilidade, e era nesses raros momentos que Catherine se sentia mais apreensiva perto dele.

Quando estavam em Londres, Leo ficava sempre ocupado demais para dedicar tempo à família, e Catherine se sentia grata por isso. Desde que se conheceram, ela sentira uma antipatia intrínseca por ele e sabia que o sentimento era mútuo. Essa hostilidade era forte o bastante para criar centelhas de ódio. Às vezes eles competiam para decidir quem era capaz de dizer ao outro as coisas mais ofensivas, ambos testando, estudando, tentando encontrar pontos fracos. Era como se não conseguissem evitar, como se não controlassem o impulso constante de atacar o outro.

Catherine atendeu a porta na suíte da família e reagiu instintivamente ao se deparar com a silhueta alta e larga de Leo. Elegante, ele vestia casaco escuro com lapelas largas, calça solta sem vincos e colete com estampa arrojada e botões prateados.

Leo a avaliou com olhos gelados e um sorriso arrogante.

– Boa tarde, Marks.

Catherine manteve a expressão dura, com a voz repleta de desdém.

– Lorde Ramsay. Estou surpresa que tenha se afastado de seu lazer para visitar a irmã.

Leo a encarou com ar debochado.

– O que fiz para merecer o sermão? Sabe, Marks, se um dia aprender a ficar de boca fechada, suas chances de atrair um homem podem aumentar exponencialmente.

Os olhos dela ficaram mais estreitos.

– E por que eu iria querer atrair um homem? Ainda não descobri qual é a utilidade deles.

– Bem, mesmo que não tenhamos nenhuma outra, vocês precisam de nós para produzir mais mulheres. – Uma pausa. – Como está minha irmã?

– Com o coração partido.

Leo contraiu os lábios.

– Deixe-me entrar, Marks. Quero vê-la.

Catherine deu um passo relutante para o lado.

Leo entrou na sala de visitas e encontrou Poppy sentada sozinha com um livro. Ele a observou em silêncio. Sua irmã, normalmente uma jovem de olhos brilhantes, estava pálida e abatida. Parecia insuportavelmente cansada, temporariamente envelhecida pelo sofrimento.

A fúria cresceu dentro dele. Havia poucas pessoas no mundo com quem se importava, e Poppy era uma delas.

Era injusto que as pessoas que mais desejavam o amor, que o procuravam com mais afinco, menos o encontrassem. E não havia um bom motivo para Poppy, a mais bela jovem em Londres, ainda não ter se casado. Mas Leo fizera listas mentais de conhecidos, analisando cada um deles como uma possibilidade para sua irmã, e nenhum havia parecido sequer remotamente adequado. Quando um tinha o temperamento apropriado, era idiota ou velho. E havia os corruptos, os perdulários e os depravados. Por Deus, a aristocracia era uma coleção deplorável de espécimes do gênero masculino. E ele se incluía no grupo.

– Oi, irmãzinha – Leo a cumprimentou com doçura ao se aproximar. – Onde estão os outros?

Poppy conseguiu forçar um sorriso pálido.

– Cam saiu para tratar de negócios. Amelia e Beatrix foram levar Rye para passear de carrinho no parque.

Ela puxou os pés para abrir espaço para o irmão no canapé.

– Como vai, Leo?

– Não se preocupe comigo. Como vai você?

– Nunca estive melhor – falou ela, corajosa.

– Sim, estou vendo.

Leo se sentou e a abraçou, puxando-a para perto. E a amparou, afagando suas costas, até ouvir um choramingo.

– Aquele canalha – murmurou ele. – Quer que eu o mate?

– Não – falou ela com a voz embargada. – Não foi culpa dele. Suas intenções eram boas, ele realmente queria se casar comigo.

Leo beijou o topo da cabeça da irmã.

– Jamais confie em homens bem-intencionados. Eles sempre a desapontarão.

Recusando-se a rir da piada, Poppy levantou a cabeça para encarar o irmão.

– Quero ir para casa, Leo – pediu, chorosa.

– É claro que sim, querida. Mas ainda não pode.

Ela piscou.

– Por que não?

– Sim, por que não? – perguntou Catherine Marks em tom seco, sentando-se em uma poltrona próxima.

Leo se virou para olhar carrancudo para a dama de companhia, depois se dedicou novamente à irmã.

– Há boatos circulando – disse sem rodeios. – Ontem à noite fui a uma reunião oferecida pela esposa do embaixador espanhol, uma dessas coisas às quais você só comparece para poder dizer que esteve lá, e não consigo contar quantas vezes me perguntaram sobre você e Bayning. Parece que todos estão pensando que você se apaixonou por ele e ele a rejeitou porque o pai decidiu que você não era boa o bastante.

– Mas essa é a verdade.

– Poppy, na sociedade londrina, a verdade pode causar problemas. Se disser a verdade a alguém, vai ter que dizer outra verdade, e outra, e assim sucessivamente, para continuar encobrindo.

Dessa vez ela não conseguiu conter o sorriso.

– Está tentando me aconselhar, Leo?

– Sim, e embora sempre repita para você ignorar meus conselhos, desta vez acho que é melhor fazer o que digo. O último evento importante da temporada é o baile oferecido por lorde e Lady Norbury na semana que vem.

– Acabamos de escrever um pedido de desculpas pelo não comparecimento – anunciou Catherine. – Poppy não quer ir.

Leo a encarou sério.

– A mensagem já foi enviada?

– Não, mas...

– Rasgue-a, então. É uma ordem.

Leo viu os ombros estreitos da dama de companhia se enrijecerem e sentiu um prazer perverso por ser a causa da repentina tensão.

– Mas, Leo – protestou Poppy –, não quero ir a um baile. As pessoas vão ficar me observando para saber se eu...

– Certamente estarão observando – confirmou Leo. – Como um bando de urubus. Por isso você precisa ir. Porque, se não for, será atacada pelos fofoqueiros e será alvo de deboche implacável quando a próxima temporada começar.

– Não interessa – disse Poppy. – Nunca mais terei outra temporada.

– Você pode mudar de ideia. E quero que tenha escolha. Por isso você vai ao baile, Poppy. E usará seu vestido mais bonito, com fitas azuis nos cabelos. Vai mostrar a eles que não se incomoda com Michael Bayning. Você vai dançar e rir, e vai manter a cabeça erguida.

– Leo – gemeu Poppy. – Não sei se consigo.

– É claro que consegue. Seu orgulho exige que sim.

– Não tenho razões para estar orgulhosa.

– Eu também não – disse Leo. – Mas isso não me impede, certo?

Os olhos dele foram da expressão relutante de Poppy para a de Catherine, indecifrável:

– Diga a ela que estou certo, maldição! Ela tem que ir, não tem?

Catherine hesitou. Por mais que detestasse admitir, Leo estava certo. Uma aparição confiante e sorridente no baile seria de grande valia para conter as línguas compridas dos salões de Londres. Mas, instintivamente, sabia que Poppy devia ser levada para a segurança de Hampshire o mais depressa possível. Enquanto estivesse na cidade, ela estaria ao alcance de Harry Rutledge.

Por outro lado... Harry nunca havia comparecido a esses eventos, em que mães desesperadas tentavam agarrar os últimos solteiros disponíveis para suas filhas. Harry jamais se rebaixaria comparecendo ao baile dos Norburys, em especial porque sua aparição transformaria o evento em um verdadeiro circo.

– Por favor, controle seu linguajar – falou Catherine. – Sim, o senhor está certo. Porém, será difícil para Poppy. E se ela perder a compostura no baile, se acabar chorando, os fofoqueiros terão ainda mais munição.

– Não vou perder a compostura – declarou Poppy com a voz cansada. – Tenho a sensação de que já chorei todas as lágrimas até o fim da vida.

– Boa menina – Leo a incentivou num tom suave.

Depois ele olhou para o rosto perturbado de Catherine e sorriu.

– Parece que finalmente concordamos em alguma coisa, Marks. Mas não se preocupe, tenho certeza de que não vai acontecer de novo.

CAPÍTULO 9

O baile dos Norburys acontecia em Belgravia, uma área de calma e quietude no coração de Londres. Era possível estar atordoado pelo barulho, o tráfego e a agitação de Knightsbridge ou da Sloane Street, atravessar para a Belgrave Square e se descobrir em um oásis de relaxante decoro. Aquele era um lugar de grandes embaixadas feitas de mármore e amplas varandas brancas, de mansões solenes com lacaios altos e empoados e mordomos imponentes, além de carruagens transportando jovens lânguidas e seus cachorrinhos rechonchudos.

As outras áreas de Londres pouco interessavam para os que tinham a sorte de viver em Belgravia. Ali a conversa era, em grande parte, sobre questões locais – quem havia comprado que casa, que rua precisava de reparos ou quais eventos haviam acontecido em uma residência da vizinhança.

Para consternação de Poppy, Cam e Amelia haviam concordado com a análise que Leo fizera da situação. Uma exibição de orgulho e despreocupação era de fundamental importância agora, se queria evitar uma onda de boatos e comentários sobre a rejeição que sofrera.

"Os *gadje* têm uma memória fabulosa para esses assuntos", Cam havia comentado com sarcasmo. "Só Deus sabe por que atribuem tanta importância a assuntos sem nenhuma relevância. Mas eles são assim."

"É só uma noite", Amelia se manifestara, preocupada. "Mas acha que consegue passar uma boa impressão, querida?"

"Sim", Poppy havia concordado sem entusiasmo. "Se vocês estiverem lá, eu consigo."

Porém, enquanto subia a escada para a entrada da mansão, Poppy foi tomada pelo arrependimento e pelo medo.

A taça de vinho que bebera para ter coragem era como uma poça de ácido no estômago e o espartilho estava apertado demais.

Ela usava um vestido branco, um encanto composto de várias camadas de cetim drapeado e azul-claro. A cintura era marcada por uma faixa de cetim, o decote era profundo e tinha acabamento azul. Amelia enfeitou seus cabelos com uma fita anil depois de ajeitá-los formando uma nuvem de cachos bem presos.

Como prometido, Leo viera acompanhar a família ao baile. Ele oferecera o braço a Poppy e a levara escada acima, tendo os outros a segui-los. Juntos, eles entraram na casa superaquecida, cheia de flores, música e centenas de conversas paralelas. Algumas portas haviam sido removidas das dobradiças para permitir a circulação de convidados do salão às salas de jantar e de jogos.

Os Hathaways esperaram na fila de convidados que se formava no hall de entrada.

– Veja como todos são dignos e educados – comentou Leo observando o grupo. – Não posso ficar muito tempo. Alguém pode me influenciar.

– Você prometeu que ficaria até depois da primeira dança – lembrou Poppy.

O irmão suspirou.

– Por você, eu fico. Mas desprezo esses eventos.

– Tanto quanto eu – a Srta. Marks os surpreendeu ao declarar, estudando a reunião como se adentrasse território inimigo.

– Meu Deus! Concordamos sobre mais alguma coisa – falou Leo, olhando com um sorriso debochado para a dama de companhia, como se estivesse desconfortável. – Temos que parar com isso, Marks. Meu estômago está começando a revirar.

– *Por favor*, não fale essa palavra – irritou-se ela.

– Estômago? Por que não?

– É indelicado se referir à sua anatomia. – E o olhou com desdém. – E, garanto, ninguém está interessado nela.

– Você acha que não? Pois saiba, Marks, que muitas mulheres já comentaram sobre o meu...

– Ramsay – Cam o interrompeu, advertindo-o com o olhar.

Quando passaram pelo hall de entrada, a família se dispersou para circular. Leo e Cam foram para a sala de jogos, enquanto as mulheres se dirigiam às mesas de jantar. Amelia foi imediatamente capturada por um grupo de matronas falantes.

– Não vou conseguir comer – comentou Poppy, olhando com repulsa para o longo buffet de carnes frias, filés e saladas de presunto e lagosta.

– Estou faminta – declarou Beatrix como se pedisse desculpas. – Importa-se se eu comer alguma coisa?

– De jeito nenhum, vamos esperá-la.

– Coma um pouco de salada – sugeriu a Srta. Marks a Poppy. – Só para manter as aparências. E sorria.

– Assim? – Poppy tentou levantar os cantos da boca.

Beatrix a encarou em dúvida.

– Não, isso não foi nada bonito. Você ficou parecendo um salmão.

– Eu me sinto como um salmão – respondeu Poppy. – Um salmão cozido, desfiado e guardado num pote.

Os convidados formavam uma fila perto do buffet, enquanto lacaios preparavam seus pratos e os dirigiam às mesas.

Poppy ainda esperava na fila quando foi abordada por Lady Belinda Wallscourt, uma mulher jovem e bela com quem ela fizera amizade durante a temporada. Assim que Belinda fora apresentada à sociedade, havia sido assediada por diversos cavalheiros e logo escolhera um, com o qual se comprometera em noivado.

– Poppy! – disse Lady Belinda com simpatia. – Que bom vê-la aqui. Ninguém sabia ao certo se viria.

– Ao último baile desta temporada? – contrapôs Poppy com um sorriso forçado. – Eu não o perderia.

– Fico feliz por isso – falou a jovem e depois, olhando-a com um misto de compaixão e solidariedade, baixou o tom de voz: – O que aconteceu com você foi terrível. Lamento muito.

– Oh, não há nada a lamentar – replicou Poppy, animada. – Estou muito bem!

– Você é muito corajosa – opinou Belinda. – E, Poppy, lembre que um dia você encontrará um sapo que se transformará em um belo príncipe.

– Que bom – falou Beatrix. – Porque até agora ela só encontrou príncipes que se transformaram em sapos.

Perplexa, Belinda conseguiu forçar um sorriso antes de deixá-las.

– O Sr. Bayning não é um sapo – protestou Poppy.

– Tem razão – concordou Beatrix. – Isso foi muito injusto com os sapos, que são criaturas adoráveis.

Quando Poppy ia abrir a boca para protestar, ouviu a risada abafada da Srta. Marks e começou a rir também, até notar que atraíam olhares curiosos das pessoas que esperavam na fila do buffet.

Beatrix terminou de comer e elas se dirigiram ao salão de baile. A música da orquestra que tocava na galeria superior fluía em notas contínuas. O amplo salão cintilava à luz de oito lustres, enquanto a doçura de muitas rosas e folhagens perfumava o ar.

Trancada na implacável contenção do espartilho, Poppy tinha que fazer força para encher os pulmões.

– Está muito quente aqui dentro – reclamou.

A Srta. Marks olhou para o rosto suado da jovem, pegou rapidamente um lenço e a conduziu até uma das diversas cadeiras na lateral do salão.

– Está bem quente – concordou ela. – Espere um momento, vou localizar seu irmão ou o Sr. Rohan para acompanhá-la até lá fora. Um pouco de ar fresco vai lhe fazer bem. Mas, antes, deixe-me cuidar de Beatrix.

– Sim, é claro – Poppy conseguiu responder, notando que dois homens já haviam se aproximado de Beatrix na esperança de escrever os nomes no cartão de danças da menina.

Sua irmã mais nova ficava à vontade entre cavalheiros de um jeito que Poppy jamais conseguiria. Eles pareciam adorar Beatrix porque ela os tratava como se fossem suas criaturas selvagens, mimando-os um pouco e demonstrando interesse e paciência.

Enquanto a Srta. Marks supervisionava o cartão de danças de Beatrix, Poppy se recostou na cadeira e se concentrou em respirar na prisão de ferro do espartilho. Infelizmente, naquela cadeira em especial ela podia ouvir uma conversa que acontecia do outro lado de uma coluna enfeitada com guirlandas.

Três jovens mulheres falavam em voz baixa, mas em um tom que transbordava satisfação.

– É claro que Bayning não a quis – dizia uma delas. – Ela é bonita, reconheço, mas sem nenhum tato social. Um cavalheiro que conheço contou que tentou conversar com ela na exposição de arte da Royal Academy e ela não parou de falar sobre um assunto ridículo... alguma coisa sobre um experimento com um balão realizado na França há muito tempo, quando mandaram um carneiro para o ar diante do rei Luís alguma coisa... Podem *imaginar*?

– Luís XVI – falou Poppy baixinho.

– Mas o que esperavam? – disse outra. – Uma família tão estranha! O único ali que é bom o suficiente para nossa sociedade é lorde Ramsay, e ele é bem imoral.

– Um patife – concordou outra voz.

Poppy passou do calor ao frio. Acometida por um forte mal-estar, fechou os olhos e desejou poder sumir. Ir àquele baile fora um erro. Tentava provar alguma coisa a todos: que não se importava com Michael Bayning, quando a verdade era que se importava, sim. Queria mostrar que seu coração não estava em pedaços, quando estava. Tudo em Londres girava em torno de aparências, fingimento... Seria assim tão imperdoável ser honesto sobre os próprios sentimentos?

Pelo visto, sim.

Ela ficou sentada em silêncio, apertando os dedos dentro das luvas, até seus pensamentos serem interrompidos por uma movimentação perto da entrada do salão de baile. Parecia que alguém importante havia chegado, talvez a realeza, uma celebridade militar ou um político influente.

– Quem é ele? – perguntou uma jovem.

– Alguém novo – disse a outra.

– E bonito.

– Divino – concordou a amiga. – E deve ser alguém de importância, ou não haveria tanta comoção.

Uma risadinha.

– E Lady Norbury não estaria tão agitada. Vejam como ela corou!

Curiosa apesar de tudo, Poppy se inclinou para a frente na tentativa de avistar o recém-chegado. Tudo o que conseguiu enxergar foi uma cabeça escura acima das outras que a cercavam. O homem seguiu em frente e entrou no salão, conversando tranquilamente com as pessoas que o acompanhavam, enquanto a robusta, enfeitada e radiante Lady Norbury segurava seu braço.

Reconhecendo-o, Poppy apoiou as costas novamente no encosto da cadeira.

Harry Rutledge.

Não conseguia imaginar o que ele fazia ali ou por que sua presença a fizera sorrir.

Provavelmente porque não podia deixar de lembrar a última vez que o vira, vestindo malha branca e tentando espetar um macaco rebelde com o florete. Hoje Harry estava muito bonito, num traje de noite completo com uma gravata branca impecável. E ele se movia e conversava com a mesma facilidade carismática com que parecia fazer tudo.

A Srta. Marks voltou para perto de Poppy, enquanto Beatrix e um rapaz de cabelos claros desapareciam entre os casais que rodopiavam ao som de uma valsa.

– Como está... – começou ela, mas parou, inspirando repentinamente. – Maldição! – falou baixinho. – Ele veio.

Era a primeira vez que Poppy ouvia sua dama de companhia praguejar. Surpresa com a reação da Srta. Marks à presença de Harry Rutledge no baile, Poppy franziu o cenho.

– Já vi. Mas por que...

Poppy parou de falar quando percebeu na direção de quem seguia o olhar da dama de companhia.

Não era para Harry Rutledge que ela olhava.

Era para Michael Bayning.

Uma explosão de dor encheu o peito da jovem quando ela viu o antigo pretendente atravessar o salão, elegante e lindo, com os olhos fixos nela. Bayning a havia rejeitado, expusera-a ao escárnio público e depois fora ao baile? Procurando uma nova mulher para cortejar? Talvez houvesse presumido que, enquanto ele dançava com mulheres disponíveis em Belgravia, Poppy ficaria escondida em sua suíte no hotel, chorando no travesseiro.

Exatamente o que ela gostaria de estar fazendo.

– Ah, Deus – sussurrou Poppy, olhando para o rosto preocupado da Srta. Marks. – Não o deixe falar comigo.

– Ele não vai provocar uma cena – disse num tom suave a dama de companhia. – Pelo contrário, uma ou duas gentilezas servirão para amenizar a dificuldade da situação para vocês dois.

– Você não entende – falou Poppy com voz rouca. – Não consigo trocar gentilezas com ele agora. Não consigo encará-lo. *Por favor*, Srta. Marks...

– Vou afastá-lo daqui – respondeu a dama de companhia com tranquilidade, endireitando os ombros estreitos. – Não se preocupe. Controle-se, querida.

Ela se posicionou diante de Poppy, bloqueando a visão de Michael, e se aproximou para falar com ele.

– Obrigada – sussurrou Poppy, embora a Srta. Marks não pudesse ouvi-la.

Horrorizada com a sensação quente das lágrimas que se formavam em seus olhos, ela se concentrou em um trecho do piso diante dela, embora não o enxergasse de fato. *Não chore. Não chore. Não...*

– Srta. Hathaway. – A voz jovial de Lady Norbury penetrou o frenesi de seus pensamentos. – Este cavalheiro solicitou que o apresentasse, menina de sorte! É uma honra e um prazer, para mim, apresentar o Sr. Harry Rutledge, o hoteleiro.

Um par de sapatos pretos e brilhantes apareceu no campo de visão de Poppy. Devagar, ela ergueu a cabeça e, triste, fitou os olhos verdes e vívidos.

Harry se curvou sem interromper o contato visual.

– Srta. Hathaway, é um p...

– Eu adoraria dançar – Poppy o interrompeu, praticamente pulando da cadeira e segurando seu braço. A garganta estava tão apertada que mal conseguia falar. – Agora mesmo, vamos.

Lady Norbury riu desconcertada.

– Que entusiasmo encantador.

Poppy se agarrou ao braço de Harry como a uma tábua de salvação. Os olhos dele encontraram os dedos crispados sobre a lã preta de sua manga. Depois ele cobriu seus dedos com a pressão tranquilizadora da mão livre, o polegar afagando a base de seu pulso. E mesmo através de duas camadas de luvas brancas, ela sentiu o conforto do contato.

Naquele momento a Srta. Marks retornou, tendo acabado de despachar Michael Bayning. Suas sobrancelhas se uniram numa expressão desaprovadora quando ela viu Harry.

– Não – protestou em voz baixa.

– *Não?* – Ele sorriu como se estivesse se divertindo. – Ainda não perguntei nada.

A Srta. Marks o encarou com frieza.

– É evidente que deseja dançar com a Srta. Hathaway.

– Alguma objeção? – perguntou ele, inocente.

– Várias – respondeu a Srta. Marks, de maneira tão rude que Lady Norbury e Poppy a olharam intrigadas.

– Srta. Marks – interferiu Lady Norbury –, posso atestar o caráter deste cavalheiro sem nenhum receio de me comprometer.

A dama de companhia contraiu os lábios. Havia notado os olhos úmidos e o rosto avermelhado de Poppy e entendia quanto ela estivera perto de perder o controle.

– Quando a dança terminar – disse ela com seriedade à jovem –, você vai segurar o braço esquerdo deste cavalheiro e vai lhe pedir que a conduza diretamente de volta a mim, aqui. Depois pediremos licença e nos afastaremos dele. Entendeu?

– Sim – sussurrou Poppy, olhando por cima do ombro largo de Harry.

Michael a observava do outro lado do salão e seu rosto estava pálido.

A situação era horrível. Poppy queria fugir. Em vez disso, teria que dançar. Harry a conduziu à pista, onde diversos casais valsavam, e pousou a mão enluvada em sua cintura. Ela apoiou a mão aberta e trêmula sobre seu ombro, enquanto a outra era mantida firme pela mão dele. Com um só olhar e muita astúcia, Harry havia compreendido toda a cena: as lágrimas contidas de Poppy, o rosto contrariado de Michael Bayning e os olhares curiosos que os acompanhavam.

– Como posso ajudar? – perguntou ele gentilmente.

– Tire-me daqui – respondeu Poppy. – Leve-me para longe, o mais longe possível. Para Tombouctou.

Harry pareceu entender sua aflição e sorriu.

– Acho que não estão aceitando europeus por lá atualmente – falou.

E conduziu Poppy pelo salão, girando suavemente em sentido anti-horário, enquanto se deslocavam em sentido horário junto com os outros casais. A única maneira de não colidir com os demais dançarinos era segui-lo sem nenhuma hesitação.

Poppy se sentia profundamente grata por ter alguma coisa em que se concentrar, além de Michael. Como devia ter imaginado, Harry Rutledge era um excelente dançarino. Poppy relaxou e se deixou conduzir pelo cavalheiro elegante e forte.

– Obrigada – disse ela. – Deve estar se perguntando por que eu...

– Não, eu não me pergunto. Está escrito em seu rosto e no de Bayning também. Para quem quiser ler. Você não é muito boa em fingir, é?

– Nunca precisei ser.

Para horror de Poppy, sua garganta se fechou e os olhos arderam. Estava prestes a irromper em lágrimas diante de todos. Sempre que tentava inspirar profundamente para estabilizar as emoções, o espartilho espremia seus pulmões e ela ficava tonta.

– Sr. Rutledge – disse com um fio de voz –, poderia me levar ao terraço para tomar um pouco de ar?

– Certamente. – A voz dele era calma, segura. – Mais uma volta pelo salão e sairemos discretamente.

Em outras circunstâncias, Poppy poderia ter se deliciado com a segurança com que ele a conduzia, com a música que os embalava. Olhava fixamente para o rosto sombrio de seu improvável salvador. Ele era fascinante: roupas elegantes, os cabelos escuros e pesados penteados para trás em ondas disciplinadas. Mas seus olhos estavam sempre encobertos por sombras sutis. Janelas de uma alma inquieta. Ele não dormia o suficiente, pensou Poppy, imaginando se alguém jamais se atrevia a dizer isso a Rutledge.

Mesmo em meio ao véu de entorpecimento causado por sua desolação,

Poppy ponderou que, ao tirá-la para dançar, Harry Rutledge fizera publicamente o que muitos podiam considerar uma declaração de interesse.

Mas isso não podia ser verdade.

– Por quê? – perguntou ela com a voz fraca, sem refletir antes.

– Por que o quê?

– Por que me tirou para dançar?

Harry hesitou, como se estivesse dividido entre a necessidade de tato e a propensão à honestidade. Ele escolheu a honestidade.

– Porque queria tê-la em meus braços.

Confusa, Poppy cravou os olhos no nó simples da gravata branca. Em outro tempo, em outra situação, teria se sentido extraordinariamente lisonjeada. Naquele momento, porém, estava absorta demais pelo desespero causado por Michael.

Com destreza e discrição, Harry a tirou do grupo de dançarinos e a levou em direção à fileira de portas de vidro que se abriam para uma varanda. Ela o seguia às cegas, quase sem se importar se alguém os veria ou não.

Do lado de fora, o ar penetrou em seus pulmões como uma onda de frescor, seco e intenso. Poppy respirava depressa, aliviada por ter escapado da atmosfera sufocante do salão de baile. Lágrimas quentes transbordavam de seus olhos.

– Aqui – falou Harry, levando-a para o lado mais afastado da varanda, que se estendia por quase toda a extensão da mansão.

O gramado lá embaixo era como um oceano. Harry a conduziu a um canto reservado. Levando a mão ao bolso do casaco, pegou um lenço de linho bem passado e o pôs na mão dela.

Poppy secou os olhos.

– Não sei nem como começar a me desculpar – falou a jovem com a voz falhando. – Foi muita bondade sua me tirar para dançar, e agora está aqui fazendo... companhia para... um regador.

Num gesto que demonstrou empatia e deixou claro que ele lhe dava atenção, Harry apoiou um cotovelo na grade da varanda e a encarou. O fato de ele permanecer em silêncio a deixou aliviada. Ele esperou paciente, como se entendesse que nenhuma palavra poderia ser bálsamo suficiente para um espírito ferido.

Poppy expirou lentamente, sentindo-se mais calma ali fora, cercada pelo frescor da noite e pela abençoada ausência de barulho.

– O Sr. Bayning ia me pedir em casamento – contou a Harry. Em seguida assoou o nariz com gosto quase infantil. – Mas mudou de ideia.

Harry a estudou, os olhos lembrando os de um felino na escuridão.

– Que motivo ele deu?

– Disse que o pai não aprovava o casamento.

– E isso a surpreendeu?

– Sim – respondeu ela num tom defensivo. – Porque ele me fez promessas.

– Homens na posição de Bayning raramente podem se casar com a mulher que querem. Se é que algum pode. Há mais coisas a considerar, além de suas preferências pessoais.

– Coisas mais importantes que o amor? – indagou Poppy com veemência e amargura.

– É claro que sim.

– No fim das contas, casamento é uma união de duas pessoas criadas pelo mesmo Deus. Nada mais, nada menos. Isso soa ingênuo?

– Sim – declarou ele sem rodeios.

Os lábios de Poppy sorriram, embora ela não sentisse nada sequer parecido com alegria.

– Devo ter lido mais contos de fadas do que deveria. O certo é o príncipe matar o dragão, derrotar o vilão, depois se casar com a jovem donzela e levá-la para viver em seu castelo.

– Contos de fadas são uma excelente leitura para entretenimento – opinou Harry. – Mas não são um manual de vida.

Ele removeu as luvas com movimentos metódicos e as guardou nos bolsos do casaco. Com os dois antebraços apoiados sobre a grade, olhou para ela de soslaio.

– O que a jovem donzela faz quando o príncipe a abandona?

– Vai para casa. – Poppy apertou o lenço úmido. – Não sirvo para Londres e suas ilusões. Quero voltar a Hampshire, onde posso ser rústica em paz.

– Por quanto tempo?

– Para sempre.

– E se casar com um fazendeiro? – perguntou ele, cético.

– Talvez – respondeu Poppy, secando as últimas lágrimas. – Eu seria uma excelente esposa para um fazendeiro. Sou boa com vacas. Sei fazer guisado. E adoraria ter paz e tranquilidade para me dedicar às minhas leituras.

– Guisado? O que é isso?

Harry parecia ter grande interesse no assunto, com sua cabeça inclinada em direção à dela.

– É um prato com vários legumes cozidos.

– Como aprendeu a prepará-lo?

– Minha mãe – disse e baixou a voz como se revelasse uma informação altamente confidencial: – O segredo – disse com ar de grande sabedoria – é uma dose de cerveja.

Estavam próximos demais. Poppy sabia que devia se afastar. Mas a proximidade era como um abrigo e o cheiro de Harry era fresco e sedutor. O ar da noite arrepiava seus braços nus. Como ele era grande e quente. Queria se unir a ele, abrigar-se no calor de seu casaco como se fosse um dos bichinhos de Beatrix.

– Você não nasceu para ser esposa de fazendeiro – disse Harry.

Poppy olhou para ele com tristeza.

– Acha que nenhum fazendeiro iria me querer?

– Acho que você deveria se casar com um homem capaz de apreciá-la – falou ele, devagar.

Poppy fez uma careta.

– Esse tipo está em escassez – disse.

Ele sorriu.

– Você não precisa de um carregamento inteiro. Só de um.

Ele a segurou pelo ombro, a mão tocando a manga delicada do vestido até sentir o calor da pele através da fina gaze. O polegar brincava com o acabamento delicado, roçando sua pele de um jeito que fazia seu estômago se contrair.

– Poppy – falou com suavidade –, e se eu pedisse permissão para cortejá-la?

A surpresa a deixou sem fala.

Finalmente alguém pedia para cortejá-la.

E não era Michael nem qualquer outro aristocrata altivo e hesitante que conhecera durante as três temporadas fracassadas. Era Harry Rutledge, um homem enigmático e esquivo que conhecera fazia poucos dias.

– Por que eu? – foi tudo o que conseguiu perguntar.

– Porque você é interessante e linda. Porque dizer seu nome me faz sorrir. Acima de tudo, porque pode ser minha única esperança de experimentar um guisado.

– Lamento, mas... não. Não seria uma boa ideia.

– Eu acho que é a melhor ideia que já tive. Por que não?

A cabeça de Poppy girava. Mal conseguia gaguejar uma resposta.

– Eu... eu não gosto de... ser cortejada. É muito cansativo. E decepcionante.

O polegar encontrou a linha dura de sua clavícula e a seguiu lentamente.

– Não creio que tenha vivido a experiência de fato. Mas, se preferir, podemos dispensar essa fase. Assim ganharíamos tempo.

– Não quero dispensar nada – respondeu Poppy com uma frustração crescente.

Ela tremia ao sentir os dedos deslizando pela base de seu pescoço.

– O que eu quero é... Sr. Rutledge, acabei de passar por uma experiência difícil. Ainda é cedo demais.

– Você foi cortejada por um menino que tinha que cumprir ordens.

O hálito quente de Rutledge roçava os lábios dela enquanto ele falava.

– Deveria tentar com um homem, alguém que não precise da permissão de ninguém.

Um homem. Bem, isso ele certamente era.

– Não posso me dar ao luxo de esperar – continuou Harry. – Não quando está tão determinada a voltar para Hampshire. Você é o motivo de minha presença aqui esta noite, Poppy. Acredite, eu não teria vindo se não fosse por isso.

– Não gosta de bailes?

– Gosto. Mas aqueles aos quais compareço são frequentados por um público bem diferente.

Poppy não podia imaginar a que público ele se referia ou com que tipo de pessoa costumava socializar. Harry Rutledge era um mistério. Muito experiente, muito impressionante em todos os sentidos. Ele jamais poderia proporcionar a vida simples, tranquila e sã que ela tanto queria ter.

– Sr. Rutledge, por favor, não tome como uma ofensa, mas não tem as qualidades que procuro em um marido.

– Como sabe? Tenho qualidades que você ainda nem conhece.

Poppy riu, uma risada trêmula.

– Acho que seria capaz de convencer um peixe a sair da pele – disse. – Mesmo assim, eu não...

Ela parou assustada quando, movendo a cabeça de repente, ele lhe roubou um beijo meio torto, como se sua risada fosse algo que pudesse saborear. Poppy sentiu a pressão dos lábios de Harry mesmo depois de ele tê-los afastado, seus nervos empolgados relutando em apagar a sensação.

– Passe uma tarde comigo – pediu ele. – Amanhã.

– Não, Sr. Rutledge. Eu...

– Harry.

– Harry, não posso...

– Uma hora? – sussurrou ele.

E se inclinou novamente, mas Poppy virou o rosto, tomada pela confusão. Em vez da boca, os lábios encontraram seu pescoço, afagando a pele vulnerável com beijos úmidos.

Ninguém jamais havia feito tal coisa, nem mesmo Michael. Quem poderia imaginar que era tão delicioso? Tonta, Poppy deixou a cabeça pender para trás, enquanto o corpo aceitava o apoio firme de seus braços. Ele explorava seu pescoço com ternura devastadora, deslizando a língua por cima da veia pulsante. A mão amparava a nuca, o polegar traçava a linha acetinada dos cabelos. Quando se sentiu correndo o risco de cair, passou os braços em volta do pescoço dele.

Harry era muito delicado e espalhava uma cor suave pela superfície de sua pele; a boca provocava arrepios onde tocava. Poppy o seguia às cegas, desejando provar seu sabor. Aproximou o rosto do dele, e seus lábios deslizaram pela superfície lisa do queixo barbeado. Harry parou de respirar por um segundo.

– Não deveria chorar por um homem – murmurou ele sem afastar a boca de seu rosto. A voz era macia e aveludada como mel. – Nenhum merece suas lágrimas.

Antes que ela pudesse dizer qualquer coisa, a boca masculina se apoderou da dela em um beijo de verdade.

Poppy se sentiu fraca, como se derretesse em seus braços enquanto ele a beijava sem pressa. A ponta da língua penetrou sua boca, brincou com os dentes, e a sensação provocada por esse contato foi tão estranha e íntima que um tremor a sacudiu. Harry interrompeu o beijo imediatamente.

– Desculpe. Assustei você?

Poppy não conseguiu pensar em uma resposta. Não estava assustada, embora houvesse acabado de vislumbrar um vasto território erótico que jamais conhecera. Mesmo em sua inexperiência, compreendeu que aquele homem tinha o poder de virá-la do avesso de tanto prazer. E isso era algo que nunca havia procurado nem mesmo imaginado.

Poppy tentou controlar a pulsação acelerada que palpitava em seu pescoço. Os lábios pareciam estar inchados, quentes. Seu corpo latejava em lugares até então desconhecidos.

Harry segurou seu rosto entre as mãos, os polegares acariciando as bochechas vermelhas.

– A valsa já deve ter acabado. Sua dama de companhia vai me atacar como um cão perdigueiro por eu demorar a levá-la de volta.

– Ela é muito protetora – Poppy conseguiu articular.

– E deve ser.

Harry baixou as mãos, libertando-a.

Poppy cambaleou, sentindo os joelhos espantosamente fracos. Harry a amparou com um movimento rápido, um reflexo, e a puxou de encontro ao corpo.

– Cuidado – riu suavemente. – A culpa é minha. Não devia tê-la beijado daquele jeito.

– Tem razão – concordou ela, recuperando gradualmente o senso de humor. – Eu deveria tê-lo posto em seu devido lugar... com uma bofetada ou alguma coisa assim... Qual é a reação habitual das mulheres com quem toma liberdades?

– Elas me encorajam a fazer tudo de novo? – sugeriu Harry tão prontamente que Poppy não conseguiu deixar de sorrir.

– Não – falou. – Não vou encorajá-lo.

Eles se encararam na escuridão amenizada apenas pelas nesgas de luz que atravessavam as janelas do andar de cima. Como a vida era inconstante, Poppy pensou. Devia ter dançado com Michael esta noite. Mas ele a rejeitara e ela estava do lado de fora do salão de baile, no escuro, com um estranho.

Interessante que fosse tão apaixonada por um homem e se sentisse tão atraída por outro. Harry Rutledge era uma das pessoas mais fascinantes que já conhecera, com tantas camadas de charme, energia e determinação que ela não conseguia nem imaginar que tipo de homem ele realmente era. Gostaria de saber como era Rutledge na vida privada.

Quase chegava a lamentar o fato de que nunca descobriria.

– Pode me dar uma penitência – sugeriu ele. – Farei o que você pedir.

Quando os olhos se encontraram nas sombras, Poppy percebeu que ele realmente falava sério.

– Que tipo de penitência? – perguntou.

Harry inclinou um pouco a cabeça, estudando-a intensamente.

– Peça o que quiser.

– E se eu pedir um castelo?

– Você o terá – respondeu ele prontamente.

– Não quero um castelo. Muito frio. Que tal uma tiara de diamantes?

– Certamente. Discreta, mais adequada para uso diurno, ou prefere algo mais elaborado?

Poppy começou a sorrir, e alguns minutos antes chegara a pensar que nunca mais sorriria. De repente sentia simpatia e gratidão por aquele homem. Não conseguia pensar em mais ninguém capaz de confortá-la nessas circunstâncias. Mas o sorriso era amargurado quando ela o encarou mais uma vez.

– Obrigada – disse. – Mas receio que ninguém possa me dar a única coisa que realmente quero.

Erguendo-se na ponta dos pés, ela beijou seu rosto com doçura. Era um beijo de amizade.

Um beijo de despedida.

Harry a fitou com intensidade. Seus olhos cintilaram, passaram por alguma coisa atrás dela, e a boca se apoderou novamente de seus lábios com urgência ardente. Confusa com o ataque repentino, desequilibrada, ela se segurou nele numa resposta instintiva. Foi a reação errada, o momento errado e o lugar errado para sentir a onda de prazer provocada pela invasão, pela língua que a saboreava e provocava... Mas, como estava descobrindo, algumas tentações são irresistíveis. E os beijos de Harry pareciam provocar uma resposta incontrolável de cada parte dela, um bombardeio de sensações. Não conseguia controlar a própria pulsação, a própria respiração. Os nervos pareciam vibrar com descargas táteis, enquanto estrelas caíam em cascatas à sua volta, pequenas explosões de luz que chegavam ao chão da varanda com o tilintar de cristal se partindo...

Tentando ignorar o ruído dissonante, Poppy aproximou o corpo ainda mais do dele. Mas Harry a afastou com um murmúrio baixo, depois puxou sua cabeça contra o peito como se tentasse protegê-la.

Seus olhos se abriram e ela ficou gelada e imóvel ao constatar que alguém... *várias* pessoas... haviam saído para a varanda.

Lady Norbury, que, de tanta surpresa, derrubara a taça de champanhe, e lorde Norbury. Havia outro casal idoso com eles.

E Michael, de braços dados com uma mulher loira.

Todos olhavam chocados para Poppy e Harry.

Se o anjo da morte aparecesse naquele momento com suas asas negras e sua foice brilhante, Poppy teria corrido para ele de braços abertos. Porque ser pega na varanda beijando Harry Rutledge não era só um escândalo... seria uma lenda! Estava arruinada. Sua vida estava arruinada. Sua família estava arruinada. Quando o sol nascesse novamente, Londres inteira estaria sabendo.

Atordoada com o horror da situação, Poppy olhou para Harry sem saber o que fazer. E por um momento de confusão e torpor, acreditou ter visto nos olhos dele um lampejo de satisfação predadora. Mas em seguida sua expressão mudou.

– Isso pode ser difícil de explicar – falou ele.

CAPÍTULO 10

Quando Leo atravessou a mansão Norbury, divertiu-se sozinho ao ver alguns amigos – jovens lordes cuja devassidão causava vergonha até a *seu* passado – agora engomados, abotoados e exibindo um comportamento impecável. Não pela primeira vez, refletiu sobre como era injusto os homens terem tantos direitos a mais que as mulheres.

Essa questão do comportamento, por exemplo... tinha visto as irmãs se empenharem para decorar centenas de detalhes inúteis de etiqueta, coisas que eram esperadas da classe alta em sociedade. Enquanto isso, o principal interesse de Leo nas regras de etiqueta era saber como quebrá-las. E, tendo um título de nobreza, ele era invariavelmente desculpado por quase tudo. Damas eram criticadas pelas costas se usavam o garfo errado para o prato de peixe em uma grande festa, enquanto um homem podia beber em excesso ou fazer comentários impróprios e todos fingiam não notar.

Leo entrou no salão de baile e, calmo, parou ao lado da porta de largura tripla, observando a cena. Tédio, tédio, tédio. Havia a eterna fila de virgens e suas damas de companhia, e vários grupos de mulheres fofoqueiras que sempre o faziam pensar em um galinheiro.

Sua atenção foi atraída pela presença de Catherine Marks, que, de pé em um canto, observava Beatrix dançando com um cavalheiro.

Marks parecia tensa, como sempre, vestida com cores escuras, o corpo magro ereto como um cabo de vassoura. Ela nunca perdia uma oportunidade de desprezá-lo e tratá-lo como se ele tivesse a capacidade intelectual de uma ostra. E resistia a todas as tentativas dele de usar charme ou humor. Sendo um homem sensato, Leo fazia o possível para evitá-la.

Mas, para sua insatisfação, não conseguia deixar de pensar em como Marks ficaria depois de uma bela cópula. Sem óculos, com os longos cabelos sedosos soltos e desordenados, o corpo pálido livre da prisão de arames e fitas...

De repente nada no baile parecia mais interessante que a dama de companhia de suas irmãs.

Leo decidiu ir importuná-la.

Aproximou-se com um andar cadenciado.

– Olá, Marks, como vai a...

– *Por onde você andou?* – sussurrou ela de maneira quase violenta, os olhos brilhando furiosos por trás das lentes dos óculos.

– Na sala de jogos. Depois fui jantar. Onde mais eu deveria estar?

– Devia estar ajudando com Poppy.

– Ajudando com o quê? Prometi que dançaria com ela e aqui estou. – Leo parou e olhou em volta. – Onde ela está?

– Não sei.

Ele franziu o cenho.

– Como assim, não sabe? Está tentando dizer que a perdeu de vista?

– Vi Poppy pela última vez há dez minutos, mais ou menos, quando ela foi dançar com o Sr. Rutledge.

– O dono do hotel? Ele nunca comparece a esses eventos.

– Mas compareceu esta noite – anunciou a Srta. Marks, irritada, mantendo a voz baixa. – E agora eles desapareceram. *Juntos*. Precisa encontrá-la, milorde. *Agora*. Ela corre o risco de ser arruinada.

– Por que não foi atrás dela?

– Alguém tem que ficar de olho em Beatrix, ou ela vai desaparecer também. Além do mais, não quis atrair atenção para o desaparecimento de Poppy. Vá atrás dela, encontre-a depressa.

Leo franziu o cenho.

– Marks, caso não tenha notado, criados não dão ordens a seus senhores. Portanto, se não se importa...

– Você não é meu senhor – ela teve a ousadia de retrucar, encarando-o com insolência.

Ah, mas gostaria de ser, Leo pensou, tomado de assalto por uma onda furiosa de excitação, sentindo cada pelo de seu corpo se eriçar. Assim como outra parte de sua anatomia. Ele decidiu se afastar antes que o efeito da mulher sobre seu corpo se tornasse mais óbvio.

– Muito bem, acalme-se. Vou procurar Poppy.

– Comece olhando em todos os lugares onde você levaria uma mulher para comprometê-la. Não podem ser muitos.

– Sim, são. Você ficaria surpresa com a variedade de lugares em que eu já...

– Por favor – murmurou ela. – Estou suficientemente enjoada neste momento.

Olhando para o salão de baile enquanto tentava decidir o que fazer, Leo viu a fileira de portas de vidro do outro lado. Ele se dirigiu à varanda, tentando caminhar o mais depressa possível sem deixar transparecer sua urgência. No caminho, teve o azar de ser interrompido duas vezes, uma por um amigo que queria pedir sua opinião sobre certa dama, outra por uma viúva que acreditava que o ponche não estava adequado e queria saber se ele havia provado a bebida.

Finalmente, Leo conseguiu passar por uma das portas e sair.

Seus olhos se depararam com uma cena assustadora. Poppy, nos braços de um homem alto e de cabelos negros, sendo observada por um grupo de pessoas que havia saído por outra porta para a varanda. E uma dessas pessoas era Michael Bayning, que parecia transtornado de ciúme e ultraje.

O homem de cabelos negros levantou a cabeça, murmurou alguma coisa para Poppy e encarou Michael Bayning.

Um olhar de triunfo.

Só durou um instante, mas Leo o viu e o decifrou.

– Inferno – murmurou.

Sua irmã estava em sérios apuros.

~

Quando um Hathaway se envolvia em um escândalo, não havia meias medidas.

Na hora em que Leo conduziu Poppy de volta ao salão e se juntou a Beatrix e à Srta. Marks, a história sobre o que havia acontecido começava a se espalhar. Em pouco tempo, Cam e Amelia os encontraram, e a família se reuniu em torno de Poppy de maneira protetora.

– O que aconteceu? – perguntou Cam, mantendo a aparência relaxada, mas com os olhos cor de âmbar completamente atentos.

– Harry Rutledge aconteceu – resmungou Leo. – Eu explico tudo em breve. Por ora, vamos sair daqui o mais depressa possível e encontrar Rutledge no hotel.

Amelia se aproximou para murmurar na orelha vermelha de Poppy.

– Está tudo bem, querida. Seja o que for, vamos dar um jeito nisso.

– Não vão conseguir – sussurrou Poppy. – Ninguém pode consertar tudo isso.

Leo olhou além das irmãs e viu a comoção contida entre os convidados. Todos os encaravam.

– É como olhar para uma onda no mar – comentou. – É possível ver o escândalo varrendo a sala.

Cam parecia mordaz e resignado.

– *Gadje* – disse secamente. – Leo, leve sua irmã e a Srta. Marks na sua carruagem, sim? Amelia e eu vamos nos despedir dos Norburys.

Atordoada por sua desgraça, Poppy deixou Leo conduzi-la para fora da mansão e para a carruagem. Todos ficaram em silêncio até o veículo arrancar com um forte solavanco.

Beatrix foi a primeira a falar.

– Você se comprometeu, Poppy? – perguntou, preocupada. – Como Win, no ano passado?

– Sim, ela se comprometeu – respondeu Leo, enquanto Poppy deixava escapar um breve gemido. – Parece que nossa família tem esse mau hábito. Marks, é melhor escrever um poema sobre isso.

– Esse desastre podia ter sido evitado – opinou, exasperada, a dama de companhia – se você a houvesse encontrado antes.

– Sim, e se você não a tivesse perdido de vista – disparou Leo em resposta.

– Sou eu a responsável – Poppy os interrompeu, a voz abafada pelo ombro de Leo. – Eu deixei o salão com o Sr. Rutledge. Havia acabado de ver o Sr. Bayning e estava muito abalada. O Sr. Rutledge me tirou para dançar, mas eu precisava de ar e nós fomos à varanda...

– Não, a responsável sou *eu* – discordou a Srta. Marks, tão perturbada quanto a jovem. – Deixei você dançar com ele.

– De nada adianta decidir de quem é a culpa – interferiu Leo. – O que está feito está feito. Mas se há um responsável por isso, esse alguém é Rutledge, que parece ter ido ao baile para caçar.

– O quê? – Poppy levantou a cabeça e o encarou perplexa. – Acha que ele... Não, foi um acidente, Leo. O Sr. Rutledge não tinha a intenção de me comprometer.

– Foi deliberado – afirmou a Srta. Marks. – Harry Rutledge nunca é "surpreendido" fazendo alguma coisa. Se foi visto em uma situação comprometedora, foi porque quis que assim fosse.

Leo a encarou atento.

– Como sabe tanto sobre Rutledge?

A dama de companhia corou. Ela pareceu se esforçar muito para sustentar seu olhar.

– É a reputação dele, ora.

A atenção de Leo foi desviada quando Poppy enterrou o rosto em seu ombro.

– Vou morrer de humilhação – falou ela.

– Não, não vai – respondeu Leo. – Sou perito em humilhação. Se fosse fatal, eu já teria morrido uma dúzia de vezes.

– Não se pode morrer uma dúzia de vezes.

– Pode, se você for budista – argumentou Beatrix, prestativa.

Leo afagou os cabelos brilhantes de Poppy.

– Espero que Harry Rutledge seja – disse.

– Por quê? – perguntou Beatrix.

– Porque não há nada que eu queira mais que matá-lo várias vezes.

~

Harry recebeu Leo e Cam Rohan em sua biblioteca particular. Qualquer outra família nessa situação seria previsível... Exigiriam que ele fizesse o que era certo, os termos de compensação seriam discutidos, as providências seriam tomadas rapidamente. Por causa da vasta fortuna de Harry, a maioria das famílias teria aceitado de bom grado um acordo com ele. Não era um homem da nobreza, mas tinha posses e influência.

No entanto, Harry sabia que não devia esperar uma reação previsível de Leo ou Cam. Nenhum dos dois era convencional; teria que lidar com eles com cuidado. Mesmo assim, ele não estava preocupado. Nem um pouco. Havia negociado assuntos muito mais importantes que a honra de uma mulher.

Ponderando os eventos da noite, Harry se sentiu tomado por um triunfo imoral. Não, não era triunfo... era euforia. Tudo acontecera de um jeito muito mais fácil do que havia esperado, sobretudo com a aparição inesperada de Michael Bayning no baile dos Norburys. O idiota praticamente lhe entregara Poppy em uma bandeja de prata. E quando uma oportunidade surgia, Harry a agarrava.

Além do mais, acreditava que *merecia* Poppy. Qualquer homem que tivesse a chance de ter uma mulher como ela e se deixasse deter por escrúpulos era um idiota. Ele lembrou como a vira no baile, pálida, frágil e abalada. Quando se aproximara dela, vira o alívio estampar-se inconfundível em seu rosto. Poppy recorrera a ele, se deixara levar por ele.

E quando Harry a levara para a varanda, a satisfação havia sido rapidamente substituída por uma sensação inteiramente nova... o desejo de aplacar a dor de outra pessoa. O fato de ter colaborado para causar esse sofrimento era lamentável. Mas o fim justifica os meios. E quando a tivesse, faria mais por ela, cuidaria melhor dela do que Michael Bayning jamais teria sido capaz de fazer.

Agora tinha que lidar com a família de Poppy, que estava compreensivelmente ultrajada por ele tê-la comprometido. Isso não o preocupava nem um pouco. Não duvidava de que seria capaz de convencer Poppy a aceitá-lo como marido. E por mais que os Hathaways se opusessem, no final teriam que aceitar.

Casar-se com ele seria a única maneira de realmente redimir a honra de Poppy. Todos sabiam disso.

Mantendo a expressão neutra, Harry ofereceu vinho assim que Leo e Cam entraram na biblioteca, mas eles recusaram.

Leo se aproximou do console da lareira e se apoiou na lateral dele com os braços cruzados no peito. Cam preferiu sentar-se em uma poltrona de couro estofada, estendendo as pernas longas e cruzando-as na altura dos tornozelos.

Harry não se deixava enganar pela aparente tranquilidade dos dois visitantes. Pairava na sala a ira, a discórdia masculina. Calmamente, esperou que um deles começasse a falar.

– Devo alertá-lo, Rutledge – falou Leo num tom suave –, que minha intenção era matá-lo imediatamente, mas Rohan me convenceu de que seria melhor conversarmos por alguns minutos primeiro. Pessoalmente, acho que ele está tentando me fazer esperar para ter ele mesmo o prazer de matá-lo. E mesmo que Rohan e eu não o matemos, provavelmente não vamos conseguir impedir meu cunhado Merripen de tirar a sua vida.

Harry apoiou o quadril na beirada da mesa de mogno.

– Sugiro que esperem até Poppy e eu nos casarmos, assim pelo menos ela será uma viúva respeitável.

– Por que acha que vamos permitir esse casamento? – manifestou-se Cam.

– Se ela não se casar comigo depois disso, ninguém a aceitará. Na verdade, duvido que alguém da família ainda seja bem-vindo nos salões de Londres.

– Não creio que fôssemos bem-vindos mesmo antes de tudo isso – respondeu Cam com os olhos cor de âmbar estreitados.

– Rutledge – continuou Leo, fingindo calma –, antes que eu herdasse meu título, os Hathaways viviam longe da sociedade londrina, e ficamos assim por tantos anos que não nos incomoda nem um pouco se somos bem-vindos ou não. Poppy não precisa se casar com ninguém, a não ser que seja a vontade dela. E minha irmã acredita que vocês nunca se dariam bem.

– As mulheres mudam de opinião com frequência – falou Harry. – Deixe-me conversar com sua irmã amanhã. Eu a convencerei a tomar a melhor decisão nas atuais circunstâncias.

– Antes de convencê-la – lembrou Cam –, vai ter que nos convencer. Porque o pouco que sei sobre você me incomoda bastante.

É claro que Cam Rohan sabia alguma coisa sobre ele. Seu antigo emprego no clube de jogos para cavalheiros havia servido para lhe tornar acessível todo tipo de informação privada. Harry estava curioso para saber quanto ele havia descoberto.

– Por que não me diz o que sabe – propôs sem pressa – e eu confirmo o que é verdade?

Os olhos cor de âmbar o estudaram sem piscar.

– Você é da cidade de Nova York, onde seu pai foi um hoteleiro de sucesso moderado.

– Na verdade, sou de Buffalo – corrigiu Harry.

– Não se dava bem com ele, mas encontrou mentores. Foi aprendiz no ofício de engenheiro e se tornou conhecido por sua capacidade como mecânico e desenhista. Patenteou diversas inovações em válvulas e caldeiras. Aos 20 anos, deixou a América e veio para a Inglaterra por razões desconhecidas.

Cam parou para observar o efeito de seu breve discurso.

A tranquilidade de Harry havia desaparecido e agora os músculos de seus ombros traíam a tensão. Ele se forçou a relaxar e resistiu à tentação de levar uma das mãos à nuca para uma rápida massagem.

– Continue – sugeriu com voz controlada.

Cam prosseguiu.

– Você reuniu um grupo de investidores privados e conseguiu comprar algumas casas mesmo tendo pouco capital próprio. Alugou-as por um período, depois as demoliu, comprou o resto da rua e construiu o hotel como ele é hoje. Não tem família, exceto o pai em Nova York, com quem não mantém nenhum tipo de comunicação. Tem alguns amigos leais e muitos inimigos, que, apesar de tudo, parecem gostar de você.

Harry ponderou que Cam Rohan devia ter contatos importantes para ter reunido tantas informações.

– Só existem três pessoas na Inglaterra que sabem tanto sobre mim – disse ele, tentando decidir qual delas havia falado demais.

– Agora cinco – lembrou Leo. – E Rohan se esqueceu de mencionar a fascinante descoberta sobre você ter se tornado benquisto pelo Gabinete de Guerra depois de projetar algumas modificações para o fuzil militar padrão. Porém, apesar de ser um aliado do governo britânico, você também parece negociar com estrangeiros, com a realeza e com criminosos sem fazer distinção entre os grupos. Isso nos dá a impressão de que o único lado que você realmente defende é o seu.

Harry sorriu com frieza.

– Nunca menti sobre mim ou meu passado. Porém, prefiro preservar minha privacidade sempre que possível. E não devo lealdade a ninguém.

Ele se dirigiu ao móvel perto da parede e se serviu de um conhaque. Segurando a taça entre as palmas das mãos para aquecer a bebida, olhou para os dois visitantes. Seria capaz de apostar sua fortuna no palpite de que Cam sabia mais do que revelara. Mas essa conversa, mesmo breve, havia deixado claro que não teria a ajuda da família para convencer Poppy a deixá-lo fazer dela uma mulher honesta. Os Hathaways não davam a menor importância à respeitabilidade nem precisavam de seu dinheiro ou de sua influência.

O que significava que teria que concentrar seus esforços apenas em Poppy.

– Com ou sem a aprovação de vocês – disse ele –, vou pedir sua irmã em casamento. A escolha é dela. E se ela aceitar, nenhuma força na Terra me impedirá de desposá-la. Entendo a preocupação de vocês, por isso quero que saibam que não lhe faltará nada. Ela terá proteção e carinho, será até mesmo mimada.

– Você nem imagina como poderia fazê-la feliz – comentou Cam em voz baixa.

– Rohan – retrucou Harry com um leve sorriso –, sou especialista em fazer as pessoas felizes, ou, pelo menos, em convencê-las de que estão felizes.

Ele parou para estudar os rostos sérios.

– Vão me proibir de falar com ela? – indagou com interesse e educação.

– Não – respondeu Leo. – Poppy não é criança nem um animal de estimação. Se ela quiser falar com você, ninguém a impedirá. Mas saiba que o que quer que diga ou faça para convencê-la a se casar com você, será contrabalançado pela opinião da família.

– E tem mais uma coisa que precisa saber – acrescentou Cam com uma suavidade gelada que disfarçava qualquer emoção. – Se conseguir casar com ela, não significa que vamos perder uma irmã. Significa que você vai ganhar uma família inteira... que a protegerá a qualquer preço.

Isso quase fez Harry hesitar.

Quase.

CAPÍTULO 11

– Meu irmão e o Sr. Rohan não gostam de você – contou Poppy a Harry na manhã seguinte, quando caminhavam sem pressa pelo jardim de roseiras atrás do hotel.

Com a notícia do escândalo espalhando-se por toda a Londres como um incêndio na floresta, era necessário fazer algo rapidamente. Poppy sabia que, sendo um cavalheiro, Harry Rutledge tinha o dever de lhe propor casamento e salvá-la da desgraça social. Porém não estava certa de que passar o resto da vida casada com o homem errado fosse melhor do que se tornar uma pária. Não o conhecia o suficiente para fazer julgamentos a respeito de seu caráter. E sua família era enfaticamente contra essa união.

– Minha dama de companhia não gosta de você – continuou ela – e minha irmã Amelia diz que não o conhece o suficiente para decidir, mas que se sente inclinada a não gostar.

– E Beatrix? – perguntou Harry, o sol fazendo seus cabelos escuros brilharem intensamente enquanto ele a observava.

– Ela gosta. Mas também gosta de lagartos e cobras.

– E você?

– Não suporto lagartos e cobras.

Harry sorriu.

– Não vamos fazer brincadeiras agora, Poppy. Você entendeu a pergunta.

Ela respondeu movendo a cabeça para cima e para baixo, mas foi um movimento inseguro.

Tinha passado uma noite infernal. Havia conversado, chorado e discutido com a família até o raiar do dia, e depois quase não conseguira dormir. Ainda discutira e conversara mais naquela manhã, até seu peito se transformar em um caldeirão de emoções confusas.

Seu mundo seguro, conhecido, virara de pernas para o ar, e a paz do jardim proporcionava um alívio que ela nem conseguia descrever. Estranho, mas estar com Harry Rutledge fazia com que ela se sentisse melhor, embora ele fosse parcialmente responsável pela confusão que vivia. Ele era calmo, confiante, e havia algo em seu comportamento, uma mistura de empatia e pragmatismo, que a acalmava.

Eles pararam em uma alameda cercada por muitos canteiros de rosas. Era uma espécie de túnel construído com botões rosa e brancos. Beatrix passeava por outra alameda próxima. Poppy havia insistido em levá-la, em vez de aceitar a presença de Amelia ou da Srta. Marks, sabendo que as duas teriam impedido até a menor privacidade com Harry.

– Gosto de você – admitiu Poppy, acanhada. – Mas isso não é suficiente para construir um casamento, é?

– É mais do que muitas pessoas têm como ponto de partida.

Harry a observou por um instante.

– Tenho certeza de que sua família conversou com você.

– Sim, muito – confirmou Poppy.

A família havia emoldurado a perspectiva de um casamento com Harry Rutledge em cores tão sinistras que ela já estava decidida a recusar sua proposta. Por isso comprimiu os lábios numa expressão de pesar e desculpas.

– E depois de ouvir o que eles tinham a dizer, lamento informá-lo de que eu...

– Espere. Antes de tomar uma decisão, quero saber o que *você* tem para dizer. Quais são seus sentimentos sobre tudo isso?

Ah, bem. Isso era diferente. Poppy piscou desconcertada enquanto refletia sobre o que a família e a Srta. Marks haviam dito. Por mais bem-intencionados que fossem, eles apenas falaram o que acreditavam que ela deveria fazer. Seus sentimentos e pensamentos não haviam merecido muita atenção.

– Bem... você é um desconhecido – começou ela. – E não creio que eu deva tomar uma decisão sobre o futuro quando estou apaixonada pelo Sr. Bayning.

– Ainda tem esperança de se casar com ele?

– Ah, não. Não existe mais essa possibilidade. Mas os sentimentos ainda estão aqui e, até que o tempo passe e eu consiga esquecê-lo, não confio em minha capacidade de julgamento.

– Muito sensato de sua parte. Porém, algumas decisões não podem ser adiadas. Receio que esta seja uma delas. – Harry fez uma pausa antes de perguntar: – Se voltar para Hampshire cercada por essa atmosfera de escândalo, sabe o que deve esperar, não sabe?

– Sim. Será... no mínimo desagradável.

Apesar da moderação da resposta, sabia que seria alvo de desdém, pena e deboche, uma mulher posta em desgraça. E pior, isso acabaria arruinando também as chances de Beatrix encontrar um bom casamento.

– E minha família não poderá me proteger disso – acrescentou sem demonstrar emoção.

– Mas eu poderia – declarou Harry, tocando a trança presa no alto da cabeça de Poppy e, com a ponta do dedo, empurrando de volta um grampo que escapava. – Eu poderia, se você me aceitasse. Caso contrário, também não terei meios de fazer nada em seu favor. E quaisquer que sejam os conselhos que receba, Poppy, é você quem tem que suportar todo o peso das consequências do escândalo.

Poppy tentou, mas não conseguiu sorrir, nem mesmo um sorriso fraco.

– E pensar que eu sonhava com uma vida comum e pacata... Agora tenho que escolher entre me tornar uma pária social ou a esposa de um hoteleiro.

– A última opção é tão desagradável assim?

– Não é o que eu esperava – respondeu ela com franqueza.

Harry refletiu sobre a informação, considerando-a atentamente enquanto tocava com delicadeza as pétalas de uma rosa.

– Não seria a vida tranquila de um chalé no campo – reconheceu ele. – Passaríamos a maior parte do ano no hotel. Mas em algumas épocas poderíamos ir para o campo. Se quiser uma casa em Hampshire como presente de casamento, você a terá. E terá uma carruagem sua e quatro cavalos à sua disposição.

Exatamente o que a família dissera que ele faria, Poppy pensou, e o olhou com ar zombeteiro.

– Está tentando me subornar, Harry?

– Sim. Está funcionando?

O tom esperançoso a fez sorrir.

– Não, mas admito que foi um esforço digno de elogios.

Ouvindo o farfalhar de folhas, Poppy perguntou em voz alta:

– Beatrix, você está aí?

— Dois canteiros para o lado – respondeu com alegria sua irmã. – Medusa encontrou minhocas!

— Que bom.

Harry olhou para Poppy com ar divertido.

— Quem... ou devo dizer *o que*... é Medusa? – indagou ele.

— Um ouriço – respondeu Poppy. – Medusa está engordando, então Beatrix decidiu exercitá-la.

Harry conseguiu se manter sério quando comentou:

— Sabe, pago uma fortuna aos meus funcionários para manterem essas coisas *fora* do meu jardim.

— Ah, não se preocupe. Medusa é comportada. Ela nunca tentaria fugir de Beatrix.

— Um ouriço comportado – repetiu ele, e um sorriso se desenhou em seus lábios.

Harry deu alguns passos impacientes antes de se virar para encará-la. Havia na voz ele uma nova urgência.

— Poppy, diga quais são suas preocupações e eu tentarei cuidar delas. Deve haver algum acordo a que possamos chegar.

— Você é persistente. Eles me preveniram.

— Sou tudo o que eles disseram e pior – anunciou Harry sem hesitação. – Mas o que eles não disseram é que você é a mulher mais desejável e fascinante que já conheci e que eu faria qualquer coisa para ter você.

Era insanamente lisonjeiro ser assediada por um homem como Harry Rutledge, sobretudo depois do sofrimento causado por Michael Bayning. Poppy corou com um prazer inegável, como se estivesse exposta ao sol há muito tempo. De repente pensava: *Talvez eu considere essa possibilidade, só por um momento e em termos puramente hipotéticos. Harry Rutledge e eu...*

— Tenho algumas perguntas...

— Pergunte o que quiser.

Poppy decidiu ser direta.

— Você é perigoso? Todos dizem que é.

— Para você? Não.

— Para os outros?

Harry deu de ombros com ar inocente.

— Sou um hoteleiro. Que perigo pode haver nisso?

Ela o encarou em dúvida, sem se deixar enganar.

— Posso ser ingênua, Harry, mas não sou estúpida. Sabe que há boatos, conhece sua reputação. É tão inescrupuloso quanto dizem?

Harry ficou quieto por um momento, os olhos fixos em um canteiro mais afastado. O sol espalhava sua luz sobre os galhos, que funcionavam como um filtro, desenhando a sombra das folhas sobre os dois.

Depois da breve pausa, ele levantou a cabeça e a encarou diretamente, os olhos mais verdes que as folhas das roseiras.

– Não sou um cavalheiro – disse. – Nem de nascimento nem por caráter. Poucos homens podem se dar ao luxo de ser honrados enquanto perseguem o sucesso. Não minto, mas raramente revelo tudo o que sei. Não sou um homem religioso nem espiritualizado. Ajo em defesa dos meus interesses, e nunca fiz segredo disso. Porém, sempre cumpro minha parte em um acordo, não trapaceio e pago minhas dívidas.

Mais uma pausa e Harry pôs a mão no bolso do casaco, tirou dele uma faca em forma de caneta e a usou para cortar um botão de rosa. Depois de cortar o caule com precisão, ele se ocupou de remover os espinhos com a lâmina pequenina mas afiada.

– Jamais usaria força física contra uma mulher ou contra qualquer criatura mais fraca que eu. Não fumo, não uso rapé e não masco tabaco. Controlo o que bebo. Não durmo bem. E sou capaz de montar um relógio a partir do zero.

Depois de remover o último espinho, ele ofertou a rosa a ela, guardando a faca de volta no bolso.

Poppy se concentrou no botão acetinado e rosa, deslizando os dedos pela borda das pétalas.

– Meu nome completo é Jay Harry Rutledge – continuou falando. – Minha mãe é a única pessoa que já me chamou de Jay, por isso não gosto desse nome. Ela nos abandonou, a meu pai e a mim, quando eu ainda era muito pequeno. Nunca mais a vi.

Poppy o encarou com os olhos muito abertos, compreendendo que esse era um assunto delicado que Harry raramente discutia, se é que o abordava com alguém.

– Sinto muito – falou ela num tom suave, embora tomasse o cuidado de manter longe da voz qualquer nota de piedade.

Rutledge deu de ombros como se não fosse importante.

– Já faz muito tempo. Mal me lembro dela.

– Por que veio para a Inglaterra?

Mais uma pausa.

– Queria tentar a sorte no ramo hoteleiro. E queria ficar longe de meu pai, independentemente de o resultado ser sucesso ou fracasso.

Poppy imaginou que havia muito mais informações enterradas sob as palavras comedidas de Rutledge.

– Não está me contando toda a história – afirmou ela.

Um esboço de sorriso surgiu nos lábios dele.

– Não.

Ela baixou os olhos para a rosa mais uma vez, sentindo o rosto corar.

– Você... quer ter filhos?

– Sim. Espero ter alguns. Não gostei de ser filho único.

– E quer criá-los no hotel?

– Sim, é claro.

– Acha que é um ambiente adequado?

– Eles teriam tudo de melhor. Educação. Viagens. Aulas de tudo o que acharem interessante.

Poppy tentou imaginar como seria criar filhos em um hotel. Seria possível dar um clima doméstico àquele ambiente? Cam uma vez dissera que ele e Rom acreditavam que o mundo todo era a casa deles. Desde que alguém estivesse com a família, estava em casa. Ela olhou para Harry tentando imaginar como seria viver intimamente com ele. Tinha a sensação de que Rutledge era autossuficiente e invulnerável. Era difícil pensar nele fazendo coisas corriqueiras como barbear-se, aparar os cabelos ou ficar de cama por causa de um resfriado.

– Você honraria seus votos de casamento? – perguntou ela.

Harry a encarou.

– Não os faria se não tivesse a intenção de honrá-los.

Poppy avaliou que a preocupação da família sobre sua conversa com Harry tinha fundamento. Porque ele era tão persuasivo e envolvente que ela começava a considerar a ideia de aceitar seu pedido de casamento e a avaliar seriamente essa decisão.

Sonhos de contos de fadas teriam que ser deixados de lado se quisesse aceitar o casamento com um homem que não amava e mal conhecia. Mas adultos devem assumir a responsabilidade por seus atos. E tinha que pensar que ela não era a única ali a correr riscos. Harry também não tinha nenhuma garantia de que ela seria a esposa que ele buscava.

– Não é justo eu ficar aqui fazendo todas as perguntas – declarou Poppy. – Você também deve ter dúvidas.

– Não, já decidi que quero você.

Ela não conseguiu conter uma risada divertida.

– Toma todas as suas decisões assim, impulsivamente?

– Normalmente, não. Mas sei quando devo confiar no meu instinto.

Harry parecia pronto para dizer mais alguma coisa quando, em sua visão periférica, percebeu um movimento no chão. Seguindo a direção de seu olhar, Poppy viu Medusa caminhando pela alameda entre os canteiros, desbravando o caminho com aparente inocência. O pequeno ouriço marrom e branco lembrava um arbusto em movimento. Para surpresa de Poppy, Harry se abaixou e levou as mãos à criatura.

– Não toque nela – Poppy o alertou. – Medusa pode virar uma bolinha e espetar sua mão.

Mas Harry apoiou as mãos no chão com as palmas para cima, uma de cada lado do curioso animal.

– Olá, Medusa.

Devagar e com toda a suavidade, ele foi deslizando as mãos para baixo do animal.

– Desculpe interromper seu exercício, mas, acredite, você não vai querer encontrar um dos meus jardineiros.

Incrédula, Poppy viu Medusa relaxar e se acomodar espontaneamente nas mãos quentes e masculinas. Seus espinhos permaneciam alinhados e recolhidos, e ela o deixou tirá-la do chão e virar seu corpo de barriga para cima. Harry afagava o pelo branco e macio da barriga do ouriço enquanto Medusa erguia o focinho e olhava para ele como se estivesse sorrindo.

– Nunca vi ninguém além de Beatrix segurá-la desse jeito – comentou Poppy, parada ao lado dele. – Tem experiência com ouriços?

– Não – respondeu Rutledge, e sorriu para ela. – Mas tenho experiência com fêmeas espinhosas.

– Com licença.

Beatrix os interrompeu, surgindo no túnel formado pelas roseiras. Estava desalinhada, com folhas grudadas nas roupas e mechas de cabelos caindo no rosto.

– Acho que perdi meu... Ah, aí está você, Medusa! – falou, sorrindo ao ver que Harry segurava o pequeno animal. – Sempre confie em um homem que é capaz de pegar um ouriço, é o que eu costumo dizer.

– Costuma? – disparou Poppy num tom seco. – Nunca ouvi você falar nada disso.

– Porque só falo para Medusa.

Cuidadoso, Harry transferiu o animal para as mãos de Beatrix.

– A raposa tem muitos truques – citou ele. – O ouriço, só um. – E sorriu para Beatrix ao acrescentar: – Mas é eficiente.

– Arquíloco – reconheceu Beatrix de imediato. – Gosta de poesia grega, Sr. Rutledge?

– Normalmente, não. Mas abro uma exceção para Arquíloco. Ele sabia como colocar seus pontos de vista.

– Papai costumava chamá-lo de "iâmbico furioso" – contou Poppy, e Harry deu risada.

E, nesse momento, ela tomou a decisão.

Porque Harry Rutledge tinha seus defeitos, mas os admitia sem reservas. E um homem que era capaz de conquistar um ouriço e entender piadas sobre poetas da Grécia antiga era alguém por quem valia a pena correr riscos.

Não poderia se casar por amor, mas, pelo menos, ainda tinha a chance de se casar por esperança.

– Bea – murmurou Poppy –, pode nos dar mais alguns momentos a sós?

– Certamente. Medusa vai adorar conhecer a alameda vizinha.

– Obrigada, querida.

Poppy olhou para Harry, que limpava as mãos batendo uma na outra.

– Posso fazer mais uma pergunta? – pediu ela.

Ele a encarou sério e abriu as mãos, como se quisesse indicar que não tinha nada a esconder.

– Acha que pode dizer que é um bom homem, Harry?

Ele teve que pensar na resposta.

– Não – disse finalmente. – No conto de fadas que mencionou ontem à noite, eu provavelmente seria o vilão. Mas é possível que o vilão a trate melhor do que o príncipe teria tratado.

Poppy tentou entender qual era o problema com ela, por que essa confissão a divertia, em vez de assustá-la.

– Harry, ninguém corteja uma mulher dizendo-lhe que é um vilão.

Ele a olhou com um ar de inocência que não a enganou nem por um instante.

– Estou tentando ser honesto.

– Talvez. Mas também está se certificando de admitir antecipadamente qualquer coisa que alguém possa dizer contra você. Seja o que for, quando você diz primeiro, neutraliza toda e qualquer crítica.

Harry piscou como se ela o houvesse surpreendido.

– Acha que sou *tão* manipulador assim?

Ela assentiu.

Harry pareceu perplexo com a facilidade de Poppy em compreendê-lo. Em vez de ficar aborrecido, porém, ele a encarou com desejo.

– Poppy, preciso ter você.

Aproximando-se dela com dois passos, ele a tomou nos braços. Poppy sentiu o coração disparar no peito com tal força que deixou a cabeça pender para trás naturalmente enquanto esperava pela pressão morna da boca de Rutledge. Mas nada aconteceu, e ela abriu os olhos para fitá-lo com um misto de confusão e surpresa.

– Não vai me beijar?

– Não. Não quero interferir na sua decisão. – Mas ele a beijou na testa antes de continuar. – Vou lhe dizer quais são suas opções, ou como eu as vejo. Você pode ir para Hampshire coberta de desprezo social, mas satisfeita por saber que não vai ter que viver um casamento sem amor. Ou pode se casar com um homem que a deseja mais que tudo e viver como uma rainha. – Ele fez uma pausa. – E não esqueça a casa de campo e a carruagem.

Poppy não conseguiu conter um sorriso.

– Suborno outra vez.

– Vou acrescentar o castelo e a tiara – avisou Harry, implacável. – Vestidos, peles, um iate...

– Chega – sussurrou Poppy.

E tocou delicadamente os lábios dele com os dedos, sem saber de que outra maneira silenciá-lo. Depois respirou fundo, quase sem poder acreditar no que estava prestes a dizer.

– Eu me contento com um anel de noivado. Pequeno e simples.

Harry a encarou como se tivesse medo de acreditar no que pensava ter ouvido.

– É sério?

– Sim – confirmou ela, com a voz um pouco sufocada. – Sim, eu aceito me casar com você.

CAPÍTULO 12

"Não é tarde para mudar de ideia." Esta era a frase que representava o dia do casamento de Poppy.

Ela a ouvira de todos os membros da família, às vezes com alguma variação, desde as primeiras horas da manhã. A única que não repetira a mesma mensagem tinha sido Beatrix, que, felizmente, não compartilhava da animosidade geral dos Hathaways por Harry.

Na verdade, Poppy chegara a perguntar a Beatrix por que ela não se opusera ao noivado.

"Acho que vocês podem formar um bom casal", respondera ela.

"Você acha? Por quê?"

"Um coelho e um gato podem conviver em paz. Mas, antes, o coelho precisa se impor, atacar o gato uma ou duas vezes, e depois eles podem se tornar amigos."

"Obrigada", dissera Poppy num tom seco. "Vou ter que me lembrar disso. Porém, acho que Harry vai ficar surpreso quando eu o atacar do nada."

O casamento e a recepção seriam grandiosos, com muitos convidados, como se Harry quisesse que meia Londres testemunhasse a cerimônia. O resultado disso era que Poppy passaria metade do dia de seu casamento num mar de estranhos.

Tinha esperado que ela e Harry pudessem se conhecer melhor nas três semanas de noivado, mas ela mal o vira, exceto nas duas ocasiões em que ele a buscara para passearem. E a Srta. Marks, que os acompanhara, permanecera o tempo todo tão carrancuda que conseguira constranger e enfurecer Poppy.

No dia anterior ao casamento, sua irmã Win e seu cunhado Merripen chegaram. Para alívio de Poppy, Win escolhera manter-se neutra sobre a controvérsia do casamento. Ela e Poppy se sentaram em uma suíte ricamente decorada do hotel e conversaram muito sobre o assunto. E como nos dias da infância, Win assumira o papel de pacificadora.

A luz de um abajur iluminava os cabelos loiros de Win, fazendo-os brilhar muito.

– Se gosta dele, Poppy – falou ela com voz suave –, se viu nele coisas para admirar, tenho certeza de que eu também as verei.

– Queria que Amelia pensasse desse jeito. E a Srta. Marks também, na verdade. As duas têm... bem, opiniões tão arraigadas que quase não consigo falar de nenhum assunto com elas.

Win sorriu.

– Lembre-se de que Amelia cuidou de todos nós por muito tempo. E não é fácil para ela abrir mão do papel de protetora. Mas ela vai entender. Lembra quando Leo e eu partimos para a França, como ela sofreu ao nos ver partir? Como teve medo por nós?

– Acho que ela temia mais pela França.

– Bem, a França sobreviveu aos Hathaways – respondeu Win, sorrindo. – E você vai sobreviver ao casamento com Harry Rutledge. Porém... se eu puder dizer o que penso...

– É claro que pode. Todo mundo já opinou.

– A temporada de eventos sociais em Londres é como um daqueles melodramas nos quais o casamento é sempre o final. E ninguém parece pensar no que acontece depois. Mas casamento não é o fim da história, é o começo. E ele exige o esforço dos dois parceiros para dar certo. Espero que o Sr. Rutledge tenha garantido que será o tipo de marido de que você precisa para ser feliz.

– Bem... – Poppy fez uma pausa desconfortável. – Ele me disse que viverei como uma rainha. Mas isso não é a mesma coisa, é?

– Não – respondeu Win com uma voz mansa. – Tome cuidado, querida, para não ser a rainha de um reino solitário.

Poppy assentiu, perturbada e desconfortável, tentando esconder a preocupação. À sua maneira delicada, Win oferecera um conselho mais inquietante que os de todos os outros Hathaways juntos.

– Vou pensar nisso – respondeu ela, encarando o chão, as pequeninas flores da estampa do vestido, qualquer coisa que não fosse o olhar perceptivo da irmã.

E girava o anel de noivado no dedo. Embora a moda exigisse pedras coloridas ou vários diamantes encravados, Harry havia comprado para ela um solitário grande, uma pedra rosada e lapidada, com facetas que imitavam a espiral interna de uma rosa.

"Pedi um anel pequeno e simples", ela dissera quando Harry pusera o anel em seu dedo.

"É simples", ele havia respondido.

"Mas não é pequeno."

"Poppy", argumentara Harry, com um sorriso, "eu nunca faço nada que não seja grandioso."

Olhando para o relógio sobre o console da lareira, a jovem voltou a se concentrar no momento presente.

– Não vou mudar de ideia, Win. Prometi a Harry que me casaria com ele e vou cumprir a promessa. Ele tem sido bom para mim. Jamais retribuiria abandonando-o no altar.

– Entendo.

Win pousou a mão sobre a de Poppy e a pressionou com ternura.

– Poppy... Amelia já teve com você uma "certa conversa"?

– Sobre o que esperar na minha noite de núpcias?

– Sim.

– Ela planejava me falar hoje à noite, mas prefiro que você me diga logo. – Ela fez uma pausa. – Porém, depois de passar tanto tempo com Beatrix, devo confessar que conheço os hábitos de acasalamento de 23 espécies diferentes, pelo menos.

– Céus – gemeu Win com uma careta. – Talvez seja melhor você conduzir a conversa, querida.

Os mais elegantes, os poderosos e os ricos normalmente se casavam na igreja St. George, em Hanover Square, numa área central de Londres. Na verdade, tantos aristocratas e virgens haviam sido unidos pelos sagrados laços do matrimônio na St. George que a igreja agora era extraoficial e vulgarmente conhecida como o "templo londrino do hímen".

Um frontão com seis enormes colunas compunha a fachada da estrutura impressionante, apesar de relativamente simples. A St. George havia sido propositalmente projetada com o mínimo de ornamentos, de forma que o olhar não se perdesse da beleza de sua arquitetura. O interior era igualmente austero, com um púlpito coberto que ficava vários palmos acima dos bancos. Mas havia um magnífico trabalho de vitrais sobre o altar frontal, retratando a árvore de Jessé e várias figuras bíblicas.

De frente para a multidão reunida no interior da igreja, Leo exibia uma expressão cuidadosamente controlada. Já entregara duas irmãs em casamento. Nenhuma delas numa cerimônia que sequer se aproximasse desse tipo de opulência e visibilidade. Mas ambas a superaram de longe em termos de felicidade verdadeira. Amelia e Win se casaram com homens por quem estavam apaixonadas, homens que elas haviam escolhido.

Não era moda se casar por amor, uma marca da burguesia. Porém, esse era um ideal ao qual os Hathaways sempre aspiraram.

E esse casamento nada tinha a ver com amor.

Vestindo fraque preto com calça cinza brilhante e gravata branca, Leo esperava ao lado da porta da sacristia, onde eram mantidos os objetos cerimoniais e sagrados. Vestes do sacerdote e dos membros do coral estavam penduradas ao longo de uma parede. Nessa manhã a sacristia era também a sala de espera da noiva.

Catherine Marks se postara ao lado dele na outra extremidade do umbral, como uma sentinela protegendo a entrada do castelo. Leo a observava discretamente. Ela vestia lilás, em vez das habituais cores sóbrias. Os cabelos castanhos estavam presos em um coque tão apertado que talvez ela não conseguisse piscar. Os óculos estavam tortos sobre o nariz, uma das hastes havia sido amassada perto da orelha. O resultado era que ela parecia uma coruja confusa.

– O que está olhando? – perguntou ela, irritada.

– Seus óculos estão tortos – comentou Leo, tentando não sorrir.

Ela franziu a testa.

– Tentei consertá-los, mas só piorei a situação.

– Posso tentar?

Antes que ela pudesse ir contra, ele pegou os óculos de seu rosto e começou a manipular a haste de metal.

A Srta. Marks protestou.

– Milorde, não pedi que... Se quebrar meus óculos...

– Como amassou a haste? – perguntou Leo enquanto endireitava, paciente, o metal.

– Deixei-os caírem no chão e pisei neles quando os procurava.

– É míope?

– Sim, muito.

Depois de endireitar a haste, Leo analisou o resultado do trabalho.

– Pronto.

Quando se virou para devolver os óculos, ele viu os olhos: azul, verde e cinza delimitados por bordas escuras. Brilhantes, cálidos, mutantes. Como opalas. Por que nunca havia reparado neles?

O arrepio que percorreu sua pele foi intenso, como se estivesse exposto a uma repentina mudança de temperatura. Ela não era sem graça. Era linda de um jeito delicado, sutil, como o luar de inverno ou o perfume suave de margaridas. Tão fria e pálida... deliciosa. Por um momento, Leo não conseguiu se mover.

Marks também estava imóvel, presa com ele em um momento de intimidade singular.

Ela pegou os óculos da mão dele e os devolveu ao rosto com firmeza.

– Isso tudo é um erro – disse. – Você não deveria ter permitido que isso acontecesse.

Debatendo-se entre camadas de conjeturas e excitação, Leo deduziu que ela se referia ao casamento de sua irmã, e a olhou irritado.

– O que sugere que eu faça, Marks? Devo mandar Poppy para um convento? Ela tem o direito de se casar com quem quiser.

– Mesmo que seja para tudo acabar em desastre?

– Não vai acabar em desastre, vai acabar em separação. E eu disse isso a Poppy. Mas ela decidiu se casar com esse homem. Sempre pensei que ela fosse sensata demais para cometer esse tipo de erro.

– Ela é sensata. Mas também é solitária. E Rutledge tirou proveito disso.

– Como é possível que minha irmã seja solitária? Ela vive cercada de pessoas.

– Esse pode ser o pior tipo de solidão.

Havia uma nota inquietante na voz dela, de tristeza e fragilidade. Leo quis tocá-la... puxá-la para perto... apoiar o rosto dela em seu pescoço... E isso provocou uma sensação que beirava o pânico. Tinha que fazer alguma coisa, qualquer coisa para mudar o clima entre eles.

– Anime-se, Marks – disse, apressado. – Tenho certeza de que um dia você também vai encontrar uma pessoa especial que poderá atormentar até o fim da vida.

Foi um alívio ver o mau humor habitual reaparecer.

– Ainda não conheci um homem capaz de competir com uma boa xícara de chá forte.

Leo se preparava para responder quando ouviu um barulho no interior da sacristia, onde Poppy esperava.

A voz de um homem, e ela soava tensa.

Leo e Marks se entreolharam.

– Ela não deveria estar sozinha? – perguntou Leo.

A dama de companhia assentiu com incerteza.

– É a voz de Rutledge? – especulou o lorde em voz alta.

Marks balançou de novo a cabeça, dessa vez negando.

– Acabei de vê-lo do lado de fora da igreja.

Sem dizer mais nada, Leo agarrou a maçaneta e abriu a porta, e Marks o seguiu para o interior da sacristia.

Leo parou tão de repente que a dama de companhia se chocou contra suas costas. Sua irmã, usando um vestido de renda branca e gola alta, estava parada diante de uma fileira de vestes pretas e roxas. Poppy parecia angelical, banhada pela luz de uma janela retangular e estreita, com o véu cobrindo suas costas desde o alto da cabeça, preso à grinalda de pequenos botões de rosas brancas.

E ela confrontava Michael Bayning, que parecia transtornado, com os olhos insanos e as roupas em desalinho.

– Bayning – disse Leo, fechando a porta com um chute preciso. – Não sabia que havia sido convidado. Se foi, devia estar lá fora, sentado em um dos bancos. Sugiro que vá se acomodar. – E parou antes de falar com a voz gelada e baixa, mas ameaçadora: – Ou, melhor ainda, vá embora.

Michael Bayning balançou a cabeça, os olhos iluminados por ira e desespero.

– Não posso. Preciso falar com Poppy antes que seja tarde demais.

– Já é tarde demais – Poppy declarou pálida, quase tão branca quanto o vestido. – Tudo já foi decidido, Michael.

– Você precisa saber o que eu descobri.

Michael olhou para Leo com ar suplicante.

– Deixe-me ter um momento a sós com ela – pediu.

Leo negou movendo a cabeça. Não que deixasse de se solidarizar com Bayning, apenas não conseguia ver benefício nenhum naquilo.

– Desculpe, amigo, mas alguém precisa pensar nas aparências. Isso tem tudo para dar a impressão de ser um último encontro tórrido antes do casamento. E se já seria suficientemente escandaloso entre os noivos, é ainda mais condenável entre a noiva e outro homem.

Enquanto falava, Leo percebeu Marks se posicionar a seu lado.

– Deixe-o falar – opinou a dama de companhia.

Leo a encarou irritado.

– Maldição, Marks, você nunca se cansa de me dizer o que fazer?

– Vou parar quando não precisar mais dos meus conselhos.

Poppy não havia tirado os olhos de Michael. Era como um sonho, ou um pesadelo, ele ali, procurando-a quando ela estava de vestido de noiva, a minutos de se casar com outro homem. O medo a invadiu. Não queria ouvir o que ele tinha a dizer, mas também não tinha forças para mandá-lo embora.

– Por que veio aqui? – conseguiu perguntar.

Michael parecia angustiado e suplicante. Ele segurava alguma coisa... uma carta.

– Reconhece isto?

Pegando a carta entre os dedos na luva de renda, Poppy a examinou de perto.

– A carta de amor – disse perplexa. – Eu a perdi. Onde... onde a encontrou?

– Meu pai. Harry Rutledge entregou a carta a ele.

Michael passou a mão na cabeça num gesto brusco e nervoso.

– O canalha foi procurar meu pai e revelou nosso relacionamento. E o pintou com as piores cores possíveis. Rutledge jogou meu pai contra nós antes que eu tivesse a chance de explicar nosso lado.

Poppy se sentiu ainda mais gelada, com a boca seca e o coração pesado, batendo com dificuldade dolorosa. Ao mesmo tempo, o cérebro funcionava depressa demais, criando uma cadeia de conclusões, cada uma mais desagradável que a outra.

A porta se abriu, e todos se viraram para ver quem entrava na sacristia.

– É claro – Poppy ouviu Leo murmurar pesaroso. – Faltava você para o drama ficar completo.

Harry entrou na pequena sala cheia demais, e parecia estar espantosamente calmo. Ele se dirigiu a Poppy, os olhos verdes e frios. O autocontrole era como uma armadura impenetrável para ele.

– Olá, querida.

Estendendo uma das mãos, correu os dedos de leve pela renda transparente do véu. Embora ele não a tocasse diretamente, Poppy ficou tensa.

– Dizem que dá azar – sussurrou ela com os lábios secos – o noivo ver a noiva pronta antes da cerimônia.

– Felizmente, não sou supersticioso – respondeu Harry.

Poppy estava confusa, furiosa e horrorizada. Quando olhou para Harry, não viu nenhum sinal de remorso em sua expressão.

"No conto de fadas...", ele dissera, "eu provavelmente seria o vilão."

Era verdade.

E estava prestes a se casar com ele.

– Contei a ela o que você fez – Michael disse a Harry. – Como impossibilitou nosso casamento.

– Eu não impossibilitei nada – rebateu Harry. – Só dificultei.

Como Michael parecia jovem, nobre e vulnerável! Um herói enganado.

E como Harry parecia grande, cruel e arrogante. Poppy não conseguia acreditar que algum dia o achara encantador, que *gostara* dele, que acreditara poder encontrar alguma forma de felicidade a seu lado.

– Ela teria sido sua, se realmente a quisesses – continuou Harry, os lábios distendidos num sorriso gelado. – Mas eu a quis mais.

Michael partiu para cima dele com o punho erguido e um grito estrangulado na garganta.

– Não – gemeu Poppy, e Leo se adiantou.

Harry foi mais rápido, porém, e agarrou o punho de Michael, torcendo seu braço atrás das costas. Com agilidade e experiência, ele o empurrou contra a porta.

– Pare com isso! – exigiu Poppy, correndo para os dois e batendo com o punho fechado no ombro e nas costas de Harry. – Solte-o! Não faça isso!

Harry não parecia sentir os socos.

– Vamos acabar logo com isso, Bayning – disse ele num tom frio. – Veio aqui só para reclamar ou isso tudo tem algum objetivo?

– Vou levá-la daqui. Vou tirá-la de você!

Rutledge sorriu.

– Antes disso eu mando você para o inferno.

– *Solte-o!* – ordenou Poppy com um tom de voz que nunca havia usado.

Foi o suficiente para Harry ouvi-la. Os olhos encontraram os dela como um lampejo verde e profano. Lentamente, ele soltou Michael, que se virou arfando, tamanha era a força que fazia para respirar.

– Venha comigo, Poppy – implorou Michael. – Vamos para Gretna. Não me importo mais com meu pai ou minha herança. Não posso permitir que se case com esse monstro.

– Porque me ama? – sussurrou ela. – Ou porque quer me salvar?

– Pelos dois motivos.

Harry a observava atentamente, analisando cada nuance de sua expressão.

– Vá com ele – sugeriu tranquilo. – Se é isso que você quer.

Poppy não se deixou enganar. Harry não media esforços para conseguir o que queria, por mais que isso causasse destruição ou sofrimento. E ele nunca a deixaria partir. Estava apenas testando, curioso para saber qual seria sua escolha.

Uma coisa estava clara: ela e Michael nunca seriam felizes juntos. Porque a fúria e a indignação de Michael um dia perderiam força, e então todas as razões que antes tinham pesado tanto para ele voltariam a ter importância. Ele se arrependeria de ter se casado com ela, lamentaria o escândalo e o fato de ter sido deserdado, não suportaria passar o resto da vida com a desaprovação do pai. E, no final, Poppy passaria a ser o foco de seu ressentimento.

Tinha que mandar Michael embora. Era o que poderia fazer de melhor por ele.

Quanto aos próprios interesses... todas as escolhas pareciam igualmente ruins.

– Sugiro que se livre desses dois idiotas – opinou Leo. – Deixe-me levá-la para casa, para Hampshire.

Poppy encarou o irmão, os lábios tocados por um sorriso sem esperança.

– Que tipo de vida eu teria em Hampshire depois disso, Leo?

A única resposta foi um silêncio sombrio. Poppy olhou para a Srta. Marks, que parecia angustiada. Naquele olhar breve, viu que, ali, era a dama de companhia quem melhor compreendia sua situação delicada. Mulheres eram julgadas e condenadas com mais severidade que os homens nessas questões. O sonho fugaz de Poppy de uma vida tranquila e simples já havia morrido. Se não se casasse agora, nunca se casaria, nunca teria filhos, nunca teria um lugar na sociedade. A única coisa que lhe restava era fazer a melhor escolha dentro de sua lamentável situação.

Ela olhou para Michael com determinação inabalável.

– Você tem que ir embora – disse.

O rosto dele se contorceu.

– Poppy, não posso ter perdido você. Não me diga que...

– Vá – insistiu ela e, depois, olhando para o irmão, pediu: – Leo, por favor, acompanhe a Srta. Marks até o lugar dela na igreja. A cerimônia vai começar em breve. Preciso conversar com o Sr. Rutledge a sós.

Michael a encarou incrédulo.

– Poppy, não pode se casar com ele. Escute o que eu...

– Acabou, Bayning – anunciou Leo em voz baixa. – Não se pode esquecer seu papel nessa confusão. Deixe minha irmã escolher como lidar com isso tudo.

– *Cristo* – murmurou Michael e se arrastou para a porta cambaleando como um bêbado.

Poppy queria muito confortá-lo, segui-lo, assegurá-lo de seu amor. Em vez disso, ficou na sacristia com Harry Rutledge.

Depois do que pareceu uma eternidade, os três saíram, deixando Poppy e Harry sozinhos, frente a frente.

Estava claro que ele não se incomodava por Poppy agora saber o tipo de homem que ele realmente era. Harry não queria perdão nem redenção... Não se arrependia de nada.

Uma vida inteira, Poppy pensou, *com um homem em quem jamais poderei confiar.*

Casar-se com um vilão ou não se casar jamais. Ser esposa de Harry Rutledge ou viver em desgraça, ver mães censurando as filhas por falarem com ela, como se a inocência dessas jovens pudesse ser contaminada por sua presença. Ser abordada por homens que a julgavam imoral ou desesperada. Esse seria seu futuro se não se tornasse esposa dele.

– Então? – perguntou Harry em voz baixa. – Vai prosseguir com o casamento ou não?

Poppy se sentiu tola ali, usando vestido de noiva, adornada com flores e um véu, todos os símbolos de esperança e inocência, coisas que já não lhe restavam. Quis arrancar do dedo o anel de noivado e atirá-lo em Harry. Quis desabar no chão. Uma ideia passou por sua cabeça: mandar chamar Amelia e deixar que ela cuidasse da situação e administrasse tudo.

Mas não era mais uma criança cuja vida tinha que ser administrada.

Ela olhou para o rosto implacável de Harry, para seus olhos duros. Ele parecia debochado, extremamente confiante na vitória. Sem dúvida, presumia que poderia cercá-la pelo resto da vida.

Certamente o subestimara.

Mas ele também a subestimava.

Toda a dor, toda a tristeza e a raiva impotente de Poppy se fundiram em um amálgama novo e amargo. Ela se surpreendeu com a calma da própria voz quando falou com ele.

– Jamais esquecerei que me afastou do homem que eu amava e se colocou no lugar dele. Não sei se serei capaz de perdoá-lo por isso. A única coisa de que tenho certeza absoluta é que jamais vou amar você. Ainda quer se casar comigo?

– Sim – respondeu Harry sem hesitação. – Nunca quis ser amado. E Deus sabe que ninguém jamais me amou.

CAPÍTULO 13

Poppy proibiu Leo de contar ao restante da família sobre o incidente envolvendo Michael Bayning antes da cerimônia de casamento.

– Depois do café da manhã, pode dizer a eles o que quiser – falou ela. – Mas, por mim, peço que até lá não comente nada. Não vou conseguir suportar todos aqueles rituais, o desjejum, o bolo de casamento, os brindes, se tiver que olhar para eles tendo consciência de que *eles* sabem.

Leo parecia zangado.

– Não consigo entender por que você quer que eu a conduza ao altar e a entregue a Rutledge.

– Não precisa entender. Só peço que me ajude com isso.

– Não quero ajudá-la a se tornar a Sra. Harry Rutledge.

Mas, porque Poppy havia pedido, Leo desempenhou seu papel na elaborada cerimônia com dignidade, ainda que tivesse uma expressão amarga no rosto. Balançando a cabeça, ele lhe ofereceu o braço e os dois seguiram Beatrix até o altar, onde Harry Rutledge esperava.

Felizmente, a cerimônia foi curta e sem nenhuma emoção. Houve apenas um momento em que Poppy sentiu uma ponta de desconforto, quando o celebrante disse:

–... se alguém aqui sabe de alguma coisa que possa impedir este matrimônio, fale agora ou cale-se para sempre.

Foi como se o mundo parasse durante dois ou três segundos depois do pronunciamento. O coração de Poppy disparou. Ela percebeu que esperava, torcia para ouvir o protesto veemente de Michael ecoando na igreja.

Mas o silêncio se manteve. Michael fora embora.

A cerimônia prosseguiu.

A mão de Harry estava morna quando segurou a dela, fria. Ambos repetiram os votos e o sacerdote entregou a aliança a Harry, que a colocou no dedo de Poppy.

A voz dele era firme, contida.

– Com esta aliança eu a desposo, com meu corpo eu a admiro e com todos os meus bens eu a favoreço.

Poppy evitava encará-lo; olhava para o círculo de ouro em seu dedo. Aliviada, ela constatou que não haveria o tradicional beijo. O costume de beijar a noiva era de mau gosto, uma prática plebeia que nunca seria permitida na St. George.

Finalmente, ela levantou a cabeça e olhou para Harry, e se espantou com a satisfação que viu nos olhos dele. Depois aceitou seu braço e eles saíram juntos da igreja, caminhando para o futuro e para um destino que prometia ser tudo, menos promissor.

~

Harry sabia que Poppy o considerava um monstro. Reconhecia que empregara métodos condenáveis, egoístas, mas não havia outro jeito de fazer dela sua esposa. E não conseguia se arrepender nem por um segundo por tê-la tirado de Bayning. Talvez fosse amoral, mas essa era a única maneira que conhecia de agir.

Poppy agora era dele, e ele não pouparia esforços para que ela não se arrependesse do casamento. Seria tão bom quanto ela permitisse. E, de acordo com sua experiência, as mulheres perdoavam qualquer coisa quando recebiam os incentivos adequados.

Ele passou o resto do dia relaxado e de bom humor. Uma procissão de belas carruagens com muitas janelas e decorações douradas ao estilo imperial compunham o cortejo nupcial que os levou ao hotel Rutledge, onde um desjejum farto e formal foi oferecido no salão de banquetes. As janelas do hotel se encheram de curiosos, todos querendo espiar a cena deslumbrante. Arcadas e pilares gregos haviam sido colocados em torno do salão, revestidos em tule e enfeitados com flores.

Um batalhão de criados carregava baixelas de prata e bandejas de champanhe, e os convidados se acomodavam em seus lugares para saborear a refeição. Foram servidas porções individuais de ganso ao creme de ervas com crosta dourada fumegante, salada de folhas verdes crocantes e frescas com ovos de codorna cozidos, cestos de muffins quentes, torradas e biscoitos, pilhas de bacon defumado frito, pratos de rosbife em fatias tão finas que eram tiras rosadas guarnecidas com fragrantes raspas de trufa, muitas porções de melão e uvas. Havia três bolos de casamento, todos ricamente confeitados e recheados com frutas.

Como era costume, Poppy foi servida primeiro, e Harry bem pôde imaginar que esforço ela fazia para comer e sorrir. Se alguém notou que a noiva estava quieta demais, presumiu que o evento a emocionava e cansava ou que, como todas as noivas, ela estava nervosa com a aproximação da noite de núpcias.

A família de Poppy a observava com preocupação protetora, sobretudo Amelia, que parecia sentir algo errado no ar. Harry estava fascinado com os Hathaways, com a misteriosa ligação entre eles; era como se compartilhassem um segredo coletivo. Quase se poderia enxergar o entendimento silencioso que se dava entre eles.

Apesar de saber muito sobre as pessoas, Harry desconhecia o que era fazer parte de uma família.

Depois que a mãe fugira com um dos amantes, o pai tentara se livrar de tudo o que lembrasse a existência da ex-mulher. E também não medira esforços para esquecer que tivera um filho com ela, deixando-o aos cuidados dos empregados do hotel e de uma sucessão de tutores.

Harry tinha poucas lembranças da mãe, apenas se recordava de que era bonita e tinha cabelos dourados. Era como se ela estivesse sempre fora, longe dele, sempre fugidia. Lembrava-se uma vez de ter chorado chamando por ela, agarrado à sua saia de veludo, e ela tentara fazê-lo soltá-la, apenas rindo de sua persistência.

Abandonado pelos pais, Harry passara a fazer as refeições na cozinha com os empregados do hotel. Quando adoecia, alguma camareira cuidava dele. Via famílias chegando e partindo, e aprendera a olhar para elas com o mesmo distanciamento da equipe do hotel. No fundo, Harry suspeitava de que a mãe havia partido e de que o pai nunca quisera se aproximar dele porque não era digno de amor. Portanto não desejava fazer parte de uma família. Mesmo que Poppy tivesse filhos, se ela os tivesse, Harry nunca permitiria que ninguém se aproximasse dele o suficiente para formar vínculos. Jamais se deixaria prender desse jeito. Porém, às vezes sentia uma inveja passageira daqueles que eram capazes de amar e viver dessa maneira, como os Hathaways.

O desjejum continuava com brindes intermináveis. Quando Harry percebeu que os ombros de Poppy caíram de maneira reveladora, deduziu que ela já havia suportado demais. Então se levantou, fez um discurso rápido e elegante e agradeceu a todos pela honra da presença em um dia tão especial.

Era o sinal para a noiva se retirar com as damas de honra. Logo elas seriam seguidas por todos, e os convidados se dispersariam para se divertirem em entretenimentos variados durante o resto do dia. Poppy parou na porta do salão. Como se pudesse sentir o olhar de Harry em suas costas, ela se virou e olhou para o marido.

Um aviso cintilou em seus olhos, e isso o excitou de imediato. Poppy não seria uma noiva ansiosa por agradá-lo, nem ele esperava que fosse. Tentaria fazê-lo pagar pelo que havia feito, e ele aceitaria todas as penas... até certo ponto. Como reagiria quando ele a procurasse naquela noite?

Harry desviou o olhar da esposa ao ser abordado por Kev Merripen, cunhado de Poppy, um homem que conseguia passar relativamente despercebido, apesar do tamanho e da aparência impressionantes. Ele era um cigano romani, alto e com cabelos negros abundantes, o exterior modesto encobrindo uma natureza de sombria intensidade.

– Merripen – Harry o cumprimentou com simpatia. – Gostou do desjejum?

O romani não estava com disposição para trocar amenidades. Ele olhava para Harry como se o jurasse de morte.

– Tem alguma coisa errada – disse. – Se fez algum mal a Poppy, vou arrancar sua cabeça do...

– Merripen!

A exclamação alegre o interrompeu. Leo surgiu de repente ao lado deles. Harry percebeu Leo dar uma cotovelada nas costelas do cigano, como se quisesse alertá-lo de algo.

– Suave e charmoso, como sempre. Devia cumprimentar o noivo, *phral* – comentou Leo, chamando o cunhado de "irmão" –, não ameaçar decapitá-lo.

– Não é uma ameaça – resmungou o romani. – É uma promessa.

Harry o encarou sem hesitar.

– Aprecio sua preocupação com ela. Garanto que farei tudo o que estiver ao meu alcance para fazê-la feliz. Poppy terá tudo o que desejar.

– Creio que o divórcio esteja no topo dessa lista – pensou Leo em voz alta.

Harry encarou Merripen com frieza.

– Gostaria de lembrar que sua irmã se casou comigo voluntariamente. Michael Bayning deveria ter tido a coragem de invadir a igreja e carregá-la à força, se necessário. Mas não teve. E se ele não se dispôs a lutar por ela, não a merecia.

Ao notar a piscada rápida de Merripen, ele soube que havia atingido o objetivo.

– Além do mais, depois de todo o esforço que fiz para me casar com Poppy, a última coisa que pretendo é maltratá-la.

– Que esforço? – perguntou o romani, desconfiado, e Harry lembrou que ele ainda não sabia de toda a história.

– Não se incomode com isso – disse Leo ao cunhado. – Se eu contar tudo agora, você vai acabar criando uma cena constrangedora no casamento de Poppy. E quem costuma fazer essa parte sou eu.

Os dois se entreolharam e Merripen resmungou alguma coisa em romani. Leo deu um leve sorriso.

– Não sei o que acabou de dizer. Mas desconfio que seja algo relacionada a espancar o marido de Poppy até transformá-lo em purê. – Uma pausa. – Mais tarde, velho amigo.

Os dois trocaram um olhar de entendimento. Merripen assentiu rapidamente e saiu sem dizer mais nada a Harry.

– E ele está de bom humor – comentou Leo, olhando de forma triste e afetuosa para o cunhado que se afastava.

Depois de um instante, voltou a prestar atenção em Harry. De repente seus olhos transbordavam um conhecimento, uma sabedoria de vida que só podia ser acumulada em eras.

– Imagino que nada poderá diminuir a preocupação de Merripen. Ele vive com nossa família desde menino, e o bem-estar de minhas irmãs é tudo para ele.

– Vou cuidar bem dela – garantiu Harry.

– Tenho certeza de que vai tentar. E, mesmo que não acredite, torço para que consiga.

– Obrigado.

Leo o encarou com tamanha perspicácia que teria incomodado um homem de consciência.

– A propósito, não vou acompanhar minha família na viagem a Hampshire amanhã.

– Negócios em Londres? – perguntou Harry de forma cortês.

– Sim, algumas obrigações parlamentares. E um interesse arquitetônico. É meu hobby. Mas, principalmente, vou ficar por Poppy. Veja bem, imagino que ela vá decidir deixá-lo em breve, e quero estar aqui para levá-la para casa.

Harry sorriu de forma despreocupada, como se a afronta do cunhado o divertisse. Leo seria capaz de imaginar de quantas maneiras ele poderia arruiná-lo e com que facilidade?

– Tenha cuidado – disse ele, mantendo o tom calmo.

Leo não se abalou, um sinal de ingenuidade ou de coragem. Ele até sorriu, embora sem qualquer sinal de humor.

– Tem algo que você parece não entender, Rutledge. Conseguiu ganhar Poppy, mas não tem o que é preciso para mantê-la a seu lado. Portanto, vou ficar por perto. Estarei aqui quando ela precisar de mim. E se a machucar, sua vida não vai valer nada. Nenhum homem é intocável. Nem mesmo você.

Uma criada do hotel ajudou Poppy a trocar o vestido de noiva por uma camisola simples, trouxe uma taça de champanhe gelada e partiu discretamente.

Grata pelo silêncio de sua suíte particular, Poppy se sentou à penteadeira e removeu lentamente os grampos do cabelo. Sua boca doía do esforço de sorrir e os músculos da testa estavam tensos. Ela bebeu o champanhe e se dedicou a escovar os cabelos com movimentos longos, cuidadosos, deixando-os cair sobre as costas em ondas brilhantes. Era bom sentir as cerdas da escova no couro cabeludo.

Harry ainda não chegara aos aposentos. Poppy tentava imaginar o que diria quando ele aparecesse, mas nada lhe ocorria. Com a lentidão de um sonho, ela vagou pelos aposentos. Diferente da formalidade fria da área de recepção, o restante dos cômodos havia sido decorado com tecidos macios e cores quentes e havia muitos lugares para sentar, ler, relaxar. Tudo era impecável, as vidraças brilhavam, os tapetes turcos haviam sido varridos e aromatizados com folhas de chá. Havia lareiras com consoles de mármore ou madeira entalhada, outras com revestimento de cerâmica, e muitos abajures e luminárias para manter todos os ambientes bem iluminados à noite.

Haviam preparado um quarto extra para Poppy. Harry dissera que ela poderia ter quantos cômodos quisesse para seu uso pessoal, porque os aposentos haviam sido desenhados de forma que espaços contíguos pudessem ser facilmente abertos. A colcha da cama era azul como um céu de primavera, os lençóis de linho eram bordados com pequeninas flores cerúleas. Era um quarto lindo, feminino, e estar nele teria dado muito prazer a Poppy se as circunstâncias fossem diferentes.

Ela tentou decidir se estava mais zangada com Harry, Michael ou com ela mesma. Talvez em igual medida com todos. E estava cada vez mais nervosa, sabendo que Harry não demoraria a chegar. Os olhos encontraram a cama. Ela se tranquilizou pensando que Harry não a forçaria a nada. A vilania dele não se prestaria à violência pura.

Seu estômago deu um salto quando ela ouviu alguém entrar. Respirou fundo uma vez, outra, e esperou até ver a silhueta imponente de Harry ocupar a soleira.

Ele parou para observá-la com uma expressão impassível. Havia removido a gravata, e a camisa aberta revelava a linha máscula do pescoço. Poppy se preparou para ser forte e não recuar enquanto ele se aproximava. Harry estendeu a mão para tocar seu cabelo brilhante, deixando-o escorregar por entre os dedos como fogo líquido.

– Nunca os vi soltos antes – disse.

Estava tão perto que ela sentia a fragrância da espuma de barbear e o hálito de champanhe. Os dedos roçaram sua face, detectando o tremor por trás da aparência firme.

– Está com medo? – perguntou ele com voz suave.

Poppy se obrigou a sustentar seu olhar.

– Não.

– Talvez devesse estar. Sou muito mais bondoso com pessoas que sentem medo de mim.

– Duvido. Acho que a verdade é exatamente o contrário.

Um sorriso se formou nos lábios dele.

Poppy se sentia desorientada pela complexa mistura de emoções que ele lhe causava: antagonismo, atração, curiosidade, raiva. Afastando-se dele, caminhou até a cômoda e examinou uma pequena caixa de porcelana com tampa dourada.

– Por que levou o casamento adiante? – quis saber ele.

– Achei que seria o melhor para Michael.

Sentiu uma pontada de satisfação ao perceber que a resposta o incomodara.

Harry sentou-se na cama, adotando uma postura informal. Os olhos a seguiam sem se desviar nem por um instante.

– Se houvesse alternativa, eu teria feito tudo isso da maneira tradicional. Teria cortejado você abertamente, e a teria conquistado de maneira justa. Mas você já havia escolhido Bayning. Portanto, eu não tinha opção.

– Tinha, sim. Podia ter me deixado casar com Michael.

– Duvido que ele a tivesse pedido em casamento. Bayning mentiu para você e para ele mesmo presumindo que poderia convencer o pai a aceitar essa união. Devia ter visto o velho quando mostrei a carta a ele. Ficou mortalmente ofendido com a ideia de que o filho poderia ter uma esposa tão abaixo de sua posição social.

Isso a magoou, como Harry provavelmente pretendia, e Poppy sentiu o corpo enrijecer.

– Então por que não deixou as coisas seguirem seu curso? Por que não esperou até que Michael me abandonasse, para depois se aproximar para juntar meus pedaços?

– Porque havia uma chance de Bayning ousar fugir com você. Eu não podia correr esse risco. E sabia que, mais cedo ou mais tarde, você perceberia que o que sentia por Bayning era só uma paixão tola.

Poppy o encarou com o mais puro desprezo.

– O que sabe sobre o amor?

– Sei como as pessoas que se amam agem. E o que testemunhei esta manhã na sacristia não chegou nem perto desse comportamento. Se vocês realmente se amassem, nenhuma força no mundo teria impedido que saíssem juntos daquela igreja.

– Você não teria permitido! – retrucou ela, ultrajada.

– É verdade. Mas teria respeitado o esforço.

– Nós não nos importamos com o seu respeito.

O fato de ela estar falando por Michael também... "nós"... causou uma imediata tensão que transpareceu no rosto de Harry.

– Sejam quais forem seus sentimentos por Bayning, agora você é minha esposa. E ele vai se casar com uma herdeira qualquer de sangue azul, como devia ter feito desde o início. Sendo assim, só nos resta decidir como você e eu vamos continuar.

– Prefiro um casamento de fachada.

– Entendo – respondeu ele calmamente. – Porém, um casamento não é legal até que tenha sido consumado. E, infelizmente, eu nunca deixo brechas para a lei.

Ele ia insistir em fazer valer seus direitos, então. Nada o dissuadiria de ter o que queria. Poppy sentiu os olhos e o nariz arderem, mas preferia morrer a chorar na frente dele. Olhando-o com ar de repulsa, ela sentiu o coração bater e reverberar nas têmporas, nos pulsos e nos tornozelos.

– Estou emocionada com essa declaração tão poética. Vamos cumprir o contrato, é claro – falou ela e começou a desabotoar a camisola com os dedos rígidos e trêmulos e a respiração como que presa na garganta. – Tudo que peço é que seja rápido.

Harry se levantou da cama e caminhou até ela sem pressa. Uma das mãos cobriu as dela, detendo-as.

– Poppy.

Ele esperou até a esposa ter forças para encará-lo. Havia humor cintilando em seus olhos.

– Você me faz sentir um vilão aproveitador – disse. – Quero que saiba que nunca forcei uma mulher a me aceitar. Uma simples recusa provavelmente seria o bastante para me deter.

Ele estava mentindo, Poppy sentia instintivamente. Mas... talvez não estivesse. Maldição, Harry brincava com ela como um gato brinca com um rato.

– Isso é verdade? – indagou ela, ofendida.

Harry a encarou de forma impassível.

– Rejeite-me e vamos descobrir.

O fato de um ser humano tão desprezível ser também tão bonito era a prova de que o Universo era injusto ou, pelo menos, muito mal organizado.

– Não vou rejeitá-lo – respondeu ela, empurrando as mãos do marido. – Não vou entretê-lo com encenações virginais – emendou, e voltou a desabotoar a camisola. – E gostaria de acabar logo com isso para não ter mais com o que me preocupar.

Harry despiu o casaco e o pendurou nas costas de uma cadeira. Poppy deixou o penhoar escorregar pelos ombros e chutou os chinelos para longe. O vento frio passava por baixo da barra da camisola de cambraia fina e envolvia seus tornozelos. Mal conseguia pensar, tamanha era a quantidade de receios e preocupações em sua cabeça. O futuro que um dia havia esperado não viria mais, e outro começava a ser criado, um futuro com infinitas complicações. Harry a conheceria de um jeito que ninguém mais conhecia nem chegaria a conhecer. Mas não seria um casamento como o de suas irmãs... seria um relacionamento sem uma base de amor e confiança.

As informações que sua irmã Win havia fornecido sobre a intimidade conjugal tinham sido envoltas em flores e raios de luar, com uma breve e superficial descrição do ato físico. O conselho de Win havia sido confiar no marido, relaxar e entender que a intimidade sexual era uma parte maravilhosa do amor. Nada disso tinha relevância na situação em que Poppy agora se encontrava.

O quarto estava em silêncio absoluto. *Isso não significa nada para mim*, ela pensou, tentando se convencer disso. Sentia-se como se ocupasse um corpo estranho enquanto terminava de desabotoar a camisola e a despia pela cabeça, deixando-a cair no tapete sem nenhum cuidado. Um arrepio eriçou sua pele, enrijecendo os mamilos.

Ela se dirigiu à cama, puxou as cobertas e se deitou. Cobrindo-se até a altura dos seios, recostou-se nos travesseiros. Só então olhou para Harry.

Seu marido tinha se detido enquanto desamarrava um sapato e ainda tinha o pé apoiado sobre a cadeira. Já havia removido a camisa e o colete, e os músculos de suas costas estavam contraídos. Ele a olhava por cima de um ombro, os olhos semicerrados. O rosto estava corado, como se tivesse sido exposto ao sol, e os lábios entreabertos davam a impressão de que ia dizer alguma coisa, mas esquecera o quê. Soltando o ar num arquejo, ele se voltou para o sapato.

Seu corpo era bem esculpido, mas Poppy não sentia prazer em observá-lo. Na verdade, ressentia-se por isso. Teria preferido alguns sinais de vulnerabilidade, um toque de flacidez na cintura, ombros mais estreitos, qualquer coisa que o pusesse em desvantagem. Mas ele era atlético, forte e proporcional. Ainda vestindo a calça, Harry se aproximou e parou ao lado da cama. Apesar do esforço para parecer indiferente, Poppy crispou os dedos, agarrando os lençóis bordados.

A mão dele tocou seu ombro nu, os dedos deslizando até o pescoço e de volta. Ele parou ao encontrar uma cicatriz pequenina, quase invisível em seu ombro, no lugar onde um grão de chumbo um dia a atingira.

– Do acidente? – perguntou ele com voz rouca.

Poppy assentiu, incapaz de falar. Compreendeu que ele passaria a conhecer cada detalhe de seu corpo... dera a ele esse direito. Harry encontrou mais três cicatrizes em seu braço, afagando cada uma como se pudesse apagar os sinais dos antigos ferimentos. Lentamente, os dedos envolveram uma mecha de cabelo que caía como um fino rio de mogno sobre seu peito, seguindo-a por baixo dos lençóis e cobertores.

Ela arquejou ao sentir o polegar roçar um mamilo, contorná-lo, espalhar ondas de calor que chegaram até seu ventre. A mão se afastou dela por um momento e, quando voltou a tocar seu seio, o polegar fora umedecido na boca. Outro círculo provocante, agora com a umidade intensificando a carícia. Poppy ergueu de leve os joelhos, sentindo o quadril se mover sutilmente como se todo o corpo houvesse se tornado receptáculo de sensações. A outra mão dele tocou o queixo de Poppy, levantando seu rosto.

Harry se inclinou para beijá-la, mas a mulher virou a cabeça.

– Sou o mesmo homem que a beijou naquela varanda – falou Rutledge. – E você gostou bastante.

Poppy mal conseguia falar com a mão afagando seu seio.

– Não gosto mais.

Um beijo significava mais para ela que um simples gesto. Era um presente de amor, de afeto ou, pelo menos, de simpatia, mas não sentia nada disso pelo marido. Ele podia ter direito a usufruir de seu corpo, mas não teria seu coração.

As mãos de Harry a soltaram para empurrá-la delicadamente para o lado.

Poppy se moveu, o coração disparando quando ele se deitou na cama. Reclinado a seu lado, seus pés iam muito além dos dela sobre o colchão. Poppy fez um esforço para soltar as cobertas quando ele as afastou.

Os olhos de Harry passearam por seu corpo esguio, exposto, analisando as curvas dos seios e a linha entre as coxas comprimidas. O calor a cobria completamente, uma onda que ganhou força quando ele a puxou para mais perto. Seu peito era quente e firme, coberto por uma camada de pelos escuros que faziam cócegas em seus seios.

Poppy estremeceu quando a mão deslizou por sua coluna, puxando-a para mais perto ainda. A intimidade de estar colada ao corpo seminu de um homem, sentindo o cheiro de sua pele, era quase mais do que sua mente aturdida podia compreender. Poppy sentiu o tecido macio e frio da calça afastar suas pernas nuas. E Harry a manteve desse jeito, afagando suas costas até sentir que os arrepios e o tremor perdiam força.

A boca do marido começou então a traçar uma linha na lateral de seu pescoço. Ele passou um longo tempo beijando a região, explorando a depressão atrás da orelha, a linha da raiz dos cabelos, o pescoço. A língua encontrou sua pulsação acelerada e se deteve ali até que ela arquejou e tentou empurrá-lo. Seus braços a seguraram com mais força e uma das mãos cobriu a curva de uma nádega nua, mantendo Poppy próxima de seu corpo.

– Não gosta disso? – perguntou ele, roçando a boca em seu pescoço.

– Não – respondeu Poppy, tentando posicionar os braços entre eles.

Harry a empurrou contra o colchão, os olhos brilhando com um prazer diabólico e bem-humorado.

– Não vai admitir que está gostando, vai?

Ela balançou a cabeça.

A mão dele segurou seu rosto, o polegar tocou os lábios comprimidos.

– Poppy, se não houver mais nada em mim que a agrade, ao menos dê uma chance a isto.

– Não posso. Não quando lembro que devia estar assim com... ele.

Ressentida e furiosa, Poppy não conseguiu pronunciar o nome de Michael.

E mesmo sem citá-lo, a reação que ela provocou em Harry foi muito mais forte do que previra. Ele segurou seu queixo, a mão exercendo uma pressão intensa, ainda que sem machucá-la, os olhos iluminados pela fúria. Ela o encarou de forma desafiadora, quase como se o convidasse a fazer algo terrível, a provar que ele era tão desprezível quanto ela acreditava.

Mas a voz de Harry saiu meticulosamente controlada quando ele por fim se manifestou:

– Então vamos ver se consigo tirá-lo de sua cabeça.

As cobertas foram puxadas com insistência implacável, expondo Poppy completamente. Ela tentou se levantar, mas Harry a empurrou de volta. Uma das mãos encontrou a curva de um seio, erguendo-o, e ele se aproximou até seu hálito tocar o mamilo em repetidas ondas que eram como pequenos choques.

Harry traçou a aréola com a língua, pegou-a entre os dentes com ternura e brincou com a pele sensível. O prazer invadia as veias de Poppy a cada lambida suave, cada mordida delicada. Ela cerrou os punhos na tentativa de manter as mãos no colchão. Parecia importante não tocá-lo. Mas Harry era habilidoso e persistente. Despertava impulsos profundos, instintos incontroláveis e, entre prazer e princípios, o corpo dela parecia mais propenso a escolher o primeiro.

Poppy tocou a cabeça de cabelos escuros e grossos, sentindo a maciez dos fios em seus dedos. Ofegante, ela o guiou para o outro seio. Harry se deixou conduzir com um murmúrio rouco, os lábios abrindo-se sobre o botão intumescido. As mãos masculinas passeavam por corpo, descobrindo as curvas da cintura e do quadril. A ponta do dedo do meio contornou a borda do umbigo de Poppy e passeou por seu ventre com lentidão provocante. Ao longo do vale formado pela junção de suas pernas... dos joelhos até as coxas... e de volta.

Afagando-a com suavidade, Harry sussurrou:

– Quero que se abra para mim.

Poppy ficou em silêncio, resistindo, ofegando como se cada inspiração tivesse que abrir caminho à força pela garganta. A pressão das lágrimas crescia por trás das pálpebras fechadas. Sentir prazer com Harry era como uma traição.

E ele sabia disso. Sua voz foi suave na orelha dela quando disse:

– O que acontece nesta cama fica só entre nós. Não é pecado entregar-se ao marido, e não há nada a ganhar negando o prazer que posso lhe dar. Deixe acontecer, Poppy. Não precisa ser virtuosa comigo.

– Não estou tentando ser virtuosa – respondeu ela com a voz trêmula.

– Então deixe-me tocá-la.

No silêncio que se seguiu, Harry afastou as pernas dela sem encontrar resistência. A palma deslizou pela parte interna de uma coxa até o polegar encontrar os caracóis macios, íntimos. O som da respiração arfante dos dois ecoava no quarto silencioso. O polegar de Harry se aninhou entre os pelos, roçando um ponto tão sensível que ela se sobressaltou com um protesto abafado.

Ele a puxou mais para junto do peito musculoso, dos pelos que faziam cócegas. Desceu a mão de novo e acariciou a parte interna da região carnuda, que já se rendera. Uma urgência irresistível quase fez Poppy segurar a mão dele e aumentar a pressão. Mas ela se obrigou a permanecer imóvel, mesmo que o esforço fosse exaustivo.

Quando encontrou a entrada do corpo delicado, Harry acariciou a região macia até sentir a umidade quente. Depois a penetrou lentamente com um dedo. Ela ficou assustada, tensa, quase chorou de prazer.

Harry beijou seu pescoço.

– Shhh... Não vou machucar você. Calma.

E a acariciou por dentro com o dedo levemente flexionado, como se quisesse levá-la um passo além. Carícias repetidas, lentas, pacientes. O prazer ganhou outra intensidade e seus membros pesavam com camadas cada vez mais densas de sensações. Harry removeu o dedo e continuou com as carícias íntimas e vagarosas.

Ela queria gemer, gritar, mas engolia de volta os sons que chegavam à garganta. Queria se mover, contorcer-se naquele calor inquieto. As mãos ansiavam por tocar os músculos poderosos dos ombros de Harry. Em vez disso, ela mantinha sua imobilidade martirizante.

Mas Harry sabia como fazer seu corpo responder, como dar prazer àquela mulher que tentava resistir. Poppy não conseguiu conter o impulso de erguer o quadril, com os calcanhares fincando-se na maciez fria do colchão. Ele deslizou por seu corpo beijando cada centímetro de pele e descendo, descendo, a boca medindo tenras distâncias. Quando ele se aproximou dos pelos macios e encaracolados, porém, Poppy ficou tensa e tentou se esquivar. A mente disparou um alerta. Ninguém havia falado sobre isso! Não podia ser correto.

Quando ela tentou escapar, as mãos dele se encaixaram sob suas nádegas, segurando-a, e a língua a encontrou com movimentos longos, molhados. Com cuidado, ele a guiou com um ritmo deliberado, excitando-a mais e mais, contendo-a com lambidas voluptuosas. Boca perversa, língua cruel. Hálito quente que a envolvia. A sensação crescia e crescia, até que alcançou um ponto em que explodiu e se espalhou em todas as direções. Um grito escapou de seu peito, e outro, enquanto uma sucessão de espasmos sacudia seu corpo. Não havia como escapar, não podia recuar. E, à medida que ela voltava a si, ele prolongou seu prazer com lambidas suaves, provocando os últimos tremores de prazer do corpo sob o dele.

Então veio a pior parte, quando Harry a tomou nos braços para acalmá-la... e ela permitiu.

Era impossível não perceber quanto ele estava excitado, não sentir o corpo sólido e tenso e não ouvir a pulsação acelerada. Harry deslizou a mão pela curva sinuosa de sua coluna. Com um arrepio de excitação relutante, ela se perguntou se ele a possuiria naquele momento.

Mas Harry a surpreendeu dizendo:

– Não vou forçá-la ao resto esta noite.

A voz dela soou estranha e áspera demais nos próprios ouvidos.

– Você... não precisa parar. Já disse...

– Sim, eu sei, quer acabar logo com isso – completou Harry, sarcástico. – Para não ter mais com que se preocupar.

Os braços soltaram seu corpo e ele virou para o lado e se levantou, ajeitando a frente da calça com despreocupação casual. O rosto de Poppy queimava.

– Mas eu decidi que você vai conviver um pouco mais com essa preocupação. Porém, um lembrete: se tomar alguma atitude no sentido de pedir a anulação do casamento, eu a jogo de costas na cama e tiro sua virgindade antes que você possa piscar.

Então ele parou para cobri-la.

– Diga-me, Poppy... Você pensou nele há pouco? Foi o rosto dele, o nome dele que passou por sua cabeça enquanto eu a tocava?

Poppy negou com a cabeça, recusando-se a encará-lo.

– Já é um bom começo – reconheceu Harry em voz baixa.

Em seguida apagou o abajur e saiu.

E ela ficou sozinha deitada no escuro, envergonhada, saciada e confusa.

CAPÍTULO 14

Dormir era sempre difícil para Harry. Naquela noite foi impossível. A mente, acostumada a lidar com diversas questões ao mesmo tempo, agora tinha um assunto novo e infinitamente interessante para tratar.

Sua esposa.

Havia aprendido muito sobre Poppy em um dia. Ela se mostrara dona de uma força excepcional em momentos de dificuldade. Não era uma mulher que desmoronasse diante de uma situação difícil. E embora amasse a família, não havia corrido para eles em busca de proteção.

Harry admirava a maneira como Poppy havia lidado com os acontecimentos daquele dia. Mais ainda, admirava como tinha lidado com *ele*. Sem encenações virginais, como ela mesma dissera.

Agora ele pensava naqueles minutos intensos que passaram antes de deixá-la no quarto, quando ela havia sido doce e complacente, quando seu belo corpo ardera em resposta às suas mãos. Excitado e inquieto, Harry estava deitado em seu quarto, que ficava em frente ao dela no apartamento que agora dividiam. Pensar em Poppy dormindo no mesmo lugar onde ele vivia era suficiente para mantê-lo acordado. Nenhuma mulher jamais ficara ali. Sempre mantivera seus envolvimentos longe de sua residência, nunca havia passado uma noite inteira com ninguém. A ideia de dormir na mesma cama que outra pessoa o incomodava. Mas nunca se dera o trabalho de pensar por que isso seria algo mais íntimo que o ato sexual em si.

Harry se sentiu aliviado quando viu o céu ganhar o tom prata que anunciava o amanhecer. Ele se levantou, se lavou e vestiu suas roupas. Depois deixou entrar a camareira, que avivou o fogo na lareira e trouxe edições de três jornais de grande circulação, todas devidamente passadas a ferro para que não manchassem as mãos do hoteleiro. Cumprindo a rotina diária, o garçom do andar chegaria com o café da manhã e depois Jake Valentine se apresentaria com os relatórios da administração e levaria sua lista matinal de tarefas.

– A Sra. Rutledge também vai querer café, senhor? – perguntou a camareira.

Harry não sabia até que horas Poppy costumava dormir.

– Bata à porta do quarto dela e pergunte.

– Sim, senhor.

Ele notou como o olhar da criada foi da porta do quarto dele para o de Poppy. Embora fosse comum que casais da classe alta tivessem quartos separados, a camareira deixou transparecer sua surpresa antes de conseguir controlar a própria expressão. Foi com leve irritação que Harry a viu deixar a sala de refeições.

De onde estava, ouviu a pergunta da criada e a resposta de Poppy. O som abafado da voz da esposa reverberou em seu corpo, despertando seus nervos.

A criada voltou à sala de refeições.

– Vou mandar uma bandeja para a Sra. Rutledge também. Precisa de mais alguma coisa, senhor?

Harry balançou a cabeça e voltou sua atenção para os jornais. A criada se retirou e ele tentou ler o mesmo artigo pelo menos três vezes antes de desistir e ficar observando a porta do quarto de Poppy.

Por fim ela apareceu, vestida com um penhoar de tafetá azul e bordados florais. Seus cabelos estavam soltos, mechas castanhas que brilhavam como fogo. Sua expressão estava neutra e o olhar, comedido. Harry desejou remover a delicada peça bordada que cobria seu corpo, beijar cada centímetro dele até deixá-la corada e ofegante.

– Bom dia – murmurou Poppy sem encará-lo.

Harry se levantou e esperou até que ela se aproximasse da mesa. Percebeu que Poppy tentou evitar todo e qualquer contato físico enquanto ele puxava a cadeira para acomodá-la. *Paciência*, disse a si mesmo.

– Dormiu bem?

– Sim, obrigada – respondeu ela e, claramente por educação, não por interesse genuíno, perguntou: – E você?

– Bem o bastante.

Poppy olhou para os diversos jornais sobre a mesa. Escolheu um e o abriu, mantendo-o diante do rosto para escondê-lo enquanto lia. Como era evidente que ela não queria conversar, Harry se ocupou da leitura de outro jornal.

O silêncio era quebrado apenas pelo virar das páginas.

O café chegou e duas criadas dispuseram pratos de porcelana, talheres e copos de cristal sobre a mesa.

Harry notou que Poppy havia pedido pãezinhos, que foram servidos ainda fumegantes. Ele começou a comer os ovos com torrada que costumava pedir todas as manhãs, cortando as gemas moles e espalhando a substância amarela e cremosa sobre as fatias crocantes de pão.

– Não precisa acordar cedo se não quiser – comentou ele, ao espalhar uma pitada de sal sobre os ovos. – Muitas damas de Londres dormem até meio-dia.

– Gosto de me levantar quando o dia começa.

– Como uma boa esposa de fazendeiro – comentou Harry com um rápido sorriso.

Mas Poppy não reagiu à brincadeira, apenas continuou a espalhar mel sobre uma fatia fina do pãozinho.

Harry parou o garfo a caminho da boca, fascinado pela imagem dos dedos finos girando o pegador de mel e enchendo cada reentrância com o líquido dourado. Quando notou que a encarava, obrigou-se a terminar a garfada. Poppy recolocou o pegador de mel no pote de prata. Ao perceber uma gota dourada e doce na ponta do polegar, ela o levou aos lábios e lambeu.

Harry quase sufocou. Tossiu. Pegou a xícara de chá e bebeu um gole. O líquido queimou sua língua, o que o fez se encolher e resmungar um palavrão.

Poppy olhou para ele de forma curiosa.

– Algum problema?

Nenhum. Exceto descobrir que ver a esposa tomar o café da manhã era a experiência mais erótica que já vivera.

– Não, nenhum – respondeu Harry, controlado. – O chá está quente.

Quando ousou olhar para Poppy novamente, ela comia um morango fresco segurando-o pelas folhas verdes. Os lábios se arredondavam em torno da fruta, e ela mordeu a polpa suculenta. *Deus do céu!* Harry se mexeu com desconforto na cadeira, enquanto todo o desejo não satisfeito na noite anterior retornava com força redobrada. Poppy comeu mais dois morangos, mordendo-os sem pressa, enquanto Harry tentava ignorá-la. O calor se acumulava sob suas roupas, e ele usou o guardanapo para secar a testa.

Poppy estava levando um pedaço de pão coberto de mel à boca, quando o olhou perplexa:

– Não está se sentindo bem?

– Está muito quente aqui – queixou-se ele, irritado e tomado por pensamentos secretos. Pensamentos que envolviam mel, pele macia e feminina e algo rosado e úmido...

As batidas na porta chamaram sua atenção.

– Entre – autorizou Harry prontamente, ansioso por qualquer distração.

Jake Valentine entrou no apartamento com mais cautela que de costume, mostrando-se um pouco surpreso ao ver Poppy sentada à mesa do café. Harry supunha que todos levariam algum tempo para se acostumar com a situação nova.

– Bom dia – cumprimentou Valentine, sem saber se devia se dirigir somente a Harry ou se incluía Poppy.

Ela resolveu o problema sorrindo-lhe com naturalidade.

– Bom dia, Sr. Valentine. Espero que hoje não haja nenhum macaco fugitivo correndo pelo hotel.

Valentine sorriu.

– Não que eu saiba, Sra. Rutledge. Mas o dia ainda está só começando.

Harry experimentou uma nova sensação, um ressentimento venenoso que permeou todas as células de seu corpo. Seria... ciúme? Devia ser. Ele tentou sufocar o sentimento, mas ele se alojou no fundo de seu estômago. Queria que Poppy sorrisse para ele daquele jeito. Queria seu bom humor, seus encantos, sua atenção.

Mexendo o açúcar que acrescentara ao chá, Harry ordenou num tom frio:

– Fale-me sobre a reunião de equipe.

– Não há nada a reportar, na verdade – disse Valentine, ao entregar-lhe uma folha de papel. – O sommelier quer saber se aprova a carta de vinhos. E a Sra. Pennywhistle mencionou que talheres e utensílios pequenos têm desaparecido das bandejas quando os hóspedes pedem serviço de quarto.

Harry estreitou os olhos.

– E não acontece a mesma coisa no restaurante?

– Não, senhor. Parece que poucos hóspedes se sentem à vontade para pegar os talheres do restaurante. Porém, na privacidade de seus quartos... Bem, outra manhã desapareceu um serviço completo de café. Depois disso, a Sra. Pennywhistle sugeriu que comprássemos utensílios de estanho para uso restrito ao serviço de quarto.

– Meus hóspedes usando garfos e facas de estanho? – pensou Harry em voz alta, balançando a cabeça numa reação enfática. – Não, teremos que encontrar outro jeito de impedir os furtos. Isto aqui não é uma hospedaria de beira de estrada.

– Era o que eu esperava que dissesse.

Valentine viu Harry folhear algumas páginas de cima da pilha.

– A Sra. Pennywhistle disse que, quando a Sra. Rutledge quiser, ela se sentirá honrada em acompanhá-la aos escritórios e às cozinhas do hotel e apresentá-la à equipe.

– Não creio que... – começou Harry.

– Seria ótimo – Poppy o interrompeu. – Por favor, diga a ela que estarei pronta depois do café.

– Não é necessário – Harry tentou. – Você não vai participar da administração.

Poppy o encarou com um sorriso educado.

– Eu nem sonharia interferir. Porém, como agora moro aqui, gostaria de conhecer melhor minha nova casa.

– Não é uma casa – insistiu Harry.

Os olhares deles se encontraram.

– É claro que é – afirmou Poppy. – Pessoas moram aqui. Não se sente em casa no hotel?

Jack Valentine se remexeu, incomodado.

– Se quiser me dar a lista de afazeres matinais, Sr. Rutledge...

Harry pareceu não ouvi-lo. Continuou encarando a esposa, tentando entender por que a questão era importante para ela. Tentou explicar seu raciocínio.

– O simples fato de pessoas morarem aqui não faz do lugar uma casa.

– Não sente apego por este lugar? – indagou Poppy.

– Bem, com licença, vou me retirar – anunciou Valentine, constrangido.

Nenhum dos dois notou a saída apressada do funcionário.

– Acontece que sou o proprietário do hotel – respondeu Harry. – Eu o valorizo por motivos práticos, mas não, não atribuo nenhum valor sentimental a ele.

Os olhos azuis de Poppy estudaram os dele com curiosidade e perspicácia, estranhamente compadecidos. Ninguém jamais olhara para ele desse jeito antes. E o olhar o deixava nervoso, o colocava na defensiva.

– Passou sua vida toda em hotéis, não foi? – murmurou ela. – Nunca teve uma casa com um quintal, uma árvore.

Harry não conseguia imaginar por que isso era importante. Por isso ignorou a questão e tentou recuperar o controle.

– Deixe-me ser claro, Poppy: isto é um negócio. E meus empregados não devem ser tratados como parentes, nem mesmo como amigos, ou vai criar um problema administrativo. Entendeu?

– Sim – respondeu ela sem desviar os olhos dos dele. – Estou começando a entender.

Foi a vez de Harry levantar o jornal para evitar o olhar penetrante da esposa. Sentia-se incomodado. Não era compreensão o que queria dela. Só queria saboreá-la, apreciá-la, como fazia com sua sala de curiosidades. Poppy teria que aceitar os limites da relação. E, em troca, ele seria um marido complacente – desde que ela entendesse que a última palavra seria sempre dele.

~

– *Todos* – disse num tom enfático a Sra. Pennywhistle, camareira-chefe –, desde mim mesma até as criadas da lavanderia, ficamos *muito* felizes quando o Sr. Rutledge finalmente encontrou uma esposa. E em nome de toda a equipe, esperamos que se sinta bem-vinda aqui. Terá trezentas pessoas disponíveis para atender as suas necessidades.

Poppy se sentiu tocada pela sinceridade da funcionária. A camareira-chefe era uma mulher alta, de ombros largos, rosto avermelhado e um ar de animação contida com esforço.

– Prometo que não vou exigir a assistência de trezentas pessoas – respondeu Poppy, sorridente. – Mas vou precisar da sua ajuda para encontrar uma criada pessoal. Nunca precisei de uma antes, mas agora, sem minhas irmãs e minha dama de companhia...

– Certamente. Temos algumas jovens na equipe que podem ser treinadas para esse fim. A senhora pode entrevistá-las se quiser, e se nenhuma for adequada, anunciaremos a vaga.

– Obrigada.

– Imagino que ocasionalmente a senhora vá querer inspecionar as contas e as despesas da administração interna, assim como as listas de suprimentos e inventário. Estou à disposição.

– A senhora é muito gentil – disse Poppy. – Fico feliz com a oportunidade de conhecer parte da equipe do hotel e de ver alguns lugares que nunca pude visitar enquanto era hóspede. As cozinhas, em especial.

– Nosso chef, Monsieur Broussard, terá imenso prazer em mostrar sua cozinha e exibir suas realizações. – Ela fez uma pausa e acrescentou em voz baixa: – Felizmente para nós, sua vaidade é equivalente ao talento.

Elas começaram a descer a escadaria principal.

– Há quanto tempo trabalha aqui, Sra. Pennywhistle? – quis saber Poppy.

– Dez anos, mais ou menos... desde o início.

Ela sorriu de uma lembrança distante.

– O Sr. Rutledge era muito jovem, magro como uma vareta, e falava tão depressa, com um sotaque americano tão forte, que era quase impossível acompanhar o que ele dizia. Eu gerenciava a loja de chá de meu pai na Strand e o Sr. Rutledge era um cliente assíduo. Um dia ele apareceu e me ofereceu o posto que ocupo agora. Naquela época o hotel ainda era só uma fileira de casas. Nada comparado ao que é agora. É claro que aceitei.

– Por que "é claro"? Seu pai não quis mantê-la na loja?

– Sim, mas minhas irmãs podiam ajudá-lo. E havia alguma coisa no Sr. Rutledge que eu nunca vi em nenhum outro homem antes ou depois dele... uma extraordinária força de caráter. Ele é muito convincente.

– Eu percebi – comentou Poppy num tom seco.

– As pessoas querem segui-lo ou fazer parte do que ele estiver desenvolvendo. Por isso ele conseguiu construir tudo isto... – a Sra. Pennywhistle abriu os braços mostrando o ambiente à sua volta – ainda tão jovem.

Poppy decidiu que poderia saber mais sobre o marido conversando com as pessoas que trabalhavam para ele. Esperava que ao menos alguns deles se mostrassem tão dispostos a falar quanto a Sra. Pennywhistle.

– Ele é um chefe muito exigente?

A camareira-chefe riu.

– Ah, sim. Mas é justo e sempre razoável.

Elas seguiram para o escritório da frente, onde dois homens, um de meia-idade, outro mais velho, conversavam sobre um livro de controle aberto em cima de uma mesa de carvalho.

– Cavalheiros – chamou a camareira-chefe –, estou mostrando o hotel à Sra. Rutledge. Sra. Rutledge, esses são o Sr. Myles, nosso gerente geral, e o Sr. Lufton, o recepcionista.

Ambos se curvaram respeitosamente, olhando para Poppy como se ela fosse da realeza. O mais jovem, Sr. Myles, sorriu e corou até a raiz dos poucos fios de cabelo.

– Sra. Rutledge, é uma grande honra, realmente! Podemos oferecer nossas sinceras congratulações pelo casamento...

– Realmente sinceras – acrescentou o Sr. Lufton. – A senhora é o milagre que pedimos a Deus. Desejamos que seja muito feliz com o Sr. Rutledge.

Surpresa com o entusiasmo da dupla, Poppy sorriu e assentiu para os dois, um de cada vez.

– Obrigada, cavalheiros.

Eles mostraram o escritório, que tinha uma longa fileira de pastas de entradas e saídas, registros da gerência, livros contendo histórias e costumes de países estrangeiros, dicionários de vários idiomas, mapas de todos os tipos e plantas baixas do hotel. As plantas, presas a uma parede, tinham anotações a lápis para indicar quais quartos estavam vagos ou em manutenção.

Dois livros com capas de couro haviam sido separados dos outros, um vermelho e um preto.

– Que volumes são esses? – perguntou Poppy.

Os homens se entreolharam e o Sr. Lufton respondeu, cauteloso:

– Em ocasiões muito raras, quando um hóspede se mostra... digamos, difícil...

– Impossível – esclareceu o Sr. Myles.

–... ele vai para o livro negro, o que significa que ele passa a não ser exatamente bem-vindo...

– Ele se torna indesejável – completou o Sr. Myles.

–... e não podemos mais hospedá-lo.

– *Nunca* – concluiu o Sr. Myles com ênfase.

Poppy assentiu, contendo um sorriso.

– Entendo. E o livro vermelho serve para quê?

O Sr. Lufton se dispôs a explicar.

– Esse é para hóspedes que são um pouco mais exigentes que o normal.

– Hóspedes que criam problemas – esclareceu o Sr. Myles.

– Os que têm pedidos muito especiais – continuou o Sr. Lufton – ou não gostam que o quarto seja arrumado e limpo em determinados horários, os que insistem em trazer animais de estimação, coisas desse tipo. Não os desestimulamos a ficar, mas anotamos suas peculiaridades.

– Hum...

Poppy pegou o livro vermelho e olhou com ar travesso para a camareira-chefe.

– Eu não me surpreenderia se os Hathaways fossem mencionados algumas vezes aqui.

A resposta para seu comentário foi o silêncio.

Vendo a expressão congelada dos funcionários, Poppy começou a rir.

– Eu sabia. Onde minha família é mencionada?

Ela abriu o livro e olhou algumas páginas aleatoriamente.

Os dois homens ficaram imediatamente perturbados, pairando em torno dela como se esperassem uma oportunidade para recuperar o livro.

– Sra. Rutledge, por favor, não deve...

– Tenho certeza de que não está aí – declarou o Sr. Myles, com ansiedade.

– Tenho certeza de que estamos – contrapôs Poppy, sorrindo. – De fato, é provável que tenhamos um capítulo só nosso.

– Sim, quero dizer... *não*... Sra. Rutledge, peço que...

– Tudo bem – concordou Poppy, devolvendo o livro vermelho.

Os homens suspiraram aliviados.

– Porém – avisou ela –, talvez um dia eu pegue esse livro emprestado. Tenho certeza de que seria um excelente material de leitura.

– Se já se cansou de atormentar esses pobres cavalheiros, Sra. Rutledge – falou a camareira-chefe, com uma piscadela –, notei que muitos funcionários se reuniram do lado de fora da porta para cumprimentá-la.

– Que adorável!

Poppy se dirigiu à área de recepção, onde foi apresentada a camareiras, supervisores de andar, criados e funcionários da manutenção. Ela repetia o nome de todos, tentando memorizar o máximo que pudesse, e fazia perguntas sobre suas atribuições. Eles respondiam com boa vontade, fornecendo informações sobre as diversas partes da Inglaterra de onde vinham e contando há quanto tempo trabalhavam no Rutledge.

Poppy refletiu que, apesar das diversas ocasiões em que se hospedara no hotel, nunca havia parado para pensar nos funcionários. Eles sempre haviam sido destituídos de nome e rosto, movendo-se nos bastidores com eficiência silenciosa. Agora ela sentia uma proximidade imediata com eles. Era parte do hotel como eles também eram... todos eles orbitando Harry Rutledge.

~

Depois da primeira semana vivendo com Harry, Poppy percebeu que o marido mantinha uma agenda que teria matado um homem normal. O único horário em que tinha certeza de vê-lo era durante o café da manhã. Ele ficava ocupado no resto do dia, frequentemente perdia o jantar e raramente se recolhia antes da meia-noite.

Harry gostava de se ocupar com duas ou mais coisas ao mesmo tempo, fazendo listas e planos, acertando reuniões, apaziguando divergências, prestando favores. Era procurado constantemente por pessoas que pediam a ajuda de sua mente brilhante para solucionar algum problema. Ele recebia visitas todas as horas do dia. Era como se nem quinze minutos transcorressem sem que alguém, normalmente Jake Valentine, batesse à porta de seu apartamento.

Quando Harry não estava ocupado com seus diversos planos, ele se dedicava ao hotel e se metia entre os funcionários. Sua exigência por perfeição e por um atendimento da mais alta qualidade era implacável. Os empregados recebiam salários generosos e eram tratados com respeito, mas, em troca, tinham que trabalhar duro e, acima de tudo, ser leais. Quando um deles se machucava ou adoecia, Harry providenciava o médico e pagava o tratamento. Quando algum fazia uma sugestão para melhorar algo, a ideia era levada diretamente a Harry e, se aprovada, o autor recebia uma gorda bonificação. O resultado era que a mesa de Harry estava sempre coberta de relatórios, cartas e bilhetes.

Aparentemente, ele não havia pensado em uma lua de mel, e Poppy suspeitava de que o marido não quisesse sair do hotel. Por sua vez, ela certamente não queria ter uma lua de mel com o homem que a enganara.

Desde a noite de núpcias, Poppy se sentia nervosa perto dele, principalmente quando estavam sozinhos. Ele não escondia o desejo que sentia pela esposa, o interesse por ela, mas não voltara a tentar uma aproximação. Na verdade, se esforçava para ser educado e atencioso. Era como se tentasse habituá-la a sua presença, a todas as mudanças na vida dela. E Poppy apreciava sua paciência, porque tudo era muito novo. Ironicamente, porém, o fato de ele se impor tal restrição fazia com que, toda vez que eles por acaso se tocavam – a mão de Harry no braço de Poppy, um esbarrando no outro quando estavam num ambiente com muitas pessoas –, houvesse uma forte descarga de atração.

Atração sem confiança... não era um sentimento confortável para se ter em relação ao próprio marido.

Poppy não sabia por quanto tempo ele ainda manteria essa situação conjugal. Sentia-se grata por Harry estar sempre tão ocupado com o hotel. Porém... não podia deixar de pensar que essa agenda tão atribulada não era boa para ele. Se alguém de quem gostava trabalhasse num ritmo tão intenso, ela teria sugerido que o diminuísse, que parasse um pouco para descansar.

A compaixão a venceu em uma tarde, quando Harry chegou inesperadamente ao apartamento do casal trazendo o casaco na mão. Ele havia passado a maior parte do dia com o chefe da brigada de incêndio de sua seguradora. Juntos eles tinham examinado meticulosamente o hotel para conferir os procedimentos e equipamentos de segurança.

Se – Deus não permitisse – um incêndio ocorresse no Rutledge, os empregados estavam treinados para ajudar o maior número possível de hóspedes a deixar o prédio rapidamente. Escadas de emergência eram contadas e inspecionadas como parte da rotina e plantas dos andares e rotas de saída eram examinadas. A parte externa do prédio também havia sido sinalizada, de forma a orientar os brigadistas no caso de haver uma emergência.

Quando Harry entrou no apartamento, Poppy viu que o dia havia sido especialmente cansativo. Seu rosto revelava sinais de exaustão.

Ele parou ao ver Poppy num canto no sofá, lendo um livro que equilibrava sobre os joelhos dobrados.

– Como foi o almoço? – perguntou Harry.

Poppy havia sido convidada a se juntar a um grupo beneficente de jovens senhoras que organizavam um bazar de caridade todos os anos.

– Foi bem, obrigada. O grupo é agradável, embora todas pareçam apreciar em excesso a ideia de formar comitês. Sempre considerei que um comitê leva um mês para realizar a mesma tarefa que uma pessoa sozinha termina em dez minutos.

Harry sorriu.

– O objetivo desses grupos não é ser eficiente. É ocupar o tempo.

Intrigada, Poppy o encarou, e só então notou algo que a fez arregalar os olhos.

– O que aconteceu com a sua roupa?

A camisa de linho branco e o colete de seda azul-escuro estavam manchados de fuligem. Havia mais manchas pretas nas mãos e um risco escuro em seu queixo.

– Estava verificando uma das escadas de emergência.

– Desceu por uma escada pendurada do lado de fora do prédio?

Poppy se espantou por ele ter corrido um risco tão desnecessário.

– Não podia ter designado alguém para isso? O Sr. Valentine, talvez?

– Tenho certeza de que ele teria atendido o pedido. Mas não peço que meus funcionários usem um equipamento sem antes testá-lo. E ainda estou preocupado com as criadas. As saias podem dificultar muito a descida. Porém, não vou chegar ao ponto de testar *essa* combinação.

Ele olhou cansado para as próprias mãos.

– Tenho que me lavar e trocar de roupa para voltar ao trabalho.

Poppy retornou à leitura. Porém não conseguia desviar a atenção dos sons que vinham do outro cômodo, ruído de gavetas sendo abertas, barulho de água, o baque de um sapato no chão ao ser descalçado. Pensou nele despindo-se naquele exato momento e uma onda de calor subiu por sua barriga.

Harry voltou à sala limpo e impecável como sempre. Exceto...

– Ficou uma manchinha – avisou Poppy num tom divertido. – Não limpou tudo.

Harry olhou para o próprio peito.

– Onde?

– No queixo. Não, não desse lado.

Ela pegou um guardanapo e gesticulou, chamando-o mais para perto.

138

Harry se debruçou sobre o encosto do sofá e levou o rosto na direção do dela. Quieto, esperou que a esposa limpasse a sujeira em seu queixo. Poppy sentiu o cheiro do marido: limpo, com um frescor amadeirado de cedro.

Desejando prolongar o momento, ela fitou os profundos olhos verdes. Havia manchas escuras em torno deles, resultado das poucas horas de sono. Pelos céus, o homem não parava nem por um momento?

– Por que não se senta um pouco comigo? – sugeriu ela num impulso.

Harry piscou, pego de surpresa pelo convite.

– Agora?

– Sim, agora.

– Não posso. Tenho muito o que...

– Já comeu? Digo, depois do café da manhã...

Ele balançou a cabeça.

– Não tive tempo.

Poppy apontou o lugar vago a seu lado no sofá, fazendo uma exigência silenciosa.

Para sua surpresa, Rutledge a obedeceu. Ele contornou o sofá e se sentou na ponta, encarando a esposa. Então arqueou uma sobrancelha, com ar inquisitivo.

Virando-se, Poppy pegou um prato cheio de sanduíches, tortas e biscoitos na bandeja que estava sobre a mesa a seu lado.

– A cozinha mandou muita comida para uma pessoa só. Coma.

– Não estou com...

– Pegue – insistiu, pondo o prato nas mãos dele.

Harry pegou um sanduíche e começou a comer devagar. Pegando sua própria xícara na bandeja, Poppy serviu o chá e acrescentou uma colher de açúcar, depois entregou a xícara a Harry.

– O que está lendo? – perguntou ele, olhando para o livro sobre suas pernas.

– Um romance de um autor naturalista. Ainda não encontrei nada que se assemelhe a uma trama, mas as descrições do campo são bastante líricas.

Ela parou e ficou observando-o esvaziar a xícara.

– Gosta de ler romances? – perguntou ela.

Harry balançou a cabeça.

– Normalmente minhas leituras são feitas para obter informação, não entretenimento.

– Desaprova que se leia por prazer?

– Não. Mas é raro conseguir encontrar tempo para isso.

– Talvez por isso não durma bem. É preciso fazer algo para relaxar entre o trabalho e a hora de dormir.

Houve uma pausa seca e perfeitamente calculada antes da pergunta de Rutledge.

– O que me sugere?

Percebendo a insinuação, Poppy sentiu um rubor se espalhar da cabeça até os pés. E Harry parecia se divertir com seu constrangimento, não de um jeito debochado, mas como se a achasse encantadora.

– Todos em minha família adoram romances – comentou Poppy por fim, reconduzindo a conversa. – Costumamos nos reunir no salão quase todas as noites, e um de nós lê em voz alta. Win é a melhor, ela faz uma voz diferente para cada personagem.

– Gostaria de ouvir você ler – falou Harry.

Poppy balançou a cabeça.

– Não sou tão boa quanto Win. Faço todos dormirem.

– Sim – respondeu Harry. – Você tem a voz da filha de um acadêmico. – E, antes que ela pudesse se ofender, acrescentou: – Calma. Suave. Sem estridência...

Poppy percebeu que o marido estava extraordinariamente cansado. Tanto que até mesmo encadear as palavras em uma frase o esgotava.

– Tenho que ir – murmurou ele, esfregando os olhos.

– Termine o sanduíche primeiro – determinou Poppy, com um jeito autoritário.

Ele pegou mais um pedaço, obediente. Enquanto Harry comia, Poppy virou as páginas do livro até encontrar o que queria: uma descrição de um passeio pelo campo, sob um céu enfeitado por nuvens fofas, entre amendoeiras em flor, com candelárias brancas aninhadas à margem de riachos tranquilos. Começou a ler mantendo o tom comedido, olhando de vez em quando para Harry, que aos poucos devorava tudo o que havia no prato. Depois de comer, ele se acomodou melhor no canto do sofá, mais relaxado do que Poppy jamais o vira.

Ela leu mais algumas páginas sobre andar por pradarias e vales, atravessar um bosque com o chão coberto de folhas enquanto o sol pálido desaparecia, dando lugar a uma chuva fina...

E quando chegou ao fim do capítulo, ela olhou para Harry mais uma vez.

Ele dormia.

Seu peito subia e descia num ritmo compassado, os cílios longos projetando sombras sobre a pele. Uma das mãos repousava sobre o peito, enquanto a outra estava caída ao lado do corpo, semiaberta.

– Nunca falha – murmurou Poppy, rindo para si mesma.

Seu talento de induzir as pessoas ao sono era tão grande que nem Harry resistira. Cuidadosamente, ela deixou o livro de lado.

Era a primeira vez que podia observar o marido com tranquilidade. Era estranho vê-lo tão desarmado. No sono, as linhas de seu rosto ficavam relaxadas e quase inocentes, diferente de sua habitual expressão de autoridade. A boca, sempre tão determinada, parecia macia como veludo. Era como olhar para um menino perdido em um sonho solitário. E Poppy quis proteger o sono de que Harry tanto precisava. Teve vontade de cobri-lo, mas apenas afastou de sua testa uma mecha de cabelos escuros.

Vários minutos se passaram, um tempo em que o silêncio foi perturbado apenas por sons distantes da atividade no hotel e do movimento na rua. Até então Poppy nem sequer percebera que precisava disto: de tempo para contemplar aquele estranho que se apoderara de sua vida.

Tentar entender Harry Rutledge era como decifrar o complexo mecanismo dos relógios que ele montava. Seus olhos podiam ver e examinar cada engrenagem e peça, mas isso não significava que você conseguiria compreender o que fazia o relógio funcionar.

A impressão que tinha era de que Harry havia passado a vida lutando contra o mundo e tentando moldá-lo à sua vontade. E havia progredido muito nesse sentido. Mas estava claramente insatisfeito, não conseguia apreciar o que conquistara. E isso o tornava muito diferente dos outros homens na vida de Poppy, sobretudo de Cam e Merripen.

Por causa da herança romani, seus cunhados não entendiam o mundo como algo a ser conquistado, mas como um lugar para se percorrer com liberdade. E havia Leo, que era um observador objetivo da vida, não um participante ativo.

Harry nada mais era que um salteador, alguém que planejava conquistar tudo e todos. Como refrear um homem assim? Como ele poderia encontrar a paz?

Poppy estava tão perdida na quietude da sala que se assustou ao ouvir as batidas à porta. Seus nervos protestaram. Desejando que o horrível barulho não se repetisse, ela não respondeu. Mas lá veio ele outra vez.

Toc, toc, toc.

Harry acordou murmurando algo incompreensível, confuso e piscando por ser despertado bruscamente.

– Sim? – falou ele com voz rouca, fazendo um esforço para sentar-se.

A porta se abriu e Jack Valentine entrou. Ficou constrangido ao ver Harry e Poppy juntos no sofá. A jovem não conseguiu evitar franzir o cenho, embora soubesse que ele só estava fazendo seu trabalho. Valentine se aproximou para entregar um bilhete a Harry, disse-lhe algumas palavras rápidas e saiu.

Com os olhos ainda embaçados, Harry leu a mensagem, depois a guardou no bolso do casaco e, sorrindo para Poppy com ar cansado, falou:

– Acho que cochilei enquanto você lia.

Ele a fitava com os olhos transbordando uma calidez que ela jamais vira antes.

– Um período de descanso – murmurou ele, sem nenhum motivo aparente, e um canto da boca se ergueu. – Gostaria de ter outro momento como esse em breve.

E saiu enquanto ela ainda tentava pensar em uma resposta.

CAPÍTULO 15

Só as mais ricas damas de Londres tinham carruagens e cavalos próprios, porque mantê-los custava uma fortuna. Mulheres que moravam sozinhas ou que não tinham os próprios estábulos eram forçadas a alugar os cavalos, o veículo e o cocheiro sempre que precisavam percorrer as ruas da cidade.

Harry havia insistido em designar uma carruagem e dois cavalos para a esposa e mandara chamar ao hotel um projetista para criar o veículo especialmente para ela. Depois de conversar com a jovem, o fabricante foi contratado para produzir a carruagem ao gosto dela. Poppy ficou perplexa com todo o processo, e até um pouco nervosa, porque sua insistência em perguntar o preço de todos os materiais acabou causando uma desavença. "Você não está aqui para questionar quanto custa tudo isso", dissera Harry. "Sua única tarefa é escolher o que gosta."

Mas, na experiência de Poppy, avaliar o custo sempre fizera parte da escolha do que quer que fosse: examinar o que estava disponível e depois comparar preços até chegar a uma opção que não fosse nem a mais cara nem a mais barata. Harry, porém, parecia considerar essa abordagem uma afronta, como se a esposa estivesse questionando sua capacidade de arcar com as despesas.

Finalmente foi decidido que o exterior seria feito em elegante laca preta e a parte de dentro seria revestida com veludo verde e couro bege, com tachas de latão. Os painéis internos receberiam uma pintura decorativa e, no lugar das janelas de mogno, instalariam cortinas de seda verde e venezianas. As almofadas seriam de couro marroquino, os degraus externos seriam decorados, as cúpulas das lamparinas e as maçanetas seriam prateadas... Poppy jamais imaginara que seriam tantas as decisões necessárias.

Ela passou o que restava da tarde na cozinha com o chef, Monsieur Broussard, a Sra. Pennywhistle e o chef de confeitaria, Sr. Rupert. Broussard estava envolvido com a criação de uma nova sobremesa... ou, melhor dizendo, com a tentativa de recriar uma sobremesa de que ele se lembrava da infância.

– Minha tia-avó Albertine sempre fazia esse doce sem receita – explicou Broussard pesaroso enquanto tirava do forno uma vasilha de banho-maria.

Na água fervente havia meia dúzia de forminhas com pequeninos e perfeitos bolos de maçã.

– Eu sempre a observava. Mas os detalhes me escaparam da memória. Já tentei quinze vezes e ainda não está perfeito, mas *quand on veut, on peut*.

– Quando queremos, podemos – traduziu Poppy.

– *Exactement*.

Com cuidado, Broussard removeu as fôrmas da água quente e o chef Rupert regou cada bolinho com calda cremosa e os cobriu com uma delicada massa folhada.

– Vamos provar? – sugeriu ele, distribuindo colheres.

Solenemente, Poppy, a Sra. Pennywhistle e os dois chefs pegaram um bolinho cada para experimentar. Poppy se deliciou com o creme, a farofa úmida de maçã, a massa crocante que se desmanchava na boca. Fechou os olhos para saborear melhor as texturas e os sabores, e ouviu os suspiros satisfeitos da Sra. Pennywhistle e do chef Rupert.

– Ainda não está certo – queixou-se Monsieur Broussard, franzindo o cenho para as forminhas de bolo como se a culpa fosse delas.

– Não me interessa se esta é a receita certa ou não – disse a camareira-chefe. – É a melhor coisa que já provei em toda a minha vida – declarou, antes de olhar para Poppy e perguntar: – Não concorda, Sra. Rutledge?

– Acho que é o que os anjos devem comer no céu – opinou Poppy, devorando o bolinho.

O chef Rupert já havia enfiado outro pedaço na boca.

– Talvez um toque a mais de limão e canela... – refletiu Monsieur Broussard.

– Sra. Rutledge.

Poppy se virou para ver quem a chamava pelo nome. Seu sorriso se apagou quando viu Jake Valentine entrando na cozinha. Não que não gostasse dele. Na verdade, Valentine era muito simpático e agradável. Porém, parecia ter sido nomeado seu cão de guarda e estava sempre fazendo valer o decreto de Harry sobre ela evitar a companhia dos empregados.

O Sr. Valentine não parecia mais feliz que Poppy quando falou:

– Sra. Rutledge, fui enviado para lembrá-la de que tem hora marcada com a costureira.

– Eu tenho? Agora? – indagou, confusa. – Não me lembro de ter marcado.

– O horário foi reservado para a senhora a pedido do Sr. Rutledge.

– Ah... – fez Poppy e, relutante, deixou a colher sobre a mesa. – A que horas preciso sair?

– Em quinze minutos.

Teria apenas o tempo necessário para ajeitar o cabelo e pegar um xale.

– Tenho roupas suficientes – disse ela. – Não preciso de mais.

– Uma dama em sua posição – disse a Sra. Pennywhistle com sabedoria – precisa de muitos vestidos. Ouvi dizer que as mais elegantes nunca usam o mesmo traje duas vezes.

Poppy revirou os olhos.

– Também ouvi esse comentário. E achei ridículo. De que serve uma dama não ser vista duas vezes com a mesma roupa? Apenas provar que o marido é suficientemente rico para dar à esposa mais roupas do que ela precisa.

A camareira-chefe sorriu de forma solidária.

– Quer que a acompanhe até seu apartamento, Sra. Rutledge?

– Não, obrigada. Vou usar o corredor de serviço, nenhum hóspede me verá.

– Não deveria andar desacompanhada pelos corredores – alertou Valentine.

Poppy suspirou, impaciente.

– Sr. Valentine?

– Sim?

– Quero voltar sozinha ao meu apartamento. Se nem isso me é permitido, vou começar a me sentir como se estivesse em uma prisão dentro deste hotel.

Ele assentiu com compreensão, mas relutante.

– Obrigada.

Murmurando suas despedidas para os chefs e para a camareira-chefe, Poppy saiu da cozinha.

Jake Valentine transferia o peso de um pé para o outro enquanto os três funcionários o encaravam carrancudos.

– Sinto muito – murmurou ele. – Mas o Sr. Rutledge não quer que a esposa confraternize com os empregados. Ele acredita que isso nos deixa menos produtivos e que há maneiras mais adequadas para ela se ocupar.

Normalmente avessa a criticar as decisões do empregador, a Sra. Pennywhistle não escondeu sua irritação.

– Fazendo o quê? – perguntou, seca. – Comprando coisas que ela não quer e de que não precisa? Lendo publicações de moda? Cavalgando no parque na companhia de um lacaio? Sem dúvida, há muitas mulheres que ficariam mais que satisfeitas com essa existência tão superficial. Mas aquela jovem solitária é de uma família muito unida e está acostumada a viver cercada de afeto. Ela precisa de alguém com quem possa fazer coisas... uma dama de companhia... E precisa de um marido.

– Ela tem um marido – protestou Jake.

A camareira-chefe o encarou com seriedade.

– Não notou *nada* de estranho nesse relacionamento, Valentine?

– Não, e não é apropriado discutirmos esse assunto.

Monsieur Broussard olhou para a Sra. Pennywhistle com interesse.

– Eu sou francês – disse ele. – Para mim não há problema nenhum em falar sobre isso.

A Sra. Pennywhistle baixou a voz, evitando os ouvidos das ajudantes de cozinha que lavavam panelas no cômodo ao lado.

– Há dúvidas sobre se eles já tiveram as relações conjugais.

– Agora escute... – começou Jake, ultrajado com a terrível invasão da privacidade de seu empregador.

– Experimente isto aqui, *mon ami* – sugeriu Broussard, empurrando um prato com um bolinho na direção dele.

Quando Jake sentou e pegou uma colher, o chef olhou de forma encorajadora para a Sra. Pennywhistle.

– O que nos dá a impressão de que ele ainda não... ah... experimentou o agrião?

– Agrião? – repetiu Jake, incrédulo.

– *Cresson* – falou Broussard, olhando para o outro com ar de superioridade. – É uma metáfora. E é muito melhor que as metáforas que vocês, ingleses, usam para a mesma coisa.

– Eu nunca uso metáforas – resmungou Jake.

– *Bien sûr*, não tem imaginação – atulhou o chef, e se voltou para a camareira-chefe. – Por que há dúvidas sobre as relações entre Monsieur e Madame Rutledge?

– Os lençóis – explicou ela sem rodeios.

Jake quase engasgou com o bolinho.

– Mandou as criadas *espionarem os lençóis*? – perguntou ele, com a boca cheia.

– De jeito nenhum – defendeu-se a camareira-chefe. – Mas temos criadas atentas que me contam tudo. E mesmo que elas não me contassem, não é preciso ter um grande poder de observação para perceber que eles não se comportam como um casal.

O chef pareceu muito preocupado.

– Acha que há algum problema com a cenoura?

– Agrião, cenoura... *Tudo* é comida para você? – ralhou Jake.

O chef deu de ombros.

– *Oui.*

– Bem – falou Jake, irritado –, Rutledge teve diversas amantes que poderiam atestar que não há nada de errado com sua cenoura.

– *Alors*, ele é um homem viril... ela é uma mulher bonita... Por que não estão preparando a salada juntos?

Jake parou com a colher a meio caminho da boca, lembrando toda a confusão com a carta de Bayning e a reunião secreta entre Harry Rutledge e o visconde Andover.

– Acho – falou com desconforto – que, para conseguir se casar com essa jovem, o Sr. Rutledge pode ter... bem... manipulado alguns eventos, de forma que tudo acontecesse como ele queria. Sem levar em consideração o que ela sentia.

Os outros três olharam para ele inexpressivos.

O chef Rupert foi o primeiro a falar.

– Mas ele faz isso com todo mundo.

– Tudo indica que a Sra. Rutledge não gosta desse tipo de tratamento – murmurou Jake.

A Sra. Pennywhistle apoiou o queixo na mão e ficou tamborilando nele com a ponta dos dedos, pensativa.

– Creio que ela pode ser uma boa influência para o Sr. Rutledge, se estiver disposta a tentar.

– Nada vai mudar Harry Rutledge – opinou Jake com firmeza.

– Mesmo assim, acredito que os dois precisam de ajuda – decidiu a camareira-chefe.

– De quem? – quis saber o chef Rupert.

– De todos nós – disse ela. – Se o chefe estiver feliz, todos nós seremos beneficiados, não é?

– *Não* – protestou Jake. – Nunca conheci ninguém mais despreparado para a felicidade. Ele não saberia o que fazer com ela.

– Mais um motivo para experimentá-la – insistiu a Sra. Pennywhistle.

Jake a olhou com ar sério.

– Não vamos nos meter nos assuntos pessoais de Rutledge. Eu proíbo.

CAPÍTULO 16

Sentada diante da penteadeira, Poppy empoou o nariz e aplicou um bálsamo de pétalas de rosas nos lábios. Naquela noite ela e Harry iriam a um jantar oferecido em uma das salas privadas de refeição, um evento muito formal ao qual compareceriam diplomatas estrangeiros e oficiais do governo para homenagear o rei Frederico Guilherme IV, monarca da Prússia, que visitava o país. A Sra. Pennywhistle havia mostrado o cardápio a Poppy, que comentara desanimada que uma refeição com dez pratos ocuparia metade da noite, pelo menos.

Poppy usava seu melhor vestido, um modelo em seda violeta que brilhava com reflexos em tons de azul e rosa, dependendo da luz. A cor havia sido adquirida com um novo pigmento sintético e era tão impressionante que nem exigia muitos enfeites. O corpete tinha uma amarração complexa, deixando os ombros nus, e as saias cheias e sobrepostas faziam um barulho suave quando ela se movia.

Ela havia acabado de deixar o pincel de pó sobre a penteadeira quando Harry apareceu na porta do quarto e a examinou sem pressa.

– Nenhuma mulher chegará aos seus pés esta noite – murmurou ele.

Poppy sorriu e agradeceu.

– Você está muito bem – disse, embora "bem" não fosse uma palavra adequada para descrever o marido.

Harry estava lindo no preto e branco formal do traje de noite, a gravata branca e impecável, os sapatos engraxados com perfeição. Ele ficava confortável em roupas elegantes, portava-se de um jeito relaxado, tão casual e atraente que era fácil esquecer sua natureza calculista.

– Já é hora de descermos? – perguntou Poppy.

Harry puxou o relógio do bolso e olhou o mostrador.

– Quatorze... não, treze minutos.

Ela levantou as sobrancelhas ao ver que o relógio tinha muitos arranhões e várias marcas.

– Meu Deus, deve carregá-lo há muito tempo.

Ele hesitou antes de lhe mostrar a peça. Poppy pegou o objeto com cuidado. O relógio era pequeno, mas pesado, a caixa de ouro ainda quente do contato com o corpo. Abrindo-a, ela viu que o metal arranhado não havia sido gravado com nenhuma inscrição.

– De onde veio? – quis saber.

Harry guardou o relógio no bolso. Sua expressão era indecifrável.

– Meu pai me deu quando eu lhe disse que estava partindo para Londres. Falou que havia ganhado do pai anos antes, junto com uma orientação: quando ele fosse um sucesso, deveria comemorar comprando um relógio muito melhor. E, assim, meu pai me passou o relógio com o mesmo conselho.

– Mas você nunca comprou outro?

Harry balançou a cabeça.

Um sorriso perplexo se formou nos lábios dela.

– Eu diria que seu sucesso é mais do que suficiente para merecer um relógio novo.

– Ainda não.

Poppy pensou que ele devia estar brincando, mas sua expressão não deixou transparecer que estivesse. Preocupada e fascinada, ela pensou quanta riqueza ele ainda pretendia reunir, quanto poder desejava ter, antes de decidir que tinha o bastante.

Talvez não houvesse "bastante" para Harry Rutledge.

Ela se desviou desses pensamentos quando o marido tirou um estojo retangular de couro de um dos bolsos do casaco.

– Um presente – anunciou, entregando-lhe a caixa.

Os olhos de Poppy se arregalaram com a surpresa.

– Não precisava me dar nada. Obrigada. Eu não esperava... *oh!*

A caixa continha um colar de diamantes que era como um rio de fogo cintilando sobre o veludo do forro. Era uma peça pesada, uma sequência de flores brilhantes com elos em formato de trevo.

– Gostou? – perguntou Harry casualmente.

– Sim, é claro, é... de tirar o fôlego.

Poppy nunca havia imaginado que teria uma joia como aquela. O único colar que tinha era uma pérola pendurada em uma corrente.

– Devo... devo usá-lo esta noite?

– Acho que ficaria apropriado com esse vestido.

Harry tirou o colar do estojo, se posicionou atrás de Poppy e pôs a joia em seu pescoço, fechando-a. O frio das pedras e o toque quente dos dedos em sua nuca provocaram um arrepio. Ele continuou atrás dela, as mãos tocando suavemente as curvas de seu pescoço, movendo-se numa carícia lenta até os ombros.

– Adorável – murmurou. – Embora nada seja tão lindo quanto sua pele nua.

Poppy olhou para o espelho – não para o próprio rosto corado, mas para as mãos em sua pele. Estavam ambos imóveis, olhando para o reflexo como se fossem figuras congeladas.

As mãos dele se moviam devagar e suaves, como se tocassem uma valiosa obra de arte. Com a ponta do dedo do meio, ele acompanhou a linha da clavícula até a base do pescoço.

Agitada, Poppy se afastou das mãos dele e se levantou para encará-lo, contornando a cadeira.

– Obrigada – conseguiu dizer.

Com cuidado, aproximou-se para abraçá-lo, escorregando os braços por cima de seus ombros.

Era mais do que Poppy pretendia fazer, mas algo na expressão de Harry a tocara. Algumas vezes vira a mesma expressão no rosto de Leo quando eram crianças, quando ele era surpreendido durante alguma travessura e se aproximava da mãe com um ramalhete de flores ou um pequeno tesouro.

Os braços de Harry a envolveram, puxando-a para mais perto. Harry tinha um cheiro delicioso, e era quente e rígido sob as camadas de linho, seda e lã. O sopro suave da respiração dele em seu pescoço era irregular.

Fechando os olhos, Poppy se apoiou no corpo forte. Ele beijou a lateral de seu pescoço, subindo até o início do queixo. Sentia-se aquecida das solas dos pés até o topo da cabeça. Havia algo de surpreendente no abraço, uma sensação de segurança. Eles se encaixavam bem, suavidade e rigidez, flexibilidade e tensão. Era como se cada curva dela se ajustasse perfeitamente aos contornos masculinos. Poppy não teria se queixado de ficar ali abraçada a ele por mais tempo.

Mas Harry quis mais do que ela oferecia. A mão segurou um lado de sua cabeça, inclinando-a para trás no ângulo certo para o beijo. A boca desceu sobre a dela rapidamente. Poppy virou o rosto e se esquivou, quase fazendo com que suas cabeças batessem.

Quando o encarou, sua expressão era de recusa.

A fuga atingiu Harry. Centelhas de cólera iluminavam seus olhos, como se ela houvesse se comportado de maneira muito injusta.

– Parece que as encenações virginais não foram totalmente eliminadas.

– Não penso que é teatral recusar um beijo se não desejo ser beijada – retrucou ela de forma altiva.

– Um colar de diamantes por um beijo. É um negócio tão ruim assim?

O rosto dela se tingiu de vermelho.

– Aprecio sua generosidade, mas está enganado se pensa que pode comprar ou negociar meus favores. Não sou uma cortesã, Harry.

– Obviamente. Porque, por um colar assim, uma cortesã se deitaria naquela cama e me ofereceria tudo o que eu quisesse.

– Jamais neguei seus direitos maritais – protestou ela. – Posso me deitar naquela cama agora mesmo e fazer tudo o que você quiser. Mas não porque me deu um colar, como se isso fosse parte de um negócio.

Longe de se contentar, Harry olhou para ela como se estivesse ainda mais ofendido.

– A ideia de você se oferecer em sacrifício não era o que eu tinha em mente.

– Por que não é suficiente que eu me sujeite a você? – perguntou Poppy, sentindo que a própria irritação também aumentava. – Por que tenho que estar *ansiosa* para me deitar com você, se não é o marido que eu queria?

Ela se arrependeu no momento em que as palavras saíram de sua boca. Os olhos de Harry se transformaram em pedras de gelo. Seus lábios se entreabriram e ela se preparou, certa de que ouviria algo terrível.

Em vez disso, ele se virou e saiu do quarto.

~

Sujeitar.

A palavra pairava como uma vespa na mente de Harry. Ferroando várias vezes seguidas.

Sujeitar-se a ele... como se fosse um sapo repulsivo. Quando algumas das mais belas mulheres de Londres imploravam por sua atenção. Mulheres sensuais e experientes com mãos e bocas ágeis, dispostas a satisfazer seus desejos mais exóticos... Na verdade, poderia escolher uma delas esta noite.

Quando se acalmou o suficiente para se comportar normalmente, Harry retornou ao quarto de Poppy e informou que era hora de descerem para o jantar. Ela o olhou de um jeito desconfiado, como se quisesse dizer alguma coisa, mas teve o bom senso de permanecer calada.

Não é o marido que eu queria.

E nunca seria. Nem todas as tramas e manipulações podiam mudar isso.

Mas Harry continuaria fazendo seu jogo. Poppy era legalmente dele, e Deus sabia que tinha o dinheiro como aliado. O tempo teria que se encarregar do resto.

O jantar foi um grande sucesso. Cada vez que Harry olhava para o outro lado da longa mesa, via Poppy comportando-se de maneira esplêndida. Relaxada, ela sorria, participava da conversa e parecia encantar os convidados. Era exatamente como Harry esperava: as mesmas características que eram consideradas defeitos em uma jovem solteira passavam a ser qualidades em uma mulher casada. As observações precisas de Poppy e seu prazer em participar das conversas a tornavam mais interessante que se fosse uma discreta senhora de sociedade com um olhar humilde.

Ela estava estonteante no vestido violeta, com o pescoço esguio adornado pelos diamantes e os cabelos brilhando como fogo. A natureza a abençoara com uma beleza abundante. Mas era o sorriso que a tornava irresistível, um sorriso tão doce e radiante que o aquecia por dentro.

Harry queria que ela sorrisse daquele jeito para ele. E, no começo, isso acontecera. Tinha que existir alguma coisa que a fizesse tratá-lo com afeto, gostar dele de novo. Todo mundo tem um ponto fraco.

Enquanto isso, ele a espiava discretamente sempre que podia, sua adorável e distante esposa... e se embriagava com os sorrisos que ela ofertava as outras pessoas.

~

Na manhã seguinte Harry acordou no horário habitual. Lavou-se e vestiu-se, sentou-se à mesa do café com um jornal e olhou para a porta do quarto de Poppy. Nenhum sinal dela. Presumiu que a esposa dormiria até tarde, porque haviam se recolhido muito depois da meia-noite.

– Não acorde a Sra. Rutledge – disse à camareira. – Hoje ela precisa descansar.

– Sim, senhor.

Harry tomou café sozinho, tentando se concentrar no jornal, mas os olhos eram constantemente atraídos para a porta do quarto de Poppy.

Habituara-se a vê-la todas as manhãs. Gostava de começar o dia com ela. Mas sabia que havia sido grosseiro na noite anterior, dando a ela a joia e exigindo uma demonstração de gratidão. Não deveria ter feito isso.

O problema era que ele a desejava demais. E estava acostumado a ter sempre o que queria, sobretudo quando se tratava de mulheres. Talvez não fizesse mal aprender a levar em consideração os sentimentos de outras pessoas.

Principalmente se isso o fizesse conseguir mais rápido o que queria.

Depois de receber de Jake Valentine os relatórios matinais da administração, Harry o acompanhou ao porão do hotel para avaliar os danos de uma pequena inundação provocada por um defeito no sistema de drenagem.

– Vamos precisar do laudo de um engenheiro – decidiu Harry. – E quero um inventário do que foi danificado no estoque.

– Sim, senhor – respondeu Valentine. – Infelizmente, havia alguns tapetes turcos enrolados na área onde ocorreu a inundação, mas não sei se as manchas...

– Sr. Rutledge! – chamou uma arrumadeira.

A mulher descia agitada os degraus do porão e corria em direção a eles. Ela mal conseguia falar, de tão ofegante.

– A Sra. Pennywhistle disse... para vir buscá-lo porque... a Sra. Rutledge...

Harry encarou a criada.

– O que aconteceu?

– Ela se machucou, senhor... Sofreu uma queda...

Ele ficou alarmado.

– Onde ela está?

– Em seu apartamento, senhor.

– Mande buscar um médico – ordenou Harry a Valentine e correu para a escada, saltando vários degraus a cada passo.

Quando chegou ao apartamento, o pânico se instalara completamente em seu peito. Harry tentava se controlar e pensar com clareza. Havia um grupo de criadas na porta, e ele as empurrou para entrar na sala principal.

– Poppy?

A voz da Sra. Pennywhistle respondeu do banheiro.

– Estamos aqui, Sr. Rutledge.

Harry chegou ao banheiro com poucos passos, o estômago se contorcendo de medo quando viu Poppy no chão, apoiada nos braços da camareira-chefe.

Uma toalha a cobria, garantindo sua compostura, mas os membros nus estavam expostos e pareciam vulneráveis em contraste com o piso cinza e duro.

Harry se abaixou ao lado dela.

– O que aconteceu, Poppy?

– Sinto muito.

Ela parecia sentir dor e vergonha, e se desculpava.

– Foi tudo muito bobo. Saí da banheira e pisei em falso e minha perna escorregou.

– Felizmente uma das criadas estava na sala recolhendo a louça do café – explicou a Sra. Pennywhistle a Harry. – Ela ouviu o grito da Sra. Rutledge.

– Estou bem – garantiu Poppy. – Acho que foi só uma pequena torção no tornozelo – disse, e lançou para a camareira-chefe um olhar de gentileza e reprimenda: – Sou perfeitamente capaz de me levantar, mas a Sra. Pennywhistle não deixa.

– Tive receio de movê-la – alegou a camareira-chefe, dirigindo-se ao patrão.

– Fez bem em mantê-la imóvel – respondeu Harry, examinando a perna de Poppy.

O tornozelo adquirira uma tonalidade azulada e já começava a inchar. Até o leve roçar de seus dedos era suficiente para fazê-la se encolher e prender a respiração.

– Acho que nem vai ser preciso chamar um médico – comentou Poppy. – Se puder apenas envolver meu tornozelo com uma bandagem e providenciar um pouco de chá de casca de salgueiro...

– Ah, mas o médico já está a caminho – Rutledge a interrompeu agitado, tomado pela preocupação.

Olhando para o rosto da esposa, viu as marcas deixadas pelas lágrimas e a tocou com extrema delicadeza, os dedos acariciando seu rosto. A pele era lisa como um sabonete fino. Havia uma marca vermelha no centro do lábio inferior, que ela provavelmente mordera.

O que quer que Poppy tenha percebido no rosto de Harry, isso a fez arregalar os olhos e corar.

A Sra. Pennywhistle se levantou do chão.

– Bem – falou apressada –, agora que ela está aos seus cuidados, quer que eu vá buscar as bandagens e o unguento, Sr. Rutledge? Podemos tratar o tornozelo até a chegada do médico.

– Sim – respondeu ele sem rodeios. – E mande chamar outro médico. Vou querer uma segunda opinião.

– Sim, senhor.

A camareira-chefe saiu apressada.

– Ainda nem temos a primeira opinião – apontou Poppy. – Está exagerando. Foi só uma pequena torção e... O que está fazendo?

Harry havia apoiado dois dedos sobre seu pé, na base do tornozelo, sentindo a pulsação.

– Quero ter certeza de que a circulação não foi comprometida.

Poppy revirou os olhos.

– Meu Deus, só preciso me sentar em algum lugar com o pé para cima!

– Vou carregá-la para o quarto – falou ele, passando um braço por trás das costas da esposa e o outro por baixo dos joelhos. – Consegue pôr o braço em meu pescoço?

Ela corou da cabeça aos pés, e concordou dando um murmúrio quase imperceptível. Harry a ergueu com um movimento lento, fácil. Poppy se agitou um pouco quando a toalha começou a escorregar de seu corpo, e gemeu de dor.

– Balancei sua perna? – perguntou ele, preocupado.

– Não. Acho... – Ela parecia constrangida. – Acho que machuquei um pouco as costas também.

Harry deixou escapar alguns palavrões que a fizeram levantar as sobrancelhas e a carregou para o quarto.

– De agora em diante – decretou Rutledge com severidade –, só vai sair da banheira quando houver alguém para ajudá-la.

– Impossível – respondeu ela.

– Por quê?

– Não preciso de ajuda para tomar banho. Não sou uma criança!

– Ah, eu sei disso – falou Harry. – Pode acreditar.

E a deitou na cama com cuidado, ajeitando as cobertas sobre seu corpo. Depois de livrá-la da toalha úmida, ele ajeitou os travesseiros.

– Onde guarda suas camisolas?

– Na última gaveta da cômoda.

Harry caminhou até a cômoda, abriu a gaveta e pegou uma camisola branca. Quando voltou, ajudou Poppy a se vestir, demonstrando preocupação ao vê-la fazer caretas de dor a cada movimento. Ela precisava de algo que diminuísse a dor. Precisava de um médico.

Por que o apartamento estava tão *quieto*? Queria pessoas correndo, providenciando coisas. Queria ação.

Depois de acomodar Poppy e cobri-la, ele saiu do quarto com passos largos e rápidos.

Ainda havia três criadas no corredor, conversando entre si. Harry franziu o cenho, e todas empalideceram.

– S... senhor? – gaguejou uma delas, nervosa.

– Por que estão aqui paradas? E onde está a Sra. Pennywhistle? Quero que uma de vocês a encontre imediatamente e diga a ela para se apressar! E quero que as outras duas comecem a tomar as providências.

– Que tipo de providências, senhor? – murmurou uma delas.

– Coisas para a Sra. Rutledge. Uma garrafa de água quente. Gelo. Láudano. Um bule de chá. Um livro. Não me interessa, comecem a trazer coisas!

As criadas se afastaram correndo como esquilos apavorados.

Meio minuto depois, ninguém havia aparecido.

Onde estava o médico? Por que todo mundo era tão *lento*?

Ele ouviu Poppy chamá-lo e correu de volta ao quarto. Em um instante estava novamente ao lado da cama.

Poppy estava encolhida formando um volume pequenino, imóvel.

– Harry – veio a voz dela de debaixo das cobertas –, está gritando com as pessoas?

– Não – respondeu ele de imediato.

– Que bom. Porque esta situação não é grave e certamente não merece...

– É grave para mim.

Ela descobriu o rosto tenso e o encarou como se olhasse para alguém que conhecesse, mas não se lembrasse de onde. Um sorriso pálido se formou em seus lábios. A mão hesitante se aproximou da de Harry, os dedos pequeninos se fechando em torno dela.

O gesto simples afetou de maneira estranha a pulsação de Rutledge. O coração bateu descompassado e o peito se aqueceu com uma emoção desconhecida. Ele segurou a mão da esposa, suas palmas suavemente unidas. Quis tomar Poppy nos braços, não com paixão, mas para confortá-la. Ainda que seu abraço fosse a última coisa que ela quisesse.

– Volto em um momento – falou ele, deixando o quarto mais uma vez.

Correndo, foi pegar o conhaque que guardava no armário da biblioteca privada e serviu uma pequena dose em um cálice, que levou para Poppy.

– Beba.

– O que é isso?

– Conhaque.

Ela tentou se sentar, gemendo a cada movimento.

– Acho que não vou gostar.

– Não precisa gostar. Só tem que beber.

Harry tentou ajudá-la, sentindo-se imensamente desajeitado... Ele, que sempre percorrera o corpo feminino com absoluta confiança. Cuidadoso, encaixou mais um travesseiro sob os cabelos radiantes da esposa.

Poppy bebeu um pouco do conhaque e fez uma careta.

– *Eca*.

Se não estivesse tão preocupado, Harry provavelmente teria se divertido com a reação dela à bebida, um conhaque especial envelhecido por cem anos, pelo menos. Enquanto ela bebia mais um pequeno gole, ele puxou uma cadeira para perto da cama.

Quando Poppy terminou a dose, parte da tensão havia desaparecido de seu rosto.

– Isso ajudou um pouco – falou. – Meu tornozelo ainda dói, mas acho que isso não me incomoda tanto.

Harry pegou o cálice da mão dela e o pôs de lado.

– Que bom – respondeu. – Vai se incomodar se eu a deixar sozinha de novo? Só por um instante.

– Não vá. Você só vai gritar de novo com os empregados, e eles já estão fazendo o melhor que podem. Fique comigo.

E estendeu a mão para segurar a dele.

De novo aquela sensação desconhecida... como se peças de um quebra-cabeça se encaixassem. Uma conexão tão inocente, mãos que se tocavam, mas imensamente satisfatória.

– Harry?

O jeito como ela pronunciou seu nome provocou um arrepio agradável.

– Sim, amor? – retrucou ele com a voz rouca.

– Você poderia... poderia massagear as minhas costas?

Harry se esforçou para esconder a reação.

– É claro – disse, tentando manter o tom casual. – Consegue se virar de lado?

E deslizou as mãos até a parte inferior de suas costas, localizando os pequenos grupos musculares dos dois lados da coluna. Poppy empurrou os travesseiros para o lado e se deitou de bruços. Ele subiu as mãos até os ombros, onde encontrou a musculatura tensa.

Um gemido suave o fez parar.

– Sim, aí – falou ela, e o prazer rouco em sua voz atingiu diretamente a região entre as pernas de Harry.

Ele continuou massageando, os dedos seguros e eficientes. Poppy suspirou fundo.

– Estou atrapalhando seu trabalho.

– Não tinha nada planejado.

– Você sempre tem pelo menos dez coisas planejadas.

– Nada é mais importante que você.

– Sua voz parece quase sincera.

– Eu sou sincero. Por que não seria?

– Porque seu trabalho é mais importante que tudo para você, mais importante que as pessoas.

Harry se irritou e continuou a massagem calado.

– Desculpe – disse Poppy depois de um minuto. – Não tive a intenção. Não sei por que disse isso.

As palavras agiram como um bálsamo instantâneo sobre a raiva de Harry.

– Está com dor. E bebeu um pouco. Tudo bem.

A voz da Sra. Pennywhistle anunciou sua volta.

– Aqui estamos. Espero que isto seja suficiente até a chegada do médico.

Ela trazia uma bandeja carregada de suprimentos, inclusive um rolo de bandagem, um pote de unguento e duas ou três folhas verdes e grandes.

– Para que isso? – perguntou Harry, pegando uma das folhas e olhando curioso para a camareira-chefe. – Repolho?

– É um remédio muito eficiente – explicou a mulher. – Reduz o inchaço e faz os hematomas desaparecerem. Só é preciso quebrar a espinha da folha e esmagá-la um pouco, depois colocá-la sobre o tornozelo antes de prender a bandagem.

– Não quero ficar com cheiro de repolho – protestou Poppy.

Harry a olhou com severidade.

– Não me interessa que cheiro tem isso, se vai fazer você ficar melhor.

– Diz isso porque não é você que tem que usar uma verdura na perna!

Mas ele fez como queria, é claro, e Poppy suportou relutante o cataplasma.

– Pronto – anunciou Harry ao amarrar a bandagem, puxando de volta a barra da camisola de Poppy e cobrindo seu joelho. – Sra. Pennywhistle, se não se importa...

– Sim, vou ver se o médico chegou – falou a camareira-chefe, apressada. – E vou ter uma conversa rápida com as camareiras. Por alguma razão, elas estão acumulando os mais estranhos objetos perto da porta...

O médico havia chegado. Imperturbável como era, ignorou o comentário de Harry sobre ter esperança de que ele nem *sempre* demorasse tanto para atender a uma emergência, ou metade de seus pacientes provavelmente estaria morta antes de ele chegar para socorrê-los.

Depois de examinar o tornozelo de Poppy, o médico diagnosticou uma torção leve e prescreveu compressa fria para o inchaço. Deixou uma garrafa de tônico para aliviar a dor e um pote de unguento para o músculo distendido em seu ombro, e receitou repouso acima de tudo.

Não fosse pelo desconforto, Poppy teria até gostado do restante do dia. Aparentemente, Harry havia decidido que ela precisava de atenção e cuidados constantes. O chef Broussard mandou uma bandeja de guloseimas da confeitaria, frutas frescas e ovos. A Sra. Pennywhistle providenciou várias almofadas para garantir seu conforto. Harry mandara um empregado à livraria, que retornara com uma pilha de publicações recentes.

Pouco depois, uma criada entrou no quarto com uma bandeja cheia de caixas amarradas com fitas. Ao abri-las, Poppy descobriu que uma delas continha caramelos, outra estava cheia de confeitos coloridos e a terceira trazia balas de goma. Melhor que tudo, uma das caixas tinha uma novidade chamada de "chocolates comestíveis", que havia sido um sucesso estrondoso na exposição em Londres.

– De onde isso veio? – perguntou Poppy a Harry quando ele voltou ao quarto depois de uma breve visita ao escritório central.

– Da loja de doces.

– Não, *isso* – explicou Poppy, apontando os chocolates comestíveis. – Ninguém os encontra para comprar. Os fabricantes fecharam a loja para mudança de endereço. As damas no almoço beneficente falavam sobre isso.

– Mandei Valentine à casa dos donos da fábrica e pedi uma remessa especial para você – disse Harry, sorrindo ao ver os papéis espalhados sobre a colcha. – Vejo que já experimentou.

– Prove um – sugeriu Poppy, generosa.

Harry balançou a cabeça.

– Não gosto de doces.

Mas se abaixou obediente quando ela o chamou para mais perto com um gesto. Ela se aproximou e o segurou pelo nó da gravata.

O sorriso de Harry se apagou quando Poppy o puxou para perto. Estava inclinado sobre a esposa, na iminência de largar sobre ela seu peso e sua potência masculina. Quando o hálito açucarado tocou seus lábios, ela sentiu o tremor que o sacudiu. E tomou consciência de um novo equilíbrio entre eles, uma equação de vontade e curiosidade. Harry não se moveu, apenas deixou que ela agisse como queria.

Poppy o puxou para mais perto até sua boca tocar a dele. O contato foi breve, mas vital, e provocou uma onda de calor.

Quando ela o soltou com cuidado, Harry recuou.

– Recusou-se a me beijar por diamantes, mas me beija por chocolates? – provocou ele, com voz rouca.

Poppy assentiu.

Harry virou o rosto, mas não antes de Poppy perceber o sorriso que ele não conseguiu conter.

– Vou encomendar entregas diárias, então.

CAPÍTULO 17

Acostumado como estava a definir a agenda e os horários de todo mundo, Harry parecia ter certeza de que Poppy permitiria que fizesse o mesmo por ela. Quando a esposa informou que preferia decidir por conta própria como planejar seu dia, Harry avisou que, se ela insistisse em socializar com os empregados do hotel, o obrigaria a encontrar usos mais adequados para seu tempo.

– Gosto de passar um tempo com eles – reclamou Poppy. – Não consigo tratar as pessoas que moram e trabalham aqui como peças de uma máquina.

– O hotel é administrado assim há anos. Não vai mudar. Como já expliquei antes, você vai criar um problema administrativo. De agora em diante, nada de visitas à cozinha. Nada de conversar com o jardineiro-chefe enquanto ele poda as rosas. Nada de tomar chá com a camareira-chefe.

Poppy franziu o cenho.

– Não percebe que seus empregados são pessoas, que pensam e têm sentimentos? Pensou em perguntar à Sra. Pennywhistle se a mão dela melhorou?

– Se melhorou? – repetiu Harry, intrigado.

– Sim, ela prendeu os dedos na porta. E quando foi a última vez que deu férias a Valentine?

Harry a encarou inexpressivo.

– Há três anos – falou Poppy. – Até as criadas têm férias e vão visitar os familiares ou passar alguns dias no campo. Mas o Sr. Valentine é tão dedicado ao trabalho que abre mão de todo o tempo que teria para si. E, provavelmente, você nunca o elogiou ou agradeceu por isso.

– Ele recebe um salário – reagiu Harry, indignado. – Por que esse interesse todo pela vida dos empregados do hotel?

– Porque não consigo morar com as pessoas, vê-las todos os dias e não me importar com elas.

– Nesse caso, pode começar por mim!

– Quer que eu me importe com você?

O tom incrédulo o exasperou.

– Quero que se comporte como uma esposa.

– Então pare de tentar me controlar como faz com todo mundo. Não me permite escolher nada! Não me deixou escolher nem se eu queria ou não me casar com você!

– E essa é a raiz do problema – deduziu Harry. – Nunca vai parar de tentar me punir por tê-la afastado de Michael Bayning. Já pensou que a perda pode não ter sido tão grande para ele quanto foi para você?

Ela o fitou com um ar de desconfiança.

– O que quer dizer?

– Desde o casamento, ele tem encontrado consolo nos braços de várias mulheres. Está se tornando rapidamente conhecido como o maior cliente das meretrizes da cidade.

– Não acredito nisso – retrucou Poppy, mas empalideceu.

Não era possível. Não conseguia imaginar Michael, *seu* Michael, comportando-se desse jeito.

– Toda a Londres está comentando – prosseguiu Harry, sem clemência. – Ele bebe, joga e esbanja dinheiro. E nem quero pensar quantas doenças já deve ter contraído em casas de devassidão. Talvez sirva de consolo para você o fato de o visconde provavelmente estar arrependido de ter proibido seu casamento. Se continuar como está, Bayning não viverá o suficiente para herdar o título.

– Está mentindo.

– Pergunte ao seu irmão. Deveria me agradecer. Porque, por mais que me despreze, sou melhor partido que Michael Bayning.

– Eu devia *agradecer*? – repetiu Poppy, indignada. – Depois do que fez com Michael?

Um sorriso de espanto tomou seus lábios, e ela balançou a cabeça. Levou as mãos às têmporas, como se tentasse controlar uma terrível dor de cabeça.

– Preciso vê-lo. Tenho que falar com ele...

E parou quando o marido a agarrou pelos braços com força.

– Tente – avisou Harry num tom contido e suave. – E vocês dois vão se arrepender.

Empurrando as mãos dele, Poppy olhou para o rosto duro e pensou: *é esse o homem com quem me casei.*

～

Incapaz de suportar mais um minuto perto da esposa, Harry saiu para ir ao clube de esgrima. Encontraria alguém, qualquer um que quisesse praticar, e treinaria até os músculos ficarem doloridos e sua frustração se dissipar. Estava doente de desejo, quase insano. Mas não queria que Poppy o aceitasse por dever. Queria que ela o desejasse. Queria que se entregasse com vontade, como teria sido com Michael Bayning. Não aceitaria menos que isso.

Nunca houvera uma mulher que ele desejasse e não ganhasse. Até conhecer Poppy. Por que não conseguia agora, que a mulher que pretendia seduzir era a própria esposa? Ficava cada vez mais claro que, quanto mais aumentava seu desejo, menor ficava sua capacidade de seduzi-la.

O único beijo rápido que recebera dela havia sido mais prazeroso que todas as noites que havia passado com outras mulheres. Podia tentar aliviar suas necessidades com alguém, mas sabia que não ficaria satisfeito. Queria algo que só Poppy parecia capaz de proporcionar.

Harry passou duas horas no clube, lutando com ferocidade, até o mestre de esgrima impedi-lo de continuar.

– Chega, Rutledge.

– Ainda não acabei – protestou ele, tirando a máscara enquanto o peito arfava pelo esforço de respirar.

– Estou dizendo que acabou para você – falou o mestre e, aproximando-se, baixou o tom de voz: – Está recorrendo à força bruta, em vez de usar a cabeça. Esgrima exige precisão e controle, e hoje você não está demonstrando nenhum dos dois.

Mesmo ofendido, Harry manteve a expressão neutra e argumentou calmamente:

– Dê-me outra chance. Vou provar que está errado.

O mestre negou com a cabeça.

– Deixá-lo continuar seria correr o risco de permitir um acidente. Vá para casa, amigo. Descanse. Você parece esgotado.

Era tarde quando Rutledge voltou ao hotel e, ainda com as roupas de esgrima, entrou pela porta de serviço. Antes que pudesse subir a escada para o apartamento, foi abordado por Jake Valentine.

– Boa noite, Sr. Rutledge. Como foi o treino de esgrima?

– Nem vale a pena comentar – respondeu Harry, seco. Seus olhos se estreitaram quando ele percebeu a tensão na atitude de seu secretário. – Aconteceu alguma coisa, Valentine?

– Um problema de manutenção, eu receio.

– O que houve?

– O carpinteiro reparava uma área do piso que fica bem em cima do quarto da Sra. Rutledge. Os últimos hóspedes reclamaram que uma tábua que rangia, então eu...

– Aconteceu alguma coisa com minha esposa? – Harry o interrompeu.

– Ah, ela está bem, senhor. Desculpe, não tive intenção de preocupá-lo. A Sra. Rutledge está bem. Mas, infelizmente, o carpinteiro furou um cano ao martelar um prego e houve um vazamento significativo no teto do quarto de sua esposa. Tivemos que remover uma parte do forro para poder reparar o cano e conter o vazamento. A cama e o carpete estão arruinados. E, no momento, não é possível utilizar o quarto.

– Que inferno – resmungou Harry, passando a mão pelos cabelos úmidos de suor. – Quanto tempo levará o reparo?

– Estimamos que dois ou três dias. O barulho será incômodo para alguns hóspedes, com certeza.

— Peça desculpas em nome do hotel e dê um desconto nas diárias.

— Sim, senhor.

Irritado, Harry compreendeu que Poppy teria que ficar em seu quarto. Consequentemente, ele teria que encontrar outro lugar para dormir.

— Vou usar uma suíte comum nesse período — avisou ele. — Quais estão vazias?

O rosto de Valentine ficou inexpressivo.

— No momento estamos com cem por cento de ocupação, senhor.

— Não tem nenhum quarto disponível? No hotel *inteiro*?

— Não, senhor.

Ele franziu a testa.

— Prepare um quarto no meu apartamento, então.

Dessa vez seu secretário pareceu se desculpar ao dizer:

— Já havia pensado nisso, senhor. Mas não temos camas extras. Três foram solicitadas e colocadas em quartos de hóspedes, e as outras duas foram emprestadas ao hotel Brown's no início da semana.

— Por que emprestamos as camas? — indagou Rutledge, incrédulo.

— Porque me deu ordens para atender a todo e qualquer favor solicitado pelo Sr. Brown caso ele nos procurasse.

— Então chega de tantos favores! — disparou Harry.

— Sim, senhor.

Rutledge considerou rapidamente suas alternativas. Podia se hospedar em outro hotel ou contar com a hospitalidade de amigos por uma noite... mas, ao olhar para o rosto implacável de Valentine, soube que impressão causaria com isso. E preferia se enforcar antes de dar motivos para as pessoas especularem sobre ele não dormir com a própria esposa. Resmungando um palavrão, ele passou por seu secretário e se dirigiu à escada privativa, sentindo os músculos da perna protestarem depois do exercício pesado.

O silêncio no apartamento foi preocupante. Poppy estaria dormindo? Não... Havia um abajur aceso no quarto dele. Seu coração começou a bater mais forte quando se dirigiu à fonte de luz no fim do corredor. Ao chegar à porta do quarto, ele olhou para dentro.

Poppy estava em sua cama, com um livro aberto sobre as pernas.

Harry encheu os olhos com ela, registrando os detalhes da camisola branca, a renda nas mangas, os cabelos numa trança brilhante sobre o ombro, descendo pelo peito. As faces tinham um rubor intenso. Ela parecia suave, doce e limpa, e seus joelhos estavam erguidos embaixo das cobertas.

Um desejo violento o invadiu. Harry teve medo de se mexer, temia saltar sobre ela sem considerar suas sensibilidades virginais. Assustado com a força da necessidade que sentia da esposa, ele se esforçou para conter-se. Desviou os olhos e os cravou no chão com determinação, obrigando-se a recuperar o controle.

– Meu quarto foi danificado – ouviu a esposa explicar meio sem jeito. – O teto...
– Já soube.

A voz dele saiu baixa, rouca.

– Lamento incomodar...
– Você não tem culpa.

Harry a fitou novamente. Um erro. Ela era tão linda, tão vulnerável... O pescoço delgado se moveu quando ela engoliu em seco. Queria agarrá-la. Sentia o corpo tenso e quente com a excitação, um pulsar impiedoso que se espalhava em todas as direções.

– Tem algum outro lugar onde eu possa dormir? – perguntou ela com dificuldade.

Harry balançou a cabeça.

– O hotel está completamente ocupado – disse.

Ela olhou para a página do livro e ficou em silêncio.

E Harry, que sempre fora uma pessoa perfeitamente articulada, descobriu-se lutando com as palavras como se fossem uma muralha de tijolos a desabar sobre sua cabeça.

– Poppy... mais cedo ou mais tarde... vai ter que me deixar...
– Entendo – murmurou ela de cabeça baixa.

A sanidade de Rutledge começava a se dissolver numa onda de calor. Ia possuir a esposa agora, ali. Mas quando deu um passo em sua direção, viu que Poppy apertava o livro com força, tanto que os dedos estavam sem cor. E não olhava para ele.

Ela não o queria.

Harry não tinha ideia de por que isso era importante.

Mas era.

Maldição.

De algum jeito, com toda a força de vontade que tinha, ele conseguiu manter a voz fria.

– Outra hora, talvez. Esta noite não estou com paciência para ensinar.

E saiu do quarto, refugiando-se no banheiro para lavar-se com água fria. Várias vezes.

~

– E então? – perguntou o chef Broussard assim que Jake Valentine entrou na cozinha na manhã seguinte.

A Sra. Pennywhistle e o chef Rupert, que estavam em pé perto da mesa, também olhavam para ele cheios de expectativa.

– Eu disse que era uma má ideia – reclamou Jake, olhando sério para os três.

Sentando em uma banqueta alta, pegou um croissant quente de um prato e enfiou metade dele na boca.

– Não deu certo? – perguntou a camareira-chefe, insegura.

Jake balançou a cabeça, engolindo o croissant e apontando para o chá. A Sra. Pennywhistle serviu a bebida, acrescentou um cubo de açúcar e passou a xícara para ele.

– Pelo que pude perceber, Rutledge passou a noite no sofá. Nunca o vi tão mal-humorado. Ele quase arrancou minha cabeça quando fui levar os relatórios administrativos.

– Ah, céus – murmurou a Sra. Pennywhistle.

Broussard balançou a cabeça com incredulidade.

– Qual é o problema com vocês, britânicos?

– Ele não é britânico – disparou Jake. – Nasceu nos Estados Unidos.

– Ah, sim – suspirou Broussard, como se lembrasse de um detalhe indelicado. – Americanos e romance. É como ver um pássaro tentar voar com uma asa só.

– O que vamos fazer agora? – indagou preocupado o chef Rupert.

– *Nada* – respondeu Jake. – Além de não ajudarmos com essa interferência, ainda pioramos a situação. Eles mal estão se falando.

~

Poppy passou o dia triste, preocupada com Michael e ciente de que não havia nada que pudesse fazer por ele. Embora a infelicidade de Bayning não fosse culpa sua – e, se estivesse novamente diante das mesmas circunstâncias, não faria nada diferente – ainda assim ela se sentia responsável. Como se, ao se casar com Harry, houvesse assumido uma parcela da culpa.

Só que Harry era incapaz de se sentir culpado pelo que quer que fosse.

Poppy pensou que as coisas seriam bem menos complicadas se pudesse simplesmente odiar o marido. Mas, apesar de suas inúmeras falhas, alguma coisa nele a tocava, mesmo agora. Ser tão resoluto em sua solidão... recusar--se a estabelecer laços emocionais com as pessoas que o cercavam ou mesmo pensar no hotel como sua casa... essas coisas eram estranhas para ela.

Se tudo o que sempre desejara era ter alguém com quem compartilhar afeto e intimidade, como acabara com um homem incapaz disso? Tudo o que Harry queria era seu corpo e a ilusão de um casamento.

Bem, Poppy tinha muito mais a oferecer. E ele teria que levar tudo... ou não teria nada.

À noite Harry foi ao apartamento para jantar com Poppy. Ele informou que, depois da refeição, iria se reunir com visitantes em sua biblioteca particular.

– Uma reunião com quem? – perguntou Poppy.

– Sir Gerald Hubert, do Gabinete de Guerra.

– Posso saber qual é o assunto?

– Prefiro que não pergunte.

Olhando para os traços indecifráveis do marido, ela sentiu um arrepio de desconforto.

– Devo ser a anfitriã? – indagou.

– Não será necessário.

A noite estava fria e úmida, a chuva lavava as janelas e caía pesada sobre o telhado, formando pequenas correntezas barrentas que levavam a sujeira para as ruas. Quando o luxuoso jantar chegou ao fim, duas criadas recolheram a louça e serviram o chá.

Mexendo o líquido escuro ao qual acrescentara uma colher de açúcar, Poppy olhou pensativa para Harry.

– Qual é o cargo de Sir Gerald?

– Ajudante general assistente.

– E de que ele fica encarregado?

– Da área financeira, da de pessoal e da superintendência. Está lutando por reformas que vão aumentar o poder do Exército. Reformas necessárias, à luz da tensão entre russos e turcos.

– Se houver uma guerra, a Inglaterra terá que se envolver?

– É quase certo que sim. Mas existe a possibilidade de que a questão seja resolvida pela diplomacia antes que uma guerra eclada.

– Uma possibilidade não muito provável?

Harry sorriu com cinismo.

– A guerra é sempre mais lucrativa que a diplomacia.

Poppy bebeu um gole de chá.

– Meu cunhado Cam me contou que você aperfeiçoou o desenho do fuzil militar padrão. E agora o Gabinete de Guerra tem uma dívida com você.

Harry balançou a cabeça para indicar que não havia sido nada importante.

– Eu tive algumas ideias quando o assunto foi discutido durante um jantar.

– E as ideias se mostraram muito efetivas, é óbvio. Como a maioria das ideias que tem.

Harry girou lentamente o cálice de Porto. Os olhos buscaram os dela.

– Está tentando perguntar alguma coisa, Poppy?

– Não sei. Sim. É provável que Sir Gerald queira discutir artilharia nessa conversa, não é?

– Sem dúvida. Ele trará o Sr. Edward Kinloch, que tem uma fábrica de armas – comentou ele e, ao ver a expressão da esposa, inclinou a cabeça e a estudou intrigado antes de perguntar: – Você não aprova?

– Acho que uma mente brilhante como a sua deveria ser usada para outras coisas, em vez de projetar maneiras mais eficientes de matar seres humanos.

Antes que Harry pudesse responder, alguém bateu à porta e os visitantes foram anunciados.

Harry se levantou e estendeu a mão para Poppy, ajudando-a a ficar em pé. Ela o acompanhou para receber os convidados.

Sir Gerald era um homem alto e forte, com rosto avermelhado emoldurado por grossas suíças brancas. Ele vestia um casaco militar cinza adornado com insígnias do regimento. Exalava um cheiro de fumaça de tabaco e colônia forte a cada movimento.

– É uma honra, Sra. Rutledge – disse o recém-chegado, curvando-se. – Vejo que os relatos sobre sua beleza não são exagerados.

Poppy forçou um sorriso.

– Obrigada, Sir Gerald.

Em pé ao lado dela, Harry a apresentou ao outro homem.

– Sr. Edward Kinloch.

Kinloch a cumprimentou de forma impaciente. Evidentemente, conhecer a esposa de Harry Rutledge era uma distração indesejada. Queria tratar logo de negócios. Tudo nele – as roupas escuras e discretas, o sorriso estreito e desprovido de generosidade, os olhos resguardados, até os cabelos lisos e penteados com uma brilhante camada de creme – tinha a ver com rígido controle.

– Senhora.

– Sejam bem-vindos, cavalheiros – murmurou Poppy. – Vou deixá-los conversar. Posso mandar servir alguma coisa?

– Ah, fico agrad... – começou Sir Gerald, mas Kinloch o interrompeu.

– É muita gentileza sua, Sra. Rutledge, mas não será necessário.

O queixo duplo de Sir Gerald caiu, revelando sua decepção.

– Muito bem – concordou Poppy, com simpatia. – Peço licença, então. Tenham uma boa noite.

Harry conduziu os visitantes à sua biblioteca enquanto Poppy os observava em silêncio. Não gostava dos convidados e, mais que isso, não gostava do assunto que planejavam discutir. Acima de tudo, detestava saber que a inteligência diabólica de seu marido seria empregada para aperfeiçoar a arte da guerra.

Recolhendo-se ao quarto, Poppy tentou ler, mas os pensamentos insistiam em voltar à conversa que se desenrolava na biblioteca. Finalmente, ela desistiu e deixou o livro de lado.

Discutia em silêncio consigo mesma. Ouvir conversas era errado. Mas, francamente, na escala do pecado, qual era a relevância desse erro? E se houvesse um bom motivo para bisbilhotar? Se ouvir a conversa tivesse um resultado benéfico, tal como impedir outra pessoa de cometer um erro? Além do mais, como esposa de Harry, não tinha o dever de ajudá-lo sempre que pudesse?

Sim, ele podia precisar de seus conselhos. E, certamente, a melhor maneira de ajudá-lo era descobrindo o que ele discutia com os visitantes.

Poppy atravessou o apartamento andando na ponta dos pés e se aproximou da porta da biblioteca, que ficara levemente entreaberta. Mantendo-se fora do alcance dos olhos dos homens lá dentro, ela ouviu.

– ... consegue sentir a força do coice da arma contra o ombro – dizia Harry com objetividade. – Deve haver um jeito de transformar essa força em efeito prático, usando o coice para preparar outro disparo. Ou, melhor ainda, posso projetar uma caixa metálica que contenha pólvora, bala e escorvador, tudo junto. A força do coice ejetaria automaticamente essa caixa e puxaria outra, de forma que a arma disparasse repetidamente. E ela teria muito mais força e precisão que qualquer arma de fogo já criada.

A declaração provocou um instante de silêncio. Poppy imaginou que Kinloch e Sir Gerald, como ela, tentavam vislumbrar o que Harry acabara de descrever.

– Meu Deus – falou Kinloch finalmente, soando ofegante. – Isso vai tão além de tudo o que nós... Isso está *anos* à frente do que produzimos hoje...

– Mas é possível? – indagou Sir Gerald, tenso. – Porque, se for, essa arma vai nos dar vantagem sobre todos os exércitos do mundo.

– Até que eles a copiem – apontou Harry.

– No entanto – prosseguiu Sir Gerald –, nesse tempo necessário para que eles reproduzam nossa tecnologia, teremos expandido o Império... e o consolidado com tanta firmeza... que nossa supremacia será indiscutível.

– Não por muito tempo. Como disse Benjamin Franklin, o império é como um grande bolo, é mais fácil cortá-lo pelas beiradas.

– E o que os americanos sabem sobre construir impérios? – perguntou Sir Gerald com uma risada desdenhosa.

– Devo lembrá-lo – murmurou Harry – que sou americano.

Outro silêncio.

– Quem tem sua lealdade? – perguntou Sir Gerald.

– Não sou leal a nenhum país em particular. Isso é um problema?

– Não se nos ceder os direitos sobre a arma. E se a licença de fabricação for exclusiva da Kinloch.

– Rutledge – falou Kinloch com sua voz firme, ansiosa –, quanto tempo leva para desenvolver essa ideia e criar um protótipo?

– Nem imagino – respondeu Harry, que parecia se divertir com o fervor do visitante. – Vou trabalhar no projeto quando tiver tempo livre. Mas não posso prometer...

– Tempo livre? – repetiu Kinloch, agora indignado. – Há uma fortuna em jogo, sem mencionar o futuro do Império. Por Deus, se eu tivesse sua capacidade, não descansaria até transformar esse plano em realidade!

Poppy sentiu repulsa pela ganância evidente na voz do industrial. Kinloch queria lucros. Sir Gerald queria poder.

E se Harry os atendesse...

Não conseguiria ouvir mais nada daquilo. Afastou-se com passos silenciosos enquanto os homens continuaram conversando.

CAPÍTULO 18

Depois de se despedir de Sir Gerald e Edward Kinloch, Harry se virou e apoiou as costas na porta de entrada do apartamento. A perspectiva de projetar a nova arma e o compartimento integrado de projéteis teria sido um desafio interessante em outros tempos.

Agora, porém, era só uma distração irritante. Só havia um problema que estava interessado em resolver, e não tinha nada a ver com genialidade mecânica.

Esfregando a nuca, Harry foi ao quarto pegar uma camisa de dormir. Costumava dormir nu, mas no sofá não seria muito confortável. A ideia de passar outra noite naquele sofá o levava a questionar a própria sanidade. Tinha como opções dormir em uma cama confortável com sua esposa atraente ou sozinho em um móvel estreito... e escolhia o desconforto.

A esposa o fitou da cama, os olhos cheios de acusação.

– Não acredito que esteja considerando essa possibilidade – disse ela sem preâmbulos.

Perturbado como estava, Harry levou um momento para compreender que ela não se referia a como passariam a noite, mas à reunião encerrada pouco antes. Se não estivesse tão cansado, poderia ter aconselhado a esposa a não provocar uma discussão nesse momento.

– Quanto da conversa você ouviu? – perguntou calmo, vasculhando o conteúdo de uma gaveta da cômoda.

– O suficiente para entender que pode projetar um novo tipo de arma para eles. E, se o fizer, será responsável por uma enorme carnificina e muito sofrimento...

– Não, não serei.

Harry tirou a gravata e o casaco, jogando-os no chão em vez de pendurá-los na cadeira.

– Os soldados que usarem a arma serão responsáveis por isso. E os políticos e militares que os mandarem para a batalha.

– Não seja dissimulado, Harry. Se não inventar as armas, ninguém as terá para usar.

Harry desistiu de procurar a camisa de dormir e desamarrou os sapatos, jogando-os sobre a pilha de roupas que havia tirado.

– Acha que as pessoas vão parar de inventar novas maneiras de matar? Se eu não projetar essa arma, outra pessoa o fará.

– Então deixe que seja outra pessoa. Não permita que seja esse o seu legado.

Eles se encararam com hostilidade. *Pelo amor de Deus*, ele queria implorar, *não me provoque hoje*. O esforço para manter uma conversa coerente esgotava o pouco autocontrole que ainda tinha.

– Você sabe que estou certa – persistiu Poppy, jogando as cobertas longe e pulando da cama para confrontá-lo. – Sabe como me sinto com relação a armas. Isso não tem nenhuma importância para você?

Harry viu o contorno do corpo feminino na camisola branca e fina. Podia ver até os mamilos rosados e firmes, enrijecidos pelo frio do quarto. Certo e errado... Não, não dava a menor importância para o moralismo inútil. Mas se servisse para abrandá-la, para trazê-la um pouco mais perto dele, mandaria Sir Gerald e todo o governo britânico para o inferno. E em algum lugar no fundo da alma, uma fenda começou a se abrir com a pressão de um sentimento inteiramente novo... o desejo de agradar outra pessoa.

Cedendo ao sentimento antes mesmo de saber o que ele significava, Harry abriu a boca para dizer a Poppy que faria como ela quisesse. No dia seguinte mandaria uma mensagem ao Gabinete de Guerra informando que o acordo estava cancelado.

Porém, antes que pudesse falar, Poppy ameaçou:

– Se cumprir o que prometeu a Sir Gerald, eu o abandono.

Harry nem percebeu que tinha ido na direção dela, só que a segurava, e que ela sufocava o próprio susto.

– Você não tem essa opção – conseguiu dizer.

– Não pode me obrigar a ficar se eu não quiser. E não vou me comprometer com isso, Harry. Ou faz o que estou pedindo ou eu vou embora.

O inferno se rompeu dentro dele. Então ela ia embora?

Não nesta vida. Nem na próxima.

Poppy o considerava um monstro... Pois bem, agora confirmaria sua impressão. Seria tudo o que ela imaginava que era, e pior. Ele a puxou contra o peito, sentindo o sangue pulsar entre as pernas quando a cambraia fina moldou o corpo firme e suave. Segurando a trança com uma das mãos, ele puxou a fita e a soltou. A boca encontrou a curva do pescoço e o ombro, e os cheiros de sabonete, perfume e pele feminina invadiram seus sentidos.

– Antes de eu tomar uma decisão – anunciou num tom gutural –, acho que vou experimentar o que posso perder.

As mãos pousaram em seus ombros como se fossem empurrá-lo.

Mas ela não estava resistindo. Estava segurando-se nele.

Harry nunca estivera tão excitado, desesperado a ponto de ignorar o próprio orgulho. Abraçando-a, tentou absorvê-la com todo o corpo. Os cabelos soltos, sedosos e brilhantes deslizavam sobre os braços dele. Harry pegou uma mecha, aproximou-a do rosto. Poppy tinha cheiro de rosas, o perfume inebriante de um sabonete perfumado ou óleo de banho. Respirando fundo, tentou encher os pulmões com a deliciosa fragrância.

Quando puxou a frente da camisola para abri-la, Harry espalhou pequenos botões forrados de tecido pelo tapete. Poppy estremeceu, mas não tentou resistir quando ele puxou a camisola até sua cintura, fazendo com que as mangas prendessem seus braços. A mão encontrou um dos seios, uma forma exuberante e bela iluminada pela luz pálida. Ele a tocava com o dorso das mãos, descendo até um dos mamilos rosados e capturando-o entre dois dedos. Então o puxou com delicadeza. Poppy arfou e mordeu o lábio.

Harry foi guiando-a para trás e parou quando ela bateu com o quadril na beirada do colchão.

– Deite-se – disse ele, e sua voz soou mais áspera do que pretendia.

Ele a ajudou a se deitar, amparando-a com os braços, acomodando-a na cama. Inclinado sobre seu corpo ruborizado, saboreou toda aquela pele com cheiro de rosas, cobrindo-a de beijos... beijos lentos e itinerantes, molhados e experientes, beijos pacientes e cúmplices. Subiu lambendo até a ponta de um seio e capturou a extremidade rígida, movendo a língua. Poppy gemeu, o corpo curvando-se em um arco por instinto enquanto ele a sugava por minutos a fio.

Harry removeu de vez a camisola e a jogou no chão. E olhou para a esposa com doses iguais de voracidade e reverência. Ela ficava incrivelmente linda reclinada em abandono diante dele... perdida, excitada, insegura. Seu olhar era distante, como se ela tentasse analisar muitas sensações ao mesmo tempo.

Ele arrancou o resto das próprias roupas e se debruçou sobre Poppy.

– Toque-me – pediu, mortificado ao ouvir a própria voz suplicando por algo que nunca tivera que pedir antes.

Lentamente, os braços dela se ergueram e uma das mãos contornou sua nuca. Os dedos se enroscaram nas mechas mais curtas e encaracoladas que desciam sobre o pescoço. A carícia hesitante arrancou dele um gemido de prazer. Deitado ao lado da esposa, deslizou uma das mãos entre suas coxas.

Acostumado a coisas finas e complexas, a mecanismos delicados, Harry notava cada resposta sutil daquele corpo. Descobria onde e como ela gostava de ser afagada, o que a excitava, o que a deixava úmida. Seguindo a umidade, ele a penetrou com um dedo, e Poppy o aceitou sem resistência. Porém, quando tentou juntar mais um dedo ao primeiro, ela se encolheu e tentou remover a mão invasora numa resposta instintiva. Harry recuou e a acariciou com a mão aberta, fazendo seu corpo relaxar.

Então se debruçou sobre ela, fazendo suas costas pressionarem o colchão. Ouviu a respiração de Poppy acelerar quando se colocou entre as pernas dela. Mas não tentou penetrá-la, apenas a deixou sentir a pressão do membro, a rigidez que se encaixava com perfeição na fenda feminina. Sabia como provocá-la, como despertar seu desejo por ele. Harry se moveu na mais suave imitação de uma penetração, deslizando pela área úmida e acariciando a pele vulnerável e quente, e depois girou o quadril devagar, usando cada movimento como uma sílaba a mais no significado maior.

Poppy mantinha os olhos semicerrados, e havia uma ruga fina entre suas sobrancelhas... Ela queria o que o marido oferecia, queria a tensão, o tormento e o alívio. O desejo espalhara uma fina camada de suor por sua pele, e o cheiro de rosas se intensificara e ganhara um toque de almíscar, uma fragrância tão sensual e inebriante que ele poderia chegar ao clímax naquele exato momento. Mas rolou o corpo para o lado, afastando-se do ninho sedutor que era aquele quadril.

Deitado, deslizou a mão sobre a saliência sensível e a penetrou mais uma vez com os dedos, provocando sem deixar de ser cauteloso. Dessa vez o corpo de Poppy relaxou e o acolheu. Beijando seu pescoço, ele capturou com os lábios a vibração de cada gemido. Um pulsar rítmico e fraco começou a comprimir seus dedos enquanto ele os movia *bem* devagar. Cada vez que a penetrava até o fundo, ele deixava a palma pressionar e afagar sua intimidade. Poppy arfava, erguendo o quadril num movimento repetitivo.

– Sim – sussurrou Harry, deixando o hálito quente invadir a orelha de Poppy. – Sim. Quando eu estiver dentro de você, é assim que vai se mexer. Mostre o que você quer, e eu vou dar tudo, o tanto que precisar, enquanto quiser...

Ela comprimiu seus dedos, apertou e explodiu em tremores eróticos. Harry a provocou até o último espasmo, prolongando o orgasmo e sentindo prazer com ele, perdendo-se na sensação de tocá-la.

Quando posicionou o corpo sobre o dela, afastou suas coxas e se encaixou entre elas. Antes que a intimidade úmida e saciada começasse a se fechar, buscou o ponto exato onde ela estava pronta para recebê-lo. E parou completamente de pensar. Firme, ele empurrou o anel resistente, descobrindo que era ainda mais difícil de penetrar do que havia previsto, apesar da umidade abundante.

Poppy choramingou de dor e surpresa, o corpo tomado por uma tensão súbita.

– Segure-se em mim – falou Harry com voz rouca.

Ela obedeceu, os braços enlaçando seu pescoço. Rutledge desceu uma das mãos para erguê-la, segurando seu quadril e tentando facilitar a penetração para ela, empurrando mais fundo, mais forte, tentando avançar no espaço apertado, quente e doce, e foi penetrando mais e mais, incapaz de conter-se, até estar totalmente enterrado no calor macio de seu corpo.

– Ah, meu Deus – sussurrou, tremendo com o esforço que fazia para permanecer imóvel, esperando que ela se acostumasse.

Cada nervo dele clamava por movimento, pela fricção que traria o alívio final. Ele fez a primeira tentativa com toda a delicadeza. Poppy fez uma careta, as pernas apertando as laterais do corpo do marido. Ele esperou um pouco mais, acariciando-a com as mãos.

– Não pare – arfou Poppy. – Está tudo bem.

Mas não estava. Ele se moveu novamente, e um gemido de dor brotou de sua garganta. De novo, Poppy se preparou e cerrou os dentes. Toda vez que o marido se mexia, ela era tomada pela agonia.

Resistindo à pressão que ela exercia em sua nuca, Harry levantou a cabeça para fitá-la. Poppy estava pálida, os lábios sem cor. A dor era intensa assim para todas as virgens?

– Eu espero – falou ele com a voz embargada. – Daqui a pouco ficará mais fácil.

Ela assentiu com os lábios comprimidos, os olhos fechados.

E os dois ficaram parados e abraçados, enquanto ele tentava acalmá-la. Mas nada mudou. Apesar da aquiescência de Poppy, a experiência era pura agonia para ela.

Harry enterrou o rosto em seus cabelos e praguejou. Então removeu o membro, apesar do protesto violento do corpo, do impulso de penetrá-la e levar o ato até o fim.

Poppy não conseguiu conter um arfar de alívio quando Harry removeu de dentro dela o membro que lhe causava dor. Ao ouvi-la, Rutledge quase explodiu de frustração.

Ele a ouviu murmurar seu nome num tom interrogativo.

Ignorando o chamado, se levantou e cambaleou em direção ao banheiro. Apoiou as mãos nos azulejos da parede e fechou os olhos, tentando manter o autocontrole. Depois de alguns minutos, pegou um pouco de água e se lavou. E foi então que viu os rastros de sangue... sangue de Poppy. Era esperado. Mas vê-lo o fez querer gritar.

Porque a última coisa que queria era causar um momento de dor que fosse à esposa. Preferia morrer a feri-la, quaisquer que fossem as consequências para si mesmo.

Por Deus, o que havia acontecido com ele? Jamais havia desejado sentir isso por alguém, nunca imaginara que fosse possível.

Tinha que dar um jeito de acabar com isso.

～

Dolorida e desnorteada, Poppy ficou deitada de lado na cama, ouvindo os ruídos que Harry fazia no banheiro ao se lavar. Sentia queimar o local onde ele a penetrara. O resíduo de sangue era pegajoso entre suas coxas. Queria sair da cama e ir se lavar também, mas a ideia de se entregar a uma ocupação tão íntima na frente de Harry... Não, ainda não estava pronta para isso. E estava insegura, porque, mesmo em sua inocência, sabia que ele não concluíra o ato de amor.

Mas por quê?

Havia alguma coisa que ela deveria ter feito? Cometera algum erro? Talvez houvesse faltado um pouco de resignação de sua parte. Tentara, se esforçara, mas a dor era horrível, embora Harry fosse gentil. Ele certamente sabia que a primeira vez era dolorosa para uma virgem. Então por que parecia estar tão zangado com ela?

Sentindo-se embaraçada e na defensiva, Poppy saiu da cama e encontrou a camisola. Ela a vestiu e voltou apressada para debaixo das cobertas ao perceber que Harry retornava ao quarto. Sem dizer uma única palavra, ele pegou suas roupas espalhadas e começou a se vestir.

– Vai sair? – perguntou Poppy.

Harry não olhou para ela.

– Sim.

– Fique comigo – ela deixou escapar.

Ele balançou a cabeça.

– Não posso. Conversaremos mais tarde. Mas agora...

E parou como se não encontrasse as palavras.

Poppy se encolheu, deitada de lado na cama, agarrando a beirada do lençol. Alguma coisa estava terrivelmente errada – não conseguia nem imaginar o que era, e tinha medo de perguntar.

Harry vestiu o casaco e se encaminhou para a porta.

– Aonde vai? – perguntou Poppy, insegura.

A resposta soou distante.

– Não sei.

– Quando vai...?

– Também não sei.

Ela esperou até ficar sozinha. Só então deixou cair algumas lágrimas, secando-as com o lençol. Harry ia procurar outra mulher?

Infeliz, lembrou os conselhos de Win sobre as relações conjugais e considerou que haviam sido insuficientes. Devia ter havido um pouco menos de rosas e raios de luar, e um pouco mais de informação prática.

Queria ver as irmãs, principalmente Amelia. Queria a família, as pessoas que a acolheriam, elogiariam, afagariam e ofereceriam a segurança de que tanto precisava. Era mais que um pouco desanimador ter fracassado no casamento depois de apenas três semanas.

Acima de tudo, precisava de conselho sobre maridos.

Sim, era hora de se afastar e pensar no que fazer. Iria a Hampshire.

Um banho quente amenizou a dor e o ardor do corpo e relaxou os músculos tensos na parte interna das coxas. Depois de enxugar-se e empoar-se, ela escolheu um vestido de viagem cor de vinho. Arrumou uma pequena valise com alguns objetos pessoais, inclusive roupas íntimas e meias, uma escova de cabo de prata, um livro e um autômato que Harry havia construído – um pequeno pica-pau em um tronco de árvore – que ela normalmente mantinha sobre a penteadeira. Porém, deixou o colar de diamantes que Harry lhe dera, guardando em uma gaveta a caixa revestida de veludo.

Quando ficou pronta para partir, ela tocou a sineta e mandou uma criada chamar Jake Valentine.

O jovem alto e de olhos castanhos apareceu num instante e não fez nenhum esforço para esconder sua preocupação. Seus olhos perceberam imediatamente as roupas de viagem.

– Posso ajudar em alguma coisa, Sra. Rutledge?

– Sr. Valentine, meu marido saiu do hotel?

Ele assentiu, e uma ruga se formou em sua testa.

– Ele disse quando vai voltar?

– Não, senhora.

Poppy parou para pensar se podia confiar no secretário de Harry. Sua lealdade era muito conhecida. Porém, não tinha escolha. Precisava pedir sua ajuda.

– Preciso de um favor, Sr. Valentine. No entanto, receio que meu pedido o ponha em uma situação delicada.

Os olhos dele brilharam, divertidos e pesarosos ao mesmo tempo.

– Sra. Rutledge, eu quase sempre estou em posições delicadas. Por favor, peça o que quiser.

Ela alinhou os ombros.

– Preciso de uma carruagem. Vou visitar meu irmão na casa dele em Mayfair.

O divertimento desapareceu dos olhos do secretário. Ele olhou para a valise aos pés de Poppy.

– Entendo.

– Sinto muito se peço para ignorar suas obrigações com meu marido, mas... prefiro que não revele para onde fui até amanhã de manhã. Estarei perfeitamente segura na companhia de meu irmão. Ele me levará para ver minha família em Hampshire.

– Entendo. É claro que a ajudarei.

Valentine fez uma pausa, como se escolhesse as palavras com cuidado.

– Espero que volte logo.

– Eu também.

– Sra. Rutledge... – começou ele, e pigarreou com desconforto. – Eu não devia ultrapassar meus limites, mas sinto que devo dizer...

175

Mais uma hesitação.

– Continue – incentivou-o Poppy, com delicadeza.

– Trabalho para o Sr. Rutledge há mais de cinco anos. Atrevo-me a dizer que o conheço bem. Ele é um homem complicado... É tão inteligente que nem sempre isso lhe faz bem, não tem muitos escrúpulos para lhe dar limites e obriga todos que o cercam a viver de acordo com suas regras. Mas ele mudou muitas vidas para melhor. Inclusive a minha. E acredito que existe bondade nele, se olharmos com atenção e bem no fundo.

– Eu também acredito – concordou Poppy. – Mas isso não é o bastante para servir de base para um casamento.

– A senhora é importante para ele – insistiu Valentine. – O Sr. Rutledge criou um laço com a senhora, o que é algo que nunca vi acontecer antes. Por isso penso que não há ninguém no mundo capaz de controlá-lo, exceto a senhora.

– Mesmo que isso seja verdade – Poppy conseguiu falar –, não sei se quero controlá-lo.

– Senhora... – disse Valentine de forma sentimental. – É necessário que *alguém* o faça.

O humor superou por um instante o aborrecimento de Poppy e ela abaixou a cabeça para esconder um sorriso.

– Vou pensar nisso – respondeu. – Mas, no momento, preciso me afastar por um tempo. Uma pausa para... como dizem?

– Respirar? – sugeriu ele, abaixando-se para pegar a valise.

– Sim, é isso. Vai me ajudar, Sr. Valentine?

– É claro.

Valentine pediu que ela esperasse alguns minutos e saiu para buscar a carruagem. Compreendendo a necessidade de discrição, ele mandou o veículo para os fundos do hotel, onde Poppy poderia embarcar sem ser vista.

Ela sentiu uma ponta de pesar por deixar o Rutledge e seus empregados. Em pouco tempo o hotel se tornara sua casa... mas as coisas não podiam continuar como estavam. Algo precisava mudar. E esse algo – ou esse alguém – era Harry Rutledge.

Valentine voltou para acompanhá-la. Abrindo um guarda-chuva para protegê-la da chuva, guiou-a para fora do prédio, até o veículo que a esperava.

Poppy subiu no bloco colocado ao lado da carruagem para servir de degrau e se virou para olhar para o secretário. Agora que estava sobre o degrau, eles tinham quase a mesma altura. Pingos de chuva brilhavam à luz do hotel, caindo como joias das pontas das varetas do guarda-chuva.

– Sr. Valentine...

– Sim, senhora?

– Ele vai atrás de mim, não vai?

– Só até o fim do mundo – respondeu ele num tom solene.

Isso a fez sorrir, e ela se virou para entrar na carruagem.

CAPÍTULO 19

A Sra. Meredith Clifton havia dedicado três meses a perseguir lorde Ramsay até seduzi-lo. Ou, mais precisamente, estar prestes a seduzi-lo. A jovem e atraente esposa de um distinto oficial naval britânico ficava frequentemente sozinha enquanto o marido estava no mar. Meredith já havia se deitado com todos os homens de Londres com quem valia a pena – exceto, claro, pelos poucos casados irritantemente fiéis – até ouvir falar sobre Ramsay, conhecido por ser tão audacioso quanto ela no tocante ao sexo.

Leo era um homem de contradições tentadoras. Era bonito, com cabelos escuros, olhos azuis e aparência limpa, saudável... mas, segundo os boatos, ele também era capaz de chocante devassidão. Era cruel, mas gentil; rígido, mas perceptivo; egoísta, mas encantador. E pelo que ela ouvira, Ramsay era um amante muito experiente.

No quarto de Leo, Meredith agora esperava em silêncio enquanto ele a despia. Sem pressa, o lorde abria a fileira de botões nas costas do vestido. Levando o braço atrás do corpo, ela deixou o dorso da mão e os dedos roçarem a calça do lorde. Senti-lo a fez ronronar.

Ela ouviu a risada de Leo, que afastou sua mão atrevida.

– Paciência, Meredith.

– Não sabe quanto esperei esta noite.

– Ora, isso é uma pena. Sou péssimo de cama.

E ele abriu o vestido com delicadeza. Meredith se arrepiou ao sentir os dedos tocando a parte superior de suas costas.

– Está brincando comigo, milorde.

– Logo vai descobrir, não é?

Ele afastou as mechas de cabelo que caíam sobre sua nuca e a beijou, deixando a língua roçar a pele.

Aquele toque leve, erótico, a fez arfar.

– Nunca leva nada a sério? – conseguiu perguntar.

– Não. Descobri que a vida trata muito melhor as pessoas superficiais.

Então Leo a virou e puxou contra seu corpo alto e musculoso. E, com um beijo longo, lento e ardente, Meredith percebeu que enfim havia encontrado um predador mais sedutor e menos inibido que qualquer outro que já conhecera. A total ausência de emoção ou ternura não diminuía seu poder de sedução. Com ele, era tudo pura e desavergonhadamente físico.

Consumida pelo beijo, Meredith deixou escapar um gritinho agitado quando ele foi interrompido.

– A porta – explicou Leo.

Outra batida insegura.

– Ignore – disse Meredith, tentando passar os braços em torno da cintura firme do lorde.

– Não posso. Meus criados não aceitam ser ignorados. Acredite, eu já tentei.

Leo a soltou e se dirigiu à porta, abriu uma fresta e falou em tom seco:

– É bom que haja um incêndio ou um crime em andamento, ou juro que você vai ser demitido.

O criado murmurou algumas palavras do outro lado da porta, e o tom de Leo mudou. O jeito arrogante desapareceu.

– Bom Deus! Diga a ela que vou descer imediatamente. Sirva chá, alguma coisa.

Passando a mão pelos cabelos castanhos e curtos, ele se encaminhou ao guarda-roupa e começou a examinar uma fileira de casacos.

– Vai ter que chamar uma criada para ajudá-la a se vestir, Meredith. Quando estiver pronta, meus criados tomarão providências para que seja levada à sua carruagem pelos fundos da casa.

O queixo de Meredith caiu.

– O quê? *Por quê?*

– Minha irmã chegou inesperadamente – explicou e, interrompendo a busca, olhou por cima de um ombro como se pedisse desculpas: – Outra hora, talvez?

– É evidente que não – reagiu Meredith, indignada. – *Agora*.

– Impossível – falou, antes de por fim escolher um casaco e vesti-lo. – Minha irmã precisa de mim.

– *Eu* preciso de você! Diga a ela para voltar amanhã. Se não mandá-la embora, não terá outra chance comigo.

Leo sorriu.

– Pior para mim, com certeza.

A indiferença inflamou Meredith ainda mais.

– Ramsay, *por favor* – insistiu ela, alterada. – Deixar uma dama esperando é uma atitude indigna de um cavalheiro.

– É mais que indigno, querida. É um crime.

O rosto de Leo se suavizou quando ele se aproximou dela. Segurando sua mão, levou-a aos lábios para beijar os dedos um a um. Seus olhos brilhavam com humor e pesar.

– Pode ter certeza de que não foi assim que planejei esta noite. Peço desculpas. Vamos tentar de novo algum dia. Porque, Meredith... a verdade é que *não* sou péssimo de cama.

E a beijou com leveza, sorrindo com um afeto tão perfeitamente encenado que ela quase acreditou que fosse verdadeiro.

Poppy esperava na sala da frente da casa. Ao ver o irmão entrando no aposento, ela se levantou e correu ao seu encontro.

– Leo!

Ele a puxou para si. Depois de um abraço rápido e duro, Leo a afastou para olhar nos olhos dela.

– Você abandonou Rutledge?

– Sim.

– Durou uma semana além do que eu esperava – confessou ele, mas sem ser grosseiro. – O que aconteceu?

– Bem, para começar... – Poppy tentava soar objetiva, apesar dos olhos cheios de lágrimas –... não sou mais virgem.

Leo a encarou fingindo vergonha.

– Nem eu.

Poppy não conseguiu conter uma risada.

Leo procurou um lenço nos bolsos do casaco, mas não encontrou nenhum.

– Não chore, querida. Não tenho um lenço para oferecer e, de qualquer maneira, é quase impossível encontrar a virgindade depois que a perdemos.

– Não é por isso que estou chorando – declarou ela, limpando o rosto molhado no ombro dele. – Leo... estou confusa. Preciso pensar. Pode me levar a Hampshire?

– Estava esperando você pedir.

– Receio que tenhamos que partir imediatamente. Porque, se esperarmos demais, Harry pode nos impedir.

– Meu bem, nem o diabo em pessoa poderia me impedir de levá-la para casa. Dito isso... sim, vamos partir imediatamente. Prefiro evitar confrontos sempre que posso. E duvido que Rutledge tenha uma reação positiva quando descobrir que o deixou.

– Não – declarou ela, enfática. – Ele não vai reagir nada bem. Mas não o estou deixando porque quero acabar com meu casamento. Eu o estou deixando porque quero salvá-lo.

Leo balançou a cabeça e sorriu.

– Você tem uma lógica típica dos Hathaways. O que preocupa é que quase a entendo.

– A questão é...

– Não, você pode me explicar tudo no caminho. Por enquanto, espere aqui. Vou mandar chamar o cocheiro e dar ordem para os criados prepararem a carruagem.

– Lamento dar tanto trabalho...

– Ah, eles estão acostumados. Sou mestre em partidas apressadas.

Devia haver um fundo de verdade na declaração de Leo, porque um baú foi preparado e a carruagem foi providenciada com velocidade espantosa. Poppy esperou ao lado da lareira da sala até Leo aparecer na porta.

– Partiremos agora – anunciou ele. – Venha.

Lorde Ramsay a conduziu à carruagem, um veículo confortável e bem conservado com assentos de estofamento macio. Depois de ajeitar algumas almofadas no canto, Poppy se acomodou para a jornada. Levariam a noite toda para chegar a Hampshire e, embora as estradas estivessem em bom estado, havia muitos trechos difíceis.

– Lamento ter vindo procurá-lo tão tarde da noite – disse ao irmão. – Sem dúvida estaria dormindo profundamente agora, se eu não houvesse aparecido.

Leo não conteve um sorriso.

– Não tenho tanta certeza disso – respondeu. – Mas não importa, é hora de ir para Hampshire. Quero ver Win e aquele bruto inclemente com quem ela se casou e preciso conferir como estão a propriedade e os arrendatários.

Poppy sorriu, sabendo quanto Leo gostava do "bruto inclemente". Merripen havia conquistado a eterna gratidão de Leo por reconstruir e administrar a propriedade. Eles se comunicavam constantemente por carta, mantinham duas ou três discussões simultâneas a qualquer momento e gostavam muito de trocar provocações.

Poppy afastou a cortina marrom que cerrava a janela mais próxima e olhou para as construções dilapidadas, fachadas de tijolos cobertas de cartazes, lojas em péssimo estado de conservação, tudo banhado pelo brilho crepuscular das lâmpadas públicas. Londres à noite era feia, perigosa, descontrolada. Harry estava pelas ruas, em algum lugar. Não tinha dúvidas de que ele era capaz de cuidar de si, mas pensar no que ele podia estar fazendo – ou com quem – a enchia de melancolia. Poppy suspirou profundamente.

– Odeio Londres no verão – comentou Leo. – Este ano o Tâmisa promete espalhar seu mau cheiro sem piedade.

Ele parou para estudar a irmã.

– Suponho que essa sua expressão não tenha a ver com questões de saneamento público. Em que está pensando?

– Harry deixou o hotel hoje à noite depois de...

Ela parou, incapaz de encontrar uma palavra para descrever o que tinham feito.

– Não sei por quanto tempo ele vai ficar fora, mas, na melhor das hipóteses, estamos apenas dez ou doze horas na frente dele – falou ela. – É claro, pode ser que ele decida não me seguir, o que seria bastante decepcionante, mas um alívio também. Ainda assim...

– Ele virá – anunciou Leo sem emoção. – Mas você não terá que vê-lo se não quiser.

Poppy balançou a cabeça com desânimo.

– Nunca tive sentimentos tão confusos por ninguém. Não entendo meu marido. Esta noite, na cama, ele...

– Espere. Existem coisas que é melhor discutir com irmãs. Tenho certeza de que essa é uma delas. Chegaremos à propriedade Ramsay ao amanhecer e então você vai poder perguntar a Amelia tudo o que quiser.

– Não creio que ela saiba alguma coisa sobre isso.

– Por que não? Ela é uma mulher casada.

– Sim, mas esse é... bem... um problema masculino.

Leo empalideceu.

– Eu também não devo saber nada sobre isso, então. Não tenho problemas masculinos. Na verdade, não gosto nem de pronunciar a expressão "problemas masculinos".

– Ah...

Desanimada, Poppy cobriu as pernas com a manta de viagem.

– Droga. O que exatamente estamos chamando de "problema masculino"? Ele teve dificuldades para hastear a bandeira? Ou só conseguiu mantê-la a meio mastro?

– Temos que conversar sobre isso por metáforas ou...?

– Sim – Leo a interrompeu com firmeza.

– Muito bem. Ele... – Poppy tentava achar as palavras adequadas –... me deixou enquanto a bandeira ainda tremulava no mastro.

– Estava bêbado?

– Não.

– Você fez ou disse alguma coisa para mandá-lo embora?

– Pelo contrário. Pedi que ficasse, mas ele não quis.

Leo balançou a cabeça e procurou alguma coisa no compartimento ao lado de seu assento, resmungando um palavrão.

– Onde está a bebida? Mandei os criados estocarem a carruagem com bebida suficiente para a viagem toda. Vou demitir todos eles.

– Tem água, não tem?

– Água é para lavar, não para beber. – E resmungou alguma coisa sobre uma conspiração maléfica para mantê-lo sóbrio, depois suspirou, resignado. – Tudo o que podemos é especular sobre as motivações de Rutledge. Não é fácil para um homem parar no meio do ato. Isso causa um terrível mau humor.

Cruzando os braços, ele estudou a irmã, curioso.

– É uma ideia radical, mas sugiro simplesmente perguntar a Rutledge por que ele a deixou esta noite e discutir o assunto como duas criaturas racionais. Mas, antes de seu marido chegar a Hampshire, é melhor decidir se vai ou não perdoá-lo pelo que fez para separá-la de Bayning.

Poppy piscou, surpresa.

– Acha que devo?

– O diabo sabe que eu não ia querer perdoá-lo, se estivesse no seu lugar. Por outro lado, fui perdoado muitas vezes sem merecer. A questão aqui é: se não se sente capaz de perdoar, não tem por que conversar com ele sobre outros assuntos.

– Acho que Harry não está interessado em perdão – opinou Poppy, triste.

– É claro que está. Os homens adoram ser perdoados. Isso nos faz sentir melhor com relação à nossa incapacidade de aprender com os erros.

– Não sei se estou preparada – protestou ela. – Por que haveria de desculpá-lo tão depressa? Não existe um limite de tempo para o perdão, existe?

– Às vezes, sim.

– Ah, Leo...

Sentia-se esmagada pelo peso da incerteza, da dor e da saudade.

– Tente dormir – murmurou o irmão. – Temos duas horas, mais ou menos, até a parada para troca de cavalos.

– Estou preocupada demais para conseguir dormir – confessou Poppy, embora não pudesse conter um bocejo.

– É inútil se preocupar. Você já sabe o que quer fazer. Só não está preparada para admitir... ainda.

Poppy se acomodou melhor no canto, fechando os olhos.

– Você entende muito sobre mulheres, não é, Leo?

Havia um sorriso na voz dele.

– Com quatro irmãs, espero que sim.

E ficou velando o sono de Poppy.

~

Depois de voltar ao hotel bêbado como um gambá, Harry subiu cambaleando ao apartamento. Tinha ido a uma taverna animada onde havia muitos espelhos, paredes ladrilhadas e prostitutas caras. Levara aproximadamente três horas para embriagar-se e chegar a um estado de torpor suficiente para voltar para casa. Apesar das ardilosas abordagens de várias mulheres mais do que disponíveis, Harry não deu atenção a nenhuma delas.

Queria a esposa.

E sabia que Poppy nunca o trataria como desejava, a menos que começasse com um sincero pedido de desculpas por tê-la afastado de Michael Bayning. O problema era que não podia se desculpar. Porque não estava arrependido do que fizera, só lamentava tê-la tornado infeliz com isso. Jamais se arrependeria de ter feito o que era necessário para se casar com ela, porque Poppy era tudo o que ele mais desejava na vida.

Ela era cada impulso de bondade, altruísmo e generosidade que ele jamais teria. Ela era cada pensamento atencioso, cada gesto amoroso, cada momento de felicidade que nunca conheceria. Era cada noite de sono tranquilo que jamais poderia ter. Pelas leis de equilíbrio do Universo, Poppy havia sido posta no mundo para compensar Harry e sua maldade. E era por isso, provavelmente, que se sentia tão irresistivelmente atraído por ela: como duas forças magnéticas opostas.

Portanto, o pedido de desculpas não seria sincero. Mas ele o faria. E depois pediria para recomeçarem do zero.

Deitando-se no sofá estreito, que ele odiava profundamente, Harry mergulhou num torpor de embriaguez que foi quase um sono verdadeiro.

E foi como uma lâmina que, tempos depois, a luz da manhã, mesmo fraca, penetrou em sua cabeça. Gemendo, ele abriu os olhos e avaliou o próprio estado físico. Sentia a boca seca, estava exausto e dolorido e não podia se lembrar de nenhum outro momento da vida em que houvesse precisado mais de um bom banho.

Olhou para a porta fechada do quarto, onde Poppy ainda dormia. Lembrando o gemido de dor que ela deixara escapar à noite, quando ele a penetrara, Harry sentiu um peso frio no estômago. Ela devia estar dolorida. Talvez precisasse de alguma coisa.

Provavelmente o odiava.

Tomado pelo medo, Harry se levantou do sofá para ir ao quarto. Depois de abrir a porta, esperou os olhos se ajustarem à penumbra.

A cama estava vazia.

Harry ficou ali parado, tomado pela apreensão. Ouviu a própria voz sussurrar o nome dela.

Segundos depois ele tocava a sineta, mas não precisava ter chamado ninguém. Como que por mágica, Valentine apareceu na porta do apartamento, os olhos castanhos muito alertas no rosto magro.

– Valentine – Harry começou com voz rouca –, onde está...

– A Sra. Rutledge está com lorde Ramsay. Acredito que, neste momento, eles estejam a caminho de Hampshire.

Harry estava calmo. Muito calmo. Como sempre reagia diante de uma situação de extrema gravidade.

– Quando ela partiu?

– Ontem à noite, durante sua ausência.

Resistindo ao impulso de matar seu secretário ali mesmo, Harry perguntou com voz suave:

– E você não me avisou?

– Não, senhor. Ela me pediu para não dizer nada.

Valentine fez uma pausa, e uma expressão de espanto passou rapidamente por seu rosto, como se ele também não conseguisse acreditar que Rutledge ainda não o houvesse matado.

– Tenho uma carruagem e cavalos preparados, se o senhor tiver a intenção de...

– Sim, eu tenho – respondeu Harry Rutledge, e seu tom foi cortante como o golpe de um cinzel sobre granito. – Prepare minhas roupas. Vou sair em meia hora.

A fúria ameaçava dominá-lo, tão poderosa que Harry mal podia se reconhecer nela. Mas ele a dominou. De nada adiantaria ceder à raiva. Por ora, o importante era se lavar e se barbear, mudar de roupa e lidar com a situação.

Qualquer indício de sua preocupação ou do arrependimento desapareceu como cinzas ao vento. Qualquer esperança de ser gentil ou portar-se como um cavalheiro deixou de existir. Manteria Poppy a seu lado, faria o que fosse preciso para isso. Recorreria à lei e, quando terminasse, ela nunca mais se atreveria a deixá-lo.

~

Poppy despertou de um sono sobressaltado e se sentou, esfregando os olhos. Leo cochilava no assento diante do dela, os ombros largos encurvados e um braço apoiando a cabeça, que ele repousava contra a parede revestida.

Afastando um pouco a cortina da janela, Poppy viu sua amada Hampshire... ensolarada, verde, tranquila. Ficara tanto tempo em Londres que havia esquecido quanto o mundo podia ser bonito. A carruagem passava por campos de papoulas e margaridas, por vibrantes áreas cobertas de lavanda. A paisagem era rica, cortada por pradarias úmidas e riachos brancos. Martins-pescadores azuis e outras aves coloridas cortavam o céu, enquanto pica-paus verdes batucavam nos troncos de árvores.

– Quase chegando – sussurrou ela.

Leo acordou, espreguiçando-se com um bocejo. Seus olhos se estreitaram, incomodados, quando ele afastou a cortina para espiar a paisagem.

– Não é maravilhoso? – comentou Poppy, sorrindo. – Já viu cenário mais lindo?

O irmão dela fechou a cortina.

– Carneiros. Relva. Animador.

Em pouco tempo a carruagem entrava em terras Ramsay e passava pela guarita do portão, construída com tijolinhos azulados e pedras claras. Devido a novas e grandes obras, tanto o terreno quanto a mansão pareciam novos, embora a casa preservasse seu charme casual. Não era uma propriedade muito grande, principalmente se comparada à do vizinho, lorde Westcliff. Mas era uma joia, com terra fértil e variada e campos irrigados por canais abastecidos por um riacho que corria nas áreas mais altas.

Antes de Leo herdar o título, a propriedade havia sido entregue ao descaso, negligenciada e abandonada pela maioria dos arrendatários. Agora, porém, ela prosperava e progredia, graças, principalmente, ao esforço de Kev Merripen. E Leo, embora ficasse bastante envergonhado ao admitir isso, passara a se interessar por ela e fazia o possível para adquirir todo o conhecimento necessário para torná-la mais eficiente.

Ramsay House era uma alegre combinação de estilos arquitetônicos. Originalmente uma mansão elisabetana, ela havia sido modificada por sucessivas gerações de proprietários, que lhe acrescentavam alas e detalhes. O resultado era um edifício assimétrico com chaminés altas e fileiras de janelas de vidro, além de um telhado de ardósia cinza com saliências e reentrâncias. No interior da casa havia nichos e cantos interessantes, cômodos de formatos estranhos, portas e escadas ocultas, tudo se somando para resultar em um charme excêntrico que combinava perfeitamente com a família Hathaway.

Rosas em botão cercavam a casa. Atrás da mansão, alamedas de cascalho branco cortavam jardins e pomares. Estábulos e um cercado para os animais haviam sido erguidos em um lado do terreno e, mais afastada da casa, ficava uma bem abastecida área lenheira.

A carruagem parou diante da porta de madeira com painéis de vidro. Quando Leo ajudou Poppy a descer da carruagem e o lacaio foi alertar os moradores sobre a chegada de visitantes, Win saiu correndo da casa. Ela se atirou nos braços de Leo, que riu e a recebeu com alegria, girando-a no ar.

– Poppy querida – exclamou Win. – Senti tantas saudades de você!

– E de mim? – perguntou Leo, sem soltá-la. – Não sentiu saudades de mim?

– Talvez um pouco – reconheceu Win sorrindo, e o beijou no rosto. Depois foi abraçar Poppy e perguntou: – Quanto tempo vão ficar?

– Não sei ao certo – respondeu a jovem.

– Onde estão todos? – quis saber Leo.

Win manteve um braço delgado nas costas da irmã quando se virou para responder.

– Cam foi visitar lorde Westcliff em Stone Cross Park, Amelia está lá dentro com o bebê, Beatrix foi passear pelo bosque e Merripen está conversando com alguns arrendatários, na certa falando sobre formas de roçar.

A palavra chamou a atenção de Leo.

– Sei tudo sobre isso. Para quem não quer ir a um bordel, existem alguns bairros de Londres onde...

– *Roçar*, Leo – repetiu Win. – Tirar o mato da terra para poder plantar.

– Ah. Bem, sobre isso eu não sei nada.

– Mas vai aprender muito assim que Merripen souber que está aqui – repreendeu-o Win, tentando parecer severa, apesar do brilho em seus olhos. – Espero que se comporte, Leo.

– É claro que vou me comportar. Estamos no campo. Não há mais nada a se fazer aqui.

Suspirando, ele pôs as mãos nos bolsos e observou o cenário pitoresco como se acabasse de ser levado para uma cela na prisão de Newgate. Depois, com casualidade perfeitamente calculada, perguntou:

– Onde está Marks? Ainda não a mencionou.

– Ela está bem, mas... – começou Win, mas fez uma pausa, como se precisasse escolher as palavras com cuidado. – Hoje ela teve um pequeno contratempo e está bastante aborrecida. É claro, qualquer mulher se aborreceria, considerando a natureza do problema. Portanto, Leo, insisto que *não* a provoque. E se não me atender, Merripen vai ficar tão zangado com você que...

– Ah, por favor. Como se eu me desse o trabalho de notar algum problema de Marks – desdenhou ele, mas em seguida, encarando a irmã, emendou: – Que problema é esse?

Win estava séria.

– Eu não diria nada se não fosse um problema óbvio que você vai perceber de imediato. A Srta. Marks tinge os cabelos, o que nunca notei antes, mas parece que...

– Ela tinge os cabelos? – repetiu Poppy, surpresa. – Mas por quê? Ela não é velha.

– Não faço ideia. Ela não quer explicar por quê. Mas algumas mulheres desafortunadas começam a ter cabelos brancos antes dos 30 anos. Talvez Marks seja uma delas.

– Pobrezinha – lamentou Poppy. – Isso deve constrangê-la, ou ela não teria se esforçado tanto para manter o segredo.

– Sim, pobrezinha – disse Leo.

Mas não havia nenhuma piedade na voz dele. Na verdade, seus olhos pareciam dançar de alegria.

– E o que aconteceu, Win? – perguntou ele.

– Achamos que o boticário de Londres que sempre prepara a solução que ela usa errou nas proporções. Porque hoje de manhã, quando ela aplicou a tintura, o resultado foi... bem... perturbador.

– Os cabelos caíram? – arriscou Leo. – Ela está careca?

– Não, de jeito nenhum. Mas agora ela tem cabelos... verdes.

A expressão no rosto de Leo lembrava a de uma criança na manhã de Natal.

– Que tom de verde?

– Leo, *sossegue* – Win o reprovou com urgência. – Você não vai atormentá-la. A experiência está sendo muito difícil para ela. Preparamos uma pasta para remover o verde, mas ainda não sei se funcionou. Amelia a estava ajudando com a lavagem agora há pouco. E, seja qual for o resultado, você não vai dizer *nada*.

– Está me dizendo que hoje à noite Marks vai se sentar à mesa do jantar com cabelos cor de aspargo e eu não posso comentar nada? – Ele riu. – Não sou tão forte.

– Por favor, Leo – murmurou Poppy, tocando seu braço. – Se fosse com uma de suas irmãs, você não debocharia.

– Acha que a megera teria misericórdia de mim, se a situação fosse inversa? Ele revirou os olhos ao ver a expressão das duas.

– Muito bem, vou tentar não zombar dela. Mas não prometo nada.

Leo caminhou para a porta de entrada sem demonstrar nenhuma pressa. Não enganou as irmãs.

– Quanto tempo acha que ele vai levar para ir atrás dela? – perguntou Poppy a Win.

– Dois, talvez três minutos – respondeu Win, e as duas suspiraram.

~

Em dois minutos e 47 segundos, precisamente, Leo localizou a arqui-inimiga no pomar atrás da casa. Marks estava sentada sobre uma mureta baixa de pedras, encurvada, os ombros estreitos ligeiramente caídos. Um tecido envolvia sua cabeça, um turbante que escondia completamente os cabelos.

Vendo sua postura desanimada, qualquer um teria sentido pena. Mas Leo não tinha nenhum remorso de atacar Catherine Marks. Desde que se conheceram, ela nunca perdia uma oportunidade de provocar, insultar ou diminuí-lo. Nas poucas ocasiões em que Leo dissera alguma coisa encantadora ou apenas agradável – apenas para testá-la, é claro – ela distorcera suas palavras deliberadamente.

Leo nunca conseguira entender por que haviam começado tão mal essa relação ou por que ela se mostrava tão determinada a detestá-lo. E, ainda mais intrigante, por que ele se importava com isso. A mulher era agressiva, de mente estreita e língua afiada, cheia de segredos, com uma boca austera e um nariz empinado... Ah, ela *merecia* cabelos verdes e merecia que debochassem dela por isso.

O momento da vingança havia chegado.

Quando Leo se aproximou despreocupadamente, Marks levantou a cabeça e os raios de sol se refletiram nas lentes de seus óculos.

– Ah – bufou ela, azeda. – Você voltou.

O tom de voz seria o mesmo se ela houvesse descoberto uma infestação de vermes.

– Olá, Marks – falou Leo com alegria. – Hummm. Você parece diferente. O que pode ser?

Ela o encarou com fúria.

– Esse pano na sua cabeça é alguma nova moda? – indagou ele, com interesse e educação.

Marks se manteve em silêncio.

O momento era delicioso. Ele sabia e ela sabia que ele sabia, e um rubor mortificado tomava o rosto da dama de companhia.

– Trouxe Poppy comigo de Londres – contou Leo.

Os olhos dela ganharam um brilho de alerta por trás dos óculos.

– O Sr. Rutledge também veio?

– Não. Mas imagino que não vá demorar.

A dama de companhia se levantou da mureta e ajeitou as saias.

– Preciso ir ver Poppy...

– Vai ter tempo para isso – falou Leo, pondo-se em seu caminho. – Antes de voltarmos à casa, acho que podemos conversar um pouco. Como vão as coisas com você, Marks? Aconteceu alguma coisa interessante recentemente?

– Você não passa de um menino de 10 anos de idade – falou ela com veemência. – Sempre pronto para zombar do infortúnio alheio. É imaturo, cruel...

– Tenho certeza de que não está tão ruim – Leo a interrompeu em um tom doce. – Deixe-me dar uma olhada e eu direi se...

– Fique longe de mim! – explodiu Marks, tentando se desviar dele.

Leo a impediu de passar, e uma risada abafada escapou de seu peito quando ela tentou empurrá-lo.

– Está tentando me empurrar? Não tem mais força que uma borboleta. E o turbante está torto, deixe-me ajudar a...

– Não toque em mim!

Eles lutaram, um deles se divertindo, o outro batendo com movimentos frenéticos.

– Só uma olhadinha – implorou Leo.

Sua risada terminou em gemido quando Catherine girou o corpo e acertou sua barriga com uma cotovelada. Mas ele foi rápido e puxou o lenço que cobria a cabeça da dama de companhia, desamarrando-o.

– Por favor. Isso é tudo que eu quero da vida, ver você com... – mais um movimento e ele removeu uma volta de tecido –... o cabelo todo...

Mas Leo parou de falar quando o lenço caiu e os cabelos que se soltaram não eram verdes. Eram loiros... tons pálidos de âmbar, champanhe e mel... E eram abundantes, ondas sedosas que caíram formando uma cascata até o meio das costas.

Leo ficou paralisado, segurando-a enquanto os olhos atônitos a observavam. Os dois puxavam o ar com dificuldade, ofegantes e agitados como cavalos de corrida. Marks não teria se mostrado mais apavorada se ele a houvesse despido. E a verdade era que Leo não estaria mais perplexo – nem excitado – se a visse nua. Ainda que ele estivesse mais que disposto a comparar as duas situações.

Foi uma reação tão forte que ele não soube o que fazer. Eram só cabelos, apenas mechas e mais mechas... mas foi como encaixar uma pintura antes sem graça na moldura perfeita, revelando sua beleza em detalhes luminosos. Catherine Marks era como uma criatura mítica banhada pelo sol, uma ninfa com traços delicados e olhos cintilantes.

A constatação que mais o confundia era a de que não havia sido só a cor do cabelo que mantivera tudo isso longe de seu olhar... Nunca notara quanto Marks era estonteante porque ela havia se escondido deliberadamente.

– Por quê? – perguntou Leo com um fio de voz. – Por que esconder algo tão lindo? – E, olhando para ela como se a devorasse, ele indagou com tom ainda mais suave: – De que está se escondendo?

Os lábios de Catherine tremeram e ela balançou levemente a cabeça como se responder pudesse expô-los a um perigo mortal. Em seguida, livrando-se das mãos que a seguravam, ela ergueu a barra da saia e correu para dentro da casa.

CAPÍTULO 20

—Amelia – falou Poppy, repousando a cabeça no ombro da irmã –, você me prestou um grande desserviço quando fez o casamento parecer tão fácil.

Amelia riu baixinho e a abraçou.

– Ah, querida. Se dei essa impressão, peço que me desculpe. Não é fácil. Especialmente quando os dois indivíduos são tão determinados e teimosos.

– As publicações femininas aconselham a deixar o marido impor sua vontade na maior parte do tempo.

– Ah, mentiras, mentiras. É melhor deixar o marido *pensar* que está impondo sua vontade. Esse é o segredo para um casamento feliz.

As duas riram, e Poppy se sentou.

Depois de deixar o pequeno Rye no berço para o cochilo matinal, Amelia havia acompanhado Poppy à sala da família, onde elas se sentaram juntas no sofá. Win foi convidada a juntar-se a elas, mas, já conhecendo a relação mais maternal que Amelia mantinha com Poppy, recusou o convite demonstrando grande tato.

Durante os dois anos que Win havia passado longe de casa, em uma clínica na França onde se recuperara da escarlatina, Poppy se aproximara ainda mais da irmã mais velha. Quando queria falar de seus pensamentos e problemas mais íntimos, era com Amelia que se sentia mais à vontade.

Uma bandeja de chá havia sido levada à sala, junto com um prato de tortinhas de melaço preparadas de acordo com a antiga receita da mãe delas – massa amanteigada coberta com calda de limão e farinha doce crocante.

– Você deve estar exausta – comentou Amelia, tocando o rosto de Poppy com ternura. – Acho que precisa de um cochilo, talvez mais que Rye.

Poppy negou balançando a cabeça.

– Mais tarde. Antes preciso tentar resolver algumas coisas, porque acho que Harry talvez chegue até o anoitecer. Pode ser que não, é claro, mas...

– Ele virá – disse uma voz da porta.

Poppy se virou e viu sua antiga dama de companhia.

– Srta. Marks – exclamou, levantando-se apressada.

Um sorriso brilhante iluminou o rosto da Srta. Marks e ela se aproximou para abraçar Poppy. Dava para perceber que ela havia estado ao ar livre. No lugar do habitual cheiro de sabonete e goma, ela agora exalava o aroma de terra, flores e calor de verão.

– Nada é igual sem você aqui – declarou a Srta. Marks. – Tudo é muito mais quieto.

Poppy riu.

Recuando, a dama de companhia acrescentou apressada.

– Não quis insinuar...

– Ah, eu sei – falou Poppy ainda sorrindo e a encarou com ar curioso. – Está muito bonita. Seu cabelo...

Antes penteadas para trás e presas num coque austero, as mechas espessas e sedosas agora caíam soltas sobre os ombros e as costas. E o tom sem graça de castanho dera lugar a um dourado brilhante e claro.

– Essa é sua cor natural?

Um rubor tingiu o rosto da Srta. Marks.

– Vou escurecê-lo outra vez assim que for possível.

– Por quê? – perguntou Poppy, perplexa. – A cor natural é linda!

– Eu não aconselharia a aplicação de produtos químicos por um bom tempo, Catherine – falou Amelia do sofá. – Seu cabelo pode estar fraco demais.

– É, você tem razão – concordou a Srta. Marks, apreensiva, levando a mão aos fios claros e brilhantes.

Poppy lançou um olhar interrogativo para as duas. Nunca ouvira Amelia chamar a dama de companhia pelo primeiro nome antes.

– Posso me sentar com vocês? – perguntou a Srta. Marks a Poppy. – Quero muito ouvir tudo o que aconteceu desde que se casou. E... – parou um instante, estranhamente nervosa –... tenho algumas coisas para lhe dizer, coisas que acredito que possam ser relevantes na situação.

– Por favor, sente-se – Poppy a convidou.

Olhando para Amelia, ela compreendeu que a irmã mais velha já sabia o que a Srta. Marks pretendia dizer. Elas se sentaram próximas, as irmãs no sofá e Catherine Marks em uma cadeira.

Uma sombra comprida e flexível riscou o chão em frente à porta e parou ali. Era Dodger, que, vendo Poppy, deu alguns pulos de alegria e correu para ela.

– Dodger! – exclamou Poppy, quase feliz por ver o furão.

Ele se atirou em seu colo, encarou-a com os olhos brilhantes e emitiu ruídos animados quando ela o afagou. Depois de um momento, pulou de seu colo e foi na direção da Srta. Marks.

A dama de companhia o estudou com ar severo.

– Saia de perto de mim, roedor detestável.

Dodger não se intimidou: parou aos pés dela e rolou no chão, exibindo a barriga. Era uma fonte de diversão para os Hathaways o fato de Dodger adorar a Srta. Marks, por mais que ela o desprezasse.

– Vá embora – disse a dama de companhia, mas o furão apaixonado continuou se esforçando para conquistá-la.

Suspirando, ela se abaixou e descalçou um dos pés do sapato pesado de couro com uma tira que se prendia no tornozelo.

– É o único jeito de fazê-lo ficar quieto – falou Marks, azeda.

Imediatamente, o barulho do furão cessou e ele enfiou a cabeça dentro do sapato.

Contendo o riso, Amelia olhou para Poppy.

– Você discutiu com Harry? – perguntou de forma gentil.

– Não, na verdade não. Bem, tudo começou com uma discussão, mas... – Poppy sentiu uma onda de calor subir ao rosto. – Desde o casamento não temos feito mais que estudar um ao outro. E na noite passada parecia que finalmente íamos...

As palavras ficaram presas na garganta. Ela teve que expulsá-las com esforço.

– Tenho muito medo de que seja sempre assim, esse puxar e empurrar...

Acho que ele se importa comigo, mas não quer que eu me importe com ele. É como se quisesse o afeto, mas tivesse medo também. E isso me coloca em uma posição impossível.

Ela deixou escapar uma risada trêmula, sem humor, e olhou para a irmã com uma careta, como se perguntasse: *o que posso fazer com esse homem?*

Em vez de responder, Amelia olhou para a Srta. Marks.

A dama de companhia parecia vulnerável, desconfortável, como se uma agitação se escondesse sob a aparência composta.

– Poppy, talvez eu possa lançar alguma luz sobre a situação. Sobre o que torna Harry tão inacessível.

Assustada com a familiaridade com que ela se referia a Harry, Poppy a encarou de forma séria e atenta.

– Sabe alguma coisa sobre meu marido, Srta. Marks?

– Por favor, chame-me de Catherine. Prefiro que me considere uma amiga – falou a mulher de cabelos dourados e suspirou nervosa. – Eu o conheci no passado.

– O quê? – fez Poppy, com um fio de voz.

– Eu devia ter contado antes. Sinto muito. Não é um assunto sobre o qual consiga falar com facilidade.

Poppy continuou em silêncio, sem saber o que dizer. Não era sempre que alguém que conhecia fazia tanto tempo se revelava de maneira nova e surpreendente. Uma ligação entre a Srta. Marks e Harry? Isso era profundamente inquietante, em especial porque ambos haviam guardado o segredo. Ela foi tomada por um tremor de confusão quando um horrível pensamento lhe ocorreu.

– Ah, Deus. Você e Harry...

– *Não.* Não é nada disso. Mas é uma história complicada e não sei bem como... Bem, vou começar contando o que sei sobre Harry.

Poppy assentiu, atordoada.

– O pai de Harry, Arthur Rutledge, era um homem excepcionalmente ambicioso – revelou Catherine. – Ele construiu um hotel em Buffalo, Nova York, mais ou menos na mesma época em que o porto começou a ser expandido. E alcançou um sucesso moderado com o empreendimento, embora fosse, como dizem, um administrador fraco, excessivamente orgulhoso, obstinado e dominador. Arthur só se casou quando já tinha mais de 40 anos. Ele escolheu uma beldade local, Nicolette, conhecida por seus encantos e por sua alegria. Essa mulher tinha menos da metade da idade dele, e havia pouco em comum entre os dois. Não sei se Nicolette se casou apenas por dinheiro ou se havia algum afeto entre eles no início. Infelizmente, Harry nasceu cedo demais em relação à data do casamento, o que causou muita especulação sobre Arthur ser mesmo o pai do bebê. Acho que os boatos contribuíram para criar um afastamento no casal. Quaisquer que tenham sido os motivos, o casamento azedou. Depois do nascimento de Harry, Nicolette se tornou mais indiscreta em seus romances, até que, finalmente, fugiu para a Inglaterra com um dos amantes. Harry tinha 4 anos.

A expressão dela era pensativa. Estava tão compenetrada, na verdade, que parecia nem notar que o furão havia saltado para seu colo.

– Os pais de Harry prestavam pouca atenção a ele antes. Depois que Nicolette partiu, ele passou a ser totalmente negligenciado. Pior que isso: o menino foi deliberadamente isolado. Arthur o colocou em uma espécie de prisão invisível. Os funcionários do hotel foram instruídos a evitar ao máximo qualquer contato com o menino. Era comum ele ter que ficar no quarto, sozinho. Mesmo quando fazia as refeições na cozinha, os empregados evitavam falar com ele por medo de eventuais punições. Arthur garantia alimentação, roupas e educação para o filho. Ninguém podia dizer que Harry era maltratado, porque ele não apanhava nem passava necessidades. Mas existem outras maneiras para destruir a alma de alguém sem recorrer à punição física.

– Mas por quê? – perguntou Poppy com dificuldade, tentando absorver a ideia, entender por que alguém criaria uma criança de forma tão cruel. – O pai era tão vingativo que culpava o filho pelas atitudes da mãe?

– Harry era o lembrete da humilhação e do desapontamento. E, provavelmente, nem é filho de Arthur.

– Isso não justifica – explodiu Poppy. – Queria... Ah, alguém devia tê-lo ajudado.

– Muitos funcionários do hotel se sentiam terrivelmente culpados pelo tratamento que era dispensado a Harry. Uma camareira em especial. Em um dado momento ela percebeu que não via a criança havia dois dias, e foi procurá-lo. Ele estava trancado no quarto sem comida... Arthur estivera tão ocupado que havia se esquecido de tirá-lo de lá. E o menino tinha apenas 5 anos.

– Ninguém o ouviu chorar? Ele não fazia barulho? – perguntou Poppy, abalada.

Catherine olhou para o furão, afagando-o sem perceber.

– A regra de ouro do hotel era nunca incomodar os hóspedes. Era algo que ele havia internalizado à força desde o nascimento. Por isso Harry esperou quieto, torcendo para alguém se lembrar dele e ir ajudá-lo.

– Ah, não – sussurrou Poppy.

– A camareira ficou tão horrorizada – continuou Catherine – que se empenhou até descobrir onde estava Nicolette e escreveu cartas descrevendo a situação, esperando que ela mandasse buscar o filho. Qualquer coisa seria melhor que o terrível isolamento imposto por Arthur, até mesmo viver com uma mãe do tipo de Nicolette.

– Mas Nicolette nunca mandou buscá-lo?

– Ela demorou muito para ir atrás dele, e então já era tarde demais para Harry. Tarde demais para todos, na verdade. Nicolette adoeceu. A doença consumia seus músculos, mas era lenta. Só progrediu mais rapidamente já perto do fim. Antes que morresse, ela quis saber o que havia sido feito do filho, então escreveu pedindo que ele a visitasse. Harry embarcou para Londres no primeiro navio. Já era um adulto, devia ter uns 20 anos. Não sei que motivos tinha para vir ver a mãe. Sem dúvida, devia ter muitas perguntas. Desconfio que sempre existiu uma incerteza em sua mente, a desconfiança de que ela poderia ter partido por sua causa.

Catherine fez uma pausa, momentaneamente preocupada com os próprios pensamentos.

– É muito comum as crianças se culparem pelo tratamento que recebem – concluiu.

– Mas não foi culpa dele – exclamou Poppy, sentindo o coração esmagado pela compaixão. – Harry era só um menino. Nenhuma criança merece ser abandonada.

– Duvido que alguém já tenha dito isso a ele – opinou Catherine. – Mas ele não fala sobre o assunto.

– O que a mãe dele disse quando Harry a encontrou?

Catherine desviou o olhar por um momento, aparentemente incapaz de falar. Olhava para o furão aninhado em seu colo e afagava seu pelo macio. Depois de um instante ela conseguiu responder com voz tensa, os olhos ainda baixos.

– Nicolette morreu um dia antes de Harry desembarcar em Londres.

A dama de companhia cerrou o punho, emocionada.

– Sempre fugindo do filho – prosseguiu. – Suponho que, para Harry, toda e qualquer esperança de encontrar respostas e afeto morreu com ela.

As três mulheres ficaram em silêncio.

Poppy estava muito emocionada.

O que isso causaria a uma criança? Crescer em um ambiente tão estéril e sem amor? Ele devia ter se sentido traído pelo mundo. Que fardo cruel para carregar.

Jamais vou amar você, ela havia declarado no dia do casamento. E sua resposta...

Nunca quis ser amado. E Deus sabe que ninguém jamais me amou.

Poppy fechou os olhos. Esse não era um problema para ser resolvido em uma conversa ou em um dia, nem mesmo em um ano. Era uma ferida na alma.

– Queria ter contado isso antes – confessou Catherine. – Mas tive medo de que se sentisse ainda mais inclinada em favor de Harry. Você sempre foi muito sensível, movida pela compaixão. E a verdade é que Harry nunca vai querer sua piedade e, provavelmente, nem seu amor. Não acredito que ele possa se tornar o tipo de marido que você merece.

Poppy a fitou com os olhos cheios de lágrimas.

– Então por que está me contando tudo isso?

– Porque, apesar de ter sempre acreditado que Harry é incapaz de amar, não tenho absoluta certeza disso. Nunca tive certeza de nada com relação a Harry.

– Srta. Marks – começou Poppy, mas se corrigiu. – Catherine. Que tipo de ligação tem com ele? Como sabe de tudo isso?

Uma curiosa série de expressões passou pelo rosto de Catherine... ansiedade, pesar, súplica. Ela começou a tremer visivelmente, até o furão em seu colo acordar e soluçar.

O silêncio se prolongou, e Poppy olhou confusa para Amelia, que assentiu de leve, como se lhe pedisse que fosse paciente.

Catherine tirou os óculos e limpou as lentes embaçadas pela transpiração. Seu rosto estava úmido de suor, uma reação nervosa, e a pele fina se recobria de um brilho perolado.

– Alguns anos depois de Nicolette se mudar para a Inglaterra com o amante – disse a dama de companhia –, ela teve outro filho. Uma menina.

Poppy ligou os pontos. Fechando a mão, pressionou os dedos contra a boca.

– Você? – conseguiu balbuciar depois de um tempo.

Catherine ergueu o rosto, os óculos ainda na mão. Um rosto de ossos finos, poético, mas havia algo de decisivo e direto na encantadora simetria dos traços. Sim, havia traços de Harry naquele rosto. E algo em seu jeito reservado que tinha a ver com emoções sufocadas.

– Por que nunca me contou? – perguntou Poppy, perplexa. – Por que meu marido nunca disse nada? Por que sua existência é cercada de tanto sigilo?

– Para me proteger. Adotei um novo nome. Ninguém jamais poderá saber por quê.

Poppy queria perguntar muito mais, mas Catherine Marks parecia ter chegado a seu limite. Pedindo desculpas mais uma vez em voz baixa, ela se levantou e deixou o furão adormecido sobre o tapete. Depois pegou o sapato que havia tirado e saiu. Dodger acordou, se sacudiu e a seguiu imediatamente.

Sozinha com a irmã, Poppy contemplou o prato com as tortinhas sobre a mesa lateral. Um longo silêncio tomou conta da sala.

– Chá? – ofereceu Amelia.

Poppy respondeu assentindo de forma distraída.

Com as xícaras cheias, as duas se serviram de tortinhas, usando os dedos para segurar os pesados círculos amanteigados, que morderam devagar. O ácido do limão, a calda de açúcar, a massa fofa e macia. Era um sabor de infância. Poppy engoliu a tortinha e bebeu um pouco do chá quente com leite.

– Coisas que lembram nossos pais – falou distraída – e aquele adorável chalé em Primrose Place... Elas sempre me fazem sentir melhor. Como comer estas tortinhas. E cortinas com estampas florais. E ler as fábulas de Esopo.

– O cheiro das rosas – lembrou Amelia. – Ver a chuva cair da cobertura de palha. E lembra quando Leo prendeu vagalumes em potes de vidro e nós tentamos usá-los como lâmpadas no jantar?

Poppy sorriu.

– Lembro que eu nunca conseguia encontrar a fôrma de bolo, porque Beatrix a pegava para transformar em cama para seus bichinhos de estimação.

Amelia riu sem reservas.

– E quando uma das galinhas ficou com tanto medo do cachorro do vizinho que perdeu todas as penas? E Bea fez a mamãe tricotar um suéter para ela.

Poppy engasgou com o chá.

– Quase morri de vergonha. Todos no vilarejo iam ver nossa galinha careca andando pelo quintal com seu suéter.

– Até onde sei – comentou Amelia com um sorriso –, depois disso Leo nunca mais comeu frango. Ele diz que não consegue comer nada que possa ter usado roupas.

Poppy suspirou.

– Nunca havia parado para pensar em quanto nossa infância foi maravilhosa. Queria que fôssemos comuns, de forma que as pessoas não se referissem a nós como "aqueles excêntricos Hathaways".

Ela lambeu um pouco de calda do dedo e olhou para Amelia com pesar.

– Nunca seremos comuns, seremos?

– Não, querida. Porém, devo confessar, nunca compreendi completamente essa sua vontade de ter uma vida comum. Para mim, essa palavra está associada a tédio.

– Para mim, ela significa segurança. Saber o que esperar. Tivemos tantas surpresas terríveis, Amelia... A morte de nossos pais, a escarlatina, o incêndio da casa...

– E você acha que teria sido seguro viver com o Sr. Bayning? – perguntou Amelia com ternura.

– Eu achava que sim.

Poppy balançou a cabeça, admirada.

– Eu tinha muita certeza de que viveria contente com ele. Mas, agora que aquilo ficou para trás, não posso deixar de pensar... Michael não lutou por mim, lutou? Harry disse uma coisa a ele na manhã do nosso casamento, eu estava presente... "Ela teria sido sua, se realmente a quisesses, mas eu a quis mais." E, apesar de ter odiado o que Harry fez, confesso que, em parte, gostei de não ter me tratado como alguém inferior a ele.

Apoiando os pés sobre a banqueta, Amelia encarou a irmã com preocupação e carinho.

– Suponho que já saiba que não podemos permitir que volte com Harry até termos certeza de que ele será bom para você.

– Mas ele tem sido – respondeu Poppy.

E contou a Amelia sobre o dia em que havia torcido o tornozelo e Harry cuidara dela.

– Ele foi atencioso e gentil e... bem, amoroso. E se aquilo foi uma demonstração de como Harry realmente é, eu...

Ela parou e ficou deslizando o dedo pela borda da xícara, olhando intensamente para a parte interna, agora vazia.

– Leo me disse uma coisa a caminho daqui, que eu tinha que decidir se perdoava Harry ou não pelo início do nosso casamento. Acho que devo, Amelia. Por mim e por Harry.

– Errar é humano – opinou Amelia. – Perdoar é muito difícil. Mas, sim, acho que é uma boa ideia.

– O problema é que *aquele* Harry que cuidou de mim não aparece com muita frequência. Ele se mantém ridiculamente ocupado e controla tudo e todos naquele bendito hotel para não ter que pensar em nada pessoal. Se pudesse tirá-lo do Rutledge, levá-lo para algum lugar quieto, pacífico, e só...

– Mantê-lo na cama por uma semana? – sugeriu Amelia com os olhos brilhando.

Poppy olhou para a irmã e, surpresa, corou e tentou sufocar o riso.

– Isso pode fazer maravilhas pelo seu casamento – continuou Amelia. – É delicioso conversar com o marido depois de ter estado com ele na cama. Eles ficam lá, deitados, cheios de gratidão e dizendo sim para tudo.

– Queria poder convencer Harry a ficar aqui comigo por alguns dias. A casa do guarda-caça no bosque ainda está vazia?

– Sim, mas a do caseiro é muito melhor e fica a uma distância mais conveniente.

– Queria... – Poppy hesitou. – Mas seria impossível. Harry nunca aceitaria ficar longe do hotel por tanto tempo.

– Faça disso uma condição para que retorne a Londres com ele – sugeriu Amelia. – Seduza-o. Pelo amor de Deus, Poppy, não é tão difícil.

– Não sei nada sobre isso – declarou a mais nova.

– Sim, você sabe. Sedução é só incentivar um homem a fazer o que ele já quer fazer.

Poppy olhou para ela e sorriu.

– Não entendo por que está me dando esse conselho agora, se era contra o casamento no início.

– Bem, agora que estão casados, não há muito que se possa fazer, exceto torcer pelo melhor.

Amelia fez uma pausa para pensar.

– Às vezes, quando você está se esforçando para tirar o melhor de uma situação, acaba conseguindo muito mais do que esperava.

– Só você pode falar em seduzir um homem como se essa fosse a solução mais pragmática.

Amelia riu e se serviu de outra tortinha.

– O que estou realmente sugerindo é que tente ser direta com ele. Empenhe-se nisso. Mostre que tipo de casamento você quer.

– Um ataque para se impor, como um coelho ataca um gato.

Amelia a encarou com perplexidade.

– Hein?

Poppy sorriu.

– Algo que Beatrix me aconselhou a fazer desde o começo. Talvez ela seja mais esperta que todas nós.

– Não duvido que seja.

Erguendo a mão livre, Amelia empurrou a ponta da cortina de renda branca, deixando entrar a luz do sol que incidiu diretamente sobre seus cabelos negros e deu um tom dourado à sua pele. Deixou escapar uma risada.

– Lá vem ela, de volta do passeio pelo bosque. Beatrix vai ficar eufórica quando souber que você e Leo chegaram. E parece que ela traz alguma coisa no avental. Senhor, pode ser qualquer coisa. Nossa adorável menina da natureza... Catherine fez maravilhas por ela, mas sabemos que Bea nunca vai se deixar domesticar.

Amelia fez a afirmação sem censura ou preocupação, simplesmente aceitando Beatrix pelo que era e acreditando que o destino lhe seria bondoso. Sem dúvida, isso era influência de Cam. Ele sempre teve o bom senso de dar aos Hathaways toda a liberdade possível, abrindo espaço para suas excentricidades, ao passo que outros as teriam sufocado. A propriedade Ramsay era o porto seguro da família, o paraíso onde o resto do mundo não ousava entrar.

E Harry logo estaria ali.

CAPÍTULO 21

A viagem de Harry até Hampshire havia sido longa, tediosa e desconfortável, sem outra companhia além dos pensamentos que o torturavam. Havia tentado descansar, mas se, estando bem acomodado, já tinha dificuldades para dormir, cochilar em uma carruagem e à luz do dia era impossível. Ocupara-se criando grandes ameaças para obrigar a esposa a obedecê-lo. Depois se dedicara a imaginar o que faria para puni-la, até que todos esses pensamentos o excitaram e o deixaram irritado.

Não aceitaria que ela o *abandonasse*.

Harry nunca havia sido propenso à introspecção – considerava as questões do próprio coração traiçoeiras demais para que se debruçasse sobre elas. Mas era impossível esquecer aquele período de sua vida em que cada centelha de suavidade, prazer e esperança havia desaparecido e ele tivera que se virar sozinho. Sobrevivência significara nunca mais precisar de outra pessoa.

Ele tentou pensar em outra coisa observando o cenário que se estendia além da janela, o céu de verão ainda claro, embora fossem quase nove da noite. Já havia visitado muitos lugares da Inglaterra, mas ainda não estivera em Hampshire. Seguiam ao sul das colinas Downs, em direção ao bosque e às pradarias férteis perto de New Forest e Southampton. A próspera e mercantil Stony Cross se localizava em uma das mais pitorescas regiões do país. Mas a cidade e seu entorno possuíam mais que o simples apelo de sua beleza: tinham uma qualidade mística, algo difícil de descrever com precisão. Era como se ali se viajasse para um lugar fora do tempo, por antigos bosques que abrigavam criaturas míticas. Com a noite se aproximando, a névoa descia sobre o vale e cobria a estrada com um véu sobrenatural.

A carruagem entrou na estrada particular da propriedade Ramsay, passando pelo portão aberto e por uma casa de caseiro feita de pedra azul acinzentada. A casa principal era uma composição de estilos arquitetônicos que não deviam ter ficado bem quando reunidos, mas que, de alguma forma, ficaram.

Poppy estava lá. Pensar nisso o agitou, o fez ficar ainda mais aflito para chegar logo. Era mais que desespero. Perdê-la era a única coisa de que não poderia se recuperar, e saber disso o fez sentir-se amedrontado, furioso e encurralado. E tudo isso se juntava num ímpeto: não permitiria que ficassem separados.

Com a paciência de um animal preso em uma armadilha, Harry se dirigiu à porta da frente sem esperar por um lacaio. Determinado, entrou direto no hall, que tinha um vão da altura de dois andares, com imaculado revestimento cor de creme e uma escada em curva ao fundo.

Cam Rohan estava lá para recebê-lo e se vestia casualmente com uma camisa sem colarinho, calça e um colete de couro aberto na frente.

– Rutledge – cumprimentou-o num tom agradável. – Estávamos terminando de jantar. Junta-se a nós?

Harry apenas balançou a cabeça com impaciência.

– Como está Poppy?

– Venha, vamos beber uma taça de vinho e discutir algumas coisas...

– Ela também está jantando?

– Não.

– Quero vê-la. Agora.

A expressão simpática de Cam não se alterou.

– Receio que tenha que esperar.

– Vamos ver se consigo ser mais claro. Eu *vou* vê-la, nem que tenha que pôr este lugar abaixo.

Cam ouviu a declaração sem se abalar. Apenas ergueu os ombros, num gesto de indiferença.

– Vamos resolver lá fora, então.

O fato de Cam aceitar tão prontamente uma briga tanto o surpreendeu como o satisfez. Seu sangue pulsava com sede de violência, ele estava a ponto de explodir.

Uma parte de sua mente reconhecia que estava fora de seu estado normal, que não raciocinava como de costume, que não tinha nenhum autocontrole. Suas lógica e frieza costumeiras o abandonaram. Tudo o que sabia era que queria Poppy e, se tinha que lutar por ela, que assim fosse. Lutaria até cair.

Ele acompanhou Cam por um corredor lateral até uma pequena estufa aberta com um jardim onde ardiam duas tochas.

– Vou lhe dizer uma coisa – começou o cigano com tom casual. – Um ponto a seu favor: sua primeira pergunta foi "como está Poppy" e não "onde está Poppy".

– Para o diabo com sua opinião – rosnou Harry, despindo o casaco e jogando-o para o lado. – Não estou pedindo permissão para levar minha esposa daqui. Ela é minha e eu a terei de volta, e que todos vocês vão para o inferno.

Cam se virou para encará-lo, e a tocha iluminou seus olhos e as cascatas de seus cabelos negros.

– Ela é parte da minha tribo – disse, começando a descrever um círculo em torno de Harry. – Você vai embora sem ela, a menos que encontre um jeito de fazê-la querer ir com você.

Harry também se movia, e os pensamentos caóticos iam encontrando seus lugares enquanto ele encarava o oponente.

– Não há regras? – perguntou num tom hostil.

– Não.

Harry deu o primeiro soco e Cam se esquivou com facilidade. Ajustando, calculando, Harry recuou quando Cam soltou a direita. Um giro e um cruzado de esquerda. Cam reagiu depressa, mas uma fração de segundo atrasado. Conseguiu desviar boa parte da força do golpe, mas não toda.

Um palavrão em voz baixa, uma careta debochada, e Cam remontou a guarda.

– Forte e rápido – disse, aprovando. – Onde aprendeu a brigar?

– Nova York.

Cam avançou e o jogou no chão.

– Oeste de Londres – disse.

Harry rolou e se levantou imediatamente. Quando ficou em pé, usou o cotovelo para atingir com força o estômago de Cam.

O romani grunhiu. Agarrando o braço de Harry, enganchou um pé no tornozelo do adversário e o derrubou outra vez. Eles rolaram uma vez, duas, até Harry se soltar, ficar em pé e recuar alguns passos.

Respirando com dificuldade, ele viu Cam levantar-se agilmente.

– Podia ter passado o antebraço pelo meu pescoço – apontou o cigano, sacudindo a cabeça para tirar os cabelos da testa.

– Não queria esmagar sua garganta – falou Harry num tom ácido. – Não antes de obrigá-lo a dizer onde está minha esposa.

Cam sorriu. Antes que ele pudesse responder, porém, houve uma comoção com todos os Hathaways invadindo a estufa. Leo, Amelia, Win, Beatrix, Merripen e Catherine Marks. Todos, exceto Poppy, notou Harry. Onde ela havia se metido?

– Esse é o entretenimento depois do jantar? – perguntou Leo, sarcástico, destacando-se do grupo. – Alguém devia ter me consultado, porque eu prefiro jogar cartas.

– Você é o próximo, Ramsay – disse Harry com ar ameaçador. – Depois que eu acabar com Rohan, vou acabar com você por ter tirado minha esposa de Londres.

– Não – protestou Merripen com calma mortal, dando um passo à frente. – Eu sou o próximo. E vou acabar com *você* por ter se aproveitado de uma mulher da minha família.

Leo olhou de Merripen para Harry, depois revirou os olhos.

– Então deixa para lá – disse, voltando à porta da estufa. – Quando Merripen acabar, não vai sobrar nada dele.

Parando ao lado das irmãs, ele falou em voz baixa para Win:

– É melhor fazer alguma coisa.

– Por quê?

– Porque Cam só quer enfiar um pouco de bom senso na cabeça dele. Mas Merripen realmente tem intenção de matá-lo, e acho que Poppy não ia gostar disso.

– Por que *você* não faz alguma coisa para detê-lo, Leo? – questionou Amelia, irritada.

– Porque sou um aristocrata. Nós, aristocratas, sempre tentamos convencer outra pessoa a fazer alguma coisa antes de agirmos nós mesmos – argumentou e, olhando-a com ar de superioridade, emendou: – O nome disso é *noblesse oblige*.

A Srta. Marks franziu a testa.

– Não é essa a definição de *noblesse oblige*.

– É a minha definição – insistiu Leo, como se estivesse se divertindo com o aborrecimento dela.

– Kev – falou Win calmamente, apartando-se do grupo. – Quero falar com você sobre uma coisa.

Sempre atento às necessidades da esposa, Merripen olhou para ela curioso e contrariado.

– Agora?

– Sim, agora.

– Não pode ser depois?

– Não – respondeu Win.

Vendo a hesitação do marido, ela insistiu:

– Eu consegui.

Merripen piscou.

– Conseguiu o quê?

– Estou esperando um bebê.

Todos pararam para olhar o rosto de Merripen empalidecer intensamente.

– Mas como... – balbuciou ele, atordoado, quase tropeçando ao se aproximar de Win.

– *Como?* – repetiu Leo. – Merripen, esqueceu aquela conversa especial que tivemos antes da sua noite de núpcias?

E sorriu quando Merripen o encarou com ar ameaçador. Abaixando-se um pouco, Leo sussurrou perto da orelha de Win:

– Bom trabalho. Mas o que vai dizer quando seu marido descobrir que foi só um truque?

– Não é um truque – respondeu Win com alegria.

O sorriso de Leo desapareceu e ele bateu com a mão na testa.

– Cristo – murmurou. – Onde está meu conhaque?

Então desapareceu no interior da casa.

– Tenho certeza de que ele quis dizer "parabéns" – comentou Beatrix, radiante, seguindo o grupo de volta para casa.

Cam e Harry ficaram sozinhos.

– Acho que preciso explicar – começou Cam, e parecia preparar um pedido de desculpas. – Win já foi uma inválida e, embora tenha se recuperado, Merripen ainda teme que uma gravidez possa ser difícil para ela.

Ele fez uma pausa.

– Todos nós temos medo – admitiu. – Mas Win está decidida a ter filhos e Deus proteja quem tentar dizer "não" a uma Hathaway.

Harry balançou a cabeça com ar perplexo.

– Sua família...

– Eu sei – prosseguiu Cam. – Com o tempo, vai acabar se acostumando.

Mais uma pausa, e em seguida ele perguntou num tom objetivo:

– Quer voltar para a luta ou podemos dispensar o resto e tomar um conhaque com Ramsay?

Uma coisa ficou clara para Harry: seus cunhados não eram pessoas normais.

~

Um dos aspectos mais adoráveis dos verões em Hampshire era que, mesmo quando os dias eram quentes e úmidos, as noites costumavam ser frias o bastante para se acender a lareira. Sozinha na casa do caseiro, Poppy se acomodou diante do fogo crepitante para ler um livro à luz do lampião. Lia a mesma página várias vezes, incapaz de se concentrar enquanto esperava por Harry. Vira a carruagem passar pelo chalé a caminho da casa principal, e sabia que era só uma questão de tempo até o mandarem atrás dela.

"Você não vai vê-lo", dissera Cam, "até eu decidir que ele se acalmou o suficiente."

"Ele nunca me machucaria, Cam."

"Mesmo assim, irmãzinha, quero trocar algumas palavras com ele."

Ela usava um vestido que pegara emprestado com Win, um modelo num tom claro de rosa, com babados e aplicação de renda branca no corpete. O decote era grande e, como a irmã era mais magra, o vestido estava um pouco apertado, quase fazendo os seios saltarem. Sabia que Harry gostava de seus cabelos soltos, por isso os escovou e deixou cair sobre os ombros e as costas como uma cortina ardente e leve como plumas.

Batidas na porta interromperam a tentativa de leitura. Poppy levantou a cabeça sobressaltada, com o coração batendo mais depressa e um frio no estômago. Deixou o livro de lado e foi abrir a porta, girando a chave na fechadura e puxando a maçaneta.

E ficou cara a cara com o marido, que estava um degrau abaixo da soleira.

Essa nova versão de Harry era exausta, amarrotada e embrutecida, e seu rosto não fora barbeado naquele dia. De alguma forma, o desalinho másculo o favorecia, dando a sua beleza um apelo rústico, natural. Ele parecia estar contemplando no mínimo uma dúzia de possíveis punições por ela ter fugido. Seu olhar provocou um arrepio nela.

Com um suspiro profundo e árido, ela recuou para deixar Harry entrar. Depois fechou a porta.

O silêncio era opressor, o ar era denso de emoções que Poppy nem conseguia nomear. O sangue pulsou forte atrás dos joelhos, na dobra do braço e no fundo de seu ventre quando os olhos de Harry percorreram seu corpo.

– Se tentar me deixar outra vez – disse ele em tom baixo e ameaçador –, as consequências serão piores do que pode imaginar.

E continuou falando algo sobre regras que ela teria que acatar, coisas que ele não toleraria e lições que, se fosse necessário, ele lhe daria com prazer.

Apesar do tom austero, Poppy sentia uma onda de ternura. Ele parecia tão sozinho com aquela expressão dura! Tão carente de alguém que o reconfortasse!

Antes que pensasse demais e desistisse, Poppy deu dois passos na direção dele, eliminando a distância que os separava. Segurando o queixo tenso entre suas mãos, ela se levantou na ponta dos pés e calou o marido com a própria boca.

Ela percebeu o choque do contato terno percorrer todo o corpo de Harry. A respiração dele ficou presa na garganta e ele a segurou pelos braços, afastando-a apenas o suficiente para fitá-la com incredulidade. Poppy sentiu sua força, teve certeza de que ele poderia parti-la ao meio se quisesse. Harry ficou imóvel, congelado pelo que quer que tivesse visto na expressão dela.

Ansiosa e determinada, Poppy se ergueu na ponta dos pés para beijá-lo nos lábios outra vez. Ele permitiu por um momento, mas a afastou novamente. O movimento que fez para engolir em seco foi visível em seu pescoço. Se o primeiro beijo o assustara a ponto de deixá-lo mudo, o segundo o desarmara completamente.

– Poppy – falou com voz rouca –, não queria machucar você. Tentei ser delicado.

Ela tocou seu rosto com suavidade.

– Acha que foi por isso que parti, Harry?

Ele pareceu aturdido com a carícia. Seus lábios se abriram numa pergunta silenciosa, os traços dominados por uma delicada frustração. Poppy viu o momento em que ele parou de tentar entender o que acontecia.

Inclinando-se com um suspiro, Rutledge a beijou.

O calor das bocas, o contato sinuoso das línguas, tudo a enchia de prazer. Poppy correspondia com ardor, sem reservas, deixando-o tomá-la como quisesse. Os braços a enlaçaram e uma das mãos apertou sua coxa logo abaixo da nádega, puxando-a para mais perto.

Desequilibrada, ela sentiu o corpo ir para a frente, abdomes, quadris e peitos se colando. Ele estava tão excitado que esfregava o membro ereto nela com ousadia, cada pequena fricção causando um prazer profundo que se espalhava por todo o corpo.

Os lábios de Harry deslizaram por seu pescoço e ele a curvou para trás até os seios ficarem apertados dentro do vestido. Então beijou o vale entre as curvas insinuantes, deslizando a língua pela fenda dos seios. O hálito quente umedecia a renda branca, a boca aquecia a pele. Harry tentou encontrar um mamilo, mas eles estavam presos no corpete apertado. Ela se inclinava com desespero, querendo sentir a boca ali, em todos os lugares, querendo tudo.

Poppy tentou dizer algo, talvez sugerir que fossem para o quarto, mas tudo o que saiu foi um gemido. Seus joelhos ameaçavam ceder. Harry puxou a frente de seu vestido, descobrindo a fileira oculta de colchetes. Ele abriu o corpete com rapidez impressionante e o retirou, deixando-a nua.

Em seguida a girou, afastou os cabelos de suas costas e beijou a nuca delicada, mordiscando, deixando a língua deslizar, enquanto as mãos passeavam arrojadas pela frente de seu corpo. Os dedos envolveram um seio, beliscando com delicadeza o mamilo intumescido, enquanto a outra mão escorregava entre suas coxas.

Poppy se sobressaltou arfando só de pensar no que estava por vir quando ele afastou suas pernas. Instintivamente, ela se abriu, se ofereceu, e Harry deixou escapar um gemido em seu pescoço. Ele a manteve naquele abraço envolvente, tocando, penetrando-a com os dedos até ela arquear as costas, as nádegas nuas acomodando sua ereção. Alimentava as sensações, despertava o corpo vulnerável.

— Harry — arquejou ela. — Vou c... cair...

Eles se ajoelharam no tapete numa espécie de queda lenta, controlada, com Harry ainda atrás dela. Ele murmurava em sua nuca, imprimindo nela palavras que a elogiavam e falavam de seu desejo. A textura de sua boca, veludo molhado cercado pela aspereza da barba, provocava arrepios de prazer em Poppy. Ele beijava toda a extensão de sua coluna, descendo até a parte inferior das costas.

Poppy se virou, para agarrar a camisa do marido. Seus dedos estavam estranhamente desajeitados quando ela abriu os quatro botões. Harry permaneceu parado, o peito arfando e os olhos verdes e voláteis fixos nela. Ele despiu o colete, empurrou os suspensórios de couro para lado e então tirou a camisa pela cabeça. Seu peito era magnífico, largo, com músculos definidos e pele rija coberta por uma fina camada de pelos. Ela o afagou com mão trêmula e deixou os dedos deslizarem até a calça, tentando encontrar o botão oculto na frente.

— Deixe... — falou Harry de repente.

— Eu cuido disso — insistiu ela, decidida a dominar esse conhecimento tão conveniente para uma esposa.

Sentiu o abdome dele contra seus dedos, duro como uma tábua. Encontrando o botão escondido, Poppy levou as duas mãos até ele enquanto Harry se obrigava a esperar. Os dois se sobressaltaram quando, sem querer, ela roçou os dedos em sua ereção.

Rutledge produziu um ruído sufocado, alguma coisa entre um suspiro e uma risada.

— Poppy — falou ele, arfante. — Droga, *por favor*, me deixe cuidar disso.

— Não seria tão difícil — respondeu ela, conseguindo finalmente abrir o botão — se sua calça não fosse tão justa.

— Normalmente não é.

Compreendendo o que ele queria dizer, Poppy parou por um instante e o encarou, e um sorriso tímido se formou em sua boca. Harry segurou seu rosto entre as mãos, olhando para ela com um desejo que eriçou os pelos de sua nuca.

– Poppy – arfou –, pensei em você cada minuto das doze horas que passei dentro daquela carruagem. Em como fazê-la voltar comigo. Eu faço qualquer coisa. Compro metade da porcaria de Londres para você, se quiser.

– Não quero metade de Londres – falou ela em voz baixa.

Os dedos dela se apertaram na cintura da calça do marido. Esse era um Harry que nunca vira antes, sem defesas, falando com total honestidade.

– Sei que eu devia pedir desculpar por ter interferido em sua relação com Bayning.

– Sim, devia – concordou ela.

– Mas não posso. Nunca vou lamentar o que fiz. Porque, se não houvesse feito, você agora seria dele. E ele só a queria se fosse fácil. Mas eu faço o que for preciso para ter você. Não porque seja bonita, inteligente, bondosa ou adorável, embora você seja mesmo todas essas coisas. Eu a quero porque não há mais ninguém no mundo como você, e não quero nunca mais começar um dia sem vê-la.

Quando Poppy abriu a boca para responder, ele passou o polegar por seu lábio inferior, induzindo-a a esperar até que ele acabasse.

– Sabe o que é uma roda de equilíbrio?

Ela balançou a cabeça de leve, negando.

– Todo relógio tem uma. A roda gira para a frente e para trás sem parar. É isso que faz o barulho típico, o tique-taque, e o que move os ponteiros para marcar os minutos. Sem a roda, o relógio não funciona. Você é minha roda de equilíbrio, Poppy.

Ele parou e deslizou os dedos desde a curva do queixo até a ponta da orelha da esposa.

– Hoje passei o dia tentando encontrar algo de que pudesse me desculpar e talvez parecer pelo menos um pouco sincero. E finalmente encontrei uma coisa.

– O que foi? – sussurrou ela.

– Lamento não ser o marido que você queria – disse ele, a voz grave. – Mas juro pela minha vida: se me disser o que quer, de que precisa, eu vou ouvir. Farei tudo o que me pedir. Só não me deixe outra vez.

Poppy o fitava com fascinação. Muitas mulheres não perceberiam o romantismo de toda essa conversa sobre relógios, mas ela era diferente. Compreendia o que Harry estava tentando dizer, talvez mais ainda que ele mesmo.

— Harry — falou com suavidade, erguendo a mão para afagar seu queixo —, o que eu vou fazer com você?

— *Qualquer coisa* — respondeu ele, com tanta veemência e sinceridade que quase a fez rir, e então pressionou o rosto contra os cabelos dela.

Poppy continuava abrindo sua calça, soltando os dois últimos botões das casas. Os dedos tremeram quando ela o segurou de forma hesitante. Rutledge gemeu, um gemido de prazer, e os braços a envolveram. Sem saber ao certo como tocá-lo, ela o segurou, afagou com delicadeza, deslizou os dedos pelo comprimento quente. Estava fascinada, impressionada com a suavidade, a rigidez e a força contida de seu corpo, com a maneira como ele estremecia quando o acariciava.

A boca de Harry se apoderou da dela em um beijo íntimo, e todos os pensamentos racionais desapareceram. Ele a dominava, poderoso e predador, faminto pelos prazeres que, para ela, ainda eram tão novos. Quando ele a deitou sobre o tapete, Poppy percebeu que o marido a possuiria ali, naquele momento, em vez de buscar o conforto mais civilizado do quarto. Mas Harry nem parecia se dar conta de onde estavam, os olhos fixos nela, a pele com uma cor intensa, os pulmões bombeando o ar como foles.

Murmurando o nome dele, ela o enlaçou com os braços. Harry se livrou do resto das roupas e se abaixou para banquetear-se em seus seios... A boca quente, molhada... A língua inquieta. Ela continuava tentando puxá-lo para mais perto, sobre si, querendo sentir seu peso, precisando que ele fosse sua âncora.

Segurando seu membro longo e ereto, ela o puxou para si.

— Não — protestou ele com voz rouca. — Espere... Tenho que ter certeza de que está pronta.

Mas ela estava determinada, os dedos eram persistentes, e em algum lugar entre gemidos e respiração arfante, uma risada rouca escapou dele. Harry se acomodou sobre ela, posicionou seu quadril e fez uma pausa, tentando manter um mínimo de autocontrole.

Poppy se contorcia ao sentir a pressão gradual da penetração... torturantemente lenta... enlouquecedora, pesada, doce.

— Está doendo? — perguntou Harry arfante, apoiando o peso nos braços para não esmagá-la. — Quer que eu pare?

A preocupação no rosto de Harry foi a perdição final para Poppy, enchendo-a de ternura. Os braços o enlaçaram, e ela beijou seu rosto, o pescoço, a orelha, tudo o que conseguiu alcançar. Ela o segurava com força.

— Quero mais, Harry — sussurrou. — Quero você inteiro.

Ele gemeu seu nome e a penetrou mais, atento a todas as respostas sutis... Mais lento quando sentia que assim a agradava, indo mais fundo quando ela erguia o quadril, cada pequeno movimento alimentando as sensações. Ela deslizava as mãos pelas costas lisas, flexionadas, seda sobre seda numa fricção abrasadora, amando senti-lo.

Seguindo as longas linhas de músculos, Poppy foi descendo a mão até começar a desenhar círculos sobre as curvas firmes de seu traseiro. A resposta dele foi elétrica, os movimentos se tornaram mais firmes e um grunhido baixo escapou de sua garganta. O marido gostava disso, ela pensou com um sorriso – ou teria sorrido, se a boca não estivesse tão ocupada com a dele. Queria descobrir mais sobre Harry, todos os jeitos de agradá-lo, mas a onda de prazer acumulado alcançou aquele ponto máximo e arrebentou com força avassaladora, inundando-a, afogando todos os pensamentos.

O corpo de Poppy o comprimiu com espasmos intensos, incitando o alívio, arrancando-o dele. Harry deixou escapar um grito rouco e mergulhou fundo nela com um último movimento, estremecendo violentamente. Para Poppy, foi indescritível a sensação de tê-lo chegando ao clímax dentro dela, sentir o corpo poderoso e, ao mesmo tempo, vulnerável no último momento. Melhor ainda foi senti-lo se aninhar em seus braços, apoiar a cabeça em seu ombro. Essa era a intimidade que ela sempre desejara.

Poppy amparou sua cabeça, a carícia sedosa dos cabelos dele em seu pulso, sua respiração espalhando-se por ela como afagos quentes. A barba por fazer arranhava a pele sensível de seu seio, mas ela não teria se movido por nada no mundo.

Eles recuperaram o ritmo normal da respiração, e o peso de Harry ficou esmagador. Poppy compreendeu que ele estava pegando no sono e o empurrou.

– Harry.

Ele levantou o corpo com um movimento sobressaltado, piscando desorientado.

– Venha para a cama – murmurou ela, levantando-se do chão. – O quarto fica logo ali.

E murmurou algumas palavras de incentivo, convidando-o a segui-la.

– Trouxe uma valise? – perguntou. – Uma bolsa com objetos pessoais?

Harry a olhou como se ela falasse um idioma desconhecido.

– Valise?

– Sim, com roupas, objetos de higiene pessoal, esse tipo de...

Compreendendo que o marido estava completamente exausto, ela sorriu e balançou a cabeça.

– Esqueça. Cuidamos disso amanhã – falou, conduzindo-o ao quarto. – Venha... vamos dormir... conversamos mais tarde. Mais alguns passos...

A cama de madeira era simples, mas grande o bastante para dois, e fora arrumada com lençóis brancos e limpos e colchas macias. Harry se dirigiu a ela sem hesitação, arrastando-se para debaixo das cobertas – desmoronando, na verdade – e, surpreendentemente, adormeceu de imediato.

Poppy parou para olhar o homem em sua cama. Mesmo no estado em que se encontrava, com a barba por fazer e em desalinho, sua beleza era estonteante. As pálpebras de Harry tremiam suavemente enquanto ele mergulhava em sonhos envolventes. Um homem complexo, impressionante, determinado. Não era incapaz de amar... de jeito nenhum. Só precisava aprender como.

E como já havia acontecido alguns dias atrás, Poppy pensou: *é esse o homem com quem me casei.*

Porém, dessa vez, ela estava contente.

CAPÍTULO 22

Harry nunca havia dormido daquele jeito, um sono tão profundo e restaurador que o fez pensar que o que conhecera antes fora só uma imitação, não um sono de verdade. Sentia-se entorpecido quando acordou, embriagado de sono, impregnado dele.

Abrindo os olhos, descobriu que era de manhã, pois as cortinas estavam emolduradas pela luz do sol. Não sentiu sua costumeira urgência de pular da cama. Virando de lado, espreguiçou-se sem pressa. A mão encontrou apenas um espaço vazio.

Poppy não havia dividido a cama com ele? Uma ruga se formou em sua testa. Ele teria dormido a noite toda com alguém, pela primeira vez na vida, sem nem perceber? Virando de bruços, ele rolou para o outro lado da cama, tentando sentir o perfume da esposa. Sim... havia uma nota floral no travesseiro e os lençóis tinham a fragrância de sua pele, uma doçura com um toque de lavanda que o excitava a cada inspiração.

Queria abraçar Poppy, certificar-se de que a noite anterior não havia sido um sonho.

De fato, a noite fora tão incrível que ele sentia uma ponta de preocupação. Teria sido um sonho? Apreensivo, sentou-se e ajeitou os cabelos com os dedos.

– Poppy – falou, sem de fato chamá-la, apenas dizendo o nome dela em voz alta.

Mesmo assim, ela apareceu na porta como se esperasse pelo chamado.

– Bom dia.

Já estava arrumada, com um vestido azul simples, os cabelos presos em uma trança frouxa que terminava numa fita branca. Como era apropriado que ela tivesse o nome da mais exuberante das flores do campo, rica e cheia de vida com suas pétalas radiantes. Poppy... papoula em inglês. Os olhos azuis o observavam com uma atenção tão afetuosa que ele sentiu uma opressão no peito, uma mistura de prazer e dor.

– As sombras escuras desapareceram – comentou Poppy num tom suave e, notando que ele não havia entendido, acrescentou: – Embaixo dos seus olhos.

Constrangido, Harry desviou o olhar e massageou a nuca.

– Que horas são? – perguntou com voz rouca.

Ela se aproximou da cadeira onde as roupas dele haviam sido arrumadas com capricho e procurou o relógio de bolso. Abrindo a caixa dourada, foi até a janela e puxou as cortinas. A vigorosa luz do sol invadiu o quarto.

– Onze e meia – informou, fechando a caixa do relógio com um estalo decidido.

Harry a encarou confuso. Nossa! Metade do dia havia passado.

– Nunca dormi até tão tarde em toda a minha vida.

O fato de aquela notícia o deixar surpreso e um tanto irritado pareceu diverti-la.

– Ninguém trouxe uma pilha de relatórios administrativos. Ninguém veio bater à porta. Não há perguntas nem emergências. Seu hotel é como uma amante exigente, Harry. Mas hoje você é só meu.

Ele absorveu o que ela acabava de dizer e sua resistência se dissolveu na enxurrada do enorme desejo que sentia por ela.

– Vai negar isso? – perguntou ela com ar satisfeito. – Vai dizer que não é?

Harry se descobriu retribuindo o sorriso da esposa, incapaz de se conter.

– Estou à sua disposição – disse.

O sorriso perdeu parte do viço quando, incomodado, ele se lembrou de que estava desalinhado, sem se barbear e sem se lavar.

– Tem um banheiro aqui?

– Sim, naquela porta. A casa tem água encanada. A água fria é bombeada diretamente de um poço para a banheira, e já tenho água quente esperando no fogão.

Poppy guardou o relógio no bolso do colete de Harry, sobre a cadeira, depois olhou para o peito nu do marido com interesse disfarçado.

– Mandaram trazer suas coisas da casa principal hoje cedo, junto com o café da manhã. Está com fome?

Harry nunca estivera tão faminto. Mas queria se lavar e barbear, vestir roupas limpas. Sentia-se deslocado, precisava recuperar ao menos parte da autoconfiança.

– Vou me lavar primeiro.

– Tudo bem.

Ela se virou para ir à cozinha.

– Poppy – chamou Harry e esperou até que ela o encarasse. – Ontem à noite... – forçou-se a perguntar –... depois que nós... ficou tudo bem?

Compreendendo sua preocupação, Poppy ficou mais tranquila, mais leve.

– Tudo bem? Não – disse, fazendo uma pausa antes de acrescentar: – Ficou tudo maravilhoso.

E sorriu para ele.

~

Harry entrou na cozinha do chalé, que era basicamente um prolongamento do cômodo principal, com um fogão pequeno de ferro fundido, um armário, uma lareira e a mesa de pinho que servia de superfície de apoio e mesa de refeições. Poppy havia preparado um banquete com chá quente, ovos cozidos, salsichas e pães com recheios variados.

– É uma especialidade de Stony Cross – comentou ela, apontando dois grandes pães em um prato. – Um lado é recheado com carne e sálvia e o outro tem recheio de fruta. É uma refeição completa. Você começa pelo lado salgado e...

Sua voz desapareceu quando ela olhou para Harry, agora limpo, barbeado e vestido. Ele parecia o mesmo de sempre, mas diferente em sua essência. Seus olhos estavam claros, livres de sombras, as íris verdes mais brilhantes que as folhas das árvores. Toda tensão havia desaparecido de seu rosto. Era como se estivesse ali um Harry muito mais jovem, anterior ao tempo em que ele havia dominado a arte de esconder todos os pensamentos e emoções. Estava tão arrebatador que Poppy sentiu a atração como chamas no estômago e seus joelhos fraquejaram.

Com um sorriso torto, Harry olhou para o enorme pão recheado.

– De que lado devo começar?

– Não faço ideia – respondeu ela. – O único jeito de descobrir é dando uma mordida.

As mãos dele seguraram a cintura da esposa e a puxaram para mais perto.

– Acho que vou começar por você.

Quando a boca desceu sobre a dela, Poppy nem tentou resistir, apenas entreabriu os lábios. Ele sorvia seu sabor, sentia prazer com sua resposta. O beijo casual se aprofundou, transformando-se em uma carícia paciente e cheia de desejo... calor que se desdobrava em mais calor, um beijo com a riqueza e as camadas de flores exóticas. Harry finalmente interrompeu o beijo, as mãos segurando o rosto de Poppy como se pegassem água para beber. Seu marido tinha um toque único, pensou ela, entorpecida, seus dedos eram gentis e habilidosos, sensíveis a nuances.

– Seus lábios estão inchados – sussurrou ele, roçando com o polegar o canto de sua boca.

Poppy pressionou o rosto contra a palma do marido.

– Tínhamos muitos beijos não dados para compensar.

– Mais que beijos – ele a corrigiu, e a expressão naqueles olhos vibrantes fez o coração de Poppy bater mais depressa. – Na verdade...

– Coma, ou vai morrer de fome – disse ela, tentando empurrá-lo para a cadeira.

Harry era muito maior e tão mais forte que a ideia de obrigá-lo a fazer alguma coisa era ridícula. Mas ele cedeu à mensagem das mãos dela, sentou-se e começou a descascar um ovo.

∼

Depois que Harry comeu um pão inteiro, dois ovos, uma laranja, e bebeu uma xícara de chá, eles saíram para caminhar. Por sugestão de Poppy, ele dispensou o casaco e o colete, ficando tão pouco arrumado que poderia ser mandado à prisão caso se apresentasse assim em algumas áreas de Londres. Ele até deixou abertos alguns botões de cima da camisa e dobrou as mangas. Encantado com o entusiasmo de Poppy, pegou a mão dela e se deixou levar para fora do chalé.

Eles atravessaram um campo a caminho de um bosque próximo, onde um caminho largo e coberto de folhas cortava a floresta. Os galhos de carvalhos e teixos se entrelaçavam, formando uma densa cobertura que a luz do sol penetrava em lâminas. Era um lugar de vida abundante, com plantas crescendo sobre plantas. Líquen verde-claro cobria os galhos dos carvalhos, enquanto tranças de madressilva desciam deles até o chão.

Quando os ouvidos de Harry se acostumaram à ausência do clamor da cidade, ele percebeu novos sons... um canto de pássaro, o farfalhar de folhas, o borbulhar de um riacho próximo e um ruído que o fez pensar em um prego percorrendo os dentes de um pente.

– Cigarras – explicou Poppy. – Este é o único lugar na Inglaterra onde podem ser encontradas. Normalmente, elas são vistas apenas nos trópicos. Só o macho faz esse barulho. Dizem que é um som de acasalamento.

– Como sabe que ele não está só fazendo um comentário sobre o clima?

Olhando para ele de lado e de um jeito provocativo, Poppy murmurou:

– Bem, o acasalamento sempre é uma preocupação masculina, não é?

Harry sorriu.

– Se existe um assunto mais interessante – respondeu ele –, ainda não o descobri.

O ar era doce, temperado por madressilvas, folhas aquecidas pelo sol e flores que ele não reconhecia. À medida que penetravam na floresta, era como se deixassem o mundo para trás.

– Conversei com Catherine – contou Poppy.

Harry a encarou alerta.

– Ela me contou por que você veio para a Inglaterra – continuou Poppy. – E também disse que é sua meia-irmã.

Harry olhou para o caminho diante deles.

– O resto da família também sabe?

– Só Amelia, Cam e eu.

– Surpreendente. Sempre imaginei que ela preferiria a morte a contar isso a alguém.

– Ela ressaltou a necessidade de guardarmos segredo, mas não explicou por quê.

– E você quer que eu explique?

– Confesso que esperava por isso – confirmou ela. – Você sabe que eu nunca diria ou faria qualquer coisa que pudesse prejudicá-la.

Harry ficou quieto, revirando os próprios pensamentos e relutando em recusar um pedido de Poppy. Porém, havia feito uma promessa a Catherine.

– Esses segredos não são meus, amor. Posso conversar com Cat primeiro e dizer a ela o que eu gostaria de lhe contar?

A mão segurou a dele com mais força.

– Sim, é claro – concordou, e um sorriso brincalhão se desenhou em seus lábios. – Cat? É assim que a chama?

– Às vezes.

– Vocês... existe algum tipo de afeto entre vocês?

A pergunta hesitante o fez rir, um som seco que lembrava o farfalhar de palhas de milho.

– Não sei, na verdade. Nenhum de nós se sente muito confortável com sentimentos.

– Acho que ela se sente um pouco mais confortável que você.

Harry estudou o rosto da esposa e não viu nele nenhum sinal de censura.

– Estou tentando melhorar – argumentou. – Esse é um dos assuntos que Cam e eu discutimos ontem à noite. Ele diz que essa necessidade de receber demonstrações de afeto é uma característica das mulheres Hathaways.

Fascinada e divertindo-se com a revelação, Poppy fez uma careta.

– O que mais ele disse?

O temperamento de Harry se transformou de imediato e ele dirigiu à esposa um sorriso deslumbrante.

– Ele comparou a experiência a trabalhar com cavalos árabes... Respondem bem, são rápidos, mas precisam de liberdade. Ninguém jamais vai domar um árabe. Você tem que ser parceiro dele. Pelo menos, acho que foi isso que ele disse. Eu estava meio morto de cansaço e nós bebíamos conhaque enquanto conversávamos.

– Cam teria dito esse tipo de coisa, sim – falou Poppy, então revirou os olhos e concluiu: – E depois de dar esse valioso conselho, ele o mandou para mim, o cavalo.

Harry parou e a abraçou, afastando a trança para beijar seu pescoço.

– Sim – sussurrou ele. – E que bela cavalgada foi aquela.

Poppy corou e se contorceu, rindo encabulada, mas ele insistiu em beijá-la, subindo do pescoço até a boca. Seus lábios eram quentes, convincentes, determinados. Mas, assim que a boca encontrou a dela, o beijo se tornou mais gentil, mais suave. Ele gostava de provocar, seduzir. O calor a inundava, a excitação fluía por suas veias e fazia vibrar recantos escondidos.

– Adoro beijar você – murmurou ele. – Não aceitar meus beijos foi o pior castigo que podia ter me dado.

– Não foi castigo – protestou Poppy. – Acontece que o beijo tem um significado especial para mim. E depois do que fez, tive medo de me aproximar de você.

Todos os sinais de humor desaparecem da expressão de Harry. Ele ajeitou os cabelos da esposa e acariciou seu rosto com o dorso dos dedos.

– Não vou trair você de novo. Sei que não tem motivo para confiar em mim, mas com o tempo espero que...

– Confio em você – falou ela com franqueza. – Não tenho mais medo.

Harry se surpreendeu com a declaração, e mais ainda com a intensidade da própria reação a ela. Uma sensação desconhecida surgiu nele, um ardor profundo e dominador. Sua voz soou um pouco estranha aos próprios ouvidos quando perguntou:

– Como pode confiar em mim, se não tem como saber se sou digno de sua confiança?

Poppy sorriu.

– Confiança é exatamente isso.

Harry não conseguiu não beijá-la outra vez, tomado por uma mistura de adoração e excitação. Mal conseguia sentir a forma do corpo feminino embaixo de todas as saias, e suas mãos tremiam com a urgência de puxar as camadas de tecido, remover tudo o que se punha entre eles. Um olhar rápido para os dois lados do caminho revelou que estavam sozinhos, ninguém os observava. Seria fácil deitá-la sobre o tapete de folhas e musgo, levantar seu vestido e possuí-la ali na floresta. Ele a guiou para um canto da trilha, as mãos segurando um punhado de tecido das saias dela.

Mas Harry se obrigou a parar, ofegante com o esforço para conter seu desejo. Tinha que ser cuidadoso com Poppy, tinha que ter consideração. Ela merecia mais que um marido que se atirasse sobre ela no chão do bosque.

– Harry? – murmurou Poppy confusa quando ele a virou para o outro lado, de costas para ele.

Rutledge a abraçou por trás, cruzando os braços na frente de seu corpo.

– Fale alguma coisa para me distrair – pediu ele, adotando um tom meio brincalhão. E respirou profundamente. – Estou a um passo de possuí-la aqui mesmo.

Poppy ficou em silêncio por um momento. Ou o terror a deixara sem fala ou ela considerava a possibilidade. Evidentemente, a opção correta era a última, porque ela perguntou:

– Isso é possível ao ar livre?

Apesar da forte ereção, Harry não conteve um sorriso.

– Amor, não existe nenhum lugar onde isso não possa ser feito. Contra árvores ou muros, em cadeiras ou banheiras, em escadas ou mesas... varandas, carruagens... – enumerou e soltou um suspiro antes de dizer: – Droga, tenho que parar com isso, ou não vou conseguir caminhar de volta ao chalé.

– Nenhum desses lugares parece ser muito confortável – argumentou ela.

– Você ia gostar das cadeiras. Sim, cadeiras eu posso recomendar.

Poppy riu, e a risada fez seu corpo vibrar contra o dele.

Os dois esperaram até Harry se controlar o suficiente para soltá-la.

– Bem – disse ele –, o passeio foi delicioso. Por que não voltamos agora e...

– Mas ainda não estamos nem na metade – protestou ela.

Harry olhou cheio de expectativas para a trilha que se estendia diante deles e suspirou. De mãos dadas, eles voltaram a andar pelo caminho entremeado de luz e sombras.

Depois de um minuto, Poppy perguntou:

– Você e Catherine se encontram ou trocam correspondência?

– Quase nunca. Não nos entendemos bem.

– Por que não?

Não era um assunto em que Harry gostasse de pensar, muito menos discutir. E essa questão de ter que falar abertamente com alguém, sem esconder nada... era como estar eternamente nu, só que Harry teria preferido estar literalmente nu, em vez de revelar pensamentos e sentimentos privados. Porém, se esse era o preço para ter Poppy, estava disposto a pagar.

– Quando conheci Cat – disse ele –, ela estava em uma situação difícil. Fiz o possível para ajudá-la, mas não fui muito bondoso. Nunca tive muita bondade para distribuir. Podia ter sido melhor com ela. Podia... – ele ia dizendo, mas desistiu e balançou a cabeça com impaciência. – O que está feito está feito. Certifiquei-me de que ela teria independência financeira pelo resto da vida. Ela não precisa trabalhar.

– Então, por que se candidatou ao emprego na casa dos Hathaways? Não entendo por que ela se submeteu ao esforço infrutífero de transformar Beatrix e eu em damas.

– Acho que ela queria viver com uma família. Saber como é. E escapar da solidão e do tédio.

Ele parou e a fitou com curiosidade.

– Por que disse que o esforço é infrutífero? Você é uma dama.

– Três temporadas fracassadas em Londres.

Ele fez um ruído de escárnio.

– Isso não tem nada a ver com ser ou não uma dama.

– Então o que houve?

– O maior obstáculo foi sua inteligência. Você não se esforça para escondê-la. Uma das coisas que Cat nunca ensinou foi como adular a vaidade de um homem, porque ela não tem a menor ideia de como isso deve ser feito. E nenhum daqueles idiotas poderia tolerar a ideia de ter uma esposa mais inteligente que eles. Além disso, você é bonita, o que significa que eles teriam sempre que se preocupar com o assédio de outros homens. E para completar, sua família é... sua família. Basicamente, você era demais, e todos eles sabem que terão uma vida mais fácil se encontrarem garotas dóceis e sem graça para casar. Exceto Bayning, que ficou tão fascinado por você que deixou a atração encobrir todas as outras considerações. E não posso criticá-lo por isso.

Poppy olhou de lado para o marido.

– Se sou tão perigosamente inteligente e bonita, por que *você* quis se casar comigo?

– Não me sinto intimidado por sua inteligência, sua família ou sua beleza. E a maioria dos homens tem tanto medo de mim que não chegaria a olhar duas vezes para minha esposa.

– Tem muitos inimigos? – perguntou ela, calmamente.

– Sim, graças a Deus. Os inimigos não são tão inconvenientes quanto os amigos.

Harry se mantinha perfeitamente sério, mas Poppy achou o comentário muito divertido. Quando conseguiu parar de rir, ela se virou para encará-lo de braços cruzados.

– Você precisa de mim, Harry.

Ele parou diante da esposa, a cabeça inclinada sobre a dela.

– Já percebi – reconheceu.

O ruído dos pássaros empoleirados nos galhos preencheu a pausa, seus gorjeios assemelhando-se ao atrito de pedrinhas.

– Tenho uma pergunta para você – anunciou Poppy.

Harry esperou paciente, os olhos fixos em seu rosto.

– Podemos ficar em Hampshire por alguns dias?

Os olhos se encheram de desconfiança.

– Com que propósito?

Ela sorriu de forma tensa.

– O nome disso é férias. Já tirou férias antes?

Ele balançou a cabeça negativamente.

– Não sei bem o que faria com elas.

– Você pode ler, caminhar, cavalgar, passar a manhã pescando ou caçando, talvez visitar os vizinhos... percorrer as ruínas da região, explorar as lojas na cidade...

Poppy parou ao ver a falta de entusiasmo no rosto dele.

– Fazer amor com sua esposa...

– Proposta aceita – respondeu ele de imediato.

– Podemos ficar por duas semanas?

– Dez dias.

– Onze? – barganhou ela, esperançosa.

Harry suspirou. Onze dias longe do Rutledge. Convivendo de maneira íntima com a família da esposa. Sentiu-se tentado a argumentar, mas não era tolo a ponto de pôr em risco seu progresso recente com Poppy. Fora a Hampshire esperando enfrentar uma verdadeira batalha para levá-la de volta a Londres.

Mas, se Poppy o aceitaria de boa vontade em sua cama e se o acompanharia de volta sem criar problemas, valia a pena fazer essa concessão.

Mesmo assim... onze dias...

– Por que não? – resmungou. – Provavelmente, vou acabar enlouquecendo depois do terceiro dia.

– Não tem problema – respondeu Poppy, animada. – Ninguém por aqui vai notar.

~

Para o Sr. Jacob Valentine
Hotel Rutledge
Embankment and Strand
Londres

Valentine,

Espero que esta mensagem o encontre bem. Escrevo para informar que a Sra. Rutledge e eu decidimos permanecer em Hampshire até o fim do mês.
Em minha ausência, faça tudo como de costume.

Atenciosamente,
J. H. Rutledge

Jake ergueu os olhos da carta boquiaberto, incrédulo. *Faça tudo como de costume?*

Não havia nada de costumeiro nisso.

– Então, o que diz a carta? – perguntou a Sra. Pennywhistle, enquanto quase todos no escritório central se esforçavam para ouvir a resposta.

– Eles só retornarão no fim do mês – anunciou Jake, aturdido.

Um sorriso estranho, oblíquo, desenhou-se nos lábios da camareira-chefe.

– Abençoada seja minha alma. Ela conseguiu.

– Conseguiu o quê?

Antes que a camareira-chefe respondesse, o velho recepcionista se juntou a eles e perguntou num tom discreto:

– Sra. Pennywhistle, não pude deixar de ouvir a conversa... Devo deduzir que o Sr. Rutledge tirou *férias*?

– Não, Sr. Lufton – respondeu ela com um sorriso largo. – Ele está em lua de mel.

CAPÍTULO 23

Nos dias seguintes, Harry aprendeu muito sobre a esposa e sua família. Os Hathaways formavam um grupo extraordinário, espirituoso e cheio de vida, todos sempre dispostos a pôr novas ideias em prática. Eles implicavam, riam, discutiam e debatiam, mas havia uma bondade inata na forma como se tratavam.

Havia algo quase mágico em Ramsay House. Era confortável, bem administrada, cheia de móveis sólidos e tapetes espessos, com caixas de livros em todos os lugares... e um algo mais. Quem atravessava a porta de entrada sentia imediatamente algo tão intangível e vital quanto o sol. Algo que Harry nunca tivera.

Gradualmente, ele entendeu que isso era amor.

No segundo dia depois da chegada de Harry a Hampshire, Leo o levou para conhecer a propriedade. Eles saíram a cavalo e foram visitar as terras de alguns arrendatários. Leo parou para conversar com vários deles e com alguns empregados. Trocou com eles comentários bem informados sobre o clima, o solo e a colheita, demonstrando uma profundidade de conhecimento que Harry não teria imaginado.

Em Londres, Leo desempenhava com perfeição o papel do libertino sem coração. No campo, porém, caía a máscara de indiferença. Ficava claro que ele se importava com as famílias que viviam e trabalhavam na propriedade Ramsay e que pretendia fazer com que o lugar prosperasse. Havia projetado um inteligente sistema de irrigação que levava água por canais de pedras cavados a partir de um rio próximo, o que livrava muitos arrendatários da obrigação de transportar água. E ele fazia o possível para levar métodos modernos à agricultura local, inclusive se esforçava para convencer seus arrendatários a plantarem uma nova variedade de trigo híbrido desenvolvido em Brighton que produzia hastes mais fortes e tinha maior rendimento.

– Eles demoram a aceitar mudanças por aqui – comentou Leo, pesaroso. – Muitos ainda insistem em usar foice e mangual, em vez da separadora de grãos – falou Leo com um sorriso. – Já disse a eles que o século XIX vai acabar antes que decidam fazer parte dele.

Harry ponderou que os Hathaways vinham alcançando sucesso com a propriedade não apesar da falta de herança aristocrática, mas *por causa* dela. Ninguém havia lhes transmitido tradições ou hábitos em relação àquilo. Nunca houvera ninguém para protestar que "é assim que sempre fizemos". O resultado disso era que eles encaravam a administração da propriedade tanto como um negócio quanto como uma empreitada científica, porque não conheciam outra forma de proceder.

Leo mostrou a Harry a área lenheira da propriedade, onde acontecia o duro trabalho manual de corte, transporte e preparação das toras. Troncos enormes eram carregados sobre ombros ou com a ajuda de ganchos, criando inúmeras possibilidades de acidentes.

Naquela noite, depois do jantar, Harry esboçou alguns planos para transportar a lenha com um sistema de rodas, pranchas rolantes e trilhos. O maquinário podia ser construído a um custo relativamente baixo e permitiria uma produção mais rápida, dando mais segurança aos empregados. Merripen e Leo logo se mostraram receptivos à ideia.

– Foi muita bondade sua desenhar esses esquemas – disse Poppy ao marido mais tarde, quando eles se recolheram ao chalé do caseiro, onde passavam as noites. – Merripen ficou muito agradecido.

Harry deu de ombros casualmente, abrindo os botões nas costas do vestido da esposa e ajudando-a a tirar os braços das mangas.

– Só sugeri algumas melhorias óbvias que podem ser feitas.

– Coisas que são óbvias para você – apontou Poppy – não são necessariamente óbvias para as outras pessoas. Você foi muito astuto, Harry.

Livrando-se do vestido, ela se virou para encará-lo com um sorriso satisfeito.

– Fico muito feliz por minha família ter a chance de conhecê-lo. Estão começando a gostar de você. Tem sido muito simpático, e nem um pouco condescendente. E não cria confusão quando encontra um ouriço em sua cadeira, por exemplo.

– Não sou tolo a ponto de disputar a cadeira com Medusa – respondeu ele, e Poppy riu. – Gosto de sua família – continuou, abrindo a frente do espartilho da esposa e removendo pouco a pouco as diversas camadas de roupa que a cobriam. – Ver você com eles me ajuda a compreendê-la melhor.

O espartilho fez barulho quando ele o jogou no chão. Poppy ficou ali, parada, vestindo camisa e ceroula, corando enquanto ele a observava com atenção.

Um sorriso inseguro passou pelo rosto dela.

– O que entendeu sobre mim?

Harry enganchou um dedo no cordão da camisa, forçando-o a abrir.

– Sei que é da sua natureza formar laços próximos com as pessoas que a cercam.

Ele moveu a mão sobre a curva do ombro dela, acariciando-a em movimentos circulares.

– Sei que é sensível e dedicada àqueles que ama, e acima de tudo... que precisa se sentir segura.

Ele soltou o outro cordão da camisa e notou o arrepio que percorreu o corpo da esposa. Então a puxou contra o peito, os braços fechando-se em torno dela, sentindo Poppy se aninhar com um suspiro.

Depois de um tempo, ele murmurou com suavidade na curva pálida e perfumada de seu pescoço:

– Vou fazer amor com você a noite toda, Poppy. E na primeira vez, vai se sentir muito segura. Mas na segunda vez serei mais ousado... e você vai gostar ainda mais. E na terceira... – ele dizia, mas parou e sorriu quando notou que a esposa prendia o fôlego. – Na terceira vez, farei coisas que vão deixá-la mortificada quando se lembrar delas amanhã.

Ele a beijou com suavidade.

– E essas são as que você vai amar mais.

～

Poppy não conseguia definir as intenções de Harry – diabólicas, mas ternas – quando ele terminou de despi-la. O marido a deitou sobre a cama, deixando suas pernas fora do colchão, e se manteve entre elas enquanto, sem pressa, tirava a camisa. Os olhos passeavam por seu corpo, e ela corou e tentou se cobrir com os braços.

Sorrindo, Harry se inclinou e os afastou.

– Amor, se soubesse o prazer que sinto ao olhar para você...

Ele a beijou nos lábios, entreabrindo-os e introduzindo a língua no interior úmido de sua boca. Os cabelos de seu peito roçaram os mamilos de Poppy, um estímulo doce e incessante que arrancou dela um gemido.

Os lábios de Harry passeavam pelo arco de seu pescoço, descendo para os seios. Capturando um mamilo, ele o afagou com a língua, deixando-o intumescido e muito sensível. Ao mesmo tempo, a mão cobriu o outro seio, o polegar contornando e tocando a ponta rígida.

Ela arqueou as costas, o corpo tremendo e vibrando. As mãos de Harry passeavam sobre a pele macia desenhando caminhos de fogo, passando por cima do ventre, descendo, chegando ao lugar onde uma doce urgência erótica surgira. Ao encontrar a região delicada e úmida protegida por camadas macias, ele a despertou com os polegares, abrindo-a, preparando-a para recebê-lo.

Poppy flexionou os joelhos e estendeu os braços para ele com um murmúrio incoerente, tentando puxá-lo sobre si. Em vez disso, ele se ajoelhou e a segurou pelo quadril, tocando-a com a boca.

Ela estremeceu ao sentir a movimentação rápida da língua, cada movimento provocando, atormentando, e depois de alguns instantes fechou os olhos e começou a arfar. A língua de Harry a penetrou e parou, prolongando a tortura por um momento excruciante.

– Por favor – sussurrou ela. – Por favor, Harry.

Ele se levantou e Poppy ouviu o barulho da calça despida chegando ao chão. Houve uma pressão quente e suave na entrada de seu corpo, e ela suspirou com alívio ao recebê-lo. Harry a penetrou tão fundo quanto ela podia aceitá-lo, uma invasão deliciosamente volumosa. Sentia-se distendida, inteiramente preenchida, e erguia o quadril para pressionar o corpo contra o dele, tentando absorvê-lo mais e mais. Os movimentos começaram lentos, o corpo pressionando o dela no ângulo certo, aumentando a intensidade das sensações a cada doce penetração.

Os olhos dela se abriram quando a sensação que crescia se espalhou como uma onda, implacável em sua força e velocidade, e Poppy viu o rosto suado pairando sobre o dela. Ele a fitava, saboreando seu prazer, inclinando-se para sugar seus gemidos.

Quando os últimos espasmos diminuíram e ela ficou silenciosa e relaxada como se não tivesse mais forças, Harry a tomou nos braços. Eles se reclinaram juntos sobre a cama, os membros dela, macios, enroscados nos dele, mais rígidos e longos.

Poppy se surpreendeu ao sentir que ele ainda estava ereto. Harry a beijou e sentou-se, brincando com seus cabelos brilhantes como fogo.

Com gentileza, ele guiou a cabeça da esposa sobre as próprias pernas.

– Deixe-o molhado – sussurrou.

Os lábios de Poppy cobriram com cautela a extremidade pulsante, deslizando até onde conseguiam ir e voltando à extremidade. Curiosa, ela acariciou a rigidez acetinada, a língua movendo-se fora da boca como a de um gato.

Harry a virou para posicioná-la de bruços sobre o colchão. Segurando seu quadril, ele o elevou e a tomou por trás, os dedos deslizando entre suas coxas. Poppy sentiu o choque da excitação, o corpo respondendo instantaneamente ao toque.

– Agora – murmurou ele em seu ouvido – vou ser mais ousado. E você vai me deixar fazer qualquer coisa, não vai?

– Sim, sim, sim...

Harry a segurava com firmeza, as mãos em concha em seus seios enquanto a puxava contra o corpo sólido. Ela o sentiu movê-la de um jeito insinuante, a ereção posicionada na entrada úmida de seu corpo. Harry a penetrou, mas só um pouco, e cada vez que ela balançava o corpo para trás, ele ia um pouco mais fundo. Murmurando o nome dele, Poppy empurrou o quadril para trás com maior urgência, tentando cobri-lo por inteiro. Mas ele riu e a prendeu onde a queria, mantendo os deliciosos avanços milimétricos.

Estava totalmente no controle, apropriando-se de seu corpo com habilidade estonteante, deixando a esposa se contorcer e gemer por longos minutos. Puxando todo o cabelo de Poppy para um lado, ele a beijou nas costas e na nuca, a boca forte a mordiscá-la. Tudo o que Harry fazia aumentava o prazer dela, e ele sabia disso, se deliciava com isso. Ela sentiu que iria explodir novamente de prazer, percebeu que seu corpo se preparava para a onda quente de alívio, e só então ele a penetrou completamente, com urgência e firmeza.

Harry abraçou a esposa até sentir seu corpo parar de tremer, relaxar saciado. Então a deitou de costas e sussurrou em seu ouvido:

– De novo.

Foi uma noite longa e ardente, cheia de uma intimidade inimaginável. Depois da terceira vez, eles se aninharam juntos na escuridão, a cabeça de Poppy descansando no ombro de Harry. Era delicioso deitar-se assim com alguém, falar sobre toda e qualquer coisa, os corpos juntos e relaxados depois da paixão.

– Você me fascina em todos os sentidos – sussurrou Harry, a mão brincando delicadamente com seu cabelo. – Há mistérios em sua alma que só serão descobertos ao longo de uma vida... e quero conhecer cada um deles.

Ninguém jamais a chamara de misteriosa antes. Gostou disso, embora não se sentisse uma mulher de mistérios.

– Não sou *tão* misteriosa assim, sou?

– É claro que é – respondeu ele e, sorrindo, segurou e beijou a palma da mão da esposa. – Você é mulher.

À tarde, Poppy saiu para caminhar com Beatrix, e o restante da família se dispersou em diversas atividades: Win e Amelia foram visitar uma amiga enferma no vilarejo, Leo e Merripen se reuniram com um homem com quem negociavam um arrendamento e Cam foi a um leilão de cavalos em Southampton.

Harry sentou-se à mesa da biblioteca com um relatório detalhado que fora enviado por Jake Valentine. Aproveitando a paz e a tranquilidade raras na casa dos Hathaways, começou a ler. Porém o rangido de uma tábua do piso chamou sua atenção e ele olhou para a porta.

Catherine Marks estava lá parada, com um livro na mão, as faces coradas.

– Desculpe – disse ela. – Não queria incomodá-lo. Vim devolver o livro, mas...

– Entre – falou Harry, levantando-se imediatamente da cadeira. – Não está interrompendo nada.

– Não vou demorar mais que um segundo.

Ela se dirigiu apressada a uma estante, devolveu a obra e parou para fitá-lo. A luz da janela se refletia nas lentes dos óculos dela, escondendo seus olhos.

– Fique, se quiser – sugeriu Harry, sentindo-se pouco à vontade.

– Não, obrigada. O dia está lindo, então pensei em caminhar um pouco no jardim ou...

Ela parou e deu de ombros com desconforto.

Deus, como ficavam desassossegados na companhia um do outro. Harry a contemplou por um momento, tentando imaginar o que a incomodava. Nunca soubera como agir com Catherine, essa indesejada meia-irmã, como encaixá-la em sua vida. Nunca havia desejado se importar com Catherine, mas ela sempre o incomodara, confundira, deixara inquieto.

– Posso ir caminhar com você? – perguntou Rutledge em voz baixa.

Ela piscou, surpresa. A resposta demorou a sair.

– Se quiser...

Os dois se dirigiram a um pequeno jardim cercado, com pesadas cortinas de narcisos brancos e amarelos em todos os cantos. De olhos semicerrados para se proteger do sol intenso, eles seguiram por um caminho de cascalhos.

Catherine lançou um olhar insondável na direção dele, os olhos brilhando como opalas à luz do dia.

– Não conheço você, Harry.

– Provavelmente me conhece tão bem quanto qualquer um – retrucou ele.

– Exceto Poppy, é claro.

– Não. Seu comportamento esta semana... Eu jamais teria esperado isso de você. Esse afeto que parece ter desenvolvido por Poppy é muito surpreendente.

– Não é fingimento – avisou ele.

– Eu sei. Posso ver que é sincero. Mas é que, antes do casamento, você disse que não importava se o coração de Poppy pertencesse a Bayning, desde que...

– Desde que eu ficasse com o resto – completou Harry, e riu de desprezo por si mesmo. – Fui um porco arrogante. Sinto muito, Cat.

Ele parou um instante.

– Agora entendo por que quer tanto proteger Poppy e Beatrix – falou ele. – Todos os Hathaways. Essas pessoas são o que há de mais parecido com uma família que você já teve.

– E você também.

Um silêncio desconfortável precedeu a confirmação de Harry.

– Ou que eu já tive.

Eles pararam em um banco que havia perto do caminho e Catherine sentou.

– Não vai se sentar? – perguntou ela, mostrando o espaço vazio a seu lado.

Harry aceitou o convite. Acomodou-se e inclinou o corpo para a frente, apoiando os cotovelos sobre os joelhos.

Estavam quietos, mas havia entre eles um companheirismo inesperado: ambos desejavam encontrar algum tipo de afinidade, só não sabiam como.

Harry decidiu começar sendo honesto. Respirou fundo e disse:

– Nunca fui bondoso com você, Cat. Sobretudo quando mais precisou de bondade.

– Não sei se concordo com isso – respondeu ela, surpreendendo-o. – Você me resgatou de uma situação muito desagradável e me deu meios para viver com conforto sem precisar trabalhar. E nunca exigiu nada em troca.

– Eu devia isso a você.

Harry a encarou, notando o brilho dourado dos cabelos, o rosto delicado e oval, a pele fina como porcelana. Uma ruga surgiu na testa dele. Desviando os olhos, ele levou uma das mãos à nuca, esfregando-a.

– Você é muito parecida com nossa mãe.

– Sinto muito – sussurrou Catherine.

– Não, não se desculpe. Você é linda, como ela era. Mais ainda. Só que, às vezes, é difícil ver essa semelhança e não lembrar... – dizia ele, quando um suspiro tenso escapou de seu peito. – Quando descobri sobre você, tive inveja por você ter passado tantos anos com ela, quando eu tive tão poucos. Só mais tarde percebi que fui eu o mais afortunado nessa história.

Um sorriso amargo surgiu no rosto dela.

– Não creio que nenhum de nós possa ser acusado de excesso de sorte, Harry.

Ele respondeu com uma risada sem humor.

Os dois continuaram sentados lado a lado, parados e silenciosos, próximos, mas sem se tocar. Eles haviam sido criados sem saber como dar ou receber amor. O mundo lhes ensinara lições que teriam que desaprender. Mas, às vezes, a vida era inesperadamente generosa, refletiu Harry. Poppy era a prova disso.

– Os Hathaways foram um golpe de sorte para mim – declarou Catherine, como se pudesse ler os pensamentos dele.

Ela removeu os óculos e limpou as lentes com a ponta da manga.

– Conviver com eles nestes últimos três anos... me deu esperança. Tem sido um tempo de cura.

– Fico feliz por isso. Você merece isso e mais – falou Harry num tom suave. – Cat, preciso perguntar uma coisa...

– Sim?

– Poppy quer saber mais sobre meu passado. O que posso contar a ela sobre a parte em que a encontrei, se é que posso contar alguma coisa?

Catherine pôs os óculos e olhou para um canteiro de narcisos perto deles.

– Conte tudo – respondeu depois de um tempo. – Pode confiar meus segredos a ela. E os seus.

Harry assentiu, surpreso com a declaração que jamais havia imaginado poder ouvir dela.

– Tem mais uma coisa que quero perguntar. Ou, melhor, pedir. Um favor. Entendo os motivos que nos impedem de declarar publicamente a ligação que existe entre nós. Mas, de agora em diante, espero que me dê a honra de, em particular... bem, de me deixar agir como seu irmão.

Ela o fitou com os olhos muito abertos, como se estivesse aturdida demais para responder.

– Não precisamos contar ao resto da família até que se sinta pronta para isso – disse Harry. – Mas prefiro não esconder nosso relacionamento quando estivermos em ambiente privado. Você é a única família que tenho.

Catherine levantou um pouco os óculos para limpar uma lágrima furtiva.

Harry foi atingido por uma mistura de compaixão e ternura, algo que nunca sentira por ela antes. Estendendo a mão, ele a puxou para mais perto e a beijou na testa com suavidade.

– Deixe-me ser seu irmão mais velho – sussurrou.

~

Perplexa, ela o viu levantar-se e voltar para a casa.

Catherine passou alguns minutos sentada sozinha no banco, ouvindo o zumbido das abelhas, os gorjeios doces e altos das andorinhas e os pios mais melodiosos e suaves das cotovias. Pensou sobre a mudança que havia ocorrido com Harry. Chegou a temer que ele estivesse fazendo algum tipo de jogo com ela, com todos eles, mas... não, devia ser verdade. A emoção em seu rosto, a sinceridade nos olhos, tudo isso era inegável. Mas como o caráter de alguém podia se modificar tão intensamente?

Talvez não fosse tanto uma alteração, refletiu ela, mas uma revelação... camada por camada, suas defesas foram caindo. Talvez Harry estivesse se tornando – ou se tornaria, com o tempo – o homem que nascera para ser. Porque, finalmente, ele havia encontrado alguém que era importante para ele.

CAPÍTULO 24

A diligência do correio havia chegado a Stony Cross, e um criado de Ramsay House fora mandado à cidade para pegar as cartas e encomendas endereçadas aos Hathaways. Na volta, ele levou a correspondência direto para a parte de trás da casa, onde a família relaxava nos estofados que haviam sido postos na varanda de tijolos. O pacote maior era endereçado a Harry.

– Mais relatórios de Valentine? – perguntou Poppy, bebendo vinho tinto suave aninhada junto da irmã na espreguiçadeira.

– Parece que sim – disse Harry com um sorriso meio debochado. – Aparentemente, o hotel tem sido muitíssimo bem administrado na minha ausência. Acho que devia ter tirado férias antes.

Merripen se aproximou de Win na varanda e tocou seu queixo.

– Como se sente? – perguntou com ternura.

Ela sorriu para o marido.

– Esplêndida.

Merripen se inclinou e beijou o topo da cabeça loira de Win, depois se sentou na cadeira perto dela. Dava para perceber que ele tentava agir com tranquilidade em relação à gravidez da esposa, mas a preocupação praticamente emanava de seus poros.

Harry se sentou na outra cadeira e abriu sua correspondência. Depois de ler as primeiras linhas da página da frente, ele suspirou com desconforto e todos o viram estremecer.

– Bom Deus.

– O que foi? – perguntou Poppy.

– Um de nossos hóspedes regulares, lorde Pencarrow, se machucou ontem à noite.

– Oh, céus – murmurou Poppy com uma ruga na testa. – E ele é um cavalheiro idoso e tão bom! O que aconteceu? Ele caiu?

– Não exatamente. Ele desceu do mezanino ao térreo escorregando pelo corrimão da escadaria principal.

Harry fez uma pausa, desconfortável.

– Deslizou até o fim do corrimão, onde se chocou contra um abacaxi ornamental que fica sobre o poste inicial da escada.

– Por que um homem de mais de 80 anos faria isso? – questionou Poppy, perplexa.

Harry olhou para ela com um sorriso irônico.

– Imagino que ele tenha bebido.

– Bem, pelo menos ele tem o consolo de saber que já passou da idade de ser pai – opinou Merripen, fazendo uma careta de dor.

Harry leu mais algumas linhas do relatório.

– Valentine relata que um médico foi chamado e declarou que o dano não é permanente.

– Mais alguma novidade? – perguntou Win, esperançosa. – Algo mais positivo?

Harry continuou lendo o relatório, agora em voz alta.

– Lamento reportar que houve outro incidente na sexta-feira à noite, às onze horas, envolvendo...

Ele parou, os olhos descendo rapidamente pela página.

Antes que conseguisse recompor a expressão em uma máscara impassível, Poppy percebeu que havia algo muito errado. Ele balançou a cabeça, evitando encará-la.

– Não é nada importante.

– Posso ver? – pediu ela, estendendo a mão para a página.

Harry segurou o papel com mais força.

– Não é importante.

– Quero ver – insistiu ela, puxando a folha.

Win e Merripen permaneceram em silêncio, mas trocaram um olhar.

Sentando-se ereta na espreguiçadeira, Poppy deu uma olhada no relatório.

–... envolvendo o Sr. Michael Bayning – leu em voz alta –, que apareceu no saguão sem aviso, completamente embriagado e com uma atitude hostil. Ele exigia vê-lo, Sr. Rutledge, e se recusava a acreditar que não estava no hotel. Para nosso alarme, ele brandia um...

Pausa. Uma inspiração profunda.

–... um revólver e fazia ameaças contra o senhor. Tentamos levá-lo ao escritório geral para acalmá-lo com toda a discrição. Houve uma luta e o Sr. Bayning conseguiu disparar um tiro antes que eu fosse capaz de desarmá-lo. Felizmente, ninguém se feriu, mas foram muitas as perguntas aflitas que os hóspedes do hotel fizeram posteriormente, e o teto do escritório terá que ser consertado. O Sr. Lufton se assustou com o incidente e sentiu dores no peito, mas o médico prescreveu um dia de repouso absoluto e disse que amanhã ele estará recuperado. Quanto ao Sr. Bayning, ele foi levado de volta para casa em segurança. Tomei a iniciativa de garantir ao pai dele que não buscaremos medidas legais, já que o visconde parecia muito preocupado com a possibilidade de um escândalo...

Poppy parou de ler e sentiu um mal-estar acompanhado por arrepios, apesar do sol quente.

– Michael – sussurrou ela.

Harry a encarou com seriedade.

O jovem tranquilo que ela conhecera jamais teria recorrido a um melodrama tão sórdido e irresponsável. Lamentava por Michael e também estava horrorizada, mas parte dela estava simplesmente furiosa. Ir à casa dela – porque era assim que pensava no hotel – criar uma cena e, pior de tudo, expor as pessoas ao perigo! Ele podia ter ferido alguém com gravidade, podia até ter matado alguém. Bom Deus, havia crianças no hotel. Michael não havia pensado nem por um momento na segurança delas? E ele havia assustado o pobre Sr. Lufton, que sofrera uma apoplexia.

Poppy sentiu um nó na garganta, tristeza e ódio ardendo como pimenta. Queria poder ir procurar Michael imediatamente e gritar com ele. E queria gritar com Harry também, porque ninguém podia negar que o incidente era consequência de sua deslealdade.

Ocupada como estava com os próprios pensamentos, ela não notou quanto tempo se passou até Harry romper o silêncio.

E ele falou no tom que Poppy mais detestava: a voz debochada, suave e fria de um homem que não se importava com nada.

– Ele devia ter preparado melhor a tentativa de assassinato. Devia ter sido mais eficiente, então teria feito de você uma viúva rica e vocês dois teriam seu final feliz.

～

Harry percebeu imediatamente que não devia ter falado aquilo. Era o tipo de comentário sarcástico a que sempre recorria quando sentia necessidade de se defender. E se arrependeu antes mesmo de ver Merripen pelo canto do olho. O cigano o alertava do erro balançando cabeça e correndo o dedo indicador pela garganta.

Poppy tinha o rosto vermelho e a testa marcada por uma ruga profunda.

– Que coisa horrível para se dizer!

Harry pigarreou.

– Desculpe – falou apressado. – Eu estava brincando. Foi uma brincadeira de mau...

E se abaixou quando viu alguma coisa voar em sua direção.

– Mas que diabo...

Ela havia jogado alguma coisa nele, uma almofada.

– Não quero ficar viúva, não quero Michael Bayning e não quero que você brinque com essas coisas, seu *idiota* insensível!

Enquanto os três olhavam para ela boquiabertos, Poppy se levantou com um movimento brusco e saiu de punhos cerrados.

Aturdido com a fúria da esposa, Harry a viu partir sem saber o que fazer. Depois de um momento, ele perguntou a primeira coisa coerente que passou por sua cabeça:

– Ela acabou de dizer que não quer Bayning?

– Sim – respondeu Win com um esboço de sorriso nos lábios. – Foi o que ela disse. Vá atrás dela, Harry.

Cada célula no corpo de Harry queria acatar a sugestão. Porém ele sentia como se estivesse parado à beira de um precipício, e uma palavra mal escolhida poderia jogá-lo no vazio. Ele olhou desesperado para a irmã de Poppy.

– O que devo dizer?

– Seja honesto sobre seus sentimentos – sugeriu Win.

Uma ruga surgiu na testa de Harry.

– E a segunda opção?

– Eu cuido disso – falou Merripen antes que a esposa pudesse responder.

Em pé, passou um braço sobre os ombros de Harry e o levou para o outro lado da varanda. A silhueta de Poppy, ainda furiosa, podia ser vista ao longe. Ela percorria a alameda em direção ao chalé do caseiro, saias e sapatos levantando pequenas nuvens de poeira.

Merripen falou em voz baixa e cheia de compreensão, como se tentasse guiar um amigo incauto para longe do perigo.

– Ouça meu conselho, *gadjo*: nunca discuta com uma mulher quando ela estiver naquele estado. Diga a ela que você está errado e que lamenta muito. E prometa nunca mais fazer a mesma coisa.

– Ainda não tenho certeza do que fiz de errado – desabafou Harry.

– Isso não importa. Peça desculpa assim mesmo – assegurou-lhe Merripen e, depois de uma pausa, acrescentou com um sussurro: – E sempre que sua esposa estiver zangada... pelo amor de Deus, não tente usar a lógica.

– Eu ouvi isso – avisou Win de sua espreguiçadeira.

～

Harry alcançou Poppy na metade do caminho para o chalé do caseiro. Ela não se virava na direção do marido, apenas mantinha o olhar furioso voltado para a frente e o queixo tenso.

– Você acredita que eu o levei a fazer o que fez – deduziu Harry em voz baixa, acompanhando seus passos. – Acha que arruinei a vida dele e a sua.

Os comentários fizeram Poppy sentir-se ainda mais ultrajada, a ponto de ela não saber mais se devia gritar ou bater nele. Maldição, esse homem ainda a levaria à loucura!

Havia se apaixonado por um príncipe, mas acabara nos braços de um vilão. E seria tudo mais fácil se continuasse vendo a situação nesses termos simplistas. Porém seu príncipe não chegava nem perto de ser perfeito como parecia... e o vilão era um homem atencioso, de sentimentos intensos.

Finalmente ficava claro para ela que amor não tinha a ver com encontrar alguém perfeito para casar. Amor era enxergar a verdade da pessoa e aceitar todas as suas nuances, o bom e o ruim. Amar era uma habilidade. E Harry a tinha em abundância, mesmo que ainda não estivesse preparado para aceitar isso.

– Não se atreva a me dizer o que eu penso – retrucou ela. – Você está errado nas duas afirmações que fez. Michael é responsável pelo próprio comportamento, que nesse caso foi... – ela chutou com violência uma pedra solta –... autoindulgente. Revoltantemente imaturo. Estou muito decepcionada com ele.

– Não posso censurá-lo – falou Harry. – No lugar de Michael, eu teria feito coisa muito pior.

– Não duvido disso – disparou Poppy causticamente.

Ele franziu a testa, mas ficou em silêncio.

Poppy chutou outra pedra.

– Odeio quando você diz essas coisas cínicas – explodiu ela. – Aquela estupidez sobre me transformar numa viúva rica...

– Eu não devia ter dito aqui – Harry falou de pronto. – Foi injusto, eu errei. Devia ter levado em consideração que ficaria aborrecida, porque ainda se importa com ele e...

Poppy parou de repente, virando-se para encará-lo atônita e com desdém.

– Argh! Como um homem que todos consideram tão inteligente pode ser tão *imbecil*?

Balançando a cabeça, ela continuou seu caminho pela alameda.

Harry a seguiu ainda mais confuso que antes.

– Já imaginou que posso não gostar da ideia de alguém fazer ameaças contra sua vida?

Ela falava por cima de um ombro, e as palavras cortavam o ar como morcegos raivosos.

– Pensou que posso ter ficado um *pouco* incomodada por alguém ter ido à nossa casa empunhando um revólver com a intenção de atirar em você?

Harry levou algum tempo para responder. Na verdade, estavam quase chegando ao chalé quando ele falou, e sua voz saiu áspera e estranha.

– Está preocupada com a minha segurança? Comi... comigo?

– Alguém tem que se preocupar – resmungou ela, aproximando-se da porta do chalé. – E nem sei por que sou justo eu.

Poppy estendeu a mão para a maçaneta, mas Harry a abriu primeiro, levando a esposa para dentro e batendo a porta com um movimento rápido. Antes que ela pudesse respirar, ele a havia empurrado contra a madeira, um pouco brusco de tanta ansiedade.

Poppy nunca o vira agir daquela forma, incrédulo, ansioso, aflito.

O corpo estava colado ao dela, a respiração tocava seu rosto. Ela viu a veia pulsando no pescoço do marido.

– Poppy... você...

Harry teve que fazer uma pausa, como se fizesse um grande esforço para falar em um idiota estrangeiro.

E estava, de certa forma.

Poppy sabia o que Harry queria perguntar, mas não queria que ele perguntasse. Ele estava forçando a situação – era cedo demais. Queria pedir paciência, não só por ela, mas pelos dois.

Rutledge conseguiu transformar os pensamentos em palavras.

– Está começando a gostar de mim, Poppy?

– Não – respondeu ela com firmeza.

Mas isso não serviu para demovê-lo. Harry inclinou o rosto para o dela, os lábios entreabrindo-se ao tocar sua face num quase beijo.

– Nem um pouquinho? – sussurrou.

– Nem um pouquinho.

Ele pressionou a face contra a dela, os lábios brincando com os fios de cabelo próximos de sua orelha.

– Por que não admite?

Harry era grande, quente, e tudo o que Poppy queria era render-se. Um tremor começou fraco dentro dela, radiando dos ossos para a pele.

– Por que, se eu admitir, você vai fugir de mim.

– Eu jamais fugiria de você.

– Sim, fugiria. Você se afastaria e me isolaria, porque ainda não está pronto para assumir esse risco.

Harry pressionou o corpo contra o dela, os antebraços apoiados à porta bem perto da cabeça de Poppy.

– Fale – insistiu ele, com ternura, mas com um ar predador. – Quero ouvir, saber como é.

Poppy nunca pensou que era possível sentir desejo e vontade de rir ao mesmo tempo.

– Não, você não quer.

Devagar, ela o enlaçou pelo quadril.

Se Harry soubesse o que ela sentia por ele... Assim que o considerasse pronto, no instante em que tivesse certeza de que com isso não seria o fim de seu casamento, revelaria quanto o amava. Mal podia esperar.

– Vou fazer você falar – avisou Harry, a boca sensual cobrindo a dela, a mão tocando os fechos do corpete do vestido.

Poppy não conseguiu controlar um arrepio ao pensar no que aconteceria a seguir. Não, ele não conseguiria fazê-la falar... mas, nas horas seguintes, ela certamente se divertiria deixando-o tentar.

CAPÍTULO 25

Para surpresa geral dos Hathaways, Leo decidiu voltar a Londres no mesmo dia que os Rutledges. Sua intenção original era passar o resto do verão em Hampshire, mas ele mudou de ideia e aceitou um pequeno serviço, projetar uma estufa para uma mansão em Mayfair. Em segredo, Poppy especulou se a mudança de plano tinha alguma relação com a Srta. Marks. Suspeitava de que eles houvessem discutido, porque parecia que não mediam esforços para evitar um ao outro. Ainda mais que de costume.

– Você não pode ir – disse Merripen revoltado quando Leo anunciou que voltaria a Londres. – Estamos preparando a semeadura da safra de nabo. Há muito a decidir, inclusive a composição do adubo, a melhor técnica para revolver a terra e...

– Merripen – Leo o interrompeu –, sei que considera minha ajuda de grande valor nesses assuntos, mas acredito que, de algum jeito, vocês vão conseguir plantar todo o nabo sem o meu envolvimento. Quando à composição do adubo, não posso ajudar com essa questão. Tenho uma visão muito democrática sobre excremento. Para mim, é tudo a mesma merda.

Merripen respondeu com algo em romani que ninguém além de Cam conseguiu entender. E Cam se recusou a traduzir uma palavra que fosse, alegando que não havia equivalentes no idioma britânico e que era melhor assim.

Depois de se despedir, Leo partiu para Londres em sua carruagem. Harry e Poppy demoraram um pouco mais, ainda tomaram uma xícara de chá e foram ver pela última vez a propriedade vestida de verde pelo verão.

– Estou quase surpreso por ter me deixado levá-la – Harry disse a Cam depois de acomodar a esposa na carruagem.

– Ah, fizemos uma votação esta manhã, e foi uma decisão unânime – seu cunhado respondeu de forma trivial.

– Vocês votaram sobre o meu casamento?

– Sim, e decidimos que você se encaixa bem na família.

– Ah, Deus – suspirou Harry, e Cam fechou a porta da carruagem.

~

Depois de uma viagem agradável e tranquila, os Rutledges chegaram a Londres. Para as pessoas mais atentas, os empregados do hotel em especial, era evidente que Poppy e Harry haviam encontrado a misteriosa e intangível ligação entre duas pessoas que haviam feito votos matrimoniais. Agora eles eram um casal.

Embora estivesse feliz por voltar ao Rutledge, Poppy tinha algumas preocupações sobre como o relacionamento com Harry ia se desenvolver: se ele iria, talvez, voltar aos hábitos anteriores. Para sua tranquilidade, ele havia estabelecido um novo rumo para a própria vida e não parecia ter nenhuma intenção de se desviar dele.

As diferenças nele foram notadas com gratidão e espanto pela equipe do hotel logo nos primeiros dias depois do retorno. Poppy havia levado presentes, inclusive potes de mel para os gerentes e todos os funcionários do escritório central, um corte de renda para a Sra. Pennywhistle, presuntos curados e tiras de bacon defumado de Hampshire para os chefs Broussard e Rupert e sua equipe na cozinha e, para Jake Valentine, um couro de carneiro que havia sido tratado e polido até se tornar o material mais brilhante e macio que se poderia usar para a confecção de boas luvas.

Depois de distribuir os presentes, Poppy se sentou na cozinha e conversou animadamente sobre a visita a Hampshire.

– ... e encontramos uma dúzia de trufas – contou ela ao chef Broussard – quase tão grandes quanto meu punho. Todas estavam nas raízes de uma faia, menos de dois centímetros abaixo da superfície. E adivinhe como as encontramos? O furão de minha irmã! Ele começou a cavar o local.

Broussard suspirou com ar sonhador.

– Quando era menino, eu morei em Périgord por um tempo. As trufas de lá eram de chorar de tão deliciosas e macias... Geralmente só os nobres e suas mulheres as comiam – contou e então olhou para Poppy com grande expectativa. – Como as preparou?

– Fatiamos alho-poró e refogamos em manteiga e creme, e...

Poppy parou ao ver que todos retomavam o trabalho de um jeito quase frenético, limpando, picando, mexendo panelas. Olhando por cima do ombro, viu que Harry havia entrado na cozinha.

– Senhor – cumprimentou-o a Sra. Pennywhistle.

Ela e Jake se levantaram para recebê-lo.

Harry fez um gesto convidando-os a sentar.

– Bom dia – falou Rutledge com um sorriso. – Desculpem-me pela interrupção.

Ele parou ao lado de Poppy, que estava sentada numa banqueta.

– Sra. Rutledge – murmurou –, será que posso roubá-la por alguns minutos? Temos um...

A voz sumiu quando ele encarou a esposa. Poppy o fitava com um sorrisinho sedutor que, aparentemente, havia interrompido sua linha de raciocínio.

E quem podia criticá-lo por isso?, pensou Jake Valentine, divertindo-se com a situação, mas igualmente fascinado. Poppy Rutledge sempre fora uma mulher bonita, mas agora havia um novo brilho, uma nova luz em seus olhos azuis.

– O desenhista da carruagem – continuou Harry, recuperando o controle. – A equipe acaba de trazer seu veículo. Queria que fosse olhar para conferir se está tudo do jeito que queria.

– Sim, eu adoraria.

Poppy deu mais uma mordida no brioche quentinho que comia com manteiga e geleia. Ela aproximou o último pedaço dos lábios do marido.

– Quer me ajudar a terminar?

Perplexos, todos viram Harry aceitar o pão que ela enfiava em sua boca. E, segurando o pulso da esposa, ele lambeu seu dedo para limpar uma gota de geleia.

– Delicioso – disse.

Ajudou Poppy a descer da banqueta, depois olhou para os três empregados:

– Eu a devolvo em breve – falou. – E, Valentine...

– Sim, senhor.

– Notei que não tira férias há muito tempo. Quero que cuide disso imediatamente.

– Eu não saberia o que fazer com férias – protestou Jake.

Harry sorriu.

– É por isso que precisa delas.

Depois que Rutledge saiu da cozinha levando a esposa, Jake olhou para os colegas sem esconder a perplexidade.

– É um homem completamente diferente – comentou.

A Sra. Pennywhistle sorriu.

– Não, ele sempre será Harry Rutledge. Mas agora ele é Harry Rutledge com um coração.

~

O hotel era praticamente uma central de fofocas, por isso Poppy acabava tomando conhecimento de escândalos e questões particulares relacionadas a gente de todas as partes de Londres. Para sua tristeza, havia boatos persistentes sobre o declínio de Michael Bayning: a frequente embriaguez em público, a jogatina, as brigas, todas as formas de comportamento impróprias para um homem de sua posição. Alguns boatos estavam ligados a Poppy, é claro, e seu casamento precipitado com Harry. Para ela era motivo de profunda tristeza saber que Michael estava destruindo a própria vida. Queria que houvesse alguma coisa que pudesse fazer.

– Esse é o único assunto de que não posso falar com Harry – confessou a Leo certa tarde, quando foi visitá-lo em sua casa. – Ele sempre fica muito irritado, quieto e sério, e ontem à noite chegamos a discutir por isso.

Aceitando a xícara de chá que a irmã lhe entregava, Leo levantou uma sobrancelha ao ouvir a informação.

– Minha irmã, por mais que eu queira ficar do seu lado em todas as questões... *por que* quer falar de Michael Bayning com seu marido? E o que ainda há para ser discutido sobre o assunto? Esse capítulo de sua vida está encerrado.

Se eu fosse casado, e graças a Deus jamais serei, também não gostaria de discutir esse tipo de questão, não mais que Harry parece gostar.

Poppy olhou séria para sua xícara de chá, mexendo lentamente o cubo de açúcar que acrescentara ao escaldante líquido cor de âmbar. Ela esperou até o torrão se dissolver completamente, então respondeu:

– Receio que Harry tenha se incomodado com um pedido meu. Eu disse que queria ir visitar Michael e que talvez eu pudesse enfiar um pouco de juízo na cabeça dele – explicou Poppy e, vendo a expressão de Leo, acrescentou apressada: – Só por alguns minutos! Uma visita *supervisionada*. Disse a Harry que ele podia ir comigo. Mas ele me proibiu de ir, foi extremamente autoritário sem nem me deixar explicar por que eu...

– Ele devia ter lhe dado umas palmadas – Leo a interrompeu.

Ao ver que a irmã o fitava boquiaberta, deixou a xícara sobre a mesa lateral, pegou a dela e fez o mesmo, depois segurou suas duas mãos. A expressão do lorde era uma mistura cômica de reprovação, humor e compaixão.

– Querida Poppy, você tem um bom coração. E não tenho dúvida de que, para você, visitar Bayning é uma missão de misericórdia, da mesma forma que Beatrix salva coelhos de armadilhas. E é justamente isso que evidencia sua ignorância sobre os homens. Como cabe a mim explicar a você alguns fatos... Bem, não somos tão civilizados quanto você parece acreditar. Na verdade, éramos muito mais felizes no tempo em que podíamos simplesmente eliminar um rival usando a ponta da lança. Portanto, pedir permissão a Harry para ir visitar Bayning e aplacar seus sentimentos feridos... Você, a única pessoa com quem ele parece se importar...

Leo balançou a cabeça.

– Mas, Leo – argumentou Poppy –, você se lembra da época em que você fez as mesmas coisas que Michael está fazendo. Imaginei que teria compaixão.

Leo soltou as mãos dela e sorriu, mas o sorriso não se refletiu em seus olhos.

– As circunstâncias eram um pouco diferentes. A garota que eu amava havia morrido em meus braços. E, sim, depois disso me comportei muito mal. Pior ainda que Bayning. Mas um homem que traça esse caminho não pode ser resgatado, meu bem. Ele tem que seguir até o fim, até cair no precipício. Talvez Bayning sobreviva à queda, talvez não. Seja como for... não, não tenho pena dele.

Poppy pegou a xícara e bebeu um gole de chá quente e estimulante. Diante do ponto de vista de Leo, sentia-se insegura e até um pouco envergonhada.

– Vou deixar o assunto de lado, então – disse ela. – Talvez tenha sido um erro fazer esse pedido a Harry. Acho que devo me desculpar com ele.

– Ah, essa é uma das coisas que sempre adorei em você, minha irmã. A disposição para reconsiderar e até mudar de ideia.

Depois da visita à casa do irmão, Poppy foi à joalheria em Bond Street. Lá ela pegou um presente que havia mandado fazer para Harry e voltou ao hotel.

Felizmente, ela e o marido já haviam planejado pedir o jantar no apartamento naquela noite. Assim teria o tempo e a privacidade necessários para falar sobre a discussão da noite anterior. E pediria desculpas. A vontade de ajudar Michael Bayning a impedira de considerar os sentimentos de Harry, e queria muito compensá-lo por isso.

A situação a fez lembrar uma coisa que a mãe sempre dizia sobre o casamento: "Nunca se lembre dos erros de seu marido, mas jamais se esqueça dos seus."

Depois de tomar um banho perfumado, Poppy vestiu uma camisola azul e escovou os cabelos, deixando-os soltos como Harry gostava.

Ele entrou no apartamento quando o relógio marcava sete horas. Parecia mais aquele homem que ela recordava do início do casamento, o rosto sério e cansado, o olhar frio.

– Olá – murmurou Poppy, aproximando-se para beijá-lo.

Rutledge não a repeliu, mas não foi afetuoso ou encorajador.

– Vou mandar servir o jantar – avisou ela. – E depois vamos...

– Não precisa pedir nada para mim, obrigado. Não estou com fome.

Surpresa com o tom seco, Poppy o estudou preocupada.

– Aconteceu alguma coisa? Você parece tenso.

Harry tirou o casaco e o deixou sobre uma cadeira.

– Acabei de voltar de uma reunião no Gabinete de Guerra, onde disse a Sir Gerald e ao Sr. Kinloch que decidi não me dedicar ao projeto da nova arma. Eles receberam minha decisão como uma traição, praticamente. Kinloch chegou a ameaçar me prender em algum lugar até eu terminar o projeto.

– Sinto muito – falou Poppy, solidária. – Deve ter sido terrível. Está... desapontado por não trabalhar para eles?

Harry balançou a cabeça.

– Como disse a eles, há coisas melhores que posso fazer pelo povo deste país. Trabalhar na tecnologia agrícola, por exemplo. Levar comida à mesa de um homem é muito melhor do que aperfeiçoar maneiras de meter uma bala em sua cabeça.

Poppy sorriu.

– Você fez muito bem, Harry.

Mas ele não retribuiu o sorriso, apenas a encarou com frieza e curiosidade. Depois inclinou um pouco a cabeça.

– Onde esteve hoje?

O prazer de Poppy se dissolveu quando ela entendeu a pergunta. Harry desconfiava dela. Suspeitava de que fora visitar Michael.

A injustiça dessa desconfiança e a dor causada por ela endureceram sua expressão. Ela respondeu num tom amargo.

– Fui resolver algumas coisas.

– Que tipo de coisas?

– Prefiro não dizer.

O rosto de Harry era duro e implacável.

– Lamento, mas não estou lhe dando a possibilidade de escolher. Vai me dizer onde esteve e com quem.

Com o rosto vermelho de raiva, Poppy deu as costas para o marido e cerrou os punhos.

– Não preciso dar satisfações de cada minuto do meu dia, nem mesmo a você.

– Hoje você precisa.

Os olhos dele eram frestas geladas.

– Fale, Poppy.

Ela riu com incredulidade.

– Para poder avaliar minhas declarações e decidir se estou mentindo ou não?

O silêncio de Harry foi uma resposta mais que suficiente.

Magoada e furiosa, Poppy foi pegar a bolsa que havia deixado sobre a mesinha da sala e vasculhou seu conteúdo.

– Fui visitar Leo – disse sem encarar o marido. – Ele pode confirmar, e o condutor da carruagem também. Depois passei por Bond Street para buscar algo que tinha encomendado para você. Queria esperar um momento apropriado para entregar, mas parece que isso agora não será possível.

Segurando o objeto protegido pela pequenina embalagem de veludo, ela resistiu à vontade de atirá-lo contra Rutledge.

– Aqui está a prova – disse, pondo a embalagem na mão dele. – Sabia que nunca providenciaria um destes pessoalmente.

Harry abriu a bolsinha de veludo e deixou o objeto escorregar para sua mão.

Era um relógio de bolso com uma caixa de ouro sólida, uma peça bonita e, exceto pelas iniciais gravadas na tampa, JHR, bastante simples.

Harry não reagiu. A cabeça estava abaixada, e Poppy não conseguia ver seu rosto. Os dedos se fecharam em torno do relógio, e ele deixou escapar um longo e profundo suspiro.

Tentando decidir se havia feito a coisa certa, Poppy foi tocar a sineta para chamar os criados.

– Espero que tenha gostado – disse sem demonstrar emoção. – Vou pedir o jantar. Estou com fome, mesmo que você não...

De repente ele se aproximou e a abraçou por trás, enlaçou-a com os braços ainda segurando o relógio em uma das mãos. O corpo dele tremia, músculos poderosos ameaçando esmagá-la. Sua voz saiu baixa e cheia de remorso:

– Sinto muito.

Poppy relaxou naquele abraço. Fechou os olhos.

– Droga – murmurou Harry com a boca tocando seus cabelos. – Peço desculpas. É que a ideia de você sentir alguma coisa por Bayning... Isso... desperta o que há de pior em mim.

– E dizendo isso você está sendo muito sutil – concordou ela num tom sombrio.

Mas se virou nos braços do marido e colou o corpo ao dele, a mão deslizando pela parte de trás de sua cabeça.

– Esse assunto me tortura – admitiu Harry muito incomodado. – Não quero que se preocupe com nenhum outro homem além de mim. Mesmo que eu não mereça.

Poppy lembrou que a experiência de ser amado ainda era muito nova para ele. O problema não era a falta de confiança nela, mas sua falta de autoconfiança. Provavelmente, seria sempre possessivo com relação a ela.

– Ciumento – acusou-o com voz suave, puxando a cabeça do marido para seu ombro.

– Sim.

– Não tem motivos para isso. Os únicos sentimentos que tenho por Michael Bayning são piedade e bondade – falou e depois, roçando os lábios em sua orelha, completou: – Viu a gravação no relógio? Não?... Na parte interna da tampa. Veja.

Mas Harry não se moveu, não fez nada além de abraçá-la como se sua sobrevivência dependesse disso. Poppy desconfiava de que ele estivesse perturbado demais para fazer qualquer coisa naquele momento.

– É uma citação de Erasmo – disse ela. – O monge favorito de meu pai, depois de Roger Bacon. A inscrição no relógio é: "É ponto fundamental para a felicidade que o homem se disponha a ser o que é."

Harry continuou em silêncio e ela não resistiu ao impulso de preencher o vazio.

– Quero que você seja feliz, homem irritante. Quero que entenda que o amo exatamente do jeito que é.

A respiração de Harry ficou mais pesada e ruidosa. Ele a segurava com uma força que nem cem homens poderiam anular.

– Eu amo você, Poppy – falou ele com a voz embargada. – Amo tanto que isso é um inferno.

Ela tentou conter um sorriso.

– Por que um inferno? – perguntou compreensiva, afagando sua nuca.

– Porque agora tenho muito a perder. Mas vou amá-la mesmo assim, porque não creio que haja algum jeito de não amá-la – disse, e beijou sua testa, as pálpebras, as faces. – Tenho tanto amor por você que poderia encher quartos inteiros com ele. Prédios. Você está cercada por esse amor aonde quer que esteja, você caminha por ele, respira... está nos seus pulmões, em sua língua, entre os dedos das mãos e dos pés...

A boca se moveu ardente sobre a dela, entreabrindo os lábios. Foi um beijo capaz de fazer ruir montanhas e derrubar estrelas do céu. Um beijo de fazer anjos desmaiarem e demônios chorarem... Um beijo apaixonado, exigente, ardente, um beijo quase capaz de deslocar a Terra de seu eixo.

Ou, pelo menos, foi isso que Poppy sentiu.

Harry a tomou nos braços e a levou para a cama. Lá ele a deitou e alisou seus cabelos luminosos e abundantes.

– Não quero ficar longe de você. Nunca – declarou. – Vou comprar uma ilha e levar você para lá. Um navio irá levar suprimentos uma vez por mês. No restante do tempo seremos só nós dois vestindo folhas, comendo frutas exóticas e fazendo amor na praia...

– Você abriria uma empresa de exportação de produtos locais e organizaria um sistema econômico na ilha em um mês – declarou ela num tom neutro.

Harry suspirou ao reconhecer a verdade daquela afirmação.

– Deus! Por que você me suporta?

Poppy riu e o abraçou.

– Gosto dos benefícios – disse. – E, francamente, é uma troca justa, considerando que você também *me* tolera.

– Você é perfeita – falou Harry com franqueza e emocionado. – Tudo em você, o que faz e o que diz. E mesmo que tenha um ou outro defeito...

– Defeito? – ela o interrompeu, fingindo indignação.

–... eu os amo mais que tudo.

Harry a despiu com alguma dificuldade, porque Poppy o despia ao mesmo tempo. Eles rolaram e se debateram com as roupas, e apesar da intensidade do desejo mútuo, uma ou outra risada escapou quando se viram embolados em uma teia de tecidos, braços e pernas. Por fim, ambos ficaram nus e ofegantes.

Ele segurou os joelhos de Poppy, flexionando-os, e afastando suas pernas, penetrou-a com um movimento firme. Ela gritou, tremendo ao ser surpreendida pela força e o ritmo dos movimentos. O corpo do marido era elegante e forte, e tomava o dela com estocadas implacáveis. As mãos seguravam seus seios, a boca cobriu um mamilo intumescido, e ele o sugou no mesmo ritmo que mexia a pelve.

Um calor intenso a invadiu, a fricção do membro ereto provocando um alívio intenso e um tormento erótico. Gemendo, ela tentava se mover acompanhando o ritmo de Harry enquanto espasmos de prazer começavam a percorrê-la, mais e mais fortes até a deixarem incapaz de se mover. E ele a sorveu em sua boca, fazendo amor, até que ela se aquietou com o corpo repleto de sensações.

Harry a encarava intensamente, o rosto brilhando de suor, os olhos felinos iluminados. Poppy o envolveu com braços e pernas, tentando absorvê-lo, desejando-o tão perto quanto era fisicamente possível.

– Amo você, Harry – disse ela.

As palavras o fizeram perder o ar por um instante, e um tremor sacudiu seu corpo.

– Amo você – repetiu Poppy, e ele a penetrou profundamente, encontrando o alívio.

Depois, aninhada no peito do marido, ela sentiu a mão afagar seus cabelos. Dormiram juntos, sonharam juntos, tendo finalmente superado todas as barreiras.

～

E, no dia seguinte, Harry desapareceu.

CAPÍTULO 26

Para um homem que respeitava horários como Harry, atrasar-se não era apenas incomum, era algo que beirava a atrocidade. Portanto, quando ele não voltou ao hotel depois do treino vespertino no clube de esgrima, Poppy se preocupou. Três horas mais tarde, quando constatou que o marido ainda não havia retornado, ela mandou chamar Jake Valentine.

O secretário atendeu imediatamente, sua expressão perturbada, os cabelos castanhos em desalinho como se os dedos os houvessem revolvido de maneira distraída.

– Sr. Valentine – começou Poppy com a testa franzida –, sabe alguma coisa sobre o paradeiro do Sr. Rutledge neste momento?

– Não, senhora. O condutor retornou há pouco sem ele.

– O quê? – disparou ela perplexa.

– O condutor o esperou no local e no horário habituais. Como o Sr. Rutledge não apareceu após uma hora de espera, ele decidiu entrar no clube para verificar o que estava acontecendo. Procuraram o Sr. Rutledge e, aparentemente, ele não estava no local. O mestre de esgrima perguntou a vários associados se haviam conversado com o Sr. Rutledge ou o viram sair com alguém, talvez em outra carruagem, ou mesmo se sabiam se ele havia mencionado seus planos, mas ninguém o viu nem teve notícias dele depois do treino.

Valentine parou e levou o punho cerrado à boca, um gesto nervoso que Poppy nunca o vira fazer antes.

– Ele desapareceu – concluiu Jake Valentine.

– Isso já aconteceu antes?

O secretário negou com a cabeça.

Eles se entreolharam no reconhecimento silencioso de que alguma coisa estava muito errada.

– Vou procurá-lo novamente no clube – decidiu Valentine. – Alguém deve ter visto alguma coisa.

Poppy se preparou para esperar. Talvez não fosse nada, disse a si mesma. Harry podia ter ido a algum lugar com um conhecido e voltaria a qualquer momento. Mas, instintivamente, sabia que alguma coisa acontecera com ele. Seu sangue parecia ter se transformado em água gelada. Ela tremia, entorpecida, aterrorizada. Ficou andando pelo apartamento durante algum tempo, depois desceu a escada e foi ao escritório central, onde o recepcionista e o porteiro estavam igualmente perturbados.

A noite havia caído quando Valentine finalmente retornou.

– Nem sinal dele em lugar nenhum – anunciou.

Poppy sentiu um arrepio de medo.

– Temos que notificar a polícia.

Ele assentiu.

– Já cuidei disso. Uma vez o Sr. Rutledge me deu instruções de como agir caso algo assim acontecesse. Notifiquei um oficial que trabalha para a central de Bow Street e também contatei um salteador do sul de Londres chamado William Edgar.

– Um salteador?

– Sim, um ladrão. E de vez em quando ele faz contrabando também. O Sr. Edgar conhece cada rua e espelunca de Londres.

– Meu marido o instruiu a procurar a polícia e um criminoso?

Valentine pareceu um pouco constrangido.

– Sim, senhora.

Poppy levou os dedos às têmporas, tentando acalmar os pensamentos frenéticos. Um soluço doloroso brotou de sua garganta antes que conseguisse sufocá-lo. Ela passou a manga do vestido sobre os olhos úmidos.

– Se ele não for encontrado até o amanhecer – disse, aceitando o lenço que o Sr. Valentine lhe entregava –, quero que ofereça uma recompensa por qualquer informação que o faça retornar em segurança – instruiu-o, assoando o nariz sem nenhuma delicadeza. – Ofereça 5 mil... não, 10 mil libras.

– Sim, senhora.

– E temos que fornecer uma lista à polícia.

Valentine a encarou confuso.

– Uma lista do quê?

– De todas as pessoas que podem querer fazer mal a ele.

– Isso vai ser difícil – murmurou Valentine. – Na maior parte do tempo não consigo distinguir seus amigos dos inimigos. Alguns amigos adorariam matá-lo e um ou dois inimigos chegaram a dar o nome dele aos filhos.

– Acho que o Sr. Bayning deve ser considerado suspeito – opinou Poppy.

– Já pensei nisso – admitiu Valentine. – Considerando as ameaças que ele fez recentemente.

– E a reunião no Gabinete de Guerra ontem... Harry disse que eles ficaram muito aborrecidos e... – ela perdeu o fôlego –... ele disse que o Sr. Kinloch ameaçou trancá-lo em algum lugar.

– Vou levar essa informação à polícia imediatamente – assegurou-lhe Valentine e, notando como os olhos dela se enchiam de lágrimas e a boca se contorcia, acrescentou: – Vamos encontrá-lo. Prometo. E lembre: seja qual for o problema, o Sr. Rutledge sabe se defender.

Incapaz de responder, Poppy apenas assentiu e limpou o nariz com o lenço.

Assim que Valentine saiu, ela falou ao recepcionista com a voz embargada pelas lágrimas:

– Sr. Lufton, posso usar sua mesa para escrever uma mensagem?

– Ah, certamente, senhora!

Ele providenciou papel, tinta e uma caneta-tinteiro com ponta de aço e se afastou respeitosamente quando ela começou a escrever.

– Sr. Lufton, quero que isto seja levado imediatamente à casa de meu irmão, lorde Ramsay. Ele virá me ajudar a procurar o Sr. Rutledge.

– Sim, senhora, mas... acha que é conveniente a esta hora? Tenho certeza de que o Sr. Rutledge não iria querer que a senhora comprometesse sua segurança saindo à noite.

– Tenho certeza disso também, Sr. Lufton. Mas não posso ficar aqui esperando sem fazer nada. Vou ficar louca.

Para grande alívio de Poppy, Leo atendeu ao chamado imediatamente, apresentando-se com a gravata torta e o colete desabotoado, como se houvesse posto as roupas às pressas.

– O que está acontecendo? – perguntou ele sem rodeios. – O que quis dizer com "Harry desapareceu"?

Poppy descreveu a situação o mais depressa possível e depois, segurando-o pela manga do casaco, pediu:

– Leo, preciso que me leve a um lugar.

Ao olhar para o irmão, Poppy percebeu que ele havia compreendido o pedido.

– Sim, eu sei – respondeu Leo com um suspiro tenso. – Acho que vou começar a rezar para Harry não ser encontrado tão cedo. Porque, quando ele souber que a levei para ver Michael Bayning, minha vida não vai valer um balde de ostras.

Depois de questionar um criado de Michael sobre seu paradeiro, Leo e Poppy foram ao Marlow's, um clube tão exclusivo que só aceitava a associação de cavalheiros cujos pai e avô houvessem pertencido ao quadro de sócios. Os nobres que frequentavam o Marlow's olhavam com desdém para o restante da população – inclusive para os nobres de sangue azul menos privilegiados. Como sempre tivera vontade de conhecer o interior do clube, Leo ficou mais do que satisfeito em ter de procurar Michael Bayning lá.

– Não vai conseguir passar da porta – falou Poppy. – Você é exatamente o tipo de pessoa que eles querem manter do lado de fora.

– Só vou dizer a eles que Bayning é suspeito de uma trama de sequestro e que, se não me deixarem entrar para procurá-lo, farei com que sejam processados como cúmplices.

Poppy viu pela janela da carruagem quando Leo se dirigiu à clássica fachada de pedra branca e estuque do Marlow's. Depois de conversar com o porteiro por um ou dois minutos, seu irmão entrou no clube.

Cruzando os braços com força, ela tentou se aquecer. Mas seu frio vinha de dentro e ela se sentia nauseada de tanto medo. Harry estava em algum lugar de Londres, talvez ferido, e ela não tinha como encontrá-lo. Não podia fazer nada por ele. Ao lembrar-se do que Catherine havia contado sobre a infância dele, como passara dois dias trancado em um quarto sem receber nenhuma atenção, ela quase chorou.

– Eu vou encontrar você – sussurrou Poppy, balançando-se suavemente no assento. – Vou chegar logo. Aguente só mais um pouco, Harry.

A porta da carruagem foi aberta bruscamente, assustando-a.

Leo apareceu na abertura com Michael Bayning, cuja aparência acusava os efeitos devastadores dos excessos cometidos nos últimos tempos. As roupas finas e a gravata de nó meticuloso só serviam para acentuar o inchaço do rosto e a rede de vasos capilares rompidos nas faces.

Poppy o encarou sem revelar nenhuma emoção.

– Michael?

– Ele está embriagado – avisou Leo –, mas lúcido.

– Sra. Rutledge – Michael a cumprimentou mostrando os dentes.

O cheiro de álcool em seu hálito era forte e invadiu a carruagem.

– Então seu marido desapareceu? E, aparentemente, eu devo ter informações sobre seu paradeiro. O problema é que... – ele virou o rosto e disfarçou um arroto – não sei de nada.

Poppy estreitou os olhos.

– Não acredito em você. Acho que tem alguma coisa a ver com o desaparecimento de Harry.

Ele a fitou com um sorriso torto.

– Estou aqui há quatro horas e, antes disso, estava em casa. Lamento informar que não tramei nenhum plano escuso para prejudicá-lo.

– Não tem feito segredo de seu ressentimento com relação a Rutledge – manifestou-se Leo. – Fez ameaças contra ele. Chegou a ir procurá-lo no hotel armado com um revólver. Você é o principal suspeito do desaparecimento de Rutledge.

– Por mais que queira assumir a responsabilidade, não posso. A satisfação de matá-lo não vale o risco de ser enforcado por isso.

Então seus olhos injetados encontraram os de Poppy.

– Como sabe que ele não decidiu passar a noite com uma mulher? Já deve ter se cansado de você. Vá para casa, Sra. Rutledge, e reze para ele não voltar. Vai ficar melhor sem o canalha.

Poppy piscou como se houvesse sido agredida fisicamente.

Leo intercedeu num tom frio.

– Vai ter que responder a inúmeras perguntas sobre Harry Rutledge nos próximos dias, Bayning. Todos, inclusive seus amigos, vão apontar o dedo em sua direção. Amanhã de manhã, metade de Londres estará procurando por ele. Pode evitar muitos problemas ajudando-nos a solucionar a questão agora.

– Já disse que não tenho nada a ver com isso – disparou Michael. – Mas espero que ele seja encontrado em breve... boiando no rio Tâmisa.

– *Chega!* – gritou Poppy ultrajada, e os dois homens a fitaram surpresos. – Isso é indigno de você, Michael! Harry nos enganou, é verdade, mas já pediu desculpas e tentou reparar seu erro.

– Não para mim, por Deus!

Poppy o encarou, incrédula.

– Quer que ele lhe peça desculpas?

– Não – falou ele, encarando-a furioso por um instante, mas depois uma nota de súplica modificou sua voz: – Quero você.

Ela ficou vermelha de raiva.

– Isso não será possível. Nunca foi. Seu pai não teria permitido que se casasse comigo porque me considera inferior a ele. E a verdade é que você também pensa assim, ou teria tratado a questão de maneira bem diferente.

– Não sou um esnobe, Poppy. Sou convencional. É diferente.

Ela balançou a cabeça com impaciência. Essa era uma discussão com a qual não queria perder um tempo precioso.

– Não importa. Agora amo meu marido. Jamais o deixarei. Então, para o seu bem e o meu, pare de fazer da sua vida um espetáculo e um inconveniente e siga adiante. Você nasceu para conseguir coisas melhores do que isso que tem agora.

– Muito bem colocado – aprovou Leo, entrando na carruagem. – Vamos embora, Poppy. Não vamos conseguir nada com ele.

Michael agarrou a porta antes que Leo conseguisse fechá-la.

– Espere – disse a Poppy. – Se descobrir que algo aconteceu com seu marido... vai me procurar?

Ela encarou o rosto suplicante e balançou a cabeça, incapaz de acreditar no que ouvira.

– Não, Michael. Lamento, mas você é convencional demais para mim.

E Leo fechou a porta no rosto atônito de Michael Bayning.

Poppy olhou para o irmão com desespero.

– Acha que Michael tem alguma coisa a ver com o desaparecimento de Harry?

– Não – respondeu Leo, sinalizando ao condutor que partisse. – Ele não está em condições de planejar nada além de onde tomar o próximo copo. Acho que Michael é só um homem decente afogando-se em autopiedade.

Ao ver a expressão perturbada da irmã, ele segurou sua mão, afagando-a para confortá-la.

– Vamos voltar ao hotel. Talvez haja alguma notícia de Harry.

Em silêncio e inerte, Poppy se entregou a pensamentos que tomavam a forma de um pesadelo.

Enquanto a carruagem seguia sacudindo pela rua, Leo tentou falar de algo que a distraísse.

– O interior do Marlow's não é tão agradável quanto eu imaginava. O revestimento de mogno e os tapetes são excelentes, é verdade, mas o ar é quase irrespirável.

– Por quê? – indagou Poppy, triste. – Muita fumaça de charuto?

– Não – respondeu Leo. – Muita presunção, mesmo.

~

Na manhã seguinte, metade de Londres procurava Harry Rutledge. Poppy havia passado a noite em claro esperando receber alguma notícia do marido, enquanto Leo e Jake Valentine percorriam os clubes de cavalheiros, as tavernas e as salas de jogos. Poppy se sentia frustrada por não poder fazer nada, mas sabia que já estavam fazendo todo o possível para encontrá-lo. O Sr. William Edgar, o salteador, havia prometido usar sua rede no submundo para descobrir o que pudesse sobre o desaparecimento de Harry.

Por sua vez, Hembrey, o oficial que trabalhava para a central de polícia de Bow Street, também se dedicava ao caso sem descanso. Sir Gerald, do Gabinete de Guerra, confirmara que Edward Kinloch havia ameaçado Harry durante a reunião. Com isso, Hembrey conseguira um mandado de busca com um juiz e interrogara Kinloch logo pela manhã. A revista na casa de Kinloch não levara a qualquer pista de Harry.

O Ministério do Interior, que comandava a Força Policial Metropolitana, havia designado dois inspetores e quatro sargentos para o caso. Todos se dedicavam a interrogar vários indivíduos, inclusive empregados do clube de esgrima e alguns criados de Edward Kinloch.

– É como se ele houvesse evaporado – comentou Jake Valentine, cansado, ao sentar-se em uma poltrona no apartamento de Rutledge para tomar uma xícara de chá que Poppy havia oferecido.

Ele a fitou intrigado.

– Houve algum problema no hotel? Não vi os relatórios dos gerentes...

– Li todos hoje de manhã – respondeu Poppy, séria, sabendo que Harry iria querer que o negócio recebesse os cuidados de sempre. – Serviu para me ocupar. Não há nenhum problema com o hotel – disse e, esfregando o rosto com as mãos, completou: – Nenhum problema, exceto o desaparecimento de Harry.

– Ele será encontrado – afirmou Valentine. – Em breve. É impossível que *não* seja encontrado.

A conversa foi interrompida quando Leo entrou no apartamento.

– Não descanse, Valentine – disse ele. – A central de Bow Street acaba de informar que há pelo menos três homens afirmando ser Harry Rutledge, todos acompanhados de seus "salvadores". Presume-se que todos sejam impostores, mas acho melhor darmos uma olhada neles mesmo assim. Talvez tenhamos uma chance de falar com Hembrey, se ele estiver lá.

– Eu também vou – avisou Poppy.

Leo a fitou com firmeza.

– Você nem pensaria em pedir isso se soubesse o que acontece naquele lugar todos os dias.

– Não estou pedindo para ir – rebateu ela. – Estou informando que vocês não vão a lugar nenhum sem mim.

Leo a estudou por um momento, depois suspirou.

– Pegue seu casaco.

O tribunal de Bow Street era considerado a mais importante corte de magistrados de Londres, onde eram investigados e processados os casos criminais mais famosos. O ato governamental que regulamentava as novas diretrizes da polícia tinha mais de vinte anos, porém restavam ainda alguns poucos órgãos da força policial fora do controle direto do Ministério do Interior, e a central de Bow Street era um deles. Sua guarda montada e seus poucos agentes respondiam apenas aos magistrados do tribunal de Bow Street.

Estranhamente, a unidade de polícia de Bow Street nunca havia recebido uma base legal para sua autoridade. Mas isso não parecia ser importante para ninguém. Quando alguém queria resultados, era para lá que ia.

Os dois prédios que abrigavam a corte e os escritórios, os de números 3 e 4, eram simples e despretensiosos, pouco refletindo o poder que existia lá dentro.

Poppy chegou a Bow Street na companhia de Leo e Jake Valentine, e arregalou os olhos ao ver toda aquela gente perambulando pelo edifício e na rua.

– Não fale com ninguém – orientou-a Leo –, não se aproxime de ninguém e, se vir, ouvir ou sentir cheiro de alguma coisa ofensiva, não diga que não foi avisada.

Quando entraram no prédio de número 3, logo foram cercados pelos diversos cheiros de corpos, suor, gesso e polidor de metais. Um corredor estreito levava a várias salas de custódia, salas de acusação e escritórios. Cada centímetro do corredor era ocupado por gente que se acotovelava, e o ar vibrava com queixas e acusações.

– Hembrey – chamou Jake Valentine.

Um homem esguio e de cabelos grisalhos e curtos olhou em sua direção. Tinha um rosto longo e estreito e olhos escuros, inteligentes.

– É o oficial que está cuidando do caso – explicou Valentine a Poppy enquanto o homem se aproximava.

– Sr. Valentine – cumprimentou-o Hembrey. – Acabei de chegar e encontrei esses lunáticos acotovelando-se aqui.

– O que está acontecendo? – indagou Leo.

Hembrey olhou para ele.

– Milorde, o desaparecimento do Sr. Rutledge foi noticiado no *Times* esta manhã, bem como a promessa da gratificação em dinheiro. E a descrição física do desaparecido foi fornecida. O resultado é que todos os homens altos e morenos de Londres virão a Bow Street hoje. E o mesmo ocorre na Scotland Yard.

Poppy olhou boquiaberta para as pessoas que se espremiam no corredor e percebeu que metade delas, pelo menos, tinha a mesma descrição física de seu marido.

– Eles alegam... alegam ser Harry? – perguntou, aturdida.

– É o que parece – disse Leo. – E chegam acompanhados de seus heroicos salvadores, que esperam receber a recompensa prometida.

– Venham ao meu escritório – convidou o chefe Hembrey, conduzindo-os pelo corredor. – Lá teremos mais privacidade, e eu os porei a par das últimas informações. As pistas chegam como uma enxurrada... pessoas que dizem ter visto Harry drogado sendo posto em um navio que zarpava para a China, ou que dizem que ele foi roubado em um bordel qualquer, coisas dessa natureza...

Poppy e Valentine seguiam Leo e Hembrey.

– Isso é abominável – disse ela a Valentine em voz baixa, olhando para a fila de impostores. – Todos fingindo e mentindo, esperando lucrar com o infortúnio dos outros.

Eles foram forçados a parar quando Hembrey tentou abrir caminho até a porta de seu escritório.

Um dos homens de cabelos negros se curvou para Poppy numa reverência teatral.

– Harry Rutledge, ao seu dispor. E quem é você, bela criatura?

Poppy o encarou com fúria.

– A Sra. Rutledge – disse num tom seco.

Imediatamente, outro homem exclamou:

– Querida!

E estendeu os braços para Poppy, que se encolheu e o olhou com desgosto.

– Idiotas – resmungou Hembrey, e ergueu a voz. – Oficial! Ache um lugar para pôr todos esses Rutledges, eles estão bloqueando o corredor.

– Sim, senhor!

Os quatro entraram no escritório e Hembrey fechou a porta com firmeza.

– É um prazer conhecê-la, Sra. Rutledge. Asseguro-lhe que estamos fazendo todo o possível para encontrar seu marido.

– Este é meu irmão, lorde Ramsay – apresentou ela, e o policial se curvou de forma respeitosa.

– Quais são as últimas informações? – perguntou Leo.

Hembrey providenciou uma cadeira para Poppy enquanto dizia:

– Um rapaz que trabalha no estábulo atrás do clube de esgrima disse que, por volta do horário em que o Sr. Rutledge parece ter desaparecido, viu dois homens seguirem por uma alameda carregando um corpo até uma carruagem.

Poppy sentiu o corpo se enrijecer na cadeira.

– Um corpo? – sussurrou, sentindo uma forte náusea e suando frio.

– Tenho certeza de que ele só estava inconsciente – acorreu Valentine.

– O rapaz conseguiu ver a carruagem – continuou Hembrey, voltando para trás da mesa. – Disse que era preta e tinha uma estampa de pequeninos arabescos na parte da frente. A descrição bate com um veículo mantido na residência do Sr. Kinloch, em Mayfair.

– E o que vão fazer agora? – perguntou Leo com os olhos azuis muito focados.

– Pretendo trazê-lo aqui para ser interrogado. E vamos fazer um levantamento das outras propriedades do Sr. Kinloch, sua fábrica de armas, imóveis que ele possa ter na cidade, e providenciar o mandado para revistar cada uma delas.

– Como sabe que Rutledge não é mantido na casa em Mayfair? – perguntou Leo.

– Eu mesmo estive lá e vasculhei cada canto da casa. Posso garantir que ele não está na residência.

– O mandado ainda é válido?

– Sim, milorde.

– Então o senhor pode voltar à casa de Kinloch para outra revista? Agora?

O policial pareceu perplexo.

– Sim, mas por quê?

– Gostaria de dar uma olhada, se for possível.

A irritação cintilou nos olhos de Hembrey. Era evidente que ele considerava o pedido de Leo uma exibição de arrogância.

– Milorde, a revista que fizemos na casa foi abrangente e minuciosa.

– Não duvido disso. Mas estudei arquitetura há alguns anos e posso examinar o lugar da perspectiva de um projetista.

Jake Valentine se manifestou.

– Acha que pode haver um quarto secreto, milorde?

– Se houver, eu o encontrarei – garantiu Leo. – Se não, pelo menos vamos incomodar Kinloch, o que já vale como entretenimento.

Poppy prendeu a respiração enquanto esperavam pela resposta do chefe de polícia.

– Muito bem – falou Hembrey depois de alguns instantes. – Posso mandá-lo até lá com um oficial, enquanto trago Kinloch aqui para ser interrogado. Porém, insisto na necessidade de seguir nossos procedimentos durante a execução da revista, e o oficial o informará dessas regras.

– Ora, não se preocupe – respondeu Leo, muito sério. – Eu sempre sigo as regras.

O policial não pareceu muito convencido disso.

– Espere um instante – pediu. – Vou falar com um dos magistrados, e ele designará o oficial que o acompanhará.

Assim que ele saiu do escritório, Poppy se levantou da cadeira com um salto, muito agitada.

– Leo, eu...

– Sim, eu sei. Você também vai.

~

A casa de Kinloch era grande e sombria, como ditava a moda do momento, decorada em tons escuros de vermelho e verde e com paredes revestidas de carvalho. O cavernoso hall de entrada tinha grandes placas de pedra no piso, onde os passos ecoavam de forma estridente.

O que Poppy achou mais distintivo e enervante na casa de Edward Kinloch, porém, foi que, em vez de adornar salas e corredores com obras de arte tradicionais, ele preferia espalhar por ali uma impressionante variedade de troféus de caça. Estavam em todos os lugares, dúzias de pares de olhos vidrados olhando para Poppy, Leo, Jake Valentine e o oficial designado para acompanhá-los. Só no hall de entrada havia cabeças de um carneiro, um rinoceronte, dois leões, um tigre, um veado, um alce, uma rena, um leopardo e uma zebra, além de outras espécies que ela nem conhecia.

Poppy passou os braços em torno do próprio corpo ao olhar lentamente as paredes ao redor.

– Ainda bem que Beatrix não viu isso.

Ela sentiu a mão de Leo em suas costas a confortá-la.

– Parece que o Sr. Kinloch aprecia a caça esportiva – comentou Valentine, olhando para a pavorosa coleção.

– Caçar animais como esses não é esporte – protestou Leo. – Só se os dois lados estiverem armados.

Poppy sentiu um arrepio desconfortável quando olhou para os dentes do tigre.

– Harry está aqui – disse ela.

Leo a encarou.

– Por que tem tanta certeza?

– O Sr. Kinloch adora exibir seu poder. Dominar. E é para cá que ele traz todos os troféus.

Ela olhou para o irmão quase sem conseguir conter o pânico. Sua voz era baixa, quieta.

– Encontre-o, Leo.

Lorde Ramsay assentiu.

– Vou avaliar o lado de fora da casa.

Jake Valentine tocou o cotovelo de Poppy e disse:

– Vamos visitar os cômodos deste andar e inspecionar o gesso e o revestimento, tentar encontrar discrepâncias que possam indicar uma porta escondida. E também vamos olhar atrás dos móveis maiores, como estantes e guarda-roupas.

– E lareiras – disse Poppy, lembrando a do hotel.

Valentine sorriu sutilmente.

– Sim.

Depois de conversar com o oficial de polícia, Jake Valentine acompanhou Poppy ao salão.

Passaram meia hora investigando cada minúscula fresta, cada depressão e elevação de superfície, deslizando as mãos pelas paredes, ajoelhando-se no chão, erguendo beiradas de tapetes.

Valentine olhava atrás de um sofá quando sua voz abafada soou na sala.

– Posso perguntar se lorde Ramsay realmente estudou arquitetura ou se é mais um...

– Amador? – arriscou Poppy, movendo cada objeto que havia sobre o console da lareira. – Não, ele é formado, de verdade. Frequentou a Academia de Belas-Artes em Paris durante dois anos e trabalhou como projetista. Meu irmão adora fazer o papel do aristocrata cabeça de vento, mas é mais inteligente do que demonstra.

Depois de um tempo Leo voltou ao interior da casa. E começou a ir de cômodo em cômodo, medindo os passos de uma parede a outra e parando para fazer anotações. Poppy e Valentine continuavam procurando com cuidado e já haviam passado do salão para a escadaria do hall de entrada. A ansiedade de Poppy crescia a cada minuto que passava. De tempos em tempos uma criada ou um lacaio passavam por eles, olhando-os com curiosidade, mas em silêncio.

Certamente alguém ali tinha que saber alguma coisa, pensou Poppy, frustrada. Por que não estavam ajudando a procurar Harry? A lealdade ao dono da casa os privava de todo senso de decência?

Quando uma jovem criada passou carregando uma pilha de lençóis dobrados, Poppy perdeu a paciência.

– Onde está? – explodiu, olhando para a jovem com ar ameaçador.

A criada tomou um susto e deixou cair os lençóis. Ela arregalou os olhos.

– Onde... onde está o quê, senhora? – perguntou com a voz esganiçada.

– Uma porta escondida. Uma sala secreta. Um homem está sendo mantido contra a própria vontade nesta casa, em algum lugar, *e eu quero saber onde*!

– Não sei de nada, senhora – murmurou a criada, e começou a chorar.

Recolhendo os lençóis que havia derrubado, ela desapareceu escada acima.

Jake Valentine se virou para Poppy com os olhos cheios de compreensão e falou em voz baixa:

– Os empregados já foram interrogados. Ou não sabem de nada, realmente, ou não ousam trair o patrão.

– Por que guardariam segredo sobre alguma coisa assim?

– Há pouca esperança para um empregado demitido sem referências hoje em dia. É difícil encontrar outra vaga. Pode ser o fim. A fome.

– Sinto muito – falou Poppy, rangendo os dentes. – É que, no momento, não me importo com nada, com ninguém, exceto com o bem-estar de meu marido. E sei que ele está em algum lugar, e não vou sair daqui enquanto não for encontrado! Vou demolir a casa, se necessário...

– Não será necessário – falou Leo da entrada do hall e, quando os outros o olharam, indicou com a cabeça um corredor que saía da entrada principal. – Venham à biblioteca. Vocês dois.

Agitados, eles correram atrás de Leo, e os três foram seguidos pelo oficial.

A biblioteca era uma sala retangular cheia de pesados móveis de mogno. Três das quatro paredes eram cobertas de estantes e prateleiras e acima delas havia uma cornija que acompanhava a marcenaria da parede. A área do piso de mogno que não era coberta pelo tapete estava arranhada e fosca devido ao uso.

– Esta casa – falou Leo enquanto se dirigia às janelas cobertas por cortinas – foi feita em estilo georgiano clássico, o que significa que cada traço do projeto numa metade se reflete perfeitamente na outra. Qualquer desvio é considerado uma falha grave. E, de acordo com o arranjo simétrico, esta sala deveria ter três janelas naquela parede para corresponder à sala do outro lado da casa. Mas, como todos veem, só há duas janelas aqui.

Ele afastou as cortinas, prendendo-as com os cordões para permitir a entrada da luz do dia. Acenando impaciente para dispersar uma nuvem de poeira no ar, aproximou-se da segunda janela, repetindo o procedimento com as cortinas.

– Então, fui lá fora e percebi que a direção dos tijolos está diferente na área da parede onde deveria haver a terceira janela. E se você medir esta sala e a que fica ao lado e comparar com as dimensões externas da casa, parece que há um espaço que deve ter de 2,5 a 3 metros entre os dois cômodos, sem nenhum acesso aparente.

Poppy correu para a parede de estantes, examinando-as com desespero.

– Tem uma porta aqui? Como vamos encontrá-la?

Leo se juntou a ela, abaixou-se e examinou o chão.

– Procure arranhões recentes. As tábuas nunca são niveladas nessas casas mais velhas. Ou procure fibras entre as ripas. Ou...

– Harry! – gritou Poppy, esmurrando a moldura de uma estante. – Harry!

Todos ficaram quietos, atentos a qualquer resposta ou sinal.

Nada.

– Aqui – falou o oficial, apontando uma pequena marca em forma de crescente no chão. – É recente. E se a estante girar, vai corresponder ao local da ranhura branca.

Os quatro se reuniram em torno da estante.

Leo procurava, empurrava e batia nos cantos do móvel, que permanecia firme no lugar.

– Bem – falou ele, desanimado –, sei como encontrar um cômodo, mas não faço ideia de como entrar nele.

Jake Valentine começou a remover os livros das prateleiras e jogá-los no chão.

– As portas escondidas que temos no hotel são movidas por um mecanismo de polia e pino, com um arame preso a um objeto próximo – falou. – Quando alguém inclina o objeto, o arame levanta o pino e destrava um canto da porta, que se abre.

Poppy também puxava os livros e os jogava de lado. Um deles resistiu quando ela tentou puxá-lo. Estava preso.

– Achei! – gritou ela, ofegante.

Valentine deslizou a mão sobre o topo do livro, encontrou o arame e o puxou com cuidado.

A estante inteira girou com facilidade espantosa, revelando uma porta fechada.

Leo bateu na porta com o punho.

– Rutledge?

Todos ficaram empolgados ao perceberem uma resposta distante, quase inaudível, e a vibração surda da porta ao ser esmurrada pelo outro lado.

Alguns criados boquiabertos se reuniam na porta da biblioteca, assistindo ao que acontecia lá dentro.

– Ele está lá dentro – anunciou Poppy com o coração aos saltos. – Pode abrir a porta, Leo?

– Não sem a maldita chave.

– Com licença – pediu Jake Valentine abrindo caminho até a porta.

Jake tirou um pedaço de tecido de dentro do bolso do casaco e o desenrolou, revelando dois finos instrumentos de metal. Ele os pegou, ajoelhou-se ao lado da porta e começou a trabalhar na fechadura. Em trinta segundos, todos ouviram o estalo da trava soltando-se.

A porta se abriu.

Poppy soluçou aliviada quando Harry apareceu vestindo a malha branca de esgrima, agora cinza de poeira. Seu marido estava pálido, sujo, mas bem-composto, considerando as circunstâncias. Poppy se atirou em seus braços, e ele a acolheu murmurando seu nome.

Semicerrando os olhos contra a claridade da sala, Harry continuou abraçando a esposa enquanto apertava a mão dos outros cavalheiros.

– Obrigado. Não pensei que conseguiriam me encontrar.

A voz dele estava áspera e rouca, como se ele houvesse passado algum tempo gritando.

– O cômodo secreto tem isolamento com lã de escória para abafar os sons – falou. – Onde está Kinloch?

– Na central de Bow Street, senhor, sendo interrogado – respondeu o oficial. – O que acha de nos acompanhar e prestar um depoimento, para que possamos detê-lo por tempo indeterminado?

– Com o maior prazer – respondeu Harry, veemente.

Passando por ele, Leo foi examinar o interior do quarto escuro.

Jake Valentine guardava suas ferramentas quando o oficial se virou para ele e falou:

– Muito profissional. Não sei se o elogio ou prendo. Onde aprendeu isso?

Valentine olhou para Harry e sorriu.

– Com meu empregador.

Leo saiu do cômodo oculto.

– Pouco mais que uma mesa, uma cadeira e um cobertor – disse. – Ele o contratou para um trabalhinho de engenharia mecânica, não é?

Harry assentiu de forma cansada, levantando uma das mãos para tocar uma área dolorida na cabeça.

– A última coisa que lembro é de ter levado uma pancada na cabeça no clube de esgrima. Acordei aqui, com Kinloch em pé ao meu lado, vociferando. Deduzi que o plano dele era me manter trancado até que eu desenvolvesse um conjunto de desenhos que resultaria no protótipo funcional de uma arma.

– E depois disso – falou Valentine com tom sombrio –, quando o senhor não tivesse mais utilidade... o que ele pretendia fazer?

Harry afagou as costas de Poppy ao notar que ela tremia.

– Não discutimos essa parte.

– Tem ideia de quem são os cúmplices? – perguntou o oficial.

Harry balançou a cabeça.

– Não vi mais ninguém.

– Garanto, senhor, que Kinloch será levado para a carceragem de Bow Street dentro da próxima hora, e vamos descobrir a identidade de todos os envolvidos nesse caso – assegurou o oficial.

– Obrigado.

– Está machucado? – perguntou Poppy aflita, levantando a cabeça do peito de Harry. – Sente-se bem o bastante para ir agora a Bow Street? Porque, se não...

– Estou bem, amor – murmurou ele, afastando as mechas de cabelo que caíam sobre seu rosto. – Apenas com sede... e não me importaria de fazer uma refeição assim que voltarmos ao hotel.

– Tive medo por você – falou Poppy com voz trêmula.

Murmurando palavras de consolo, Harry a puxou para perto, colando o corpo da esposa ao dele, segurando a cabeça de Poppy contra seu ombro.

Os outros se retiraram para dar um momento de privacidade ao casal.

Havia tanto a ser dito, tantas coisas, que Harry simplesmente a manteve em seus braços. Teriam tempo mais tarde para falar sobre o que havia em seus corações.

A vida inteira, desejava ele.

Harry aproximou a boca da orelha de Poppy.

– A princesa salva o vilão – sussurrou. – É uma bela variação da história.

~

Depois do que pareceu um tempo interminável em Bow Street, Harry finalmente pôde voltar ao Rutledge. Quando ele e Poppy deixavam o prédio da polícia, foram informados que Edward Kinloch e dois de seus empregados já haviam sido detidos e levados à carceragem e que os oficiais agora procuravam outro suspeito ainda não identificado. E todos os charlatões que tentavam se passar por Harry haviam sido banidos do prédio.

– Se tem uma coisa que o dia de hoje deixou clara – comentou Hembrey – é que o mundo só precisa de um Harry Rutledge.

Os empregados do hotel ficaram eufóricos com a volta de Harry e o cercaram antes que ele pudesse subir a escada para seu apartamento. Exibiam agora um grau de familiaridade afetuosa que antes não teriam ousado, apertando sua mão, batendo em suas costas e ombros, exclamando aliviados por recebê-lo de volta em segurança.

Harry pareceu um pouco surpreso com essas demonstrações, mas as recebeu de boa vontade. Foi Poppy quem finalmente pôs um ponto final na feliz comoção, dizendo com firmeza:

– O Sr. Rutledge precisa comer e descansar.

– Vou mandar uma bandeja imediatamente – declarou a Sra. Pennywhistle, dispersando a criadagem com eficiência.

Os Rutledges subiram para seus aposentos, onde Harry tomou uma ducha, fez a barba e vestiu um robe. Depois devorou a refeição como se nem sentisse o sabor dos pratos, esvaziou uma taça de vinho e se reclinou na cadeira, aparentemente exausto, mas satisfeito.

– Adoro estar em casa – disse.

Poppy foi se sentar no colo dele, passando os braços em torno de seu pescoço.

– É assim que pensa no hotel agora?

– Não no hotel, mas em qualquer lugar onde você estiver.

E a beijou, de início com delicadeza, mas a temperatura subia rápido entre eles. À medida que ele se tornava mais ardoroso ao invadir sua boca, ela respondia com uma doçura ardente que o incendiava. Harry levantou a cabeça e, arfando, apertou-a nos braços. Poppy sentia sob seu corpo a pressão insistente da ereção do marido.

– Harry – falou ela ofegante – precisa mais de dormir que de fazer isto.

– Eu nunca preciso mais de dormir que de fazer isto.

Ele beijou sua cabeça, acariciando os cabelos macios. A voz se tornou mais suave, mais profunda.

– Pensei que ia acabar enlouquecendo se tivesse que passar mais um minuto naquele maldito cômodo. Estava preocupado com você. Ficava lá sentado pensando que tudo o que quero da vida é passar todo o tempo que puder com você. E então me ocorreu que você havia se hospedado neste hotel por três temporadas seguidas, *três*, e eu nunca a havia encontrado. Todo esse tempo perdido, e podíamos ter estado juntos.

– Mas, Harry... mesmo que houvéssemos nos conhecido e nos casado três anos atrás, você ainda estaria dizendo que não foi tempo suficiente.

– Tem razão. Não consigo pensar em um único dia da minha vida que não teria sido melhor com você ao meu lado.

– Querido – sussurrou ela, afagando seu queixo com a ponta dos dedos –, isso é adorável. É ainda mais romântico do que me comparar a peças de um relógio.

Harry beijou seus dedos.

– Está zombando de mim?

– De jeito nenhum – respondeu Poppy, sorrindo. – Sei a afeição que tem por engrenagens e mecanismos.

Harry a levantou com facilidade e a levou para o quarto.

– E sabe o que gosto de fazer com eles – disse num tom rouco. – Desmontar... e montar novamente. Quer que eu mostre, amor?

– Sim... sim...

E eles adiaram a hora de dormir.

Porque as pessoas apaixonadas sabem que o tempo nunca deve ser desperdiçado.

EPÍLOGO

Três dias depois

— Estou atrasada — falou Poppy, pensativa, enquanto amarrava a faixa do penhoar branco ao se aproximar da mesa de café da manhã.

Harry se levantou e puxou a cadeira para ela, roubando um beijo quando a esposa se sentou.

— Não sabia que tinha um compromisso esta manhã. Não tem nada na agenda.

— Não, não esse tipo de atraso. Outro tipo de atraso — disse e, notando a incompreensão nos olhos dele, sorriu ao completar: — Refiro-me a certa ocorrência mensal...

— Ah...

Harry a encarava com expressão indecifrável. Poppy serviu o chá e jogou nele um cubo de açúcar.

— São só dois ou três dias de atraso em relação à data habitual — disse ela, a voz deliberadamente casual —, mas nunca tive um atraso.

Poppy acrescentou um pouco de leite ao chá e bebeu com cuidado. Olhando para o marido por cima da borda da xícara de porcelana, tentou avaliar sua reação ao que acabara de lhe contar.

Harry engoliu em seco e piscou, olhando para ela. Sua cor se intensificara, fazendo os olhos parecerem mais verdes que de costume.

— Poppy... — tentou falar, mas precisou parar um instante e respirar fundo antes de prosseguir: — Acha que pode estar grávida?

Ela sorriu, a empolgação mesclada a uma pitada de nervosismo.

— Sim, acho que é possível. Só teremos certeza em algum tempo.

O sorriso tornou-se hesitante quando ela notou que Harry permanecia em silêncio. Talvez fosse cedo demais... talvez ele não fosse inteiramente receptivo à ideia.

— É claro que pode precisar de tempo para se habituar à ideia — acrescentou, tentando parecer casual — e é natural...

— Não preciso de tempo.

— Não?

Poppy sufocou uma exclamação de espanto quando ele a puxou da cadeira para seu colo. Os braços a envolveram.

– Quer um filho, então? Não vai ficar aborrecido?

– *Aborrecido?*

Ele colou o rosto ao peito da esposa, beijando com desespero a pele exposta, o ombro, o pescoço.

– Poppy, não tenho palavras para descrever quanto eu quero um bebê.

Quando levantou a cabeça, a emoção em seus olhos deixou Poppy sem ar.

– Durante a maior parte de minha vida, pensei que ficaria sozinho para sempre. E agora tenho você... e um filho...

– Ainda não temos certeza – lembrou ela, sorrindo enquanto ele beijava seu rosto repetidamente.

– Nesse caso, vamos garantir.

Ainda com ela nos braços, Harry se levantou da cadeira e começou a levá-la de volta para o quarto.

– E a agenda matinal? – perguntou Poppy.

E Harry Rutledge pronunciou as palavras que nunca dissera em toda a sua vida:

– Dane-se a agenda.

Naquele exato momento, alguém bateu à porta.

– Sr. Rutledge? – chamou Jake Valentine. – Trouxe os relatórios dos...

– Mais tarde, Valentine – respondeu Harry sem se deter, dirigindo-se ao quarto com a esposa. – Estou ocupado.

A voz do secretário soou mais fraca do outro lado da porta.

– Sim, senhor.

Vermelha da cabeça aos pés, Poppy o censurou.

– Harry, *francamente!* Sabe o que ele deve estar pensando neste momento?

Deitando-a sobre a cama, ele abriu o penhoar que a cobria.

– Não, me diga.

Poppy não conteve uma risadinha tensa quando ele começou a beijar seu corpo.

– Você é o homem mais malvado do...

– Sim – confirmou ele, satisfeito.

Os dois sabiam que ela não queria que o marido mudasse.

MAIS TARDE, NAQUELE DIA...

O retorno inesperado de Leo a Hampshire levou uma alegre comoção a Ramsay House, com criadas correndo para preparar seu quarto e um lugar a mais sendo posto à mesa. A família o recebeu com alegria. Merripen serviu taças de um vinho excelente quando eles se reuniram na sala por alguns minutos antes de o jantar ser servido.

– E o projeto da estufa? – perguntou Amelia. – Desistiu de aceitar o trabalho?

Leo balançou a cabeça.

– O projeto é tão pequeno que fiz um esboço na hora e eles pareceram satisfeitos. Vou cuidar dos detalhes aqui, depois mandarei as plantas definitivas para Londres. Mas não se incomode com isso. Tenho novidades que acho que é do interesse de todos...

E começou a contar à família a história do sequestro de Harry, como ele havia sido resgatado, e falou também sobre a prisão de Edward Kinloch. Todos reagiam com expressões que iam do humor à preocupação e elogiaram Leo por sua participação no caso.

– Como vai Poppy? – indagou Amelia. – Até agora essa não tem sido a vida calma e serena com que ela sonhava.

– Poppy está mais feliz do que jamais a vi – respondeu Leo. – Acho que aceitou a ideia de que ninguém pode evitar as tempestades e calamidades da vida, mas, pelo menos, é possível encontrar o parceiro certo para encará-las.

Cam sorriu, segurando o filho no colo.

– Bem colocado, *phral*.

Leo se levantou e deixou de lado sua taça de vinho.

– Vou me lavar antes de jantarmos – anunciou e, olhando em volta, fingiu uma leve surpresa ao dizer: – Não vi a Marks. Espero que ela desça para jantar: estou precisando de uma boa discussão.

– A última vez que a vi – comentou Beatrix –, ela estava revirando a casa em busca de suas ligas. Dodger roubou todas as que ela guardava na gaveta da cômoda.

– Bea – murmurou Win –, é melhor não pronunciar a palavra "ligas" quando estiver na presença de cavalheiros.

– Tudo bem. Mas não entendo por quê. Todos sabem que as usamos. Então, por que temos fingir que é segredo?

Enquanto Win tentava explicar de um jeito delicado, Leo subiu para se lavar. Em vez de ir diretamente para o próprio quarto, porém, ele caminhou até o fim do corredor, virou à direita e bateu à porta. E, sem esperar por uma resposta, entrou.

Catherine Marks virou-se para encará-lo e não conteve uma exclamação de espanto.

– Como ousa entrar em meu quarto sem...

Sua voz falhou quando Leo fechou a porta e se aproximou dela. Umedecendo os lábios com a ponta da língua, ela recuou até bater com o quadril na beirada de uma penteadeira. Seus cabelos caíam sobre os ombros em ondas claras e acetinadas, os olhos escurecendo até terem o azul acinzentado do mar turbulento. Quando o encarou, seu rosto corou.

– Por que voltou? – perguntou ela.

– Você sabe por quê.

Leo apoiou as mãos na penteadeira, uma de cada lado de seu corpo. Catherine recuou e se encolheu até não haver mais nenhum movimento possível. O cheiro de sua pele, uma mistura de sabonete e flores frescas, invadia as narinas de Leo e o inebriava. A lembrança da sensação pairava sobre eles, entre eles. Quando percebeu que Catherine tremia, Leo sentiu no próprio corpo a onda de calor indesejado, o sangue transformando-se em fogo líquido.

Fazendo um grande esforço para se controlar, Leo respirou fundo.

– Cat... precisamos conversar sobre o que aconteceu.

LEIA UM TRECHO DO PRÓXIMO LIVRO DA AUTORA

Manhã de núpcias

CAPÍTULO 1

Hampshire, Inglaterra
Agosto de 1852

Qualquer um que já tenha lido um romance sabe que as governantas devem ser dóceis e submissas. Também precisam ser caladas, servis e obedientes, além de respeitosas para com o dono da casa. Leo, lorde Ramsay, perguntou-se exasperado por que eles não tinham conseguido arranjar uma *dessas*. Em vez disso, a família Hathaway contratara Catherine Marks, que, na opinião dele, lançava uma sombra desagradável sobre a classe.

Não que Leo visse falhas nas reais capacidades da Catherine. Ela havia feito um ótimo trabalho ensinando a suas irmãs mais novas, Poppy e Beatrix, os pontos mais refinados da etiqueta social. E as duas tinham precisado de uma ajuda além do comum, já que, antes, nenhum dos Hathaways esperava um dia ter contato com as camadas mais altas da sociedade inglesa. Eles tinham sido criados em um ambiente estritamente de classe média, em uma vila a oeste de Londres. O pai, Edward Hathaway, fora um estudioso da história medieval, considerado um homem de boas origens, mas nem de longe um aristocrata.

Contudo, depois de uma série de eventos improváveis, Leo herdara um título e se tornara lorde Ramsay. Embora ele tivesse estudado para ser arquiteto, agora era um visconde com terras e arrendatários. Os Hathaways haviam se mudado para a propriedade Ramsay, em Hampshire, onde tentaram se ajustar às exigências de sua nova vida.

Um dos maiores desafios para as irmãs Hathaways tinha sido aprender a quantidade absurda de regras que as jovens das classes privilegiadas deveriam seguir e as virtudes que precisavam demonstrar. Se não fosse pela instrução paciente de Catherine Marks, os Hathaways teriam entrado em Londres com a delicadeza de elefantes em debandada. Catherine fizera maravilhas por todos eles, sobretudo Beatrix, sem dúvida a irmã mais excêntrica de uma família já excêntrica. Embora Beatrix ficasse mais feliz correndo pelas campinas e florestas como uma criatura selvagem, Catherine havia conseguido convencê-la de que, num salão de bailes, era preciso adotar um código de comportamento diferente. Até mesmo escrevera uma série de poeminhas sobre etiqueta para as garotas, joias literárias como:

Ao falar com estranhos
Jovens devem ter moderação.
Flerte, briga ou reclamação
Põem em risco a reputação.

Leo não conseguira resistir a zombar das habilidades poéticas de Catherine. Secretamente, porém, admitira que os métodos dela haviam funcionado. Poppy e Beatrix tinham finalmente conseguido se sair bem em uma temporada de eventos sociais em Londres. E Poppy estava recém-casada com um hoteleiro chamado Harry Rutledge.

Agora só sobrara Beatrix. Catherine Marks havia assumido os papéis de preceptora e dama de companhia da energética jovem de 19 anos. No que dizia respeito ao restante dos Hathaways, Catherine era praticamente um membro da família.

Leo, por sua vez, não conseguia suportar a mulher. Ela expressava suas opiniões à vontade e ousava lhe dar ordens. Nas raras ocasiões em que Leo tentava ser amigável, ela se irritava com ele ou lhe dava as costas desdenhosamente. Quando ele expressava uma opinião perfeitamente racional, mal podia completar uma frase antes de Catherine relacionar todos os motivos pelos quais estava errado.

Diante de tamanha aversão da parte dela, Leo não podia evitar reagir à altura. Durante todo o último ano ele tentara se convencer de que não fazia diferença se ela o desprezava. Havia muitas mulheres em Londres que eram infinitamente mais bonitas, sedutoras e cativantes do que Catherine Marks.

Se ao menos ela não o fascinasse tanto!

Talvez fossem os segredos que Catherine guardava tão zelosamente. Ela nunca falava sobre sua infância ou sua família, nem por que aceitara um emprego com os Hathaways. Lecionara durante algum tempo em uma escola para moças, mas se recusava a falar sobre essa experiência ou por que desistira dela. Havia boatos de que se desentendera com a diretora da escola, ou que era uma mulher arruinada cuja perda de status a obrigara a trabalhar.

Catherine era tão independente e obstinada que era fácil esquecer que se tratava de uma jovem de 20 e poucos anos. Quando Leo a viu pela primeira vez, reconheceu a imagem perfeita de uma solteirona seca: óculos, expressão austera e lábios contraídos. Sua espinha dorsal era reta como um atiçador de lareira e seus cabelos, do tom de castanho fosco das traças das maçãs, estavam sempre presos muito esticados para trás. Leo a apelidara de Ceifador, apesar das objeções da família.

Mas no último ano acontecera uma mudança notável em Catherine. Ela havia engordado um pouco – continuava esguia, mas não mais magra feito um caniço – e suas feições ganharam cor. Uma semana e meia atrás, quando Leo chegara de Londres, ficara totalmente atônito ao ver Catherine com madeixas douradas. Ao que tudo indica, ela havia pintado os cabelos durante anos, mas, depois de um erro do boticário, fora forçada a abandonar o disfarce. E, ao passo que os fios castanhos mais escuros eram severos demais para suas feições delicadas e sua pele pálida, o louro natural a deixava estonteante.

O que obrigara Leo a encarar o fato de que Catherine Marks, sua inimiga mortal, era muito bonita. E não era o disfarce dos cabelos o que a deixava tão diferente... era que Catherine ficava muito desconfortável sem ele. Sentia-se vulnerável, e isso transparecia. E fazia Leo desejar retirar mais camadas, literais e físicas. Desejar *conhecê-la*.

Leo havia tentado manter distância enquanto ponderava sobre os desdobramentos de sua descoberta. Estava confuso com a reação da família à mudança de Catherine, que não passara de um dar de ombros coletivo. Por que nenhum deles demonstrava nem uma fração da curiosidade sobre ela que ele tinha? Por que Catherine se fizera passar por feia durante tanto tempo? Do que diabos ela se escondia?

Em uma tarde ensolarada em Hampshire, depois de se certificar de que a maior parte da família estava ocupada com outras coisas, Leo foi procurar Catherine, achando que, ao confrontá-la em particular, obteria algumas respostas. Encontrou-a lá fora, no jardim protegido por sebes e repleto de narcisos. Ela ocupava um banco ao lado de um caminho de cascalho.

Não estava sozinha.

Leo parou a uns 20 metros de distância, oculto à sombra de um teixo com folhagem densa.

Catherine estava sentada ao lado do marido de Poppy, Harry Rutledge. Eles estavam engajados no que parecia ser uma conversa íntima.

Embora a situação não fosse exatamente incriminadora, tampouco era adequada.

Do que, em nome de Deus, poderiam estar falando? Mesmo de longe, ficou claro para Leo que o assunto que discutiam era importante. A cabeça de Harry Rutledge se inclinava sobre a de Catherine de um jeito protetor. Como um amigo íntimo. Ou um amante.

Leo ficou boquiaberto ao ver Catherine pôr delicadamente uma das mãos por trás de seus óculos, como se para enxugar uma lágrima.

Catherine estava *chorando*, na companhia de Harry Rutledge.

E então Rutledge a beijou na testa.

Leo perdeu o fôlego. Ficou imóvel, analisando o turbilhão de emoções que o tomou: espanto, preocupação, suspeita, fúria.

Eles estavam escondendo alguma coisa. Tramando alguma coisa.

Rutledge algum dia a sustentara como amante? Ele a estaria chantageando? Ou, quem sabe, ela o estivesse extorquindo? Não... a ternura entre os dois era evidente mesmo àquela distância.

Leo coçou o queixo enquanto pensava no que fazer. A felicidade de Poppy era mais importante do que tudo. Antes de partir para cima do marido da irmã, descobriria exatamente o que estava acontecendo. E depois, se as circunstâncias o justificassem, bateria em Rutledge até não deixar dele mais que uma massa sangrenta.

Respirando lenta e controladamente, Leo observou o par. Rutledge se levantou e voltou para casa, enquanto Catherine continuou sentada no banco.

Não foi uma decisão consciente, mas Leo se aproximou dela devagar. Não sabia ao certo como a trataria ou o que lhe diria. Isso dependeria do impulso que tivesse no momento em que a alcançasse. Tanto era possível que a estrangulasse como que a arrastasse para a grama aquecida pelo sol e a violentasse. Descobriu-se ardendo em um sentimento desagradável que não lhe era de modo algum familiar. Ciúme? Cristo, era. Ele estava com ciúme de uma megera magricela que o insultava e atazanava em todas as oportunidades.

Seria algum tipo de depravação? Ele havia desenvolvido um fetiche por solteironas?

Talvez fosse o jeito tão reservado da governanta o que Leo achasse tão provocante: imaginar o que seria preciso para vencê-la sempre o fascinara. Catherine Marks, sua diabólica adversária... nua e gemendo debaixo dele. Não havia nada que desejasse mais. E na verdade isso fazia sentido: quando uma mulher era fácil e receptiva, não representava nenhum desafio. Mas levar Catherine para a cama, fazer amor com ela por um longo tempo, atormentá-la até ela implorar e gritar... ah, *isso* seria divertido.

Leo andou na direção de Catherine casualmente, sem deixar de notar o modo como ela se empertigou ao vê-lo. Seu rosto deixou transparecer aflição e tristeza, sua boca se enrijeceu. Leo se imaginou tomando o rosto de Catherine entre as mãos e beijando-a por longos e lascivos minutos até ela ficar fraca e ofegante em seus braços.

Em vez disso, ficou em pé com as mãos nos bolsos do casaco, examinando-a sem demonstrar nenhuma emoção.

– Importa-se de me explicar o que foi aquilo tudo?

O sol brilhou nas lentes dos óculos de Catherine, escondendo os olhos dela por um instante.

– Estava me espionando, milorde?

– De modo algum. Não me interesso nem um pouco pelo que as solteironas fazem em seu tempo livre. Mas é difícil não notar quando meu cunhado fica beijando a preceptora de minha irmã no jardim.

A compostura de Catherine era de fato notável. Ela não demonstrou nenhuma reação além de enrijecer as mãos no colo.

– Um beijo – ressaltou ela. – Na testa.

– Não importa quantos beijos ou onde foram. Vai me explicar por que ele fez isso. E por que o deixou fazer. E tente ser convincente, porque estou a um triz de... – e Leo exibiu o polegar e indicador, que estavam esticados a milímetros de distância –... de arrastá-la até a estrada e colocá-la na primeira carruagem para Londres.

– Vá para o inferno – disse ela em voz baixa, levantando-se.

Tinha dado apenas dois passos quando ele a alcançou.

– Não me toque!

Leo a virou de frente para ele, controlando-a sem dificuldade. Suas mãos se fecharam nos braços esguios de Catherine. Sentiu o calor da pele dela sob a fina musselina das mangas. Ao segurá-la, a inocente fragrância de lavanda chegou às suas narinas. Havia um leve traço de talco na base do pescoço de Catherine. O cheiro dela fez Leo pensar numa cama recém-feita com lençóis passados. E, ah, como queria se deitar com ela!

– A senhorita tem muitos segredos. É uma espinha na minha garganta há mais de um ano, com sua língua afiada e seu passado misterioso. Agora quero algumas respostas. O que estava discutindo com Harry Rutledge?

Expressando irritação, Catherine ergueu as sobrancelhas finas, vários tons mais escuras do que seus cabelos.

– Por que não pergunta a ele?

– Perguntei *à senhorita*. – Diante do silêncio teimoso dela, Leo resolveu provocá-la. – Se fosse um tipo diferente de mulher, eu suspeitaria que a senhorita estivesse jogando seus encantos para ele. Mas nós dois sabemos que a senhorita não tem nenhum encanto, não é?

– Caso tivesse, certamente não usaria com o senhor!

– Ora, Srta. Marks, vamos tentar ter uma conversa civilizada. Só desta vez.

– Não enquanto o senhor não tirar as mãos de mim.

– Não, a senhorita iria correr. E está quente demais para persegui-la.

Catherine se enfureceu e o empurrou, as mãos espalmadas contra o peito dele. Seu corpo estava envolto em espartilho, rendas e inúmeras camadas de musselina. Só de pensar no que havia embaixo... pele branca e rosada, curvas suaves, pelos íntimos... ele ficou logo excitado.

Um arrepio a percorreu, como se Catherine pudesse ler os pensamentos de Leo. Ele a olhou atentamente, então sua voz se abrandou.

– Está com medo de mim, Srta. Marks? Logo a senhorita, que me enfrenta e me espezinha em todas as oportunidades?

– É claro que não, seu idiota arrogante! Só gostaria que se comportasse como um homem de sua posição social.

– Você se refere a um nobre? – Ele ergueu as sobrancelhas de forma zombeteira. – É assim que os nobres se comportam. Estou surpreso por ainda não ter notado.

– Ah, eu notei! Um homem com sorte suficiente para herdar um título deveria ter a decência de tentar viver à altura dele. Ser um nobre é um dever, uma responsabilidade, mas em vez disso o senhor parece encarar essa posição como uma licença para ter um comportamento autocomplacente e repulsivo. Além disso...

– Srta. Marks – interrompeu Leo em um tom de voz aveludado –, essa foi uma ótima tentativa de me distrair. Mas não vai funcionar. Não escapará de mim até me contar o que desejo saber.

CONHEÇA OS LIVROS DE LISA KLEYPAS

De repente uma noite de paixão

Os Hathaways
Desejo à meia-noite
Sedução ao amanhecer
Tentação ao pôr do sol
Manhã de núpcias
Paixão ao entardecer
Casamento Hathaway (e-book)

As Quatro Estações do Amor
Segredos de uma noite de verão
Era uma vez no outono
Pecados no inverno
Escândalos na primavera
Uma noite inesquecível

Os Ravenels
Um sedutor sem coração
Uma noiva para Winterborne
Um acordo pecaminoso
Um estranho irresistível
Uma herdeira apaixonada
Pelo amor de Cassandra

Para saber mais sobre os títulos e autores da Editora Sextante,
visite o nosso site e siga as nossas redes sociais.
Além de informações sobre os próximos lançamentos,
você terá acesso a conteúdos exclusivos
e poderá participar de promoções e sorteios.

sextante.com.br